VORZEICHEN UND SONDERBARKEITEN

SOPHIE FEEGLE BAND 2

GWEN DEMARCO

KAPITEL 1

»Ist sie in Ordnung?«
»Was ist passiert?«
»Ich glaube, es war eine Panikattacke.«

Sophie ignorierte das Getuschel und versuchte, langsam und ruhig zu atmen, während sie ihren Fokus auf kleine, unbedeutende Details richtete. Es half, die Beklemmung in ihrer Brust etwas zu lindern. Sie wollte zum Obduktionstisch hinüberschauen, zwang sich jedoch, den Blick sofort wieder abzuwenden.

Denk jetzt nicht daran, ermahnte sie sich.

Sophie bemerkte die Kälte des Bodens unter ihrem Hintern. Sie versuchte, Muster in den grauen Sprenkeln der gewachsten weißen Linoleumfliesen zwischen ihren Füßen zu erkennen. Sie atmete tief ein und konzentrierte sich auf den scharfen Geruch von Desinfektionsmittel, der von einer aufdringlichen Süße begleitet wurde. Sie schlang die Arme um ihren Bauch und legte den Kopf auf die Knie. Sie hatte das Gefühl, jeden Moment auseinanderzufallen.

In einem distanzierten Teil ihres Gehirns beobachtete Sophie,

was um sie herum geschah, wie einen Film, der vor ihren Augen
ablief.

»Wow. Ich habe sie noch nie so aus der Fassung geraten
sehen. Diese Todesvision muss schrecklich gewesen sein.«

»Das ist ja das Seltsame. Sophie hat den Kerl nicht mal
berührt. Sie hat einen Blick auf sein Gesicht geworfen und eine
Panikattacke bekommen.«

An die Wand gelehnt hörte Sophie zu, wie ihre Kolleginnen
und Kollegen sprachen – nicht so leise, wie sie glaubten. Sie ließ
ihren Blick durch den Obduktionsraum schweifen und
bemerkte, dass die Räder der Bahren eine tiefe Rille über den
Boden gezogen hatten und permanente Vertiefungen von den
Tausenden von Malen hinterlassen hatten, in denen Leichen den
gleichen Weg entlanggerollt worden waren. Erst aus ihrer Position auf dem Boden mit den grellen Lichtern über sich fielen ihr
die Rillen auf.

»Kennt sie diesen Kerl? Ist er ein Freund oder so?«

»Ich bin mir nicht sicher. Ich glaube, sie sagte, er sei ein
Holzfäller.«

Sophie bemerkte abwesend, dass sich ein Absatz ihrer Lieblingsstiefel vom Rest zu lösen begann. Dann richtete sie ihre
Aufmerksamkeit auf die zerknitterte braune Tüte, die Ace ihr in
die Hände gedrückt und ihr befohlen hatte, hineinzuatmen, um
ihre frühere Panikattacke abzuwenden. Die Tüte stammte von
diesem neuen Imbiss, der sich auf Sandwiches mit Waffeln statt
Brot spezialisiert hatte. Sie hatte vorgehabt, diesen Laden mal
auszuprobieren.

»Nun, er sieht definitiv wie ein Holzfäller aus,« stellte Amira
fest.

Reggie, ihr Chef und Freund, kniete vor ihr nieder und beugte
sich so, dass Sophie ihn ansehen konnte. Sein süßes, rundes
Gesicht war voller Sorge, während er sanft eine von Sophies
kalten, klammen Händen zwischen seinen rieb.

»Mir geht's gut,« sagte eine körperlose Stimme. Es dauerte

einen Moment, bis Sophie erkannte, dass die flache Stimme ihre eigene war.

»Kannst du uns erzählen, was passiert ist?« fragte er mit sanfter, beruhigender Stimme.

Sophie öffnete den Mund, um zu antworten, als ein gebrülltes »Sophie!« durch den Flur vor den Obduktionstüren hallte. Ace öffnete die Tür und winkte einen panisch aussehenden Mac herein. Mac stürmte in den Raum, zog Sophie auf seinen Schoß und setzte sich mit dem Rücken gegen die Wand auf den Boden. Sie klammerte sich wie eine Klette an ihn und war nur leicht peinlich berührt davon, ihre Schwäche so offen zu zeigen. Aus dem Augenwinkel bemerkte Sophie, wie Reggie und Amira überrascht dreinblickten.

»Was ist passiert?« verlangte er vom Raum zu wissen und fuhr mit einer sanften Hand über Sophies Rücken. Mit einem etwas klinischen Griff begann er, sie auf Verletzungen zu untersuchen.

»Wir wollten gerade mit einer vorrangigen Obduktion beginnen, aber sobald Sophie das Opfer sah, bekam sie eine Panikattacke,« erklärte Reggie, rang die Hände und seine Wangen waren vor Sorge gefurcht.

»Es ist der Holzfäller,« flüsterte Sophie und deutete mit dem Kopf auf die Leiche auf dem Obduktionstisch gegenüber.

»Holzfäller? Was meinst du? Warte... aus dem Alptraum, den du letzte Nacht hattest?« fragte Mac mit überrascht hochgezogenen Augenbrauen.

»Ja, es ist derselbe Kerl aus dem Alptraum. Der, von dem ich geträumt habe, dass ich ihn in die Kehle gestochen habe,« erklärte Sophie und zupfte an einem losen Faden, der am Knie ihrer Dienstkleidung hing. Mac rieb ihr beruhigend den Rücken, als sie bei der Erinnerung erschauerte. Wenn sie den Kopf drehte, konnte sie gerade noch den Rand des schwarzen Leichensacks sehen, der die Leiche auf der anderen Seite des Raums enthielt. Sophie hielt ihren Blick sorgfältig abgewandt.

»Willst du sagen, dass der Typ, von dem du geträumt hast, dass du ihn ermordet hast, wirklich existiert? Bist du sicher, dass er es ist und nicht nur jemand, der ihm ähnlich sieht?«

»Er ist es,« sagte Sophie mit belegter Stimme.

»Welcher Traum?« fragte Ace und sah alle anderen im Raum an, als hätten sie eine Ahnung.

»Letzte Nacht schlief ich auf Sophies Couch, als ich aufwachte, weil sie im Schlaf schrie. Als ich sie weckte, sagte sie, dass sie in einem Traum einen Holzfäller in den Hals gestochen hatte,« erklärte Mac Reggie, Ace und Amira.

Reggie kniete auf einem Knie neben Sophie, seine Stimme leise und seine Augen schmerzerfüllt. »Kannst du uns mehr darüber erzählen, was in dem Traum passiert ist?«

»Ja, ich kann es versuchen,« sagte Sophie und versuchte, aus Macs Armen zu entkommen, aber er zog sie fest zurück an seine Brust. Sophie ließ sich mit einem übertriebenen Seufzer der Niederlage in seinem Schoß nieder, war aber insgeheim erfreut. »In dem Traum war ich in einer Art Bar – typischer altmodischer Pub – nicht besonders schön, aber auch nicht ganz eine Spelunke. Ich trug eine blonde Perücke und ein schwarzes Kleid. Ich trank Tonic Water, ließ es aber so aussehen, als wäre Alkohol darin, und tat so, als würde ich betrunken werden. Ich war wegen dem Holzfäller da – als hätte ich ihn dorthin verfolgt und versucht, ihn zu mir zu locken. Nachdem ich ein paar Stunden da war, verließ ich die Bar, und er folgte mir in die Gasse nebenan. Ich versuchte, ihm etwas zu injizieren – ich weiß nicht, was es war – aber ich ließ die Spritze versehentlich fallen. Der Holzfäller geriet in Panik, als er die Nadel sah, also zog ich ein stichartiges Messer aus meiner Tasche und stach ihn in den Hals. Ich stach ihn in den Hals... es war so eklig. Als er am Boden lag, ließ ich ihn in der Gasse verbluten.«

»Kannst du dich an andere Details erinnern? Hast du den Namen der Bar mitbekommen?« fragte Mac.

»Du denkst, das könnte echt sein?« flüsterte sie. »Ich meine... vielleicht irre ich mich, und es ist nicht derselbe Kerl.«

»Bei dir ist alles möglich. Das eine, was ich weiß, ist, dass du letzte Nacht niemanden ermordet hast. Ich war die ganze Nacht in deiner Wohnung. Ich hätte es bemerkt, wenn du gegangen wärst,« sagte Mac mit einem Zwinkern. Sophie war nur froh, dass Mac die Tatsache wegließ, dass er in ihrem Bett war, vor dem Team. Kein Grund, diese schmutzige Wäsche zu lüften. »Nimm dir einen Moment und schau, ob du dich an andere Details erinnern kannst.«

»Wann hattest du den Traum?« fragte Reggie.

»Ich bin irgendwann zwischen Mitternacht und ein Uhr aufgewacht, aber ich habe nicht auf meine Uhr geschaut, also kann ich nicht ganz sicher sein,« antwortete Mac, als Sophie ihre Unsicherheit mit den Schultern zuckte.

Sophie seufzte und fühlte sich zerbrechlich und abgenutzt wie alte Baumwolle. Sie musste sich zusammenreißen; sie machte ihre Freunde nervös. Müdigkeit legte sich auf ihre Schultern, ihre geistige Energie war aufgebraucht – eine Erschöpfung, verursacht durch die Panikattacke. Das Gesicht des Mannes zu sehen, den sie in einem Alptraum in der Nacht zuvor ermordet hatte, erzeugte eine sofortige viszerale Reaktion, als würde sie in einen Brunnen des Horrors und der Panik getaucht. Als sie auf ihre unbefleckten Hände hinabsah, konnte sie fast das warme Blut des Mannes darauf spüren, das klebrige Gefühl in den Schwimmhäuten ihrer Finger nachempfinden.

»Warte! Ich erinnere mich an etwas anderes. In dem Traum, als der Holzfäller starb, fragte er mich, warum ich ihn gestochen hatte. Ich sagte: 'Du weißt doch warum, Troy.' Denkst du, dass der Kerl wirklich Troy heißt?«

»Das werde ich herausfinden,« versprach Mac.

»Vielleicht, wenn du ihn berührst und seine Todesvision bekommst, könntest du den echten Mörder sehen, und das würde dir helfen, dich besser zu fühlen,« schlug Amira vor.

Nickend begann Sophie aufzustehen. Sie drehte sich um und sah Mac ungläubig an, als er ihr beim Aufstehen half und ihr dabei an den Hintern fasste. Macs Gesicht war ein Bild der Unschuld, was Sophie dazu brachte, ihn mit verengten Augen anzusehen und den Kopf zu schütteln.

»Mir geht's gut,« versicherte Sophie der Versammlung von Glucken, die sie umgaben. Ihre einzige Erleichterung war, dass Fitz nicht hier war, um zur schwebenden Menge hinzuzufügen. Reggie kreiste um Sophie wie ein nervöser Kolibri. Sie klopfte ihm beruhigend auf die Schulter.

Mit enormer Anstrengung brachte Sophie das manische Geplapper in ihrem Gehirn zum Schweigen und wandte sich dem Körper zu. Sie beobachtete, wie ihre Füße widerwillig zum Obduktionstisch schlurften. Sie konnte die Augen aller auf sich spüren. Es war so still, dass Sophie das Quietschen ihrer Stiefel auf dem glänzenden Linoleum hören konnte. Die Leuchtstoffröhren über ihnen ließen die blutbespritzten Züge des toten Mannes grell hervortreten. Sophie bemerkte an der wachsigen, ausgewaschenen Gesichtsfarbe des Mannes, dass die Totenblässe eingetreten war, was die rostfarbenen Blutspritzer noch stärker von seinem blassen Gesicht abheben ließ. Es gab tiefe Schnittwunden auf der linken Seite von Holzfällers Kehle, an derselben Stelle wie im Traum. Sophie beugte ihre rechte Hand und spürte das Phantom der Waffe darin.

Sophie flüsterte ihren Dank, als Ace ihr frische Nitrilhandschuhe reichte, hatte aber Schwierigkeiten, die dünnen blauen Handschuhe über ihre angstfeuchten Hände zu ziehen.

Nachdem sie endlich die Handschuhe angezogen hatte, streckte Sophie die Hand aus, um sie auf den Arm des Holzfällers zu legen, wo sein rot-schwarzes Flanellhemd hochgekrempelt war. Sie erstarrte, ihre Hand schwebte einen Zentimeter von seiner Haut entfernt. Sophie beobachtete, wie Reggie sein Telefon zückte, um ihre Vision aufzunehmen. Sophie krümmte ihre Finger, konnte aber die Lücke zwischen ihrer Handfläche und dem Unterarm des Opfers nicht schließen.

»Komm schon, Höllenstifter. Ich dachte, du wärst härter als das,« stichelte Mac. Sophies Rücken straffte sich empört.

»Gott, du bist so ein Arschgesicht,« meckerte Sophie, aber seine Stichelei hatte die beabsichtigte Wirkung.

Die Zähne zusammenbeißend setzte Sophie eine kämpferische Miene auf und legte eine Hand auf den Arm des toten Mannes, während sie leise Flüche vor sich hin murmelte. Sie atmete scharf ein, als sie die Augen schloss und sich Holzfällers letzte Nacht vor ihrem inneren Auge abspielte.

»Alles klar. Ich sehe den Holzfäller eine Straße entlanggehen. Es ist Dämmerung, und die Straßenlaternen gehen gerade an. Er geht in eine Bar. Das Schild über dem Eingang sagt 8th Avenue Pub – nicht besonders originell,« spottete Sophie. »Ja, das ist derselbe Ort aus meinem Traum. Es ist irgendwie dunkel und düster drinnen. Da ist ein Kamin an der Seite, aber er ist nicht angezündet. Er bestellt ein Guinness von dem männlichen Barkeeper, den er Rob nennt. Er meidet die andere Barkeeperin. Er scheint unbehaglich in ihrer Nähe. Sie ist laut und schroff. Er sitzt eine Weile an der Bar, während sich der Ort für die Nacht füllt. Er beobachtet die Eingangstür im Spiegel über der Bar und betrachtet jede Person, die in den Pub kommt. Als er den Schimmer von langem blondem Haar sieht, richtet er sich in seinem Sitz auf und versucht, einen besseren Blick auf die Frau am Eingang zu bekommen.«

Sophie hob ihre Hand von Holzfällers kaltem, klammen Arm und schüttelte sie aus. Die Zähne zusammenbeißend zwang Sophie sich, ihre Hand wieder auf seinen Arm zu legen.

»Verdammt, das bin ich. Ich habe zwar blonde Haare, aber das ist eindeutig mein Gesicht,« stellte Sophie fest und schluckte schwer. »Warum sehe ich mich selbst? Ich dachte, ich würde den Mörder sehen.«

»Bist du sicher, dass du es bist?« fragte Reggie, sah aber

verlegen aus, als Sophie ein Auge aufkniff und ihm einen Blick zuwarf.

»Ich kenne mein eigenes Gesicht, Reg.«

»Richtig, entschuldige.« Reggie zuckte mit den Schultern, seine Hundeblickaugen ließen Sophie ihren scharfen Ton bereuen.

»Der Holzfäller beobachtet mich – nun, die Frau, die wie ich aussieht – stundenlang beim Trinken. Er entfernt sich von der Bar und beobachtet die Frau aus einer dunklen Ecke. Ich glaube, er versucht, ihrer Aufmerksamkeit zu entgehen. Er nähert sich ihr nicht – er beobachtet nur. Normalerweise würde er nie in seiner Stammkneipe jagen, denkt er, aber sie ist unwiderstehlich. Genau sein Typ. Blond, dünn, klein, mit großen, süßen, unschuldigen Augen. Als er zufällig hört, wie sie dem Barkeeper erzählt, dass sie für den nächsten Monat alleine auf Rundreise durchs Land ist, weiß er, dass er nicht widerstehen kann. Sie ist für ihn bestimmt.

»Normalerweise sucht er sich Frauen aus, die unter der Aufmerksamkeit der Gesellschaft stehen – Prostituierte, Ausreißerinnen, Obdachlose. Er nennt sie seine Vergessenen. Aber er hat sie nicht vergessen. Er trägt sie immer bei sich, jedes besondere Mädchen, in seinem Herzen und seiner Erinnerung. Er beschließt, seine Grundregel zu brechen, niemals zu Hause zu jagen. Sie ist das Risiko wert. Außerdem wird einen ganzen Monat lang niemand nach ihr suchen.

»Als sich die Bar weiter füllt, gibt es ihm genug Deckung, um sie heimlich zu beobachten, ohne entdeckt zu werden. Als Mitternacht zu nahen beginnt, ist das Mädchen sichtlich betrunken. Sie schwankt leicht in ihrem Sitz. Sie macht es ihm so leicht. Sie lässt ein paar Scheine auf ihrem Tisch liegen, steht auf und verlässt die Bar, rempelt betrunken gegen den Türrahmen, als sie hinausgeht. Der Holzfäller eilt ihr nach und will sicherstellen, dass er sie im Blick behält. Als er die Bar verlässt, sieht er die Frau um die Ecke in die Gasse rennen, eine Hand über den

Mund gepresst, als müsste sie sich übergeben. Als er um die Ecke biegt, richtet sie sich vom Lehnen gegen die Wand auf. Er fragt sie, ob es ihr gut geht. Er will sehen, ob ihr Haar so seidig ist, wie es aussieht, also fängt er an, danach zu greifen, aber er stößt versehentlich ihre Hand an, als sie gleichzeitig nach ihm greift. Sie lässt eine Spritze fallen, die aufbricht und ihren Inhalt auf den Gassenboden verschüttet. Sie jammert, es sei Insulin, aber der Holzfäller erkennt den Ausdruck in ihrem Gesicht. Er erkennt die Augen eines Raubtiers. Er sieht sie jeden Tag im Spiegel. Was auch immer in dieser Spritze war, es war für ihn bestimmt. Der Holzfäller erkennt, dass diese Schlampe versucht hat, ihn anzugreifen. Ihn! Er wird sie für diese Beleidigung leiden lassen. Er fängt an, nach dem Mädchen zu greifen und erwartet, dass sie wegrennt. Stattdessen stürzt sie auf ihn zu und tritt auf seinen Spann. Dann schlägt sie ihn in die Kehle. Einen Moment lang denkt er, dass sie ihn geschlagen hat, bis ein scharfer reißender Schmerz registriert. Sie sticht ihn mehrmals, bevor er eine Chance hat zu reagieren. Er greift an seine Kehle und spürt Blut unter seinen Fingern. Er versucht, Druck auszu-üben, um den Blutfluss zu stoppen, aber es ist zu viel. Die Schlampe stößt ihn hart in die Brust, wodurch er auf den Hintern fällt und auf dem Boden liegt. Sie redet, aber er kann sich nicht auf ihre Worte konzentrieren. Als er sie fragt warum, beugt sie sich über ihn, bringt ihr Gesicht nahe und schenkt ihm ein süßes Lächeln... die Art von Lächeln, die er am liebsten zerstören würde. 'Du weißt doch warum, Troy,' sagt sie, dann wirbelt sie aus der Gasse hinaus und summt eine fröhliche Melo-die. Das Letzte, was er sieht, sind ihre High Heels mit Animal-Print, die sich entfernen.«

Sophie nahm ihre Hand von Holzfällers Arm und trat von seinem Körper zurück, beugte ihre kalten Finger.

»Nun, wir wissen, dass du es nicht warst,« verkündete Amira und schenkte Sophie ein freches Grinsen. »Schuhe mit Tiermus-ter? Besitzt du überhaupt Schuhe, die keine Kampfstiefel sind?«

»Ha ha.« Sophie runzelte die Stirn über Amira, ruinierte aber ihr Stirnrunzeln, als ein Kichern ihre Kehle hinaufbluberte.

»Es klingt, als würden dein Traum und Holzfällers Todesvision übereinstimmen. Gab es Unterschiede zu deinem Traum?« fragte Reggie.

»Alles stimmte überein. Der Traum war nur aus der Perspektive des Mörders, das ist der einzige Unterschied zu Holzfällers Vision.«

»Meine Frage ist: Warum hast du dein eigenes Gesicht gesehen? Gibt es eine Art Zauber oder eine psychische Kraft, die das möglich macht? Es muss ein mythisches Wesen sein,« sagte Reggie. »Vielleicht eine Hexe oder ein mächtiges Feenwesen.«

»Wenn ich raten müsste, würde ich sagen, dass der Mörder einen Weg hat, jeden daran zu hindern, diese Person zu erkennen. Jeder, der nach dieser Person sucht, sieht nur ein Spiegelbild von sich selbst; deshalb hat Sophie nur ihr Gesicht sowohl im Traum als auch in der Vision gesehen. Allerdings habe ich noch nie von irgendeiner Art mythischer Wesen mit der Fähigkeit gehört, Visionen zu blockieren. Ich muss den Polizeichef anrufen. Er muss über diese Situation informiert werden. Und ich werde fragen, ob er jemals von einer Kraft oder einem Zauber gehört hat, der die Identität einer Person vor Hellsehern verbirgt,« sagte Mac.

»Ich habe einmal gelesen, dass jeder lebende Mensch sechs Doppelgänger auf der Welt hat. Ich würde die Möglichkeit nicht ausschließen, dass sie Sophie nur sehr ähnlich sieht,« schlug Ace vor.

»Sie sah nicht ähnlich aus. Es war, als würde ich in einen Spiegel schauen. Wie groß ist die Wahrscheinlichkeit, dass die Person, von der ich eine Vision habe, genauso aussieht wie ich?«

»Ich sage ja nur, es könnte unwahrscheinlich sein, aber du solltest die Möglichkeit nicht ausschließen, dass es nur ein merkwürdiger Zufall ist. Seltsamere Dinge sind schon passiert,« argumentierte Ace.

Reggie nahm die Akte des Opfers und warf Sophie einen seltsamen Blick zu. »Das Opfer hieß übrigens Troy Weatherby, da hattest du recht. Und er wurde in der Gasse neben dem 8th Avenue Pub gefunden.«

»Nun, wir dachten schon, dass ich wahrscheinlich all das Zeug richtig hatte,« sagte Sophie und versuchte ein nonchalantes Achselzucken. Sie streifte ihre Handschuhe ab und warf sie in den Mülleimer.

»Hattest du schon mal andere Träume, in denen du einen Mord mitangesehen hast? Besonders aus der Perspektive des Mörders?« fragte Reggie.

Sophies Herz fühlte sich an, als würde es aus ihrer Brust herausspringen. »Scheiße. Ja, ich glaube, ich habe schon ein paar solche Träume gehabt.«

Als Sophie ein Klingeln in den Ohren verspürte, zog Mac sie in eine Umarmung und rieb sanft ihren Rücken. »Wir werden das alles herausfinden. Mach dir keine Sorgen. Ich werde ein paar Anrufe machen. Ich bin direkt auf dem Flur, falls du mich brauchst, okay?« flüsterte Mac.

»Es klingt, als wäre der Holzfäller, alias Troy, eine Art Serienmörder oder Vergewaltiger. Der Typ schien echt unheimlich,« sagte Amira.

»Ich stimme zu. Ich werde versuchen herauszufinden, ob er ein Vorstrafenregister hat,« sagte Mac und drückte einen sanften Kuss auf Sophies Lippen. Als er sich zum Gehen wandte, ergriff er eine von Sophies Händen und drückte sie beruhigend. Seine Hand fühlte sich warm gegen Sophies kalte und klamme an. Das raue Gefühl seiner Schwielen jagte ihr einen angenehmen Schauer über den Rücken.

Nachdem sie beobachtet hatte, wie die Tür hinter Mac zuschwang, wandte Sophie sich um und sah Troy an. Er hatte in den Visionen bedrohlich gewirkt, aber der Tod hatte ihn zu einer kalten, leeren Hülle gemacht.

Sophies Geist wirbelte mit zu vielen Fragen und Möglichkeiten. Hoffentlich würde Mac einige Antworten finden.

»Wird's dir gut gehen?« fragte Ace, seine normalerweise knappe Stimme weich und besorgt. Ohne ihren Blick von Troys aschfahlem Gesicht zu heben, versuchte Sophie ihren Freund zu beruhigen und sagte, dass es ihr gut gehe. Sie hörte, wie Aces und Amiras leise murmelnde Stimmen immer leiser wurden, als sie aus dem Obduktionsraum gingen.

»Warum setzt du nicht diesmal aus? Ich kann Amira bei der Obduktion assistieren lassen,« schlug Reggie vor, als sie wieder allein waren.

»Ich werde Amira ganz sicher nicht meine Arbeit machen lassen. Ich kann das. Behandle mich nicht wie ein schwaches Mädchen, Reggie. Es war nur der Schock herauszufinden, dass der Kerl aus meinem Traum real war. Es hat mich nur überrascht, das ist alles. Mir geht's gut. Wirklich,« argumentierte Sophie. Sie richtete sich zu ihrer vollen – wenn auch nicht besonders großen – Größe auf und wagte es Reggie, sie daran zu hindern, ihren Job zu machen.

»Ich finde nicht, dass du schwach bist. Aber du hast in letzter Zeit viel durchgemacht. Jeder hat einen Bruchpunkt, also lass nicht zu, dass dein Bedürfnis, stark zu sein, dich über deine Grenzen hinausdrängt. Niemand wird weniger von dir denken, wenn alles zu viel wird.«

»Reg, mir geht's gut. Wirklich. Falls es mir zu viel wird, sage ich dir Bescheid, das verspreche ich,« antwortete Sophie und stieß ihre Schulter gegen Reggies.

Nach einer letzten Bestätigung machten sie sich an die Arbeit.

KAPITEL 2

*A*ls sie mit Troys Obduktion fertig waren, war Mac immer noch nicht zurück. Sophie musste sich davon abhalten, ständig zur Tür zu blicken und zu hoffen, ihn hereinkommen zu sehen. Sie zog den Leichensack zu, verbarg Troy vor ihrem Blick und brachte ihn mit einem erleichterten Seufzer zurück in die Kühlkammer.

»Was für ein Mythisches Wesen war Troy eigentlich? Normalerweise kann ich es aus seiner Todesvision herausfinden, aber ich habe nichts mitbekommen«, fragte Sophie Reggie, während sie eine Bahre mit ihrer nächsten geplanten Obduktion hereinrollte.

Reggie nahm die Akte und überflog die begrenzten Informationen, die er über Troy hatte. »Er war ein Rotkäppchen.«

»Ein was?«

»Rotkäppchen. Sie sind ähnlich wie Kobolde; die meisten ihrer Geschichten stammen aus Schottland und England, glaube ich. Der Legende nach haben sie ihren Namen, weil sie ihre Mützen mit dem Blut ihrer Opfer rot färbten. Sie lebten meist um Burgruinen herum und töteten Reisende, die sich zu nah an ihr Versteck wagten. Ich habe gehört, dass sie in Wirklichkeit meistens Einzelgänger sind und sich zurückziehen«, erklärte Reggie. »Sie tragen nicht einmal unbedingt Mützen.«

»Sieht ein Rotkäppchen menschlich aus, oder haben sie wie Benno eine andere Gestalt?«

Benno, der Besitzer der Kneipe neben ihrem Apartment, war ein Mythisches Wesen, das normalerweise wie ein altmodischer Zirkusstarkmann aussah. Seine wahre Gestalt war ein drei Meter großer Oger mit olivgrüner Haut und Stoßzähnen. Benno hatte eine verzauberte Tätowierung, die ihm erlaubte, zwischen seiner natürlichen Ogergestalt und seiner menschlichen Form zu wechseln, indem er nur ein paar magisch gesprochene Worte sagte.

»In den Legenden sehen Rotkäppchen aus wie kleine alte Männer mit langen scharfen Zähnen, dünnen Fingern mit Krallen und großen roten Augen. Denk an einen scheußlich grausamen Gartenzwerg. Ich bin mir nicht sicher, ob Troy eine eigene Rotkäppchen-Gestalt hatte oder ob das, was wir sahen, sein wahres Aussehen war«, erklärte Reggie und Sophies Augenbrauen hoben sich interessiert. Sophie hatte während der Obduktion eine Tätowierung an Troys Arm bemerkt. »Allerdings hatte er eine Sigilltätowierung, also können wir annehmen, dass er wahrscheinlich eine zweite Gestalt hatte. Aber das ist keine Garantie, da fast alle Mythischen Wesen mindestens eine verzauberte Tätowierung haben.«

»Also war diese Tätowierung an seinem Arm mit der roten Mütze und dem Speer wahrscheinlich ein Verwandlungssiegel, richtig? Welche anderen Arten von magischen Tätowierungen gibt es?« fragte Sophie, während sie eine neue Bahre mit einer frischen Leiche auf die Waage rollte. »Und wie erkennt man eine magische Tätowierung von einer normalen?« Jeden Tag erfuhr Sophie etwas Neues über diese seltsame neue Welt, in der Wesen aus Mythen und Legenden real waren. Manchmal fühlte es sich an, als würde sie in einem Meer von Informationen treiben, das sie immer wieder überspülte. Es gab so viel zu lernen.

»Es gibt alle möglichen Arten, von einfach bis komplex. Es

gibt keinen eindeutigen Weg, eine Sigilltätowierung von einer normalen zu unterscheiden. Die meisten Tätowierungen sind mit einem Zauber versehen, um Mythische Wesen menschlich erscheinen zu lassen, und normalerweise haben sie die gleichen grundlegenden Designs für jede Spezies. Wenn du also eine Rotkäppchen-Tätowierung an jemandem siehst, der menschlich aussieht, sprichst du höchstwahrscheinlich mit einem Rotkäppchen. Die meisten haben eine Beschwörungsformel um sie herum tätowiert. Diese Worte müssen gesprochen werden, um den Zauber zu aktivieren oder zu deaktivieren.«

»Also, wenn ich die Worte des Zaubers auf jemandes Tätowierung kennen würde, könnte ich ihren Zauber aktivieren?« fragte Sophie fasziniert.

»Nein«, sagte Reggie und schüttelte den Kopf. »Die einzige Person, die ihre Tätowierung aktivieren kann, ist die Person, die die Tätowierung trägt. Außerdem haben die Zauber keine Standardsprache, in der sie geschrieben sein müssen, sie könnten also in Hunderten verschiedener Sprachen sein. Sogar in toten. Meine Tätowierung ist auf Griechisch, und die einzigen griechischen Worte, die ich kenne, sind für meine Tätowierung.«

»Moment, du hast eine Tätowierung? Ich hätte dich nicht als den Typ für Tattoos eingeschätzt«, fragte Sophie mit vor unterdrückter Neugier leuchtenden Augen.

»Nur die eine. Sie ist zur Korrektur meiner Sehkraft«, sagte Reggie, krempelte seinen Ärmel hoch und zeigte Sophie eine kleine Tätowierung eines anatomischen Auges mit einer unleserlichen Schrift darunter.

»Die Details sind erstaunlich. So präzise«, sagte Sophie das einzig Positive, was ihr einfiel, und biss sich auf die Lippe, um nicht zu grimassieren.

Reggie schnaubte amüsiert. »Es ist für den Tätowierer einfacher und günstiger, eine genaue Darstellung dessen zu verzaubern, was repariert oder verändert werden muss, als ein abstraktes, künstlerisches Bild zu schaffen. Es ist nicht hübsch, aber es funktioniert.«

»Denkst du, du wirst noch mehr bekommen? Ich habe festgestellt, dass man süchtig wird, sobald man eine hat.«

»Nein. Sie sind ziemlich teuer, also haben die meisten Mythischen Wesen normalerweise nur Tätowierungen für wichtige Probleme oder erforderliche Tarnung, wie Bennos. Er kann nicht in seiner wahren Ogergestalt im menschlichen Reich leben, also brauchte er eine Tätowierung, um menschlich auszusehen. Er könnte andere Sigilltätowierungen haben – das müsstest du ihn fragen – aber ich wäre überrascht«, erklärte Reggie.

»Wirklich? Ich dachte, Leute würden sich verzaubern lassen, um schöner oder dünner auszusehen.«

»Es wäre viel günstiger, eine Schönheitsoperation zu machen, als eine Sigilltätowierung zu bekommen. Ich habe Jahre gebraucht, um für meine zu sparen. Der einzige Grund, warum ich mich überhaupt dafür entschieden habe, war, dass meine Kurzsichtigkeit Probleme bei meiner Arbeit verursachte.«

»Wenn eine Sigilltätowierung so teuer ist, warum nicht einfach eine Laser-OP oder so machen?«

»Nun, ich hatte Korrekturbrillen, bis ich für die Tätowierung sparen konnte. Es ist den Preis und das Warten wert, weil es mir nicht nur garantiert perfekte Sicht gibt, sondern auch Nachtsicht. Ich ließ ein paar andere Funktionen hinzufügen, wie Vergrößerung und Infrarotsicht.«

»Infrarot! Das klingt so cool. Wie bekommt man so eine? Gibt es einen besonderen Ort, zu dem man gehen muss?«

»Es gibt ein paar Feen-eigene Tätowierstudios in der Stadt, die sich auf Sigilltätowierungen spezialisiert haben«, erklärte Reggie und krempelte seinen Ärmel wieder herunter.

»War ja klar. Natürlich gibt es die.«

»Bist du bereit?« fragte Reggie und stellte sein Handy ein, um die neue Obduktion aufzunehmen.

* * *

Knapp eine Stunde später, als Sophie gerade den Wolfsgestaltenwandler, den sie eben fertig gemacht hatten, in die Kühlkammer rollte, kam Amira mit einem freudigen Ausdruck im Gesicht aus ihrem Büro.

»Was?« fragte Sophie vorsichtig, während ihr Unfug-Alarm in ihrem Kopf eine Warnung läutete.

»Also... Du und Mac. Ihr beiden saht sehr vertraut aus«, sagte Amira und klimperte dramatisch mit ihren lächerlich langen Wimpern.

»Ich hatte gerade eine Panikattacke. Er hat mich nur getröstet.«

»Getröstet, hm? Nennen sie es heutzutage so? Er sah dich an, wie Fitz Focaccia ansieht«, sagte Amira mit einem verschwörerischen Grinsen. »Ich sah, wie er dich geküsst hat. Was ist eigentlich passiert, nachdem wir gestern Abend deine Wohnung verlassen haben?«

»Ugh. Du nervst«, sagte Sophie. »Ja, etwas ist letzte Nacht passiert. Nun, eher heute Morgen, aber egal. Nachdem er mich aus meinem Albtraum geweckt hatte, bat ich ihn, bei mir zu schlafen. Nur schlafen!« betonte Sophie, als sie die Freude in Amiras Gesicht entstehen sah. »Etwas an dem Traum hat mich erschreckt, und ich wollte nicht allein sein. Am Morgen haben wir uns ein bisschen geküsst. Mehr nicht!«

»Das ist alles? Langweilig!« sang Amira. »Ich will pikante Details. Nicht so einen FSK-12-Romantik-Mist.«

»Es tut mir so leid, dich zu enttäuschen.«

»Kein Grund für Sarkasmus«, sagte Amira, aber Sophie war anderer Meinung; es gab jeden Grund für Sarkasmus. »Also, was passiert als nächstes mit euch beiden?«

»Ich weiß es noch nicht. Es ist so neu. Ich hatte gehofft, es eine Weile unter Verschluss zu halten.«

»Du bist naiv. Jeder weiß es. Ihr seid beide super offensichtlich. Im Ernst, da fliegen Funken. Also... denkst du, es ist ernst?«

»Ich denke, es könnte eines Tages ernst werden. Da ist Potenzial. Er wollte mich nach der Arbeit heute Nacht zum Frühstück ausführen, aber jetzt weiß ich nicht, was passieren wird«, antwortete Sophie.

»Nun, wenn du pikante Details bekommst, will ich sie haben«, verkündete Amira fröhlich und machte 'gib her, gib her' greifende Handbewegungen.

»Klar«, beschwichtigte Sophie und schob die Bahre von ihrer vielleicht verrückten Freundin weg, ohne jede Absicht, persönliche 'pikante' Details mit irgendjemandem zu teilen.

Als sie die Bahre in den Hauptobduktionsraum rollte, entdeckte Sophie Mac im Gespräch mit Reggie. Bei dem Geräusch ihres Eintritts drehte Mac den Kopf und fing Sophies dunkle Augen mit seinen hellblauen ein.

»Alles in Ordnung?« fragte Sophie und konnte den Ausdruck in Macs Gesicht nicht deuten.

»Reggie hat mir gerade erzählt, dass die geschätzte Todeszeit mit dem Zeitpunkt übereinstimmt, als ich dich aus deinem Albtraum geweckt habe. Das sind gute Nachrichten, weil es bedeutet, dass du ein Alibi hast. Allerdings habe ich mit dem Polizeichef gesprochen, und er will, dass ich dein Foto zur Kneipe bringe und schaue, ob dich jemand erkennt, nur um alle Grundlagen abzudecken. Er besteht auch darauf, dass er dich persönlich treffen muss, basierend auf deinen Visionen von Weatherbys Mord und deiner früheren Hilfe bei der Entdeckung von Edwyns Plan. Er sagte, er müsse sicherstellen, dass du 'aufrichtig' bist – was ich ihm höflich als Unsinn bezeichnet habe. Allerdings hat er die Macht, dir zu verbieten zu helfen. Wenn der Polizeichef denkt, du bist gefährlich oder würdest Probleme verursachen, kann er dich entlassen lassen. Er kommt um 5 hierher. Er will mit der ganzen Crew sprechen, aber besonders mit dir, Sophie.«

»Ach, komm schon! Wenn ich die Mörderin wäre, denkst du, ich hätte den Traum gestanden? Ich hätte lügen oder vorgeben können, ich hätte den Holzfäller nie gesehen, und niemand wäre klüger gewesen. Wenn ich die Mörderin wäre, ergibt mein ganzes Verhalten heute Nacht keinen Sinn«, sagte Sophie und verdrehte die Augen.

»Ich glaube nicht, dass Polizeichef Dunham glaubt, dass du die Mörderin bist. Er will nur die Situation hier beobachten, da er viel Vertrauen in deine Visionen setzt«, versicherte Mac Sophie. »Er besteht darauf, eine deiner Obduktionen mitzuerleben, nur als Warnung.«

Sophie schnaubte verärgert und fühlte sich wie eine Jahrmarktsattraktion, die zur Unterhaltung anderer auftrat. Sie konnte intellektuell verstehen, dass der Polizeichef ihre Fähigkeit selbst sehen musste, aber es ließ Sophie sich unbehaglich und nicht vertrauenswürdig fühlen.

Sie schüttelte ihre wenig hilfreichen Emotionen ab und rollte die Bahre schließlich zur Röntgenstation. Als Mac sich räusperte, blickte Sophie hinüber und sah ihn mit einem beschämten Ausdruck sein Handy hochhalten.

»Was?«

»Ich muss ein Foto von dir machen, um es den Barkeepern zu zeigen.«

»Nein«, jammerte Sophie und blickte auf ihre abgetragenen Kittel und abgenutzten Stiefel hinab.

»Beruhig dich. Ich brauche nur ein Foto.«

Als Mac sein Handy hob, um das Foto zu machen, streckte Sophie die Zunge heraus und zeigte ihm den Mittelfinger. Mac machte schnell ein Foto von Sophie, bevor sie die Grimasse fallen ließ.

»Das nehme ich als mein Hintergrundbild. Jetzt hör auf, Gesichter zu machen, und lass mich das verdammte Foto machen.«

Nachdem Mac das Foto gemacht hatte, versprach er, vor Polizeichef Dunhams Ankunft in ein paar Stunden zurückzukehren.

»Und sobald wir mit Dunham fertig sind, führe ich dich definitiv zum Frühstück aus«, schwor Mac.

KAPITEL 3

»*J*ch habe eine Frage«, sagte Sophie und reinigte und desinfizierte die chirurgischen Instrumente und Elektrowerkzeuge, bevor sie mit der nächsten Obduktion begannen. »Diese letzte Obduktion – das war ein Mensch, der von einem Vampir getötet wurde, richtig? Was passiert also jetzt mit dem Vampir?«

»Wie meinst du das?« fragte Reggie und blickte von der Akte auf, in die er seine abschließenden Notizen eintrug.

»Nun, ich meine, werden sie ihn verhaften? Ein Vampir kann doch nicht einfach vor ein normales Gericht gestellt werden, oder? Ich kann mir nicht vorstellen, dass man Vampire in ein normales Gefängnis stecken könnte. Gibt es so etwas wie ein Vampirgefängnis?«

»Alle Verbrechen, die von Mythischen Wesen begangen werden, fallen unter die Zuständigkeit des Conclave. Sie werden die Einzelheiten des Verbrechens anhören und entscheiden, was mit dem Täter geschieht. Je nach Art des Verbrechens überlassen sie die Bestrafung normalerweise dem Domus des Vampirs. Manchmal ordnet das Conclave eine Hinrichtung für etwas besonders Abscheuliches an. Die Justiz neigt dazu, in der Welt der Mythischen Wesen im Vergleich zur menschlichen Welt schnell und 'endgültig' zu sein«, erklärte Reggie. »Das Conclave hat einen Ort, an dem sie diejenigen unterbringen, die auf ihr Urteil warten, aber sie betreiben kein Gefängnis für Mythische Wesen. Sie haben auch ein paar Zellen auf der Polizeiwache, um Mythische Wesen vorübergehend unterzubringen. Die Gitterstäbe der Zellen mussten verstärkt werden, damit Gestaltwandler nicht ausbrechen können.«

»Hmm«, sagte Sophie nachdenklich. »Das klingt nach einem effizienteren System.«

»Das mag sein, aber nur, wenn du dem Urteil und den Absichten deiner Anführer bedingungslos vertraust. Macht über das Leben eines anderen zu haben, ist eine ernste Verantwortung. Wenn sie falsche Informationen erhalten oder voreingenommen, kompromittiert oder korrupt sind – all das kann zu einem System führen, in dem Unschuldige misshandelt werden. Schnelle Justiz klingt nur in einer perfekten Welt verlockend. Die reale Welt ist chaotisch und kompliziert. Deshalb ist das, was wir hier tun, so wichtig. Wir dürfen nicht zulassen, dass Verbrechen von Mythischen Wesen unbestraft bleiben, und wir dürfen nicht zulassen, dass sie von ahnungslosen Menschen aufgedeckt werden. Aber wir müssen auch sicherstellen, dass das Conclave die genauesten Informationen erhält, damit sie gerecht urteilen können.«

»Puh. Kein Druck also.« Sophie verzog das Gesicht. »Ich habe nicht daran gedacht, dass ich Menschen verletzen könnte, wenn ich meine Visionen falsch deute.«

»Denk nicht so darüber nach. Deine Visionen müssen immer noch durch Fakten und Beweise der Polizei gestützt werden. Deine Visionen können der Polizei helfen, auf die richtige Spur zu kommen, aber sie können nicht allein verwendet werden, um jemanden zu verurteilen. Die Beweislast liegt bei der Polizei, unwiderlegbare Beweise zu beschaffen.«

Bevor Sophie antworten konnte, wurde ihre Aufmerksamkeit

von Stimmen vor der Tür abgelenkt. Sie erkannte sofort Macs raue Stimme, aber die andere, tiefe Stimme war ihr unbekannt. Kaum hatte sie das letzte Werkzeug desinfiziert und auf das Tablett gelegt, öffnete sich die Tür zum Obduktionsraum. Mac trat ein, begleitet von einem unbekannten Mann. Der Mann, vermutlich Ende fünfzig mit einem hängenden, buschigen Schnurrbart, folgte direkt hinter Mac. Eine dicke Brille umrahmte müde Augen, die schnell und skeptisch durch den Raum wanderten. Ein paar dünne Haare bedeckten den Oberkopf, der von einem Haarkranz umgeben war, der mehr grau als braun war. Der Mann war imposant in jeder Hinsicht: großer Körper, buschige Augenbrauen, kräftiger Bauch, machtvolle Präsenz.

Sophie starrte in durchdringende ockerfarbene Augen mit so tiefen Tränensäcken darunter, dass sie wie Stofffalten aussahen. Sie bekam sofort das Gefühl, dass er nicht beeindruckt war von dem, was er sah. Er schien nicht der Typ zu sein, der sich mit Unsinn abgab, und Sophie war voller Unsicherheiten.

»Ist sie das?« fragte er und wandte sich Mac zu.

»Ja, Sir, das ist Sophie Feegle«, antwortete Mac. »Sophie, das ist Polizeichef Wilford Dunham.«

»Freut mich, Sie kennenzulernen«, sagte Sophie und unterdrückte den seltsamen, plötzlichen Drang zu salutieren.

»Ich würde Ihnen die Hand schütteln, aber...« sagte Dunham und nickte auf Sophies behandschuhte Hände, woraufhin Sophie schmunzelte.

Vielleicht wird das gar nicht so schlimm, dachte Sophie und begann zu glauben, dass ihr erster Eindruck von Dunham falsch gewesen war. Vielleicht hatte er doch Humor.

»Ich würde gern eine Ihrer Todesvisionen beobachten und Ihnen dann ein paar Fragen stellen. Haben Sie Einwände?«

Sophie schüttelte den Kopf und teilte Dunham mit, dass sie gleich mit der nächsten Obduktion beginnen würde. Als sie die neue Bahre hereinrollte, gingen sie und Reggie zügig durch die

Vorbereitungsschritte des Wiegens und Röntgens der Leiche. Reggie verriegelte die Räder der Bahre und positionierte den Schwenkarm der hellen Deckenlampe, wodurch die Frau auf der Bahre beleuchtet wurde.

»Bist du bereit, Soph?« fragte Reggie, sein Finger schwebte über der Aufnahmetaste seines Handys.

Sophie räusperte sich mehrmals und wünschte sich einen Moment lang, sie hätte am Trinkbrunnen angehalten, bevor sie nickte und an die Seite der kalten Metallbahre trat. Blutergüsse waren an den blassen Armen der Frau sichtbar. Sophie legte ihre Hand behutsam auf einen makellosen Bereich auf dem Handrücken der Frau.

Mit einem langsamen, kontrollierten Ausatmen begann Sophie, die Vision zu schildern, die sich in ihrem Geist entfaltete.

»Sie schläft tief, als ein Geräusch sie aufweckt. Als sie zu ihrem Mann hinüberblickt, schnarcht er leise, aber sie bemerkt, dass sein Handy mit einer eingehenden Nachricht aufleuchtet. Sie findet es seltsam, dass er so spät in der Nacht eine SMS bekommt. Vielleicht ist es ein Notfall. Sie nimmt vorsichtig sein Handy. Als sie auf den Bildschirm schaut, sieht sie eine Nachricht von jemandem namens Giselle. Sie weiß, dass es eine Frau in Victors Büro namens Giselle gibt. Er hat ihr erzählt, dass Giselle aufdringlich und klatschsüchtig sei. Er sagte, dass er genervt war, weil er vor ein paar Wochen mit ihr zu dieser Konferenz musste, und er konnte es kaum erwarten, nach Hause zu kommen und weg von ihrem ständigen Geplapper zu sein. Die Nachricht lautet: 'Vermisse dich heute Nacht. Ich mag es nicht mehr, ohne dich zu schlafen.' Sie weckt Victor unsanft auf und verlangt zu wissen, warum Giselle ihm mitten in der Nacht schreibt. Victor versucht ihr zu sagen, dass die Nachricht ein Scherz ist, den seine Kollegen alle miteinander spielen. Dann sagt er hastig: 'Renee, ich betrüge dich nicht. Giselle ist von mir besessen. Ich habe ihr gesagt, sie soll mich in Ruhe lassen, aber sie schreibt mir weiterhin. Ich habe es dir nicht erzählt, weil ich nicht wollte, dass du dir

Sorgen machst. Ich glaube, Giselle könnte völlig durchgeknallt sein.'

»Angewidert von seinen offensichtlichen und schwachen Lügen beginnt sie eine Antwort an Giselle zu tippen. Als Victor sieht, was sie tut, springt er panisch aus dem Bett und versucht, das Handy aus Renees Hand zu reißen. Als sie erkennt, was er vorhat, weicht sie schnell zurück und schließt sich im Hauptbadezimmer ein. Während Victor verzweifelt an die Tür hämmert, scrollt sie durch alte Nachrichten auf seinem Handy. Renee schreit vor Wut und Entsetzen auf, als sie all die intimen Nachrichten und Nacktfotos sieht, die die beiden ausgetauscht haben. Sie reißt die Badezimmertür auf, nennt Victor einen Bastard und schleudert das Handy nach ihm. Sie schreit, dass sie die Scheidung will. Das Handy trifft Victor direkt ins Auge. Oh Mann, sie hat ihn voll erwischt. Das macht Victor rasend vor Wut; er nennt Renee eine verdammte Schlampe und stößt sie brutal. Sie stolpert und schlägt sich auf dem Weg nach unten den Kopf hart an der Toilette oder vielleicht der Badewanne; ich kann nicht genau erkennen, was es ist. Sie ist benommen vom Kopfschlag, und alles wird verschwommen und unscharf. Er kniet schwer auf ihr und beginnt, Renee erbarmungslos zu schlagen, und dann beginnt er, sie zu würgen, als sie verzweifelt versucht, sich zu wehren. Sie versucht, einen Verteidigungszauber zu sprechen, um ihn zurückzustoßen, aber sie kann die Worte nicht herausbekommen, weil er ihren Hals so fest zusammendrückt. Das Letzte, was sie sieht, ist, wie er kalt schwört, dass sie ihn niemals verlassen wird – dass er sie eher töten wird.«

Sophie öffnete die Augen und trat langsam von der Bahre zurück. Sie starrte einen langen Moment auf Renees friedliches Gesicht. Sie musste mehrere tiefe Atemzüge nehmen, um die brennende Wut zu unterdrücken, die sie für Victor empfand. Sophie wollte ihn aufspüren und ihn im Namen von Renee zur Rechenschaft ziehen. Mal sehen, wie ihm das gefallen würde. Außerdem musste sie dringend etwas tun, um die ungewollten

Bilder von Victors Intimbereich wieder aus ihrem Kopf zu bekommen.

»Läuft das normalerweise so ab?« fragte Dunham und riss Sophie aus ihren rachsüchtigen Gedanken.

»Im Wesentlichen«, antwortete Sophie. »Manchmal ist die Vision wie durch die Augen von jemand anderem zu schauen, und manchmal ist sie so lebendig, als wäre ich persönlich anwesend. Als ich anfing, diese Visionen zu bekommen, war alles undeutlicher und traumähnlicher. Sobald ich erkannte, dass alles real war, begann ich, mich bewusst auf die Details zu konzentrieren. Jetzt kann ich manchmal sogar die Gedanken und Gefühle des Opfers wahrnehmen. Normalerweise bin ich mir bewusst, wo ich bin und dass ich eine Vision beobachte, die sich vor mir abspielt. Sehr selten werde ich vollständig in die Vision hineingezogen und verliere dabei das Bewusstsein für meine Umgebung.«

»Wir haben die Theorie entwickelt, dass je näher Sophie das Opfer zum Zeitpunkt des Todes berührt, desto intensiver und lebendiger ist die Vision. Meine andere Theorie ist, dass wenn die verstorbene Person magische Fähigkeiten besaß, Sophies Magie stärker darauf reagiert«, erklärte Reggie fachmännisch.

»Verstehe«, sagte Dunham nachdenklich. »Was passiert normalerweise als Nächstes?«

»Wir führen eine gründliche Obduktion am Opfer durch. Dann sende ich die Audiodatei von Sophies Vision zusammen mit dem detaillierten Obduktionsbericht an Mac, damit der zuständige Ermittler alle relevanten Informationen erhält«, erklärte Reggie. »Möchten Sie auch bei der Obduktion dabeibleiben?«

KAPITEL 4

Zu Sophies völliger Enttäuschung beschloss Polizeichef Dunham tatsächlich, einer weiteren Obduktion beizuwohnen. Glücklicherweise war es die letzte Obduktion, die für die Nacht geplant war, also musste sie nur noch eine überstehen und sich zusammenreißen, dass sie wie ein Zirkusfreak behandelt wurde.

Als sie fertig waren, war Sophie gereizt und verstimmt. Es war nicht so, dass der Polizeichef aufdringlich oder unhöflich gewesen wäre; Sophie mochte es einfach nur nicht, dass er da war.

»Bitte schicken Sie mir sowohl die Audioaufnahmen als auch Ihre Obduktionsberichte von heute Nacht. Ich möchte sie mit den offiziellen Polizeiberichten vergleichen, wenn ich wieder in meinem Büro bin.«, sagte Dunham zu Reggie.

»Glaubst du etwa nicht an die Echtheit von Sophies Visionen? Wie kannst du daran zweifeln, nachdem du gesehen hast, wie die Details ihrer Visionen mit den Obduktionen übereinstimmten? Die erste Frau hatte eine Prellung am Hinterkopf und war durch Strangulation gestorben, genau wie Sophie gesagt hat.«, argumentierte Reggie.

Dunham hob beschwichtigend eine Hand, um Reggies Tirade zu stoppen. »Ich stelle die Authentizität von Sophies Visionen nicht in Frage. Ich erfülle nur meine Sorgfaltspflicht hier. Ich kann nicht autorisieren, dass ihre Visionen in Fällen verwendet werden, es sei denn, ich habe konkrete Beweise für ihre Genauigkeit. Ich muss dies dem Conclave berichten, und ich muss diese Entscheidung gegenüber meinen Vorgesetzten rechtfertigen können.«

»Keine Sorge. Das ist völlig nachvollziehbar für uns«, warf Sophie ein und schob sich zwischen Reggie und Dunham, um sicherzustellen, dass Reggie nichts sagte, was den Polizeichef verärgern könnte.

»Sophie, ich brauche dich heute Morgen um 9 in meinem Büro. Ich werde ein paar weitere Fragen haben, nachdem ich die Polizeiberichte von beiden Obduktionen durchgesehen habe«, informierte Dunham Sophie.

»Kann ich bei dem Treffen dabei sein?«, fragte Mac, der bisher nur still zugehört hatte.

»Ich werde es erlauben. Wir sehen uns beide um 9. Eigentlich, wisst ihr was? Ich brauche Frühstück. Es war eine lange Nacht. Lasst uns stattdessen um 8 im The Mission Bean treffen.«

Dunham wandte sich um, um Reggie dafür zu danken, dass er seinen Obduktionsraum zur Beobachtung geöffnet hatte, bevor Mac oder Sophie antworten konnten, und verließ den Raum mit einer nachdenklichen Miene.

»Nicht gerade ein warmherziger Typ, was?«, murmelte Sophie und brachte Mac zum Kichern.

»Nicht wirklich«, stimmte er zu. »Verdammt. Ich wollte dich eigentlich zum Frühstück ausführen.«

Sophie zuckte mit den Schultern in einer 'Na und?'-Geste.

»Ich hole das nach«, schwor Mac.

»Hey.« Sophie stieß Mac an und flüsterte, nur für den Fall, dass Dunham noch in der Nähe war. »Was für ein mythisches Wesen ist Dunham? Ist er ein Bulldoggen-Gestaltwandler?«

»Was? Nein. Warum denkst du das?«

»Findest du nicht, dass er irgendwie wie eine Bulldogge in menschlicher Form aussieht? Er hat die Wangen dafür«, sagte Sophie und brachte Reggie und Mac zum Kichern.

»Du weißt schon, dass Gestaltwandler so nicht funktionieren, oder? Findest du, ich sehe wie ein Opossum aus? Antworte nicht darauf. Ich will es nicht wissen«, neckte Reggie.

»Also, was ist Dunham?«

»Er ist ein Bärengestaltwandler. Ein Grizzly, glaube ich«, sagte Mac und kicherte über Sophies schockierten Gesichtsausdruck. »Ich erkenne diesen Blick in deinen Augen – das ist mein Chef. Eigentlich der Chef meines Chefs, also stell heute beim Treffen keine unangebrachten Fragen.«

»Was haben die Barkeeper gesagt, als du ihnen Sophies Foto gezeigt hast?«, fragte Reggie und wechselte das Thema.

»Sie waren sich nicht sicher. Beide Barkeeper erinnerten sich an eine blonde Frau, aber es war eine geschäftige Nacht und sie beachteten sie nicht weiter. Einer dachte, du kämest ihm bekannt vor, war sich aber nicht sicher. Warst du jemals in dieser Kneipe?«, fragte Mac.

Sophie schüttelte den Kopf. »Und was bedeutet das jetzt für mich?«

»Nichts. Du hast ja schon ein Alibi. Ich habe einen Kontakt beim Conclave, der ein Magie-Experte ist. Ich habe ihm eine E-Mail geschrieben, um herauszufinden, ob er schon einmal von jemandem gehört hat, der seine Identität vor Hellsehern verbergen kann«, sagte Mac.

»Ich bin keine Hellseherin«, rief Sophie aus und dachte an das Klischee einer Wahrsagerin im langen Rock, die in eine Kristallkugel starrt.

»Du hast Visionen von den letzten Momenten der Menschen… Wie würdest du das denn sonst nennen?«, knurrte Mac und milderte die Worte mit einem Grinsen.

»Niemand mag einen Klugscheißer«, knurrte Sophie gespielt und schnitt Mac eine Grimasse.

Ein Summen vom Telefon in Macs Hand unterbrach seine Erwiderung. Als er las, was auf dem Bildschirm stand, beobachtete Sophie, wie Macs Augenbrauen sich hoben.

»Was?«, fragte sie.

»Der leitende Ermittler des Falls hat in seiner Wohnung einen Haufen Beweise gefunden, dass Troy Weatherby ein Serienmörder war. Es gab Dutzende Fotos und Trophäen von seinen Opfern überall im Haus. Jetzt vermuten sie, dass Troys Mord entweder Notwehr oder ein Racheakt war.«

»Das passt zu meinen Visionen. Der Mörder hatte es gezielt auf Troy abgesehen. Das beruhigt mich irgendwie. Ist das seltsam? Ich meine, ich weiß, dass ich ihn nicht getötet habe. Aber der Traum war so realistisch, dass es sich anfühlte, als hätte ich Troy ermordet. Zu erfahren, dass er ein Serienmörder war, lässt mich weniger schuldig fühlen.«

»Ich denke nicht, dass das seltsam ist. Du solltest dich so oder so nicht schuldig fühlen. Ich war da, als du aufgewacht bist, erinnerst du dich? Du warst entsetzt«, sagte Mac. »Du hast nichts damit zu tun, außer ein unwilliger Zeuge zu sein.«

»Laut meinem Traum war Troys Mord keine Notwehr. Das lässt Rache als mögliches Motiv übrig. Allerdings fühlte es sich nicht persönlich an. Wenn Troy sie oder jemanden, den sie liebte, verletzt hätte, wäre sie nicht voller Wut gewesen? Sie war... ich weiß nicht genau. Aber es war, als hätte sie Spaß gehabt. Es fühlte sich mehr wie Selbstjustiz als persönliche Rache an«, erklärte Sophie und versuchte, die Gefühle, die sie aus der Vision des Mörders aufgenommen hatte, in Worte zu fassen.

»Die ermittelnden Detektive werden sich auf Troy und mögliche Verbindungen konzentrieren, die der Mörder zu ihm haben könnte. Sie werden sich auf Familie, Freunde und Opfer konzentrieren. Ich denke, wir müssen uns auf deine Visionen konzentrieren«, erklärte Mac. »Lass uns durchgehen, was du von früheren Träumen erinnerst, damit wir diese Informationen haben, falls der Chef fragt.«

»Ihr könnt mein Büro oder das Hauptbüro benutzen, aber die Frühschicht wird wahrscheinlich bald eintreffen. Und die sind fast alle Menschen«, sagte Reggie.

»Warum gehen wir nicht zur Polizeizentrale? Das oberste Stockwerk ist ausschließlich für die Mythische Abteilung der SFPD reserviert, also könnten wir dort alles in Ruhe besprechen. Außerdem ist es nur ein paar Blocks vom The Mission Bean entfernt, also könnten wir danach dorthin laufen.«

»Verdammt ja! Ich will sehen, wo du arbeitest. Wo du mit deinem scharfen Verstand Verbrechen aufklärst«, sagte Sophie und brachte Mac dazu, die Augen zu verdrehen, als würde er um göttliche Geduld bitten.

Reggie lehnte eine Einladung ab, sich ihnen anzuschließen, und erklärte, dass er nicht viel helfen würde, aber sie sollten ihn wissen lassen, wenn sie seine medizinische Expertise benötigten.

»Ich fahr uns. Das dauert nur zehn Minuten«, bot Mac an.

»Klingt gut. Lass mich aus meinen Scrubs wechseln. Ich treffe dich in ein paar Minuten unten in der Lobby«, sagte Sophie.

Wieder in ihrer Straßenkleidung, ging Sophie hinaus in die Lobby.

»Auf Wiedersehen, Frau Zhao. Einen schönen Tag noch«, verabschiedete sich Sophie von der tadellos gekleideten Empfangsdame, als sie ein paar Minuten später das Büro der Gerichtsmedizin verließen.

»Auf Wiedersehen, Sophie. Hab einen schönen Tag, Liebes«, rief Frau Zhao von ihrem Reich hinter dem Empfangstresen.

»Wie alt, glaubst du, ist Frau Zhao?«, sagte Sophie leise, völlig unbegründet besorgt, dass Frau Zhao sie hören könnte, obwohl sie draußen auf dem Parkplatz vor dem Gebäude standen. Irgendetwas an Frau Zhao ließ Sophie vorsichtig sein, obwohl sie sonst selten Zurückhaltung zeigte. »Sie sieht aus, als wäre sie Mitte dreißig, aber ich bin mir nicht sicher. Sie hat diese alters-

GWEN DEMARCO

lose Weisheit – als hätte sie alles gesehen und duldet keine
Narren.«

Mac blickte zurück in Richtung der Lobby des Büros der
Gerichtsmedizin, wo Frau Zhao sicher hinter den reflektie-
renden Glastüren eingenistet war.

»Über Dilongs ist nicht viel bekannt. Chinesische Drachen
sind ein ziemlich geheimnisvolles Völkchen. Sie könnte hundert
Jahre alt sein, soweit ich weiß. Oder genau das, was sie zu sein
scheint: eine Frau in den Dreißigern im blauen Hosenanzug«,
sagte Mac und zuckte die Schultern.

Mac führte Sophie zu seiner makellos sauberen und ausgesprochen langweiligen viertürigen Limousine. Mac begann, die
Tür aufzuschließen, hielt aber inne, drehte sich um und lehnte
sich gegen die Seite seines glänzenden grauen Autos.

»Es tut mir leid wegen all dem«, sagte er.

»Wofür tut es dir leid?«

»Das ist nicht das Frühstücks-Date, das ich mir für uns vorgestellt hatte«, murrte er und strich Sophie eine Haarsträhne
hinters Ohr. Sophie stockte der Atem, als er sich näher beugte,
aber anstatt sie zu küssen, schloss er die Tür auf und führte
Sophie hinein.

Die Fahrt dauerte weniger als zehn Minuten. San Franciscos
Polizeizentrale lag nördlich des Büros der Gerichtsmedizin, auf
der anderen Seite von Dogpatch, einen Block vom Rand der
Bucht entfernt.

Ähnlich wie das Büro der Gerichtsmedizin war das Gebäude,
in dem sich die Polizeizentrale befand, eine große, glänzende
quadratische Kiste – alles scharfkantige moderne Gestaltung.
Nebenan, im Kontrast, stand eine rote Backstein-Feuerwache,
deren altmodischer Charme die karge Ästhetik der Polizeistation
noch mehr hervorhob. Die Feuerwache schien fast in das
Gebäude der Polizeizentrale hineingeschmiegt zu sein. Als würde
die SFPD die Feuerwehr in ihren kalten, gleichgültigen Armen
umarmen.

Sophie bewunderte die Dichotomie von San Franciscos Landschaft: alte, großartige Architektur, die zwischen aufragenden, modernen Entwicklungen und heruntergekommenen Lagerhäusern eingeklemmt war. Neuer, glänzender Fortschritt zerquetschte das Alte unter seinem technologischen Fuß in anderen Städten, aber hier hielt sich das Alte mit einem hartnäckigen, wilden Griff fest.

Wenn die Polizeizentrale nicht so hell geglänzt hätte, würde sie genau wie ein Gefängnis aussehen. Sophie grinste über die Ironie, dass die Polizei fleißig daran arbeitete, Kriminelle an einen Ort zu bringen, der so sehr wie der Ort aussah, an dem sie bereitwillig ihre Tage verbrachten.

Sophie folgte Mac durch eine große, hallende Lobby voller Beton, natürlichem Holz und Glaswänden. Es war karg und unwirtlich, mit nur einer runden wolkengrauen Couch, um das sich wiederholende Muster von Rechtecken zu durchbrechen. Mac ging an einem großen Empfangsfenster vorbei zu einer Reihe von Aufzügen. Mit einer Schlüsselkarte betraten sie den Aufzug und fuhren in den fünften Stock.

»Schöner Ort«, sagte Sophie und versuchte, den Sarkasmus zu dämpfen, der hervorbrechen wollte.

»Sicher ist er das. Hier ist es so einladend und warm wie in einem Wassertank«, sagte Mac trocken. Sophie lachte, die Spannung, die sich langsam ihre Wirbelsäule hinaufgeschraubt hatte, lockerte ihren Griff auf ihre Muskeln.

Mac zupfte ständig am Kragen seines Hemdes und zuckte unter dem Anzugsjackett mit den Schultern.

»Hast du Flöhe?«, fragte sie.

Mac schaute Sophie erschrocken an. »Was? Nein, warum fragst du das?«

Sophie grinste spöttisch und imitierte, wie Mac ständig an seinem Hemd zupfte.

»Dieser Anzug nervt mich«, erklärte er. »Nicht jeder kann anziehen, was er will zur Arbeit. Ich muss professionell wirken.«

»Hmm, ich mag Anzüge«, neckte Sophie und ließ ihre Blicke auf Macs anzugbedeckter Gestalt verweilen.

»Soph«, knurrte er. Mac hatte eine Art, ihren Namen zu sagen, als wäre es eine Warnung. Mac begann, nach Sophie zu greifen, aber das Klingeln des ankommenden Aufzugs ließ Sophie mit einem schelmischen Lachen davonhüpfen.

Als sie den Aufzug verließen, folgte Sophie Mac durch eine weit offene Etage voller einem Meer beiger Kabinen.

»Das ist das Großraumbüro«, sagte Mac und winkte mit der Hand zu den geordneten Reihen von Schreibtischen. »Diese ganze Etage ist der Mythischen Abteilung der SFPD gewidmet. Wir bearbeiten alle Gestaltwandler- oder Mythische Verbrechen von Sonoma bis San Mateo. Mein Schreibtisch ist hier drüben.«

Mac trat in eine der stoffbezogenen Kabinen in der zweiten Reihe der Kabinenfarm. Er schnappte sich einen Bürostuhl aus der Kabine gegenüber seiner und rollte den Stuhl neben seinen. Sophie nahm den Platz an und sah sich an Macs makellosem Arbeitsplatz um. Grinsend wie ein Kobold glitt sie mit dem Finger langsam über den Lederschreibtischschutz und schob die fünf perfekt platzierten Stifte neben einem Notizblock aus der Ausrichtung. Mac schnappte sich die Stifte mit einem Schnauben weg und öffnete seine Schreibtischschublade, um sie vor ihr zu verstecken.

»Warte«, kreischte Sophie und hielt Mac davon ab, die Schublade zu schließen. Sophie betrachtete die kleinen Aufbewahrungsboxen voller verschiedener Büromaterialien und fuhr mit den Fingern über die Landschaft von Behältern voller Büroklammern und Stifte und Heftklammern, alle perfekt aufgereiht und geordnet. »Bist du zwanghaft ordentlich?«

»Nein! Ich bin organisiert. Etwas, wovon du nichts wissen würdest«, stichelte Mac.

»Bitte schön. Ich bin organisiert«, argumentierte Sophie und erntete ein Augenrollen von Mac.

»Hör auf mit dem Quatsch. Ich war schon in deiner

Wohnung, also weiß ich, dass das eine Lüge ist. Alles sollte einen Platz haben. Das bedeutet, ich muss keine Zeit damit verschwenden, nach etwas zu suchen. Ich weiß immer genau, wo alles ist. Weißt du, wie oft du allein diese Woche dein Telefon verlegt hast?«

»Unordnung ist normal. Das ist nicht normal«, neckte Sophie. »Es ist praktisch roboterhaft.«

Während sie stritten, strömten nach und nach die ersten Detektive herein. Mac zog einen kleinen Ledernotizblock aus seiner inneren Jackentasche.

»Bevor wir uns heute Morgen mit Polizeichef Dunham treffen, möchte ich alle früheren Träume durchgehen, die du hattest und die mit Troys Mörderin in Verbindung stehen könnten«, erklärte Mac.

»Ich bin mir nicht sicher, ob ich mich an viel erinnern kann. Ich dachte nicht, dass sie echt sein könnten, also habe ich ihnen nicht so viel Aufmerksamkeit geschenkt. Ich dachte nur, es wären lebhafte Albträume.«

»Das ist okay. Lass uns einfach sehen, was du dich erinnerst.«

Ein braunhaariger Mann mit einem altmodischen Tweed-Hut mit einer leicht schiefen gestreiften Krawatte hielt an und lehnte seine Ellbogen auf die Halbwand von Macs Kabine. Sophie blickte zwischen diesem Eindringling und Mac hin und her und wartete darauf, dass Mac die Anwesenheit des Mannes anerkannte.

»Hey Volpes, wer ist deine Freundin?«, fragte der Mann schließlich.

»Hau ab, Turner«, antwortete Mac, ohne von seinem Notizblock aufzublicken.

»Charmant wie immer«, sagte der Mann. Sophie beobachtete, wie er nonchalant mit den Schultern zuckte, dann zwinkerte er ihr zu, bevor er wegwanderte, scheinbar unbeeindruckt von Macs Haltung.

»Hat er dir ins Frühstück gepisst?«, fragte Sophie und benutzte einen von Aces Lieblingssätzen.

»Was? Wer?«, fragte Mac abgelenkt.

»Dieser Kerl, Turner. Ist er ein Arschloch? Oder ein Weirdo oder so?«

»Turner? Nein, er ist in Ordnung«, antwortete Mac und schnappte sich schnell einen Stift aus einem Tablett voller seiner Brüder. »Wenn wir ihn lassen, würde er den ganzen Morgen hierbleiben und uns die Ohren vollquatschen. Besser, ihn abzuschneiden, bevor er anfängt.«

Sophie grinste und dachte an das erste Mal, als sie Mac vor mehreren Wochen traf und was für ein Arschloch er zu ihr gewesen war. Sie sollte wahrscheinlich nicht genießen, dass er so ein Dickkopf war, aber sie tat es. Mac war ein mürrischer Arsch, aber er war ihr mürrischer Arsch.

»Ich würde gerne rückwärts von deinen neuesten Träumen zu den ältesten arbeiten. Klingt gut?«, fragte Mac. Als Sophie zustimmend nickte, wartete er schweigend mit einer erwartungsvollen Miene.

Seufzend schloss Sophie die Augen, wandte ihre Aufmerksamkeit nach innen und versuchte, den letzten Traum aus ihren verschwommenen Erinnerungen zu ziehen.

»Ich habe geträumt, dass ich einen Mann in ein Hotel gelockt habe. Es war ein ganz ordentliches Hotelzimmer, aber nichts Besonderes. So generisch, dass es überall hätte sein können. Ich habe ihm und mir einen Drink gemixt, aber seinen Cocktail mit Drogen versetzt. Der Mann war kahl und pummelig, vielleicht Anfang fünfzig. Er trug einen braunen Anzug und eine hässliche blaue Krawatte. Ich weiß nicht, wie groß er war, denn er saß die ganze Zeit auf dem Sofa. Ich gab ihm das mit Drogen versetzte Getränk und beobachtete, wie er es fast in einem Zug austrank. Ich erinnere mich, dass ich sagte, ich sei nervös, weil ich so etwas noch nie gemacht hatte. Der Mann – sein Name begann mit D, vielleicht Doug oder Dan – fragte mich, ob es mein erstes Mal sei, auf eine Escort-Anzeige zu antworten. Als er mich nach meinem Namen fragte, sagte ich ihm, er solle mich Schneewittchen nennen«, sagte Sophie. »Dann bin ich aufgewacht, also weiß ich nicht, was danach geschah, aber ich bin mir ziemlich sicher, dass ich ihm eine tödliche Dosis Fentanyl gegeben habe.«

»Du hast Schneewittchen schon mal zu mir erwähnt. Du sagtest, dass du gelegentlich geträumt hast, dass du als Schneewittchen bei Disney gearbeitet hast, richtig? Das kann kein Zufall sein«, fragte Mac und kritzelte seine Notizen in einem engen, kompakten Stil, der perfekt zu ihm passte.

»Ich habe schon lange nicht mehr davon geträumt, eine Disney-Prinzessin zu sein. Aber ja, das war früher ein wiederkehrender Traum von mir: Kinder zu treffen, die als Schneewittchen verkleidet waren, mit ihnen Fotos zu machen, Autogramme zu geben. Und irgendwie auch in einer Bühnenshow aufzutreten, glaube ich. Das ist jetzt alles ein bisschen verschwommen.«

»War es in Disneyland oder Disney World?«

»Ich habe keine Ahnung. Ich war noch nie in einem von beiden. Woher soll ich den Unterschied kennen?«

»Eines ist in Anaheim und das andere ist in Florida«, antwortete Mac.

»Ich weiß es immer noch nicht. Ich erinnere mich nicht an zu viele Details. Ich erinnere mich daran, das Schloss gesehen zu haben.«

»Beide haben Schlösser. Es würde helfen zu wissen, welcher Ort, aber das hilft trotzdem. In Ordnung, lass uns mit den Träumen weitermachen«, schlug Mac vor.

Sophie erzählte so viele Träume, wie sie sich erinnern konnte. Sie erzählte Mac von dem Mann, den sie in einem Traum hinter einem Tanzclub ermordete, dem, wo sie einen Mann so aussehen ließ, als hätte er auf einem Spielplatz Selbstmord begangen. In einem anderen tötete sie einen Mann, nachdem sie vorgegeben hatte, eine Prostituierte in einem schäbigen Hotel zu sein, einen vierten tötete sie direkt neben einem Joggingpfad und einen letzten in seinem Truck auf dem leeren Parkplatz hinter einem Industriepark.

»Denkst du, diese Träume waren Visionen derselben Mörderin?«, fragte Mac.

»Vielleicht? Ich meine, in jedem Traum fühlte ich mich, nehme ich an, gleich: entschlossen, aber mit diesem seltsamen Gefühl der Vollendung. Das machte die Träume so schrecklich. Ich war darin immer so fröhlich. Ich erinnere mich, als ich den Kerl auf dem Joggingpfad so aussehen ließ, als hätte er eine Überdosis genommen, pfiff ich die ganze Zeit, als würde ich nur fröhlich eine Aufgabe erledigen, nicht einen Mann ermorden.«

»Wenn wir annehmen, dass alle Träume Visionen derselben Mörderin waren, hat diese Person mindestens sieben Männer getötet. Historisch gesehen sind Frauen selten Serienmörderinnen, das ist also höchst ungewöhnlich. Die Motive weiblicher Serienmörder sind meist andere als bei Männern – sie töten meist aus Gewinnstreben oder Rache, auch wenn es Ausnahmen gibt. Außerdem töten sie oft Menschen aus ihrem nahen Umfeld, meist Familienmitglieder. Die Art des Mordes ist das Einzige, was dem Stereotyp entspricht: Gift zu verwenden ist üblich. Immerhin war es kein Arsen im Holunderbeerwein«, sagte Mac mit einem Grinsen.

»Holunderbeerwein? Wovon zum Teufel redest du?«

»Es ist aus dem Film 'Arsen und Spitzenhäubchen'. Es ist ein Cary-Grant-Film. Ich denke, der würde dir gefallen; es ist eine schwarze Komödie. Diese zwei Schwestern ermorden ihre Verehrer, indem sie ihren Holunderbeerwein vergiften.«

»Ja, das klingt urkomisch«, stichelte Sophie. »Du und diese alten Filme. Wurdest du in der falschen Ära geboren?«

»Nein, ich mag es jetzt, Höllenstifter. Ich genieße nur gute Filme. Ich füge Arsen und Spitzenhäubchen zu unserer Liste von Filmen hinzu, die wir zusammen schauen«, sagte Mac und öffnete seinen Notizblock auf einer hinteren Seite und schrieb den Filmtitel auf. Sophie schnaubte, als sie sah, wie viele Filme Mac aufgeschrieben hatte.

»In Ordnung, lass uns Ähnlichkeiten und Unterschiede durchgehen, die unsere Killerin mit einer typischen weiblichen Serienmörderin hat«, schlug Mac vor. »Das könnte uns helfen, in die richtige Richtung zu weisen.«

»Okay, das macht Sinn. Keiner dieser Kerle schien mich zu kennen, und ich kannte sie nicht. Zumindest nicht persönlich. Ich suchte sie definitiv gezielt aus, aber sie erkannten mich nicht. In den Träumen fühlte es sich auch nicht so an, als würde ich für Profit töten. Ich würde Rache vermuten, aber ich war nicht wütend. Es fühlte sich auch nicht so an, als wäre das Töten sexuell. Ich erinnere mich, dass der Holzfäller mich angewidert hat«, erklärte Sophie.

»Wir müssen deine Identität von der der Killerin trennen. Wir wissen, dass du diese Morde nicht begehst, also musst du aufhören, Dinge zu sagen wie 'Ich habe nicht aus Gewinnsucht getötet.' Wir müssen sicherstellen, dass niemand dich mit der Mörderin in Verbindung bringt«, belehrte Mac. »Lass uns sie von jetzt an Schneewittchen nennen.«

Sophie nickte und beobachtete Mac, wie er seine Notizen noch einmal las. Sie hatte den Drang, die besorgte Falte zwischen seinen Augenbrauen mit ihrem Daumen zu glätten. Wann war sie zu so einem romantischen Narren geworden?

Da sie Macs Denkprozess nicht unterbrechen wollte, sah Sophie sich im Großraum bei den anderen Frühaufsteher-Detektiven um, die über den Raum verstreut waren. Sie spielte ein mentales Spiel, bei dem sie zu erraten versuchte, welche Art von Mythischem Wesen jede Person sein könnte. Da war ein außergewöhnlich großer Mann, der sich Kaffee aus einer antik aussehenden Kaffeemaschine einschenkte, von dem Sophie inständig hoffte, dass er ein Giraffengestaltwandler war. Macs Stimme zog sie aus ihren Überlegungen.

»In fast jedem Fall benutzte Schneewittchen sich selbst als

Köder, um diese Männer allein zu bekommen. Sie scheint auch zu bevorzugen, mit Drogen zu betäuben, typischerweise mit Fentanyl, um ihre Opfer kampfunfähig zu machen. Wenn ich raten müsste, lässt sie die Todesfälle wie Überdosen aussehen«, murmelt Mac und liest seine Notizen durch. »Das ist gut. Wir haben eine grundlegende Vorgehensweise. Abgesehen davon, dass alle ihre Opfer männlich waren, hatten diese Männer noch etwas anderes gemeinsam? Wie Alter, Ethnizität, Aussehen, Verhalten?«

»Nicht körperlich. Sie sahen alle sehr unterschiedlich aus, und die Altersgruppen waren überall. Keiner von ihnen schien besonders nette Kerle zu sein, das ist sicher. Mindestens zwei von ihnen engagierten Schneewittchen als Prostituierte oder Escort. Dieser eine Kerl folgte ihr in einen dunklen und geschlossenen Park, was wie etwas klingt, was jemand tun würde, der nichts Gutes vorhat. Und ich hatte das Gefühl, dass der auf dem Joggingpfad vielleicht im Hinterhalt gelauert haben könnte, aber ich kann das nicht mit Sicherheit sagen. Ich meine, vielleicht war er abseits des Pfades und pinkelte in die Wälder, aber als er auf den Weg vor Schneewittchen trat, hatte sie erwartet, dass er das tun würde.«

»Troy war sicherlich ein Raubtier«, sagte Mac. »Die Umstände in deinen Träumen lassen mich denken, dass die anderen Opfer vielleicht auch welche gewesen sein könnten. Es mag ungewöhnlich sein, aber ich tendiere zu Selbstjustiz als möglichem Motiv. Aber ich brauche konkrete Beweise. Ich frage mich, wie Schneewittchen diese Kerle ins Visier genommen hat. Hattest du aus deinen Träumen irgendein Gefühl dafür, wie sie sie ausgewählt hat?« Als Sophie den Kopf schüttelte, wandte sich Mac seinem Computer zu. »Ich werde sehen, ob ich einige dieser anderen sechs Opfer finden kann«, sagte Mac und loggte sich in den klobigen Computer ein, der in der Ecke seines Schreibtisches stand.

»Was?«, fragte Sophie, als Mac plötzlich verärgert knurrte.

»Verdammt. Uns geht die Zeit aus. Es ist fast 8. Wir müssen gehen, um den Chef zu treffen. Ich werde sehen, ob ich später einige der Opfer finden kann. Komm schon, wir müssen gehen, wenn wir pünktlich sein wollen«, sagte Mac, steckt seinen Notizblock zurück in die Tasche und steht auf.

Als Mac zu den Aufzügen eilte, blieb Sophie zurück und musste ihm nachhetzen.

»Warte, Detective Arschgesicht«, rief sie seinem sich entfernenden Rücken hinterher. Sophie hörte mehrere Kichern aus einigen der Kabinen um sie herum. Mac hielt an und sah sie mit einer hochgezogenen Augenbraue an.

»Beweg deinen Hintern, Höllenstifter. Ich will dort sein, bevor Dunham ankommt.«

»Du bist echt unhöflich«, meckerte Sophie, während sie auf den Aufzug warteten. Mac schenkte Sophie ein schelmisches Grinsen und nahm dann sanft ihre Hand in seine.

Draußen vor der Polizeizentrale funkelte der Bürgersteig in der Morgensonne nach einem kurzen, frühmorgendlichen Regenschauer. Es musste genieselt haben, während sie drinnen arbeiteten. Die Stadt war noch von einem Hauch Feuchtigkeit überzogen. Die Gerüche der Großstadt – ein metallischer Hauch von Abgasen, Knoblauch und Zwiebeln von einem nahen Restaurant, alter Teer und schmutziger Asphalt, eingeschlossen in der feuchten, schweren Luft – hingen ihnen in der Nase. Und doch lag unter all den Gerüchen noch immer ein Hauch von feuchter, fruchtbarer Erde und grünen, wachsenden Dingen.

Hand in Hand gingen Sophie und Mac die paar Blocks zum The Mission Bean. Bevor sie auch nur die letzte Ecke zu ihrem Ziel bogen, konnte Sophie den gerösteten, üppigen Duft starken Kaffees riechen.

Das The Mission Bean war zwischen einem Salon und einer Pizza-Genossenschaft eingeklemmt. Der Duft frisch gerösteten Kaffees zog Sophie in das dunkle, gemütliche Innere des Ladens. Links war eine lange Holzbank mit kleinen wackeligen Tischen durchsetzt. In den Rücken des Ladens gedrängt, fast verloren in der schwach beleuchteten Atmosphäre, war eine kleine Theke und Glasvitrine mit verschiedenen Backwaren. Aber was Sophies volle Aufmerksamkeit hatte, war die enorme Kaffeeröstmaschine rechts. Mattschwarz mit glänzenden Kupferknöpfen und -hebeln, die gut genutzte Maschine vermittelte den Eindruck einer vergangenen Ära. Der Kegeltrichter oben am Röster ließ die ganze Vorrichtung wie eine Dampflokomotive um die Jahrhundertwende aussehen. Ein junger Mann mit einem langen Holzpaddel, das gegen seine Schulter lehnte, überwachte das langsame Rühren der röstenden Bohnen. Hinübergehend beobachtete Sophie fasziniert, wie rotierende Klingen die noch dampfend heißen Kaffeebohnen in einem breiten, flachen Becken umrührten. Die verbrannte Schokoladenfarbe der Bohnen und ihr reicher, berauschender Duft erfrischten Sophies Geist und belebten ihre Sinne.

Mac und Sophie bewunderten die hypnotisierende Bewegung der Paddel, die die Bohnen rührten, noch einen Moment länger, bevor sie sich durch den schmalen Laden zu der gelangweilt aussehenden Frau in einer orangefarbenen Mütze an der Kasse durcharbeiteten.

»Guten Morgen, Detective Volpes«, sagte die Angestellte und wurde sichtlich freundlicher, als sie Mac entdeckte. »Das Übliche?«

»Danke, das wäre toll, Becky. Was möchtest du?«, wandte sich Mac an Sophie, als sie die Kreidetafel-Menü betrachtete.

Nachdem Sophie sich ein Bagel-Sandwich ausgesucht und Mac einen gesunden, kornreichen Muffin gewählt hatte, nahmen sie einen der leeren Tische nahe dem Eingang des Ladens ein, dampfend heiße Kaffeetassen in der Hand. Sophie setzte sich auf die Bank, Mac nahm den Platz ihr gegenüber. Als ein Kunde hereinkam und fragte, ob er den zusätzlichen leeren Stuhl von ihrem Tisch nehmen könnte, knurrte Mac, dass sie noch Gesellschaft erwarten, woraufhin die Person erschrocken abließ.

Macs Unhöflichkeit ignorierend, umfasste Sophie ihre Hände um die Wärme ihrer Kaffeetasse und sah sich im Café mit einem bewundernden Blick um. »Es gefällt mir hier.«

»Ja, ich auch. Ich komme mehrmals die Woche hierher.«

Sophie beobachtete, wie Mac ein Stück seines Muffins abbrach und es mit Vergnügen in den Mund steckte.

»Was?«, fragte er bei Sophies angewiderten Blick.

»Ein Kleie-Muffin? Wirklich? Es ist einfach so eine traurige Mahlzeit. Lass es dir mal gut gehen«, neckte Sophie und zog ein Stück Speck aus ihrem Sandwich und wedelte es unter Macs Nase, bevor sie einen knusprigen Bissen nahm. Sophie summte glücklich beim Geschmack salziger, fettiger, fettiger Güte.

»Sie machen hier einen köstlichen Muffin. Sie sind gut für dich, und sie sind sehr... saftig«, sagte Mac mit einem bösen Grinsen.

»Fang du nicht an.« Sophie zeigte mit einem anklagenden Finger auf Mac.

»Magst du keine *feuchten* Muffins, Soph?«

»Ich schwöre, ich lasse dich hier sitzen und du darfst dem Polizeichef erklären, warum ich wegen deinem Blödsinn abgehauen bin«, drohte Sophie und brachte Mac dazu, in seinen Kaffee zu gröhlen.

Sophie sah sich im Café mit Bewunderung um. Sie liebte das Gefühl eines altmodischen Nachbarschafts-Coffeeshops, von der Kreidetafel an der Rückwand mit den Tagesspecials bis hin zum dunkel gebeizten, zerkratzten Betonboden. Unternehmens-Sterilisation, wo Einheitlichkeit über Einzigartigkeit und Originalität geschätzt wurde, hatte The Mission Bean noch nicht seines ursprünglichen Charakters beraubt.

»Ich wünschte, es gäbe ein Café wie dieses in der Nähe meines Hauses. Oh, schau«, sagte Sophie und zeigte auf eine Auslage neben der Kasse. »Sie verkaufen Tüten ihrer frisch gerösteten Bohnen. Erinnere mich daran, ein paar Tüten für die

Arbeit zu holen, bevor wir gehen. Der Kaffee in der Leichenhalle schmeckt wie alte Socken. Es ist widerlich.«

»Woher weißt du, wie verschwitzte Füße schmecken?«, neckte Mac, während Sophie schnaubte und die Augen rollte. »Komm schon, verrate all deine Geheimnisse. Ich will alles über deine Fetische wissen.«

»All meine Fetische?«, klärte Sophie. »Wie verschwitzte Füße?«

»Ich will nur sicherstellen, dass all deine Wünsche erfüllt werden«, sagte Mac und zog die Augenbrauen hoch.

»Gut. Ich werde eine Checkliste all meiner Fetische erstellen. Nur um sicherzustellen, dass du der Aufgabe gewachsen bist«, erwiderte Sophie und brachte Mac zum Kichern.

Mac begann zu antworten, klappte aber den Mund zu und nickte mit dem Kopf zum Eingang.

Sophie beobachtete, wie sich Polizeichef Dunham durch die Tür drängte und sie anknurrte, als dachte er, er müsse den Eingang zur Compliance einschüchtern.

Als er Mac und Sophie entdeckte, deutete Dunham an, dass er sich ihnen anschließen würde, nachdem er eine Bestellung aufgegeben hatte. Sophie beobachtete amüsiert, wie Dunham Tee bestellte und dann so viel Honig in seine Tasse drückte, dass er den Bauch des Honigbären konkav quetschte.

Sophie wandte sich zu Mac, voller Freude. Als sie den Mund öffnete, um einen Bär-mit-Honig-Witz zu machen, legte Mac eine Hand über ihren Mund und schüttelte den Kopf nein.

»Gestaltwandler haben ausgezeichnetes Gehör«, erinnerte er sie. Sophie schnaubte einen enttäuschten Atem in Macs Hand, die noch über ihrem Mund lag, dann zog sie seine Hand von ihrem Gesicht weg.

Polizeichef Dunham nahm den Platz neben Mac ein, diagonal gegenüber von Sophie am Tisch.

Er nahm einen langen Schluck seines Tees und starrte Sophie mit dem unerschütterlichen Blick eines Wachhunds an. Er hatte ein breites Gesicht mit einem großen quadratischen Kiefer und forschenden braunen Augen unter schweren Augenbrauen. Mit seinen rötlichen Wangen und dem Beginn runder Wangen brauchte er nur einen weißen Bart, um in ein paar Jahren einen ausgezeichneten Weihnachtsmann abzugeben – wenn er irgendwie in der Zwischenzeit fröhlich werden würde. Sophie bezweifelte, dass Polizeichef zu sein sich zu viel fröhlicher Gemütsverfassung eignete.

Die Frau mit der Mütze brachte das Frühstück des Chefs herüber, bevor Sophie anfangen konnte, bohrende Fragen über Dunhams Pläne nach der Pensionierung zu stellen.

»Also, was habt ihr bisher herausgefunden?«, fragte Dunham um einen Mundvoll Sandwich herum.

Mac erklärte seine Theorie, dass Sophie Visionen derselben Mörderin hatte. Er erzählte Dunham, wie er plante zu sehen, ob er einige von Schneewittchens früheren Opfern finden könnte. Die Hoffnung war, dass das Auffinden anderer Opfer zusätzliche Beweise enthüllen und möglicherweise helfen würde, ihre Bewegungen zu verfolgen.

»Abgesehen von Troy Weatherby, waren einige von Schneewittchens anderen Opfern Mythische Wesen? Denkst du, sie könnte speziell auf Mythische Wesen zielen, oder war es nur ein Zufall?«, fragte Dunham.

»Ich tendiere zu Zufall. Ich denke, sie zielt auf Raubtier-Männer ab. Die Träume enthüllten keine Details, ob die Opfer Menschen oder Mythische Wesen waren«, antwortete Mac.

»Basierend auf vorläufigen Beweisen, die in seiner Wohnung gefunden wurden, sieht es so aus, als ob Troy überall im Land für seinen Job als Mühlenbauer reiste. Er nutzte die Tarnung seiner Arbeitsreisen, um weit von zu Hause nach Opfern zu jagen. Da er gerne Trophäen sammelte, hoffen wir, alle seine Opfer aufspüren zu können, aber es könnte Wochen, wenn nicht Monate dauern«, sagte Dunham und kniff die Nasenwurzel. »Es scheint, dass er Frauen ins Visier nahm, die

nicht vermisst werden würden, wie Prostituierte und Ausreißerinnen, aber jede einzelne war blond, und die meisten waren
zierlich.«

»Ich setze fünfzig Dollar darauf, dass seine Mutter blond und
zierlich war«, antwortete Sophie mit einem Schnauben.

Dunham sog Luft durch die Nase mit einem verärgerten
Zischen. Mac sah Sophie mit hochgezogenen Augenbrauen an,
die sagten: 'Siehst du, es ist nicht nur ich, den du nervst.' Als der
Chef auf seine Uhr blickte, verengte Sophie die Augen und
streckte Mac die Zunge heraus.

»Was ist ein Mühlenbauer?«, fragte Sophie und wechselte das
Thema.

»Ein Mühlenbauer ist jemand, der großmaßstäbliche
Maschinen repariert und wartet. Weatherby spezialisierte sich
auf die Reparatur bestimmter Arten von Fabrikausrüstung«,
erklärte Dunham. »Er reiste viel.«

»Das könnte all den Schmutz und Dreck erklären, den wir
unter seinen Fingernägeln während der Obduktion gefunden
haben«, murmelte Sophie.

»Basierend auf deinen Visionen, denkst du nicht, dass Troy
Weatherbys Mord persönlich war? Dass es Selbstjustiz war? Die
leitenden Ermittler in diesem Fall glauben, dass Weatherbys
Mord entweder eine Sache der Notwehr von einem potenziellen
Opfer oder wahrscheinlicher ein Rachemord von einem
Verwandten eines Opfers war.«

»Es ist mir egal, was diese Detektive denken. Nicht mein
Problem. Ich werde mich nicht mit ihrem Fall befassen. Ich bin
nur daran interessiert, den anderen Morden aus Sophies
Visionen von Schneewittchen nachzugehen. Ich werde in keiner
Weise in ihre Ermittlung eingreifen«, versicherte Mac Dunham.

»Wenn du etwas findest, das für ihre Fälle relevant ist, wirst
du das an mich weiterleiten. Ich werde mich darum kümmern,
Informationen an die leitenden Ermittler in ihren Fällen zu
verteilen. Tritt nicht auf weitere Zehen innerhalb der Abteilung,

Mac. Du kannst an diesem Winkel arbeiten, solange es nicht mit Chan und Novacks Ermittlung interferiert.«

Mac hob die Hände in Verärgerung und murmelte: »In Ordnung.«

»Von hier an brauche ich alle Kopien von Sophies Obduktionsvisionen an mich weitergeleitet statt an dich, Volpes. Du sollst nicht als irgendeine Art von Vermittler zwischen Sophie und den Detektiven fungieren, die den Fällen zugewiesen sind, für die sie Visionen hat. Außerdem, Miss Feegle, ich brauche, dass du anfängst, ein Tagebuch aller deiner Träume zu führen. Es ist mir egal, ob es eine Aufnahme oder ein schriftlicher Bericht ist, aber ich möchte das wöchentlich an mich geschickt. Es sei denn, du hast einen relevanten Traum, den ich sofort haben will«, erklärte Dunham.

»Was! Du kannst mich nicht aus dem herausschneiden«, argumentierte Mac. Beim Beobachten konnte Sophie das mentale Bild eines Hundes mit erhobenem Nackenfell in Aggression nicht abschütteln, der seine Zähne zeigt, ein leises Knurren rollt aus seiner Kehle.

»Du musst mein Problem hier verstehen«, sagte Dunham und breitete seine Hände aus. »Beim Vergleich der Aufnahmen deiner Visionen mit den Polizeiberichten und Obduktionen sehe ich keine Fehler in deinen Visionen. Das wäre normalerweise genug, um deine Arbeit freizugeben, aber jetzt haben wir jemanden, der scheinbar deine Magie umgehen kann. Wie kann ich deinen Visionen jetzt vertrauen?«

Dunham nahm ruhig einen großen Bissen seines Sandwichs, während Mac sichtlich versuchte, seine Wut hinunterzuschlucken. Sophie beobachtete, wie ein kleiner Klecks Eiersalat in Dunhams dichtem Schnurrbart hängenblieb.

»Ich habe Sophie gefunden. Ich bin derjenige, der ihre Gabe herausgefunden hat. Sie ist eine wichtige Bereicherung für die Abteilung. Aber noch wichtiger, ich bin ihr Freund und werde alles tun, was nötig ist, um sie zu beschützen. Je mehr Leute wissen, was sie kann, desto mehr Gefahr stellt das für sie dar. Schneide mich nicht heraus«, sagte Mac und schlug mit der Faust auf den Tisch, sodass die halb leeren Teller klirrten. »Jemand muss auf sie aufpassen.«

»Das ist ein weiteres Problem. Ich glaube, du bist emotional kompromittiert«, sagte Dunham und zeigte mit einem dicken Finger auf Mac. »Es ist klar, basierend auf deiner Körpersprache allein, dass du überinvestiert in Sophie bist. Ich bin besorgt, dass du voreingenommen bist.«

Sophie schob ihren Teller weg, obwohl sie nur die Hälfte ihres Bagels gegessen hatte, nicht mehr hungrig.

»Voreingenommen?«, sagte Mac durch zusammengebissene Zähne. »Ich bin nicht kompromittiert. Ich sorge mich um Sophie, ja. Aber alles, was ich tue, ist, ihre Visionen an jeden relevanten Detektiv genau so weiterzuleiten, wie sie sie diktiert. Ich verändere nicht, was sie sagt, und ich sage den Detektiven nicht, was sie mit diesen Informationen machen sollen. Sophies Visionen sind kein Beweis. Sie sind ein Leitfaden. Jeder Detektiv, der das nicht versteht, ist sein Gewicht in Salz nicht wert«, argumentierte Mac. »Das ist Bullshit. Ich bin nicht voreingenommen. Ich bin ein verdammt guter Detektiv. Und meine Bilanz spiegelt meine Fähigkeit, mein Urteilsvermögen und mein Engagement wider.«

Sophie mochte, dass Mac so selbstbewusst und sicher in seinen Fähigkeiten war.

Wut rollte durch Macs blaue Augen und enthüllte die raubtierhafte Seite seiner Fuchs-Gestaltwandler-Natur. Gelegentlich würde Sophie vergessen, dass Mac nicht völlig menschlich war, und dann erhob sein gut verborgener Aggressionstrieb sein Haupt. War es nur ein paar Tage her, dass Mac in einer teilweise gewandelten Fuchsform mehrere Wolf-Gestaltwandler nur mit seinen Krallen und Reißzähnen direkt vor Sophies Augen besiegte? Die Ereignisse in Sophies Leben hatten sich mit Warp-Geschwindigkeit bewegt. Die Schlacht auf der Spitze des Coit

Towers fühlte sich an, als wäre sie vor Wochen passiert, anstatt vor nur ein paar Tagen.

»Ich habe deine Akte durchgesehen. Kannst du deine lückenhafte Beschäftigungsgeschichte erklären?«, fragte Dunham Sophie und wechselte die Richtung.

Sophie fühlte, wie ihr Zicken-Gesicht an seinen Platz fiel bei dem, was Dunhams Ton implizierte.

»Ist das ein Vorstellungsgespräch?«, schnappte Sophie.

»Ja, tatsächlich. Beantworte die Frage«, sagte Dunham trocken.

»Ich habe nur meinen Associate-Abschluss gemacht. Ohne einen Bachelor waren die meisten Jobs, die ich finden konnte, im Einzelhandel. Es stellt sich heraus, dass Kundenservice nicht meine Stärke ist. Es liegt nicht in meiner Natur, Bullshit zu ertragen. Ich arbeite gerne in der Leichenhalle, weil sich die Kunden nicht über meine Einstellung beschweren«, sagte Sophie. Der Witz landete zwischen ihnen wie ein nasser Sack.

»Und wie wusstest du nicht von deiner Gabe bis vor kurzem?«

»Ich bin nicht gerade herumgelaufen und habe Leichen angefasst, oder? Ich hatte noch nie einen toten Körper berührt, bevor ich in der Gerichtsmedizin zu arbeiten begann«, erwiderte Sophie.

»Ich finde es eigenartig, wie du den Job bekommen hast. Du hast null vorherige Erfahrung im medizinischen Bereich. Du hast nur zufällig den Opossum-Gestaltwandler gerettet, der die Mythische Abteilung der Gerichtsmedizin leitet, und er bot dir den Job an. Findest du das nicht ungewöhnlich?«

»Um ehrlich zu sein, finde ich die ganze Sache ungewöhnlich. Die Tatsache, dass Mythische Wesen existieren, ist ungewöhnlich. Aber weißt du, du hast recht. Du hast mich erwischt. Ich habe die ganze verdammte Sache geplant, damit ich mitten in der Nacht Obduktionen durchführen kann. Es war mein Meisterplan.

»Weißt du was? Ich muss mir diesen Bullshit nicht gefallen lassen. Denkst du, ich genieße es, die letzten schrecklichen Momente der Menschen zu durchleben? Denkst du, ich habe Spaß?«, fragte Sophie wütend und begann, sich aus ihrem Sitz zu schieben, um zu gehen. Mac griff über den Tisch und legte eine beruhigende Hand auf Sophies Arm. Die Beruhigung, die in seiner Berührung eingebettet war, beruhigte Sophie wie nichts anderes.

Einen tiefen, reinigenden Atemzug nehmend, setzte sich Sophie wieder hin und wandte sich Dunham zu. »Warum sollte ich lügen? Was könnte ich möglicherweise davon haben? Was habe ich zu gewinnen? Ehrlich gesagt, es ist ziemlich scheiße. Versteh mich nicht falsch, ich liebe meinen Job, aber die Visionen sind oft schrecklich, und sie fordern ihren Tribut von mir.«

»Du hast recht«, sagte Dunham und ließ Sophies Wut fast so schnell abklingen, wie sie begonnen hatte. »Ich musste dich treffen. Deine Reaktionen selbst sehen, bevor ich die Nutzung deiner Visionen in der Mythischen Abteilung genehmigen kann. Ich musste selbst sehen, dass du echt bist und nicht nur irgendeine clevere Betrügerin oder eine Ruhm-Süchtige.«

»Ruhm-Süchtige? Das war ein Test?«, sagte Sophie durch zusammengebissene Zähne.

Dunham gab ihr ein unentschuldigendes Achselzucken.

»Bist du sicher, dass du nicht vom Feenvolk bist?«, fragte Polizeichef Dunham und gab Sophie mentale Peitschenhiebe mit der Schnelligkeit, mit der er ständig die Richtung wechselte.

»Ich bin ein Mensch. Einige der anderen in der Leichenhalle denken, dass ich vielleicht einen Feen-Vorfahren oder so etwas haben könnte, um meine Fähigkeit zu erklären«, sagte Sophie. »Aber soweit ich weiß, war meine ganze Familie menschlich.«

Der Chef nahm einen offensichtlichen Schnüffel von Sophie. Sie spannte jeden Muskel in ihrem Körper an, um nicht vor Dunham zurückzuschrecken. So offensichtlich beschnüffelt zu werden, machte sie paranoid, dass ihr Deodorant nicht funktionierte. Jedoch weigerte sie sich, auch nur ein Zeichen ihres Unbehagens in ihrem Gesicht registrieren zu lassen. Sie konzentrierte ihre ganze Aufmerksamkeit auf das Stück Ei, das noch an Dunhams Schnurrbart klebte, während es bei jedem tiefen Atemzug zitterte.

»Du riechst nicht nach Feenvolk. Du riechst für mich wie ein ganz normaler alter Mensch. Seltsam, aber du wärst nicht der erste Mensch mit magischen Fähigkeiten«, sagte Dunham mit einem Achselzucken. »Ich habe alle Fälle durchgesehen, in denen du Visionen hattest. Es war gute Arbeit. Ich war beeindruckt von den Details, die du aufdecken konntest. Ein paar Mal hast du sogar geholfen, stockende Fälle zu lösen.«

»Äh... gern geschehen?«

»Chef, ich bitte um Erlaubnis, weiterhin Kopien von Sophies Visionen zu erhalten. Nur um zu wiederholen, ich werde nicht in Ermittlungen eingreifen. Ich möchte nur im Bilde bleiben«, schnitt Mac ein und drehte sich in seinem Stuhl, um Dunham vollständig zu konfrontieren. Sophie beobachtete, wie Mac den Kiefer anspannte, und erkannte, dass er sich darauf vorbereitete, sich zu vergraben.

»Deine Bitte wurde zur Kenntnis genommen. Und abgelehnt. Tut mir leid, Mac, Miss Feegles Obduktionsvisionen werden von nun an über mich geleitet. Du wirst nicht länger ihr Hauptansprechpartner sein. Argumentiere nicht, Volpes. Es ist eine beschlossene Sache«, hielt Dunham einen strengen Finger hoch, als Mac den Mund öffnete, sein Gesicht rot vor Wut.

Aus dem Augenwinkel bemerkte Sophie, dass die Mützen-Dame begonnen hatte, um die Theke herumzukommen, ein besorgter Blick auf ihrem Gesicht.

»Ich möchte, dass Mac mein Ansprechpartner für meine Traumvisionen ist«, sagte Sophie schnell und schnitt Mac davon ab, die Auseinandersetzung mit Dunham zu eskalieren. »Er ist die einzige Person, der ich meine Träume anvertrauen werde.«

»Akzeptabel«, erklärte Dunham. »Ich erwarte einen wöchent-lichen Bericht über alle ihre Träume, Mac, sogar die alltäglichen. Zusammenfassungen reichen aus, ich brauche die Details nicht, es sei denn, sie sind relevant. Hochprioritäts-Träume müssen sofort an mich weitergeleitet werden. Es sei denn, ihr habt noch etwas anderes zu besprechen, könnt ihr gehen. Ich möchte mein Frühstück in Ruhe beenden. Ihr seid beide schlecht für meine Verdauung.«

Ohne ein weiteres Wort stand Mac ruckartig auf und bedeutete Sophie, dasselbe zu tun. Er fegte auf einer Welle der Wut hinaus. Sophie beschloss, die Kaffeebohnen zu einem anderen Zeitpunkt zu kaufen. Sie wollte nur entkommen.

Als sie Mac zum Ausgang folgen wollte, hielt Sophie an und drehte sich zu Dunham um: »Übrigens, du hast Ei in deinem Schnurrbart.«

Sophie sah durch das große Frontfenster, wie Mac sich umdrehte und bemerkte, dass er Sophie zurückgelassen hatte, also kehrte er zurück und hielt Sophie die Tür auf, um sich ihm draußen anzuschließen. Ohne ein weiteres Wort ging Sophie von Dunham weg und folgte Mac in den wachsenden Strom des morgendlichen Fußgängerverkehrs.

Mac stapfte den Bürgersteig hinunter und murmelte wütende Flüche unter seinem Atem. Sobald sie um die Ecke weg vom Café gebogen waren, hielt er mitten auf dem Gehweg an. Er stand einfach da, Schultern angespannt und keuchte verärgerte Atemzüge wie ein außer Atem geratenes Pferd.

»Was. Für. Ein. Arschloch«, sagte Sophie, da sie glaubte, dass sie weit genug vom The Mission Bean entfernt waren, um nicht von empfindlichem Gestaltwandler-Gehör gehört zu werden. Mac holte tief Luft und drehte dann seinen Hals, bevor er antwortete.

»Er ist der Polizeichef und verantwortlich für alle Mythischen Verbrechen in NorCal«, sagte Mac, als würde das alles erklären. »Außerdem muss er dem Conclave antworten. Ein netter Kerl würde in den ersten zwei Tagen im Job zerkaut und ausgespuckt werden. Er ist hart und schlau, aber er ist fair. Wichtiger noch, ich vertraue ihm. Ich bin nur sauer, dass er mich ausschneidet.«

»Du vertraust ihm?«

»Ja, ich vertraue ihm, seinen Job zu machen. Er wird deine Gabe nutzen, und er wird dich beschützen, weil er den Wert deiner Fähigkeiten kennt. Jedoch vertraue ich niemandem außer mir selbst und dem Rest der Sonderlinge, deine Sicherheit über den Job zu stellen. Du kannst Dunham vertrauen, immer den Job an erste Stelle zu stellen«, versprach Mac. »Wir sind deine Freunde. Er ist nur dein Boss.«

»Ich könnte die Obduktionsvisionen immer noch an dich weiterleiten. Er muss es nicht wissen«, bot Sophie an.

»Nein, das musst du nicht tun. Ich habe deine Visionen nur mit den Fallberichten verglichen und an die zugewiesenen Detektive weitergeleitet, also muss ich nicht beteiligt sein. Er hat recht, dass ich ein paar Jungs in der Abteilung verärgert habe. Jetzt, wo ich mich beruhige, erkenne ich, dass er wahrscheinlich recht hat. Die Detektive müssen deine Visionen ernst nehmen, wenn sie vom Polizeichef kommen.«

»Heißt nicht, dass ich ihn mag. Er hat keinen Sinn für Humor«, beschwerte sich Sophie. »Ich vertraue niemandem, der nicht über meine Witze lacht.«

»Äh, Soph... Ich hasse es, der Überbringer schlechter Nachrichten zu sein, aber niemand lacht über deine Witze«, neckte Mac und brachte Sophie dazu, ihm einen Rempler zu geben.

»Du bist so ein Angeber«, brummte Sophie und lachte, als Mac zustimmend nickte.

»Komm schon, Höllenstifter. Lass mich dich nach Hause fahren«, bot Mac an. Ihre Hand in seine nehmend, fühlte Sophie, wie die Sorge und der Stress vom Gespräch mit Dunham wegschmolzen.

KAPITEL 5

*A*ls Mac vor Sophies Wohnhaus an den Bordstein fuhr, bewunderte sie, wie die glitzernde Morgensonne das Gebäude – das sie liebevoll Streuselkuchen getauft hatte – fast majestätisch aussehen ließ. Der Regen klebte noch an den verschnörkelten Holzarbeiten entlang der steilen Giebel und reflektierte die helle, kristalline Morgensonne, wodurch der Schmutz und der schleichende Verfall vorübergehend kaschiert wurden.

Mit einem letzten Blick zurück auf Streuselkuchen, der in der Morgensonne glitzerte, wandte sich Sophie an Mac, während der Wagen unter ihnen beiden im Leerlauf lief. Der Raum fühlte sich plötzlich viel kleiner an. Die unverhohlene Hitze in Macs Augen ließ Sophie sich irgendwo zwischen einem Beutetier und einer Verführerin gefangen fühlen. Es war kein Gefühl, an das Sophie gewöhnt war, aber sie genoss es.

Das Klicken von Macs Sicherheitsgurt klang übermäßig laut in der Stille des Fahrzeugs. Als er sich über die Mittelkonsole lehnte, konnte Sophie nur das frostige Blau seiner Augen sehen. Der Blick in seinen Augen war intensiv und aufregend – wie der eines

Raubtiers. Er war völlig fokussiert, als wäre er bereit zu springen. Sophie fühlte sich plötzlich wie eine Gazelle auf der Savanne. Mac glitt mit seiner Hand über ihre Schulter, umfasste ihren Nacken und hielt Sophie fest, während er mit dem Daumen über ihren Pulspunkt strich. Sein Griff verstärkte irgendwie das Gefühl, williges Wild zu sein. Ein Schauer des Vergnügens lief Sophie die Wirbelsäule hinauf. Mac verharrte, einen Hauch Abstand zwischen ihnen, und wartete darauf, dass Sophie diesen letzten Millimeter überbrückte. Er überließ alles ihr. Sophie wartete fast einen Herzschlag zu lang und kostete den Moment der Erwartung aus, diesen Raum, in dem Hitze und Verlangen wuchsen.

Sophie hob den Kopf und drückte langsam ihre Lippen auf seine. Als sie eine Hand auf Macs Brust legte, spürte Sophie das leise Grollen unter ihren Fingern – ein kaum hörbares Knurren. Mac verwandelte den sanften Kuss in etwas Wildes, voller Besitzanspruch und Hitze, und raubte Sophie jeden klaren Gedanken. Sie schlang ihre Arme um seinen Hals und zog ihn näher, wollte jeden Zentimeter von ihm berühren. Mac riss seinen Mund von Sophies Lippen weg und küsste sich einen Weg zu ihrem Hals. Eine sengende Spur der Hitze folgte im Kielwasser seiner Lippen. Als Macs Zähne in Sophies Schulter knabberten, entwich sein Name ihren Lippen in einem Zischen.

Mit einem Knurren riss sich Mac los und warf sich praktisch über das Auto zurück, gepresst gegen die entfernte Tür. Für einen Moment war Sophie verwirrt und wollte ihn schon zurückziehen, doch das Geräusch des Verkehrs und vorbeigehender Fußgänger drang in ihr Bewusstsein.

Mac fuhr sich mit den Händen durch die Haare und brachte die karamellblonden Strähnen in wildes Durcheinander, während er sagte: »Du solltest gehen, bevor ich die Kontrolle verliere und wir Birdie eine Augenweide bieten.«

»Birdie?«, wiederholte Sophie verwirrt und versuchte noch immer, ihre zerstreuten Gedanken zu sammeln. Macs Kuss hatte ihr den Verstand geraubt. Mac nickte mit dem Kinn zur Fassade von Streuselkuchen.

Sophie drehte sich in ihrem Sitz um, um ihr Wohngebäude zu betrachten. Als sie zum Fenster ihrer Nachbarin blickte, musste Sophie schnauben, als sie Birdie entdeckte, die mit einem Grinsen von Ohr zu Ohr an ihr Vorderfenster gepresst war.

Sophie blickte zurück zu Mac und versuchte zu verbergen, dass sie außer Atem war und auf ihrem Sitz herumrutschte. Der Blick in Macs Augen verriet Sophie, dass sie ihn nicht täuschte.

»Da unser Frühstück heute Morgen ruiniert wurde, würdest du dich mir heute Abend zum Abendessen und einem Film bei mir zu Hause anschließen, bevor du zur Arbeit gehst? Ich könnte indisch von diesem Laden die Straße runter bestellen, der das beste Hühnchen Vindaloo macht«, bot Mac an.

»Das würde mir gefallen«, antwortete Sophie, verärgert über die atemlose Qualität ihrer Stimme.

»Ich hole dich hier um 6 ab. Ich kann dich danach zur Arbeit fahren, damit du nicht den Bus nehmen musst«, schlug Mac vor. »Möchtest du, dass ich etwas Bestimmtes bestelle?«

»Nein, ich mag alles.«

»Dann sehe ich dich heute Abend«, sagte Mac und lehnte sich wieder über das Auto.

Sophie kam ihm auf halbem Weg entgegen, und Mac gab ihr einen kurzen, fast keuschen Kuss.

»Bis heute Abend«, sagte Sophie und stieg widerwillig aus dem Auto. »Sieht aus, als wollte Birdie Hallo sagen.«

Sophie zeigte auf die enthusiastisch winkende Achtzigjährige, die an ihr Fenster gepresst war.

»Hallo, Frau Birdie!«, rief Mac und winkte zurück.

Birdie blies ihm einen übertriebenen Kuss zu. Mac tat so, als würde er den Kuss fangen und in die Innentasche seiner Jacke stecken.

»Hast du das gerade in deine Tasche gesteckt?«

»Ja, ich hebe ihn für später auf«, antwortete Mac. Der schlagfertige Spruch entlockte Sophie ein überraschtes Lachen.

Ugh, ich werde zu einer Kichernden. Ekelhaft. Reiß dich zusammen. Du sollst doch eine krasse Frau sein, ermahnte sich Sophie im Stillen und rollte mit den Schultern.

Mit einem letzten Winken drehte sich Sophie um und ging die leicht durchhängenden Stufen von Streuselkuchen hinauf, die zum winzigen Foyer führten.

Nachdem sie die letzten Stufen zum dritten Stock erklommen hatte, war Sophie nicht überrascht, Birdie in der offenen Tür zu ihrer Wohnung warten zu sehen. Ohne ein Wort nickte Birdie Sophie zu, hineinzugehen. Sophie fühlte sich wie eine schlechte Freundin, weil es mehrere Tage her war, seit sie eine Tasse Tee geteilt und etwas Trash-TV geschaut hatten. Sophie schwor sich still, nicht zuzulassen, dass das Chaos ihres Lebens die Zeit mit ihrer kleinen Sammlung von Freunden beeinträchtigt.

Sophie ging zu ihrem üblichen Platz auf dem Zweisitzer, während Birdie in ihre winzige Küche schlurfte.

»Willst du Tee?«, rief Birdie heraus.

»Ja, bitte.« Sophie gab die einzig angemessene Antwort.

Ginsberg, Birdies Schildpattkatze, schlenderte aus dem Schlafzimmer und schenkte Sophie einen langen, durchdringenden Blick voller katzenartiger Verachtung. Ginsberg hob die feine Nase in die Luft und begann durch das Wohnzimmer zu stolzieren. Es war klar, dass Sophie beurteilt und für mangelhaft befunden worden war. Sophie ließ ihre Hand baumeln und machte Kussgeräusche, um zu versuchen, Ginsberg herüberzulocken, aber er gab ihr ein hochnäsiges Schnauben und trabte stattdessen in die Küche, um zu sehen, was seine Herrin vorhatte.

Ein paar Minuten später kam Birdie heraus und trug zwei zarte Untertassen mit passenden Teetassen. Dünne Dampfschwaden kringelten sich von der Flüssigkeitsoberfläche. Ginsberg folgte Birdie, als sie Sophie ihr Getränk reichte. Sophie blies über die Oberseite der Tasse, bevor sie einen kleinen Schluck nahm. Sie summte glücklich bei dem Hauch von herber Orange in dem dunklen, rauchigen Tee und nahm einen weiteren Schluck.

Sophie kicherte, als Ginsberg vor ihr stehen blieb und ein forderndes Miau von sich gab. Er drehte sich in drei präzisen Kreisen, dann plumpste er über Sophies Füße und schnurrte wie der Motor eines Motorboots.

»Oh, ich verstehe. Jetzt willst du Aufmerksamkeit. Launischer Kater. Was hat sich seit drei Minuten geändert?«, fragte Sophie, als sie sich hinunterbeugte und Ginsberg gehorsam unter seinem seidigen Kinn kraulte. Ginsberg ließ die Kinnkrauler eine Minute lang zu, bevor er sich umdrehte und seine Wange an Sophies Fingern rieb. Er drehte seinen Körper und zwang Sophies Hand, von seinem Hals zu seiner Schulter zu reiben, und lehnte sein Gewicht auf ihre beschäftigten Finger. Sophie folgte Ginsbergs Bewegung und fuhr mit ihrer Hand über seinen Rücken. Er tat dies noch mehrere Male, bevor er sich plötzlich mit einem empörten Jaulen umdrehte und Sophies Hand mit seiner Pfote schlug. Er drehte sich um und rannte aus dem Raum zurück in die Sicherheit von Birdies Schlafzimmer, nachdem er ihr einen kurzen Blick zugeworfen hatte.

»Verrückte Katze. Wenigstens hatte er seine Krallen eingezogen«, kommentierte Sophie und beobachtete, wie Ginsberg seinen Kopf um die Ecke zurücksteckte. Er starrte Sophie an und verschwand dann wieder mit einem letzten Schwung seines Schwanzes.

Birdie ging zurück in ihre Küche und kehrte mit einer ramponierten Schachtel Vanillewaffeln zurück. Birdie gesellte sich zu Sophie auf den Zweisitzer und ließ sich mit einem Stöhnen auf das geblümte Kissen nieder. Sie stellte die Kekse zwischen sich und griff nach der TV-Fernbedienung und schaltete eine Morgen-Talkshow ein. Sie aßen in Tee getunkte Kekse, während sie einer vogelähnlich dünnen blonden Frau und einem dunkelhaarigen Mann mit einem bedrohlich hellen Lächeln dabei zusahen, wie sie mit verschiedenen Prominenten sprachen.

Sophie verbarg ihr Lächeln hinter ihrer Hand, als sie Birdie dabei zuhörte, wie sie über einen Mann meckerte, der früher die Show moderiert hatte, bevor der übermäßig polierte junge Kerl zur Besetzung stieß.

»Wie läuft es mit dir und Mac?«, fragte Birdie, stellte ihren Tee auf einen Beistelltisch und wandte sich während einer Werbepause zu Sophie.

»Es läuft gut. Wir haben heute Abend ein Date«, antwortete Sophie. Sophie konnte nicht sagen, ob das warme Glühen in ihrem Bauch der heiße Tee oder die Erkenntnis war, dass sie ein Date hatte.

»Gut, das freut mich. Ich bin glücklich für euch beide. Obwohl ich zugeben muss, ich war überrascht, dass du dich für einen Gestaltwandler entschieden hast«, antwortete Birdie. »Nicht dass ich es nicht verstehe. Er ist ein gutaussehender Mann. Ich hätte ihm zu meiner Zeit auch eine Chance gegeben.«

Sophie verschluckte sich an ihrem Getränk und verschüttete heiße Flüssigkeit über ihre Hand.

»Ugh, Mädchen, pass auf mein Sofa auf«, schimpfte Birdie, stand auf und brachte Sophie einige Papiertücher, um ihre Kleidung und ihr Kinn abzuwischen. Birdie säuberte sorgfältig den verschütteten Tee von ihrer orangefarbenen Blumenpolsterung.

»Was—Woher wusstest du das?«

»Was? Es ist offensichtlich, dass der Junge ein Gestaltwandler ist. Wenn man weiß, worauf man achten muss, sind die meisten von ihnen nicht sehr gut darin, ihre wahre Natur zu verbergen.«

»Was meinst du? Wie konntest du das erkennen?«, fragte Sophie und dachte: Wenn es so offensichtlich ist, warum wissen dann nicht mehr Menschen über Mythische Wesen Bescheid?

»Nun, zum einen knurrt er dich jedes Mal an, wenn du ihn ärgerst – was ständig der Fall ist. Wenn das Licht seine Augen richtig trifft, kann man manchmal den goldenen Schimmer in seiner Iris sehen. Das habe ich nur bei Gestaltwandlern gesehen. Er hat auch die gebändigte Aggression, die man bei den meisten Spitzenwandlern findet«, erklärte Birdie und zählte Punkte an ihren altersgezeichneten Fingern ab. »Bei Mythischen Wesen zeigt sich viel von ihrer Natur in der Art, wie sie sich verhalten oder sich manchmal sogar kleiden. Zum Beispiel, wenn du jemals einen Mann oder eine Frau triffst, die immer eine Goldmünze trägt, könnte es ein Kobold sein. Aber ein sicheres Zeichen dafür, dass du es mit einem Kobold zu tun hast, ist, dass sie ständig die Münze berühren werden – es ist ein zwanghaftes Bedürfnis für die meisten von ihnen.«

»Hm, seltsam. Woher weißt du überhaupt über Mythische Wesen Bescheid? Ich habe erst kürzlich zufällig davon erfahren«, fragte Sophie.

»Mädchen, bitte. Ich habe mein ganzes Leben in dieser Stadt gelebt. San Francisco wimmelt von Nichtmenschen. Außerdem bin ich in meinen frühen Zwanzigern mit einem Tiger-Gestaltwandler ausgegangen. Oh, dieser Mann war großartig im Bett. So geschickt mit seinen Händen«, sagte Birdie mit einem verträumten Ausdruck auf ihrem Gesicht. Sie kicherte, als sie sah, dass Sophie ihre Ohren zugehalten hatte und »la la la« unter ihrem Atem sang. »Prüde«, erklärte Birdie und brachte den Widerspruch auf Sophies Lippen zum Schweigen, weil die Werbepause beendet war.

Sie schauten den Rest der Show in gemütlichem Schweigen, und dann ging Sophie nach Hause, um nach einer sehr langen Nacht etwas Schlaf zu bekommen.

Bevor Sophie ins Bett schlüpfte, schnappte sie sich den Notizblock, den sie für ihre Einkaufsliste benutzte, und einen Stift. Sie legte sie auf den wackligen Tisch neben ihrem Bett und hielt sie leicht in Reichweite, falls sie wieder eine Vision im Schlaf haben sollte.

KAPITEL 6

Sophie saß auf der obersten Stufe der Veranda und wartete auf Mac, während sie ihr Gesicht zum grauen Himmel hob, der sich über ihr wölbte. Die Temperatur war in den letzten Tagen gesunken, als der Herbst seinen Marsch in Richtung Winter begann. Der erste zaghafte Vorstoß der Regenzeit schien sich über die Stadt zu schleichen. Mit geschlossenen Augen fühlte sich der sanfte Nieselregen, kaum mehr als ein Nebel, wie winzige Eisnadeln auf ihren Wangen an. Sie fischte ihre dicke Strickmütze aus ihrer Manteltasche und zog sie fest über ihr Haar, wobei sie darauf achtete, ihre Ohren zu bedecken.

Alles war still bis auf das sanfte Geräusch des Nieselregens, der auf die Gebäude um sie herum traf.

»Hey, Soph!« rief eine tiefe Stimme und durchbrach Sophies wandernde Gedanken. Nach rechts blickend, entdeckte Sophie Benno, der in einem warmen Lichtschein stand, der aus seiner Kneipe strömte. »Was machst du denn im Regen?«

»Hab ein heißes Date, Benno! Ich warte darauf, abgeholt zu werden.«

»Grüß Mac von mir.« Benno schenkte Sophie ein kleines Lächeln und winkte, bevor er die Tür öffnete, um wieder in seine

Bar zu gehen. Er trug einen olivgrünen Rollkragenpullover mit Zopfmuster, der sich eng über seine breite Brust spannte. Er hielt in der Türöffnung inne, die Lichter in der Kneipe ließen die Maschen des dicken Stricks für einen Moment golden aufleuchten. »Wie geht es dir? Ich hatte noch keine Gelegenheit, mich nach dir zu erkundigen seit unserem kleinen Abenteuer.«

»*Kleines* Abenteuer?« wiederholte Sophie mit einer hochgezogenen Augenbraue.

Das kleine Abenteuer, auf das Benno anspielte, war erst ein paar Tage her: Er hatte sich in seine Ogergestalt verwandelt, zwei korrupte Polizisten getötet, die dabei waren, Sophie eine Kugel in den Kopf zu jagen, war dann die Außenseite des Coit Towers hinaufgeklettert, während Sophie sich wie ein Klammeraffe an seinen Rücken klammerte. Auf der Spitze des Coit Towers beobachtete Sophie, wie der Benno-Oger sich durch eine Menge von Mythischen Wesen mähte, die versuchten, das Portal zum Feenreich dauerhaft zu schließen. Sicher, »kleines Abenteuer« allerdings.

»Okay dann, wie geht es dir seit unserem großen Abenteuer?«

»Mir geht's gut, Benno. Du musst dir keine Sorgen machen.« Das Letzte, was Sophie wollte, war noch ein Sorgenmacher, der über ihr schwebte. Sie hatte davon schon mehr als genug.

Mit dem Versprechen, sich bald mal auf einen Whiskey zu treffen, verschwand Benno wieder im warmen Licht seiner Kneipe, The Little Thumb.

Ein paar Minuten später, gerade als Sophies Hintern angefangen hatte, sich in einen Eisblock zu verwandeln, fuhr Mac geschmeidig vor dem Bordstein direkt vor Streuselkuchen vor. Als sie auf ihre Uhr blickte, musste Sophie kichern, als sie bemerkte, dass es genau 18 Uhr war. War ja klar.

Mac öffnete das Beifahrerfenster und schenkte Sophie ein schelmisches Grinsen.

»Bin ich hier richtig beim zweiwöchentlichen Treffen der Anonymen Sekten- und Hexerei-Freunde?«

»Das bist du, aber nur auf Einladung. Tut mir leid, wir nehmen nicht jeden dahergelaufenen Spinner auf,« witzelte Sophie und stand von den Verandastufen von Streuselkuchen auf. Die paar Stufen hinunterspringend, stieg Sophie in Macs Auto.

Als sie sich auf den Beifahrersitz gleiten ließ, hielt Sophie ihre Finger an die Lüftungsschlitze und seufzte vor Glückseligkeit, als die warme Luft ein wohliges Kribbeln in ihre Fingerspitzen sandte.

»Bist du bereit, Der Malteser Falke zu schauen?« fragte Mac mit einem eifrigen Lächeln auf dem Gesicht.

»Kann es kaum erwarten,« antwortete Sophie, wissend, wie aufgeregt Mac war, einen seiner Lieblingsfilme mit ihr zu teilen. Sophie beugte sich hinüber und gab Mac einen kleinen Begrüßungskuss.

»Argh! Deine Nase ist wie Eis!« jaulte Mac, was Sophie nur dazu brachte, ihr Gesicht gegen seinen Hals zu drücken. Als er zu entkommen suchte, klammerte sich Sophie wie ein Klammeraffe an ihn und kicherte manisch. Schließlich kitzelte Mac seine Finger in eine von Sophies Achselhöhlen, was sie von seinen suchenden Fingern wegzucken ließ.

»Hey, hör auf damit!« beschwerte sich Sophie lachend.

»Ich? Du bist böse,« protestierte Mac und schüttelte den Kopf.

»Wie geht es deiner Schulter?« fragte Sophie und dachte an die Schusswunde, die Mac vor ein paar Tagen erlitten hatte.

»Wie neu.«

»Das ist schon verrückt. Es ist zwar großartig, aber trotzdem verrückt,« sagte Sophie und schüttelte den Kopf.

»Die Vorteile, ein Gestaltwandler zu sein.«

»Irgendwelche Neuigkeiten über Holzfäller oder Schneewittchen?« fragte Sophie, als Mac sich in den spärlichen Verkehr vor Streuselkuchen einordnete.

»Ja, ich glaube, ich habe eines von Schneewittchens Opfern

aufgespürt. Einen Mann namens Daniel Charles Blummer III. Er wurde vor etwas über einem Monat tot in einem Hotel in Burbank gefunden. Er war an Fentanyl und Alkohol gestorben und passt zu der körperlichen Beschreibung, die du mir gegeben hast. Jetzt wird es interessant: Als seine Nichte sein Haus ausräumte, fand sie Polaroidfotos, auf denen offenbar tote Frauen zu sehen waren. Es sieht so aus, als könnte Blummer ein Serienmörder gewesen sein – genau wie Weatherby. Ich habe mich an die Mythische Abteilung in LA gewandt und ihnen von Schneewittchen und ihrer möglichen Verbindung zu Blummer erzählt. Sie haben mir seine Akten weitergeleitet. Sie sind in der grünen Mappe in meiner Tasche,« sagte Mac und deutete mit dem Daumen über seine Schulter auf eine Messengertasche auf dem Sitz hinter ihm.

»Das macht sie zu einer Serienmörderin, die andere Serienmörder tötet. Wirklich seltsam.«

»Es ist sehr Dexter-mäßig,« stimmte Mac zu.

Sophie schnappte sich die Tasche vom Rücksitz und zog sie auf ihren Schoß.

»Alles ist in der grünen Mappe.«

Sophie zog die Mappe heraus und legte sie auf die Tasche auf ihrem Schoß, zögernd. »Was ist mit Holzfäller?«

»Ich habe nichts Neues von Weatherby gehört. Sie werten immer noch alle Beweise aus, die sie am Tatort gefunden haben, obwohl es nicht viele gab. Schneewittchen hat ganze Arbeit geleistet und nichts zurückgelassen.«

Tief einatmend zwang sich Sophie, die Mappe zu öffnen. Das erste, was Sophie sah, war der Polizeibericht, den sie nur überflog, bevor sie zur nächsten Seite blätterte. Sie starrte auf ein Fahndungsfoto eines Mannes mittleren Alters mit schütterem braunem Haar. Der Atem, den Sophie angehalten hatte, entwich aus plötzlich engen Lungen.

»Soph?«

»Das ist er. Er ist derjenige, von dem ich geträumt habe.«

»Bist du sicher?«

»Ich bin mir sicher. Er sieht auf diesem Foto jünger und dünner aus, aber er ist es. Ich würde sein Gesicht nicht vergessen,« antwortete Sophie mit fester Stimme.

»Das macht Sinn. Das Fahndungsfoto ist von vor sechs Jahren. Er wurde wegen Kontaktaufnahme zu einer Prostituierten verhaftet,« sagte Mac und blickte auf das Foto, das Sophie in den Händen hielt.

Sie drehte das Foto um und blätterte schnell durch die restlichen Dokumente in der Mappe. Sie hielt bei einem Bild des Tatorts inne. Daniel Blummer war über ein plüschiges beiges Sofa gesackt.

»Ich glaube, das ist auch das Hotel aus meinem Traum. Das Sofa und das Gemälde des Berges kommen mir bekannt vor. Obwohl beide generisch genug sind, könnte ich mich irren,« sagte Sophie, nachdem sie das Foto untersucht hatte, es seitlich drehend, um einen besseren Blick auf Blummers Krawatte zu bekommen. Sie erinnerte sich, dass er in dem Traum eine blaue Krawatte mit einem grässlichen Paisley-Muster trug. Es war die richtige Farbe, aber Sophie war sich nicht sicher, ob es dieselbe aus ihrem Traum war.

Die restlichen Dokumente waren Scans der Polaroidfotos, die in Blummers Haus gefunden wurden. Nach den ersten beiden Bildern schloss Sophie die Augen und nahm ein paar beruhigende Atemzüge. Die Fotos waren weder blutig noch schockierend; wenn da nicht die Würgemale um die Hälse gewesen wären, würden sie wie Fotos von schlafenden Frauen aussehen. Aber zu wissen, dass sie alle wahrscheinlich tot waren, machte Sophie übel. Die Augen öffnend, überflog Sophie schnell die letzten paar Bilder, aber keines der Bilder löste irgendwelche Erinnerungen aus.

Sie blätterte zum ersten Dokument zurück und warf einen weiteren Blick auf den vollständigen Polizeibericht.

»Sie haben es als tödliche Überdosis eingestuft. Oder möglichen Suizid,« murmelte Sophie.

»Ja, bis ich heute Morgen anrief, hatten sie keinen Grund zu glauben, dass es anders war. Es gab keine Beweise am Tatort, die etwas anderes andeuteten. Mein Kontakt bei der Mordkommission in LA ist fast ausgerastet, als er erfahren hat, dass in seinem Bezirk ein Serienmörder unterwegs war und er nichts davon wusste.«

»War Daniel ein Mythisches Wesen?«

»Nein, er war völlig menschlich.«

»Nun, das zerstört die Theorie, dass Schneewittchen nur Mythische Wesen ins Visier nimmt. Hast du einen der anderen Männer aus meinen Träumen gefunden?«

»Noch nicht. Ich glaube, wenn ich die Parameter meiner Suche auf Kalifornien eingrenze, könnte ich mehr Glück haben. Du würdest nicht glauben, wie viele Männer dieses Jahr in Parks und auf Barparkplätzen an Überdosen gestorben sind. Schneewittchen scheint sehr gut darin zu sein, ihre Spuren zu verwischen. Der einzige Grund, warum ich Daniel gefunden habe, war, weil du wusstest, dass sein Vorname mit einem D anfing und weil sein Fall markiert wurde, nachdem sie die Polaroids in seinem Haus gefunden hatten. Wir hätten nie herausgefunden, was passiert war, wenn du nicht von Schneewittchens Morden geträumt hättest,« erklärte Mac.

Eine kurze Fahrt später lenkte Mac seine Limousine in die winzige Einfahrt vor seinem Haus im Mission-Stil in Potrero Hill. Als Mac die dunkle Holzhaustür aufschloss, bewunderte Sophie den cremefarbenen Stuck und das rote Ziegeldach des kleinen Hauses. Es erinnerte sie daran, dass Spanien bis Mitte des 19. Jahrhunderts Missionen nutzte, um große Teile Kaliforniens zu missionieren. Der Abdruck der Architektur, Kunst und Kultur dieser Zeit konnte noch heute in San Francisco und den umliegenden Gebieten gefunden werden, weit über ein Jahrhundert später. Schichten der Geschichte hatten sich in San Francisco wie Sedimente abgelagert – man wusste nie, wann man um die nächste Ecke eine Hommage an ein vergangenes Zeitalter in der Architektur oder sogar in die Landschaft selbst eingraviert sehen würde.

Ihre zerschlissenen Stiefel ausziehend und sie neben Macs beigen Wildleder-Oxfords bei der Haustür lassend, folgte Sophie Mac auf Socken ins Wohnzimmer.

»Willst du ein Bier?« rief Mac vom Durchgang zwischen seiner Küche und dem Wohnzimmer.

»Klar. Ich kann nur ein oder zwei trinken, da ich in ein paar Stunden arbeiten muss.«

Einen Moment später kam Mac mit zwei bernsteinfarbenen Flaschen in der Hand zurück ins Wohnzimmer. Er reichte Sophie eine Flasche, half ihr dabei, sich in der Ecke seines lächerlich bequemen Sofas niederzulassen, und setzte sich hinter sie. Den Kopf auf Macs Brust legend, sank Sophie so tief in die Kissen, dass es sich anfühlte, als würde es ein Rettungsteam brauchen, um sie zu bergen. Mit einem leisen Zischen öffnete Mac ihr Bier und reichte ihr die Flasche. Sie stießen die Flaschen aneinander und nahmen beide tiefe Schlucke aus den eiskalten Flaschen und summten vor Zufriedenheit.

»Gott, ist das gut,« seufzte Sophie.

»Die Brauerei ist nur ein paar Straßen von hier entfernt. Du kannst eine Tour durch die Anlage machen.«

»Und ich nehme an, du hast die Tour gemacht,« neckte Sophie.

»Natürlich. Anchor Steam hat zwei Erdbeben und die Prohibition überlebt. Das musste ich mir ansehen.«

Sophie kuschelte sich glücklich an Macs Brust und genoss ihr Bier und Macs Begeisterung für Geschichte.

»Hast du Hunger? Ich habe früher eine Bestellung aufgegeben. Sie sollte bald hier sein. Ich habe von allem etwas geholt,« erklärte Mac.

»Das klingt perfekt. Ich verhungere.«

»Hey, hattest du heute irgendwelche Träume?« fragte Mac plötzlich und stellte seine nun leere Bierflasche auf den Beistelltisch.

»Ja, aber sie waren nichts Besonderes. Der einzige, an den ich mich erinnere, ist, dass ich geträumt habe, ich hätte einen Haufen Süßigkeiten von einem Safeway gekauft, darunter etwa sechs Schachteln Good & Plenties. Die absolut schlechtesten Süßigkeiten der Welt. Schwarzes Lakritz ist ekelhaft,« antwortete Sophie mit einem übertriebenen Schaudern. »Ich nehme an, das war ein Traum von Schneewittchen. Sie ist fies genug, um schwarzes Lakritz zu mögen.« Sich auf dem Sofa bewegend, arbeitete sie ihre Finger in ihre Vordertasche und zog einen zerknitterten Papierbogen heraus, den sie Mac reichte.

»Also hattest du einen Albtraum,« murmelte Mac, das Papier aus Sophies Hand nehmend und es glättend. »Was ist das?«

»Ich habe den Traum aufgeschrieben, wie du und Dunham es verlangt habt.«

»Du erwartest von mir, dass ich meinem Chef einen wöchent-lichen Bericht über deine Träume gebe, geschrieben auf zerknit-terten, kaum lesbaren Notizen? Schau! Deine Einkaufsliste ist auf der anderen Seite geschrieben,« knurrte Mac und schüttelte das beleidigende Stück Papier vor Sophie.

»Hey! Ich hatte nichts Besseres in meiner Wohnung,« protes-tierte Sophie. »Du hast Glück, dass ich es nicht auf eine Serviette geschrieben habe. Ich werde morgen ein Tagebuch oder so etwas besorgen.«

»Nicht nötig. Ich habe etwas für dich. Warte hier,« antwortete Mac und half Sophie, sich aufzusetzen, damit er hinter ihr herausrutschen konnte.

Sophie beobachtete, wie Mac um die Ecke zum Flur trabte, der, wie sie wusste, zu seinem Schlafzimmer führte. Er erschien nur einen Moment später wieder und hielt zwei Gegenstände. Mac reichte Sophie eines der Pakete, eine einfache braune Papiertüte. Das etwas schwere, sich verschiebende Gewicht in der Tüte überraschte Sophie. In die Öffnung der Tüte blickend, schnappte sie überrascht nach Luft. Mehrere Tüten Kaffee von The Mission Bean saßen in der Tüte. Eine Tüte herausziehend, nahm Sophie einen langen Atemzug des reichen Kaffeearomas wahr, das aus der versiegelten Tüte in ihrer Hand strömte.

»Hmmm, Haselnuss,« seufzte Sophie vor Glückseligkeit. »Du hast dich erinnert. Danke.«

»Keine große Sache. Ich habe es in meiner Mittagspause geholt. Hier, ich habe dir noch etwas anderes besorgt,« sagte Mac und reichte Sophie das zweite Paket.

»Ein Geschenk?«

Sofort wusste Sophie, dass sie ein Tagebuch für ihre Träume in den Händen hielt. Das Papier vor Aufregung abreißend, starrte Sophie einen Moment später entsetzt. Ein knallrosa, glitzerbedecktes Buch lag in Sophies Händen, mit einem Cartoon-Bild eines weißen Einhorns mit Regenbogenflügeln, das sich dramatisch aufbäumte, eine flauschige Wolke unter seinen Hufen. Sophie blickte vom Einhorn zu Macs Gesicht auf, seine Augen funkelten vor Vergnügen.

»Was in aller Welt?« fragte Sophie und blickte zurück auf das rosa Scheusal in ihren Händen.

»Du brauchtest ein Traumtagebuch. Ich sah das und wusste, du würdest es lieben. Schau, es kommt mit seinem ganz eigenen Stift.«

Als sie Macs zeigendem Finger folgte, lachte Sophie über den regenbogengestreiften Stift mit einem kleinen flauschigen Ball oben, der an der Rückseite des Tagebuchs befestigt war.

»Gefällt es dir?« fragte Mac mit kaum unterdrückter Freude.

»Nun, ich werde es sicherlich nicht in meiner Wohnung verlieren,« antwortete Sophie und dachte an ihre Vorliebe für dunkle Möbel und Polster. Das Tagebuch würde in dieser Umgebung förmlich leuchten. Mac fing an zu kichern wie ein wahnsinniger Verrückter. »Du denkst, du bist lustig, nicht wahr?« beschwerte sich Sophie.

Mac nickte übertrieben mit dem Kopf, offensichtlich zufrieden mit sich selbst.

»Nun, der Scherz geht nach hinten los. Ich liebe es wirklich. Ich werde das auf jeden Fall als mein Traumtagebuch benutzen.«

Was auch immer Macs Antwort gewesen wäre, wurde durch das Klingeln seiner Türklingel unterbrochen. Mac hob seine Nase in die Luft und schnüffelte tief. Sich zu Sophie wendend, verkündete er: »Das Essen ist da!«

Bevor Sophie sich aus dem Gefängnis, das er Sofa nannte, herausarbeiten konnte, spazierte Mac mit einer sperrigen Plastiktüte in jeder Hand vorbei.

Mac in seine winzige Küche folgend, begann Sophie, Schubladen und Schränke zu öffnen, um Teller und Besteck zu finden.

»Bist du sicher, dass du genug geholt hast? Das ist eine Menge Essen,« neckte Sophie und blickte über die Vielzahl von Takeaway-Boxen, die über seine Küchentheken verteilt waren.

»Das ist der Gestaltwandler-Stoffwechsel,« sagte Mac und zuckte mit den Schultern.

»Isst du dein Fleisch roh?« fragte Sophie plötzlich.

»Was! Nein. Warum würdest du das denken?«

»Du bist zum Teil Fuchs—«

»Nein,« sagte Mac kategorisch.

»Wenn du ein Fuchs bist, isst du kleine flauschige Tiere?«

»Nein. Einfach nein. Selbst in meiner Fuchsgestalt bin ich immer noch ich. Warum würde ich rohes Fleisch essen, wenn ich einen Burrito haben kann? Außerdem würde ich als Fuchs Fell und Knochen und Zeug essen. Ekelhaft.«

»Ich wusste nicht, dass ich mit einem Fuchsverwandler zusammen bin, der so empfindlich ist.«

»Fuchsverwandler! Ich bin ein Fuchsverwandler!« knurrte Mac scherzhaft und ging auf Sophie zu.

»Nur Spaß! Ich mache nur Spaß!« kreischte Sophie und flüchtete aus der Küche, ihren übervollen Teller schützend umklammernd.

Nachdem Mac seinen Teller gefüllt hatte, entschieden sie sich, auf dem Sofa zu essen, statt am Tisch. Die Fernbedienung aufnehmend, startete er den Film, während sie sich in ihr Essen vertieften.

»Hey! Das ist die Bay Bridge! Spielt Der Malteser Falke in San Francisco?« rief Sophie aus, als der Vorspann über den Fernseher lief.

»Der Typ, der das Buch geschrieben hat, war ein echter Privatdetektiv bei der Pinkerton Detective Agency hier in der Stadt in den 30er-Jahren.«

Während sie den Film schauten, konnte Sophie nicht glauben, welche Mengen an Essen Mac verdrücken konnte. Gestaltwandler-Stoffwechsel, allerdings.

»Warte mal. Jemand hat gerade seinen Partner ermordet. Man würde denken, Sam wäre ein bisschen mehr darüber aufgebracht,« kommentierte Sophie und beobachtete, wie Sam Spade den Tatort untersuchte, wo der Körper seines Partners noch an einem Hügel ausgestreckt lag.

Sophie wurde schnell in das Geheimnis und die Intrige des alten Schwarz-Weiß-Films hineingezogen.

»Er hat mit der Frau seines Partners geschlafen! Wie konnte Sam das Archer antun? Dieser Schurke! Und ich dachte, du wärst der Arschloch-Detektiv.«

»Sam Spade ist ein Privatdetektiv, kein Kriminalbeamter,« knurrte Mac, was Sophie mit einem Grinsen die Augen rollen ließ. »Außerdem, wenn du weiter über diesen Film redest, werde ich dir einen Maulkorb verpassen.« Sophie mimte, wie sie ihren Mund verschloss, ihre Lippen versiegelte und dann den Schlüssel wegwarf.

Nachdem sie ihre Mahlzeiten beendet hatten, öffnete Mac seine Arme für Sophie, um sich an ihn zu kuscheln. Sophie ließ sich mit einem zufriedenen Seufzer an seine Seite sinken, bereit, sich anzusehen, wie Sam Spade herausfand, wer Miles Archer und Floyd Thursby ermordet hatte.

In Macs Armen geborgen, warf Sophie immer wieder heimliche Blicke zu ihm hoch, während er den Film schaute. Sie liebte es, wie vertieft er in den Film war. Als er stumm die Worte des weltmüden Spade mitsprach – »Wenn du geohrfeigt wirst, wirst du es hinnehmen und es mögen.« – musste Sophie den Drang unterdrücken zu kichern.

Sophie hatte vielleicht nicht viel Erfahrung mit 'ernsten' Beziehungen – nach einem One-Night-Stand einfach zu verschwinden, war ihre Norm – aber sie wusste, dass sich die Dinge mit Mac einfach richtig anfühlten. Er hatte ihren Rücken, immer. Sie konnte mit ihm über alles reden. Er mochte schnippisch werden – ehrlich gesagt, konnte sie das auch; sie waren in dieser Hinsicht gut aufeinander abgestimmt – aber er nahm ihre Sorgen immer ernst. Und er hörte zu. Sie mochte ihn einfach, alles an ihm.

Sie hatte nie an dieses ganze Gerede von schicksalhaften Liebespaaren geglaubt, aber vielleicht musste sie einfach mehr Vertrauen haben.

Alles, was sie wusste, war, dass sie sehen wollte, wohin die Dinge mit Mac führten.

Zu wollen – und zu planen – für eine Zukunft, die weiter weg war als nächste Woche, fühlte sich seltsam an. Es erzeugte ein nervöses Gefühl in ihrem Bauch. Anzunehmen, dass sie ein Happy End bekommen würde, fühlte sich an, als würde sie das Unglück herausfordern. Dinge hatten für Sophie in der Vergangenheit selten funktioniert. Sie sorgte sich, dass, da alles jetzt so gut lief, das Universum ihr Glück bemerken und alles tun würde, um das Gleichgewicht wiederherzustellen. Manchmal fühlte Sophie, als würde sie vielleicht kein Glück verdienen. Sie hatte ihre Eltern bei einem Autounfall verloren, als sie neunzehn war; sie hatte das Community College mit Ach und Krach geschafft. Sie hatte sich mehrere Jahre lang treiben lassen, ohne die Kontrolle über ihr Schicksal zu übernehmen. Seit sie ihren Associate-Abschluss bekommen hatte, war sie von Job zu Job getrieben, nur versuchend, über die Runden zu kommen. Sie blickte nie weiter als bis zu ihrem nächsten Gehaltsscheck. Jede Gelegenheit verschwendete oder ruinierte sie, meist wegen ihres Mundes. Und vor einem Monat stand sie vor der realen Möglichkeit, obdachlos zu werden. Zu wissen, dass es größtenteils ihre eigene Schuld war, war die nervige Kirsche auf dem Scheiß-Eisbecher.

Die Richtung ihres Lebens hatte sich so schnell gewendet, dass Sophie fast das Gefühl hatte, sie sollte ein Schleudertrauma haben. Sie hatte einen Job gefunden, den sie liebte, mehr Freunde außer der kleinen alten Dame von nebenan und ihrem Lieblingsbarkeeper gefunden, eine verborgene magische Begabung entdeckt und jemanden gefunden, mit dem sie ausgehen wollte. Es fühlte sich alles zu gut an, um zu dauern. Und sie war eine allgemein anständige Person, obwohl sie manchmal wie eine schnippische Zicke handelte. Sie hatte nie auf jemanden eingeschlagen, der schon am Boden lag. Sie war freundlich zu Tieren, Kindern und älteren Menschen, sie zahlte ihre Steuern – größtenteils. Vielleicht war sie eine schreckliche Person in ihrem früheren Leben gewesen, und daher rührte dieses Gefühl, kein Glück zu verdienen. Es war nicht logisch, aber sie konnte dieses Gefühl drohenden Unheils trotzdem nicht abschütteln. Aber sie wünschte sich verzweifelt ein Happy End, und sie wollte es mit Mac. Sie würde sich diesmal nicht selbst sabotieren.

Wenn sie die Augen schloss, konnte sie sich eine Zukunft voller Tage wie diesem vorstellen, zusammen auf Macs riesigem, bequemen Sofa gekuschelt, Mahlzeiten geteilt und alte Schwarz-Weiß-Filme angeschaut. Vielleicht musste sie einfach aus ihrem eigenen Weg gehen und nicht zu viel nachdenken.

KAPITEL 7

»Vielleicht hat Schneewittchen aufgehört zu töten. Oder vielleicht ist sie aus der Stadt weggezogen und außerhalb deiner psychischen Reichweite,« schlug Fitz vor, während er Spinat im Mund hatte. »Glaubst du, dass es eine Grenze für deine Reichweite gibt?«

Sophie zuckte unverbindlich mit den Schultern, während sie die Rinde von ihrem Sandwich abzog und in winzige Stücke zupfte.

Es waren bereits mehrere Tage vergangen, seit Mac Sophie ihr Traumtagebuch gegeben hatte, und es war größtenteils leer. Im Tagebuch standen hauptsächlich kleine Bruchstücke dessen, was sie von ihren Träumen noch erinnern konnte. Obwohl Sophie das Tagebuch griffbereit hielt, schwebten ihre Erinnerungen jeden Morgen, wenn sie versuchte, ihre Erinnerungen schnell niederzuschreiben, wie hauchdünne Fäden im Wind davon, unmöglich festzuhalten. Der einzige Traum, an den sich Sophie noch erinnerte, war einer, in dem Troy erneut auf dem Obduktionstisch lag. In dem Albtraum öffnete er die Augen und beschuldigte Sophie, nicht hart genug versucht zu haben, ihn zu retten. Seine Augen waren milchig weiß und bodenlos, und aus seinem Mund quoll Blut, das so dunkel war, dass es fast schwarz gewesen war. Sophie schob den Rest ihres Sandwichs weg – der Appetit war bei der bloßen Erinnerung verschwunden.

»Es sind erst vier Tage. Ich habe schon Wochen, sogar Monate lang ohne einen Traum über einen Mord ausgekommen. Es hat keinen Sinn, jetzt schon pessimistisch zu werden,« erinnerte Sophie ihre Kollegen, die sich um den Pausenraumtisch versammelt hatten, um gemeinsam zu essen, bevor sie zu ihren jeweiligen Jobs zurückkehrten.

»Ich hoffe, das ist nicht der Fall. Du brauchst mehr Träume, damit wir den Mörder bald schnappen können,« sagte Reggie. Er schlug sich die Hand vor den Mund, die Augen rund und schockiert, als Sophie ihm einen sarkastischen Blick zuwarf. »Ich meine, ich will nicht, dass jemand stirbt! Und ich würde niemandem diese Träume wünschen, aber der Mörder muss gestoppt werden, und du bist in der Lage dazu,« fügte er leise hinzu.

»Ist schon okay. Ich weiß, was du meintest. Und du hast recht – Schneewittchen muss gestoppt werden. Ich fühle mich schlecht, weil ich nicht früher erkannt habe, dass die Träume real waren. Vielleicht hätte ich einige Todesfälle verhindern können.«

»Wie hättest du das wissen können? Niemand wacht von einem seltsamen Albtraum auf und denkt: 'Hey, vielleicht habe ich eine Vision!' Du hast keinen Grund, dich schlecht zu fühlen,« erwiderte Amira und schüttelte Sophie mütterlich mit dem Finger.

»Außerdem klingt es so, als hätte Schneewittchen nur das Gesindel beseitigt. Wenn diese Typen alle Serienmörder waren, wie wir vermuten, dann hat sie möglicherweise Leben gerettet, indem sie sie entsorgt hat,« argumentierte Ace.

»Was! Niemand sollte wahllos töten dürfen. Wir wissen nicht, was Schneewittchens Motive sind. Außerdem weißt du, wie ich über die Todesstrafe denke! Was ist, wenn sie sich einmal irrt und einen unschuldigen Mann tötet? Was ist mit der Beweislast?«

erwiderte Amira und lehnte sich zu Ace vor, mit abfälligem, katzenhaftem Blick.

Als Ace und Amira anfingen zu streiten, warf Sophie Reggie einen bedeutsamen Blick zu und nickte zum Ausgang. Ein Grinsen hinter seiner Hand versteckend, stand Reggie leise vom Stuhl auf und ließ ihre streitenden Kollegen zurück, ihr dicht folgend.

»Mein Gott, diese beiden! Ich schwöre, sie sind schlimmer als Geschwister,« flüsterte Sophie, als sie die Ruhe und das Heiligtum des Flurs erreichten, und schüttelte verwirrt den Kopf.

»Es ist viel besser geworden, seit du dem Team beigetreten bist,« antwortete Reggie und lachte, als Sophie vor gespieltem Entsetzen nach Luft schnappte. »Hol den nächsten Patienten, lustige Dame, und ich treffe dich im Obduktionsraum. Oh, die nächste Obduktion ist eine von Macs. Er hat geschrieben, dass er dabei sein wollte, also lass mich ihm eine Nachricht schicken. Er sagte, er ist auf der Polizeistation, also sollte er in ein paar Minuten hier sein können.«

Sophie ignorierte das aufgeregte Flattern ihres Herzens und ging zum Kühlraum, um die nächste Leiche zu holen.

Nachdem sie mit dem Desinfizieren fertig waren, mussten Sophie und Reggie nur ein paar Minuten auf Mac warten. Das Quietschen der Tür zum Obduktionsraum ließ Sophie sich von der Organisation des Tabletts mit medizinischen Instrumenten abwenden, mit einem erwartungsvollen Lächeln im Gesicht. Mac steckte seinen Kopf zur Tür herein und erwiderte ihr Lächeln mit seinem eigenen.

»Mac! Guten Abend,« rief Reggie enthusiastisch aus, anscheinend fast so erfreut, Mac zu sehen wie sie.

»Hey, Reg,« sagte Mac und hob eine Hand zum Gruß an Sophies Chef.

Sophie hüpfte zu Mac hinüber, schob ihn aus der Tür und auf den Flur hinaus.

»Hey, Höllenstifter,« flüsterte Mac in Sophies Ohr, während er sie umarmte.

»Hey, Arschgesicht,« erwiderte Sophie und vergrub sich in seiner Brust. Sophies Hand glitt seinen Hals hinauf und fand ihren Weg in Macs Haar, und kraulte mit ihren Fingern seine Kopfhaut. Mac drückte seinen Kopf in ihre Hand und schmiegte sich wie eine Katze an ihre Finger. »Da wir jetzt offiziell unser erstes Date hatten, bist du jetzt bereit, Schluss zu machen?«

»Hmmm, ich bin noch unentschlossen. Vielleicht sollten wir ein weiteres Date haben – weißt du, nur um sicherzugehen. Vielleicht kannst du etwas tun, um meine Meinung zu ändern?« fragte Mac und wackelte suggestiv mit den Augenbrauen.

»Träum weiter,« schnaubte Sophie und gab ihm einen spielerischen Stups in die Seite. »Bist du hier für ein Reading?«

»Ja, es ist ein grausamer Fall, nur damit du Bescheid weißt.« Die Muskeln zuckten an Macs Kiefer, was auf eine plötzliche Anspannung hindeutete.

»Wunderbar. Es muss wirklich schlimm sein, wenn du so schaust,« sagte Sophie mit einem Seufzer. »Übrigens, was machst du zwei Samstage ab jetzt? Die Nacht des 19. Ich habe Tickets für die Nachttour auf Alcatraz bekommen.«

Nachdem er sein Handy überprüft hatte, sagte Mac ihr, dass er an dem Abend Zeit hatte.

»Dann ist es ein Date.«

»Verdammt ja. Lass uns gruselig werden, Baby.«

»Du bist so ein Sonderling.« Sophie schüttelte den Kopf und lächelte bei Macs Späßen. Er war so ein Miesepeter gegenüber allen anderen; Sophie hatte das Gefühl, sie sei die Einzige, die den lustigen Kern unter seinem Stirnrunzeln zu sehen bekam.

»Lass uns Reggie nicht länger warten lassen. Je eher ich ein Reading mache, desto eher ist es vorbei,« schlug Sophie vor und zog Mac zurück in den Obduktionsraum.

Mac löste sich von ihrer Seite und nahm seinen gewohnten Platz an der Wand ein. Sophie trat an die Bahre, holte kurz Luft und hielt sie einen Moment an, bevor sie nach dem Reißverschluss des Leichensacks griff und dessen Inhalt enthüllte.

»Du hast nicht gescherzt,« sagte Sophie mit einem leisen Ausatmen. Ein Mann mittleren Alters mit einem ordentlichen, kurzen Bart und ergrautem Haar lag im schwarzen Leichensack. Er sah aus, als wäre er das Seil in einem schrecklichen Tauziehen gewesen. Sophie unterdrückte ein Schaudern, als sie bemerkte, dass einer der Arme des Mannes fast vollständig abgerissen worden war und nur noch durch ein paar Fleisch- und Sehnenfetzen hing. Den Arm neben seinem Körper platziert zu sehen, anstatt an ihm befestigt, ließ Sophie mehrmals krampfhaft schlucken, bevor sie sich beruhigte.

»Bist du bereit?« fragte Reggie, den Finger über dem Aufnahmeknopf seines Handys schwebend.

Mit einem Nicken legte Sophie eine Hand auf den abgetrennten Arm des Mannes.

»Er war auf dem Heimweg von der Arbeit, als ihn eine Gruppe Leute packte. Ich kann nicht viel sehen, aber es sieht so aus, als hätte er gerade das Auto in einem Wohngebiet geparkt. Er bekommt keinen guten Blick auf seine Angreifer. Sie legen ihm zu schnell etwas über das Gesicht, aber er kann mehrere Hände spüren, die ihn festhalten. Mindestens drei Leute, vielleicht mehr. Er kämpft, aber sie werfen ihn leicht in ein Fahrzeug. Sie fahren eine Weile. Nicht sicher, wie lange – vielleicht eine Stunde? Jedes Mal, wenn er versucht zu sprechen oder sich zu wehren, schlagen sie ihn. Er sitzt zwischen zwei von ihnen, also schätze ich, er ist auf dem Rücksitz eines Autos. Ich glaube, es sind Männer, aber sicher bin ich mir nicht. Niemand sagt ein Wort.

Das Auto hält schließlich an, und sie ziehen ihn aus dem Auto. Er kann hören, wie ein anderes Auto heranfährt. Es könnten auch mehrere sein. Er fängt an, um Hilfe zu schreien, aber jemand schlägt ihm in den Bauch. Er fällt fast auf die Knie vor Schmerz, aber sie zerren ihn wieder auf die Füße. Sie zerren ihn mehrere Minuten lang mit sich. Er kann Lachen und geflüsterte Unterhaltungen hinter sich hören. Er kann das Knirschen von Blättern und Ästen unter seinen Füßen hören. Er glaubt, er ist in einem Wald, weil keine Stadtgeräusche zu hören sind. Armer Kerl – er hat Todesangst. Er fängt an, um sein Leben zu flehen. Plötzlich wird er gestoßen und fällt hart zu Boden, landet auf Händen und Knien. Er krabbelt zurück und zieht den Sack von seinem Kopf. Es ist fast stockdunkel draußen, und er kann die Bäume um ihn herum kaum ausmachen, aber er kann die Schatten und Silhouetten einer Gruppe von Leuten sehen, die etwa drei Meter entfernt stehen. Es sind mindestens ein halbes Dutzend, vielleicht sogar bis zu einem Dutzend Leute. Es gibt ein wenig Mondlicht, das durch die Bäume filtert, damit er ihre Formen sehen kann. Es ist schwer zu sagen; sie bewegen sich ständig und wechseln die Position.

Er fragt sie, was sie von ihm wollen. Fragt, warum sie ihn mitgenommen haben. Er bietet ihnen Geld an, um ihn gehen zu lassen. Ein paar Lacher hallen erneut durch die Menge, aber dann bellt eine tiefe Stimme ihn an zu rennen. Er fragt verwirrt: 'Was?', und dann brüllt dieselbe Stimme ihn an: 'Lauf!' Dieses Gebrüll geht in ein langes Heulen über. Die ganze Menge fängt an zu knurren und zu snarren. Sie klingen nicht menschlich; sie klingen wie wilde Tiere. Voller Angst krabbelt er davon.

Er rennt blind durch die Dunkelheit. Er kann sie hören, wie sie ihn verfolgen, praktisch an seinen Fersen. Seine Anzugschuhe sind rutschig auf dem nassen Boden, und er verliert ständig den Halt. Baumäste und Wurzeln bringen ihn zu Fall; Äste schlagen ihm ins Gesicht. Heulen hallt um ihn herum. Etwas Schweres wirft ihn von den Füßen. Er schreit, als scharfe Zähne sich in seinen Oberarm bohren und ihn auf den Rücken werfen, in seine Schulter reißen. Über ihm steht ein riesiger schwarzer Wolf, snarrend. Er hat leuchtend, glühende, bernsteinfarbene Augen. Ein anderer Wolf stürzt von der Seite herein und beißt in sein Bein, versucht ihn unter dem schwarzen Wolf wegzuziehen. Das startet ein schreckliches Tauziehen zwischen mehreren der Wölfe, die ihn zerreißen und zerfleischen. Der schwarze Wolf snarrt und schnappt nach den anderen, was sie alle zurückweichen lässt. Der Wolf wendet sich wieder dem Mann zu, knurrt bedrohlich, tritt wieder über ihn. Sein Arm funktioniert nicht richtig, aber er versucht wegzukriechen. Er glaubt, er stirbt; es gibt zu viele Wunden und Schnitte überall an seinem Körper, und er spürt, dass etwas in ihm gebrochen ist. Der Wolf stürzt sich vor und packt ihn wieder, wirft ihn herum. Der Wolf reißt mehrere Minuten lang in ihn hinein, zerkratzt seinen Bauch mit seinen Krallen und beißt ihn überall, zerreißt sein Fleisch. Der schwarze Wolf weicht schließlich zurück, und der Rest der Wölfe versammelt sich nah, heulend und snarrend. Er kann kaum noch etwas sehen, seine Sicht verschwimmt, aber er hört ihr Knurren. Kurz bevor er wegdämmert, denkt er, er hört Sirenen in der Ferne, und sie klingen, als würden sie näher kommen.«

Sophie entfernte ihre Hand von dem Arm des Mannes, öffnete die Augen und blickte auf sein Gesicht hinunter. Es war überraschend zu sehen, dass sein Gesicht so friedlich und gelassen aussah, nachdem sie seine schrecklichen letzten Momente miterlebt hatte. Irgendwie blieb sein Gesicht nach all dem unversehrt. Abgesehen von ein paar Schmutzflecken wirkte er fast, als würde er nur schlafen. Über dem Geruch von Blut konnte Sophie den scharfen Geruch von Kiefernharz riechen, der noch an seinen Kleidern klebte.

»Ich kenne nicht einmal seinen Namen,« murmelte Sophie und starrte auf das Gesicht des Mannes. »Sie haben ihn einfach gejagt. Es war abartig. Und sinnlos. Der Mann hätte unmöglich entkommen oder sich verteidigen können. Er war ihnen völlig unterlegen. Diese Arschlöcher haben nur mit ihm gespielt, ihn so sehr erschreckt, dass er sich eingepisst hat, und ihn dann zerrissen.«

»Sein Name war Derek Gibson,« sagte Mac von ein paar Fuß hinter Sophie. »Ich werde mein Bestes geben, die Bastarde zu finden, die Derek getötet haben, und wenn das Conclave mit ihnen fertig ist, wird es so sein, als hätten sie nie existiert.«

»Hat meine Vision geholfen?«

»Sie hat bestätigt, was wir vermutet haben. Ich wünschte nur, er hätte auch nur das Gesicht eines dieser Arschlöcher gesehen.«

»Soph, mach doch schon Mittagspause? Ich lasse Amira mir helfen, diese Obduktion zu beenden,« schlug Reggie vor. »Mac, wenn ich etwas finde, das dir helfen kann herauszufinden, wer sie sind, schicke ich dir eine Nachricht.«

»Bist du sicher?« fragte Sophie. Reggie nickte, bevor er sich wieder der Leiche auf der Bahre zuwandte.

»Klingt gut. Wenn du irgendwelche Körperflüssigkeiten findest, die nicht seine sind, lass Ace einen Eilauftrag für die DNA-Tests machen,« rief Mac zurück, während Reggie sie beide zur Tür hinauswinkte.

Fünfzehn Minuten später saßen Mac und Sophie auf einer Bank vor dem Gebäude der Gerichtsmedizin, aßen Gyros und redeten über Derek Gibson.

»Wenn die ersten Polizisten am Tatort nur ein wenig früher angekommen wären, hätten sie ihn vielleicht retten können. Der erste Bericht glaubt, dass er nur wenige Minuten tot war, als sie zu ihm kamen. Und deine Vision bestätigt das,« sagte Mac und pflückte die Zwiebeln aus seinem Gyros.

»Haben sie einen der Mörder gefasst? Sie waren anwesend, als er starb,« fragte Sophie und schnappte sich die Zwiebeln von Macs Fingern und stopfte sie in ihr Gyros.

»Nein, sie müssen die Sirenen gehört und sich zerstreut haben. Wir haben ein paar Gestaltwandler, die versuchen, die Duftspuren der Täter durch den Wald zu verfolgen, aber ich habe nicht viel Hoffnung dafür. Gestaltwandler sind gut darin, ihre Spuren zu verwischen. Außerdem waren es einfach zu viele von ihnen.«

»Wie konnten die Polizisten so schnell dorthin kommen? Ich war schon in Muir Woods. Da ist nicht viel in der Nähe.«

Mac erklärte, dass ein barmherziger Samariter die Polizei angerufen hatte, als er sah, wie eine Gruppe von Männern einen Mann mit einem Sack über dem Kopf in ein Auto zerrte. Die Person folgte ihnen nach Muir Woods und rief die Polizei vom Besucherzentrum aus an.

»Die Person musste in das geschlossene Besucherzentrum einbrechen, um den Anruf zu tätigen. Sie gaben an, kein Telefon dabei gehabt zu haben.«

»Kannst du dir vorstellen, was für ein komischer Kauz heutzutage kein Handy bei sich hat?« neckte Sophie und brachte Mac dazu, die Augen zu verdrehen.

»Wir haben zwei Autos verlassen am Besucherzentrum gefunden, aber beide waren gestohlen, also keine Hinweise dort,« sagte Mac. Sein Gesicht sah angespannt aus, also stieß Sophie ihn mit der Schulter an. »Sie werden bearbeitet, also wird vielleicht etwas in einem von ihnen gefunden.«

»Du wirst es herausfinden. Ich meine, ein Haufen Wolfsgestaltwandler hat einen Typen direkt von der Straße geschnappt. Das wird bestimmt Aufmerksamkeit erregen, oder?«

»Das ist es ja. Wir sind uns fast sicher, dass so etwas schon vorher passiert ist. Wir haben Gerüchte über andere verschwundene Menschen gehört. Das ist das erste Mal, dass es jemand Wichtiges war. Derek Gibson war Mitglied der Planungskommission der Stadt. All die anderen Morde waren an obdachlosen und verdrängten Menschen. Sie sind fast unmöglich zu verfolgen wegen ihrer wandernden Natur. Im vergangenen Jahr haben wir zwei andere Opfer gefunden – beide in flachen Gräbern in dicht bewaldeten Gebieten. Eines wurde in der Nähe von Mount Diablo gefunden und das andere in Muir Woods. Ich vermute, dass es eine Gruppe von Gestaltwandlern gibt, die Menschen zum Sport jagen. Wahrscheinlich Wolfsgestaltwandler, aber ich schließe Kojoten oder wilde Hunde noch nicht aus. Ich finde es seltsam, dass sie es auf jemanden Prominenten abgesehen haben. Das wird Flaggen hissen und sie bemerkt werden lassen.«

»Du denkst, sie jagen Menschen zum Sport?« fragte Sophie entsetzt. Sophie konnte Dereks Schreie noch in ihrem Kopf hören, unmenschliche Wehklagen voller Schmerz und Terror. Dick schluckend, legte Sophie ihr Gyros beiseite, als ihr Magen sich umdrehte und Galle ihre Kehle hinaufkroch. Ihr Magen drohte, seinen Inhalt auszustoßen. Wenn sie die Augen schloss, konnte Sophie immer noch den schwarzen Wolf sehen, wie er den Kopf schüttelte, dunkles Blut von seiner Schnauze schleuderte und ein triumphierendes Lied über sein Opfer heulte. Sophie zwang die Erinnerungen aus ihrem Geist und richtete ihren Fokus wieder auf Mac.

»Wir dachten, es wäre ein einsamer Wolf oder zwei, aber basierend auf deiner Vision müssen wir die örtlichen Rudel genauer betrachten.«

»Wie viele Wolfsrudel gibt es?«

»Vier Hauptrudel in der Stadt. Drei weitere in Marin County und den umliegenden Gebieten. Nach Süden gibt es fünf Rudel zwischen hier und Los Angeles. Außerdem gibt es möglicherweise ein paar einsame, verstreute Rudel, die genug Mitglieder haben könnten, um unseren Kriterien zu entsprechen.«

»Das klingt nach viel Arbeit.«

»Das ist es. Aber es ist egal; ich werde diese Arschlöcher finden und sie bezahlen lassen.« Ein gelber Schimmer glitt so schnell über Macs Augen, dass Sophie es verpasst hätte, wenn sie nicht direkt hingesehen hätte. Ein Schauder versuchte sich ihren Rücken hinaufzuarbeiten, aber Sophie unterdrückte ihn. Sie hätte Mitleid mit diesen Gestaltwandlern empfunden, wenn sie nicht von ganzem Herzen zugestimmt hätte, dass sie bezahlen mussten.

KAPITEL 8

*W*ährend sie ihrem Ziel einen halben Block hinterherging, wunderte sie sich über die plötzliche Änderung seiner Routine. Es war pures Glück, dass sie sich entschied, ein paar Stunden früher als gewöhnlich zu dem Café gegenüber seinem Haus zu gehen, um dort auf ihn zu warten. Normalerweise, nachdem der Mann von der Arbeit nach Hause gekommen war, tauchte er erst Stunden nach Sonnenuntergang wieder auf. Bis heute konnte sie normalerweise ihre Uhr nach ihm stellen.

Jeden Abend ging er spazieren – schlich eigentlich eher herum, wirklich – durch die Nachbarschaft, hielt an und sprach mit Ladenbesitzern und Anwohnern. Die meisten Nächte folgte sie ihm und versuchte, ihn allein zu erwischen. Es schien, als hätte er fast immer einen oder zwei Speichellecker bei sich. Sie hatte ihm den Spitznamen 'Aalglatter Anton' gegeben, weil er so schwer zu verfolgen war. Sein richtiger Name war Alphonse, aber für sie blieb er immer 'Aalglatter Anton'. Er konnte sich durch Menschenmassen weben und fließen wie ein Fluss um Felsen. Menschenmengen teilten sich magisch vor ihm wie ein Schiff durch Eisschollen und schlossen sich hinter ihm genauso nahtlos wieder, was es schwierig machte, hinter ihm Schritt zu halten. Sie hatte seine Spur mehr als einmal verloren, da sie nicht bereit war, ihm nachzurennen und ihre Anwesenheit zu verraten. Sie fühlte sich wie eine Flipperkugel in einer Spielhalle, die von Person zu Person auf den überfüllten Gehwegen prallte.

Sie saß an dem langen Holztisch im Café-Fenster mit Blick auf das Haus des Mannes und genoss den leichten Regen, der gegen das große Schaufenster prasselte, als sie bemerkte, wie sich ein vage vertrauter Mann dem Haus näherte und klingelte. Sie glaubte, den neuen Kerl von einigen von Aalglatter Antons nächtlichen Spaziergängen wiederzuerkennen. Aalglatter Anton verließ ein paar Minuten später sein Zuhause, und die beiden Männer führten ein intensiv wirkendes Gespräch auf der Veranda seines Hauses. Mit zusammengekniffenen Augen war sie sicher, dass sie den neuen Kerl von ein paar von Aalglatter Antons nächtlichen Wanderungen wiedererkannte. Sie hatte ihr Getränk stehen lassen müssen, um sicherzugehen, dass sie deren Spur nicht verlor, als sie ihren Streit beilegten und zielstrebig die Straße hinuntergingen, scheinbar unbekümmert um das trübe Wetter.

Sie schlüpfte in einen Ladeneingang und beobachtete Aalglatter Anton, während der Regen sein Hemd an seinen Körper presste, der Stoff sich liebevoll an jeden seiner prallen Muskeln schmiegte. Aalglatter Anton ging immer mit einem aggressiven Stolzieren. Er hatte die Art von roher körperlicher Kraft, die von längerer körperlicher Arbeit kam – oder einer intensiven Liebe zum Fitnessstudio mit einer möglichen Dosis Steroide nebenbei. Er sah kaum menschlich aus. Das permanente Grinsen auf seinem Gesicht half nicht. Er war der Typ Mann, der die Welt durch einen Filter aus Arroganz und Verachtung betrachtete. Jede seiner Bewegungen und Handlungen sagte deutlich: 'Ich bin besser als du.'

Der wird schon noch was erleben, dachte sie grinsend. Nun, wenn ich ihn denn allein erwische.

Der andere Mann war schlanker, aber seine Schultern spannten immer noch gegen sein regennasses T-Shirt. Wie alle anderen, die sie je mit Aalglatter Anton hatte interagieren sehen, schien der Mann von ihm eingeschüchtert zu sein. Fast unterwürfig.

Als die Männer zur BART-Station gingen, überlegte sie kurz, umzukehren, da das Risiko, entdeckt zu werden, zu groß war. Draußen hatte sie mehr Anonymität und konnte notfalls schnell verschwinden, aber sie wollte sich die Gelegenheit nicht entgehen lassen, zu sehen, was Aalglatter Anton vorhatte. Er wanderte selten so weit von seinen üblichen Jagdgründen weg bei den anderen Malen, die sie ihm gefolgt war.

Dankbar, dass der Bahnsteig überfüllt war, schaffte sie es, unbemerkt von beiden Männern in den Zug zu steigen. Am anderen Ende des Waggons beobachtete sie, wie sie ein leises Gespräch führten. Sie waren so vertieft, dass sie sie nie bemerkten. Sie beobachtete sie aus dem Augenwinkel und tat so, als wäre sie in ihr Handy vertieft, die Kapuze tief über ihr Gesicht gezogen. Bei jedem Halt, als jede Person den Waggon betrat, warfen die Männer allen einen schnellen prüfenden Blick zu, bevor sie sie alle abschrieben. Genau da, wo sie bei Leuten wie ihnen gerne war – ignoriert, bis es zu spät ist.

Als die Männer den U-Bahn-Waggon verließen, wartete sie bis zum letzten Moment, als sich die Türen zu schließen begannen, bevor sie auf den überfüllten Bahnsteig hinausschlüpfte und mehr Abstand zwischen sich und ihr Ziel bringen wollte.

Als sie die Stufen hinaufrannte, um den BART-Bahnhof zur Hauptstraße zu verlassen, war sie dankbar, dass die Vielzahl von Restaurants und Geschäften auf dieser Allee einen summenden Bienenstock der Aktivität schuf, der ihre Anwesenheit vor ihrem Ziel verbarg, selbst bei diesem trüben Wetter.

Nach ein paar Blocks trennten sich die beiden Männer nach einer kurzen Diskussion auf dem Gehweg. Einer bog in ein Ladengeschäft ab, und der andere ging weiter, setzte seinen Weg in die gleiche Richtung wie ihre ursprüngliche Richtung fort. Als sie auf gleicher Höhe mit der Bäckerei ankam, spähte sie in das Schaufenster und seufzte enttäuscht, weil sie klein und praktisch leer war. Nirgendwo zu verstecken. Aalglatter Anton war an der langen Glastheke und stritt mit dem Angestellten hinter der Theke. Es gab keine Möglichkeit, dass ihre Anwesenheit unbemerkt bliebe, wenn sie das Geschäft betrat. Sie wollte nicht, dass Aalglatter Anton sie sah, bis sie sicher war, dass sie das Letzte wäre, was er jemals sehen würde. Sie verlangsamte ihre Schritte und beobachtete ihn eine Minute, huschte aber weiter, als er sich in ihre Richtung umzudrehen begann.

Als sie den Blick von Aalglatter Anton abwandte, sah sie den anderen Mann gerade, als er um die Ecke der Bäckerei verschwand. Sie hielt einen Moment an, überprüfte ihre Tasche und ihr Werkzeug, dann steckte sie den Kopf um die Ecke und grinste vor sich hin, als sie sah, dass es eine dunkle Gasse war.

Was soll das nur mit all diesen Gassen in letzter Zeit? dachte sie mit einem Schmunzeln.

* * *

SOPHIES AUGEN SCHNAPPTEN AUF, und sie schnellte mit einem erstickten Keuchen von ihrem Kissen hoch. Sie sprang aus dem Bett und versuchte, ihr Handy von der Kommode zu greifen. Ihre Bettdecke verhedderte sich um ihre Beine und ließ Sophie auf den Boden stürzen. Sophie befreite sich mühsam aus ihrer Bettdecke und fluchte unter ihrem Atem.

»Scheiße! *Scheiße, Scheiße, Scheiße.*«

Sie schnappte sich ihr Handy und wählte Macs Nummer, während sie zu ihrer Haustür rannte. Als sie ihre Füße in ungeschnürte Stiefel stopfte, erinnerte sich Sophie an den Elektroschocker, den Mac ihr in der Nacht des Coit Tower-Vorfalls gegeben hatte.

»Hey, Soph. Du bist früh wa—«

»Ich habe gerade von Schneewittchen geträumt,« fiel Sophie Mac ins Wort. »Sie folgt einem Kerl, wie gerade jetzt – eigentlich zwei Kerlen. Ich habe die Bäckerei erkannt, wo sie war. Sie ging gerade in die Gasse hinter der Three Pigs Bakery an der Marktstraße. Ich muss sie stoppen.«

Sie rutschte in die Küche, riss ihre Küchenschublade auf und schnappte sich den Elektroschocker.

»Geh ihr bloß nicht hinterher! Das ist viel zu gefährlich,« brüllte Mac. »Ich schnappe mir meine Schlüssel und fahre jetzt dorthin. Versuch nicht, sie abzufangen. Bleib zu Hause. Ich kümmere mich darum.«

»Ich muss. Ich werde sie nicht konfrontieren. Ich werde ihr nur nachgehen. Ich muss sicherstellen, dass sie niemand anderen verletzt. Ich bin die Einzige, die weiß, wie die Kerle aussehen, hinter denen sie her ist. Ich bin vorsichtig, versprochen.«

Sie stürmte aus der Vordertür von Café Streuselkuchen und versteckte die Hand mit dem Elektroschocker unter ihrem Pyjama-Oberteil. Ihre Füße rutschten auf dem regennassen Gehweg, als Sophie abbog und in Richtung der Three Pigs Bakery rannte, so schnell sie konnte in ihren lockeren Stiefeln. Zwischen ihrem eigenen Keuchen hörte sie, wie Mac am anderen Ende des Gesprächs seinen Kollegen Anweisungen bellte.

Schließlich, mit einem Seitenstechen, das seine Krallen entlang ihrer rechten Seite ausbreitete, entdeckte Sophie die Kreuzung zur Marktstraße vor sich.

»Ich bin fast an der Marktstraße,« sagte Sophie zu Mac und verlangsamte ihre Schritte, als sie zur Ecke kam. Sie blickte beide Wege, als sie die Straße überquerte, und entdeckte das Schild für die Bäckerei in der Ferne.

»Sophie, ich habe mehrere Wagen, die zu diesem Ort konvergieren. Und ich bin unterwegs. Zieh dich zurück und warte auf mich,« versuchte Mac zu befehlen, Verzweiflung und Frustration durchzogen seinen Ton. Sophie konnte Verkehr über das Telefon hören, also wusste sie, dass er in einem Auto war und zu ihr fuhr.

»Ich werde vorsichtig sein. Ich schaue mich nur um. Ich werde nur sehen, ob ich Aalglatter Anton oder seinen Freund finden kann. Sie werden mich nie sehen.«

»Aalglatter Anton? Wovon zum Teufel redest du?«

»So nennt sie den Kerl, dem sie folgt. Sie folgte Aalglatter Anton und einem Freund von ihm. Sie haben sich getrennt. Aalglatter Anton ging in die Bäckerei, also folgte sie dem anderen Kerl um die Ecke des Ladens in eine Gasse. Sag den anderen Polizisten, sie sollen ihre Sirenen ausschalten und leise reinkommen.

Ich will nicht, dass ihr sie auf unsere Anwesenheit aufmerksam macht. Ich muss sie finden, um herauszufinden, wer Schneewittchen ist, aber ich will nicht, dass sie weiß, dass wir ihr auf der Spur sind.«

»Das ist nicht mein erster Tag im verdammten Job, Soph. Alle sind in zivilen Autos und in Zivilkleidung. Gib mir eine Beschreibung beider Männer, damit mein Team weiß, wonach es suchen soll.«

Sophie ging die Marktstraße entlang und spähte vorsichtig in jeden Laden, während sie an ihnen vorbeiging, und beschrieb Aalglatter Anton und seinen Kumpanen. Sie verlangsamte ihre Schritte, als sie die Three Pigs Bakery erreichte. Sie hielt das Telefon so, dass es den größten Teil ihres Gesichts verbarg, und warf einen Blick in das Schaufenster und versuchte, Aalglatter Anton zu finden. Obwohl mehrere Kunden im Laden waren, war keiner von ihnen ein übergroßer schwarzhaariger Muskelprotz.

»Aalglatter Anton ist nicht in der Bäckerei,« flüsterte Sophie in ihr Telefon. »Ich gehe an der Gasse vorbei und schaue, ob jemand da ist.«

»Verdammt noch mal, Soph. Ich bin fast da.«

Sie schlenderte an der Ecke der Bäckerei vorbei, trat vom Bürgersteig in die Gasse und tat so, als würde sie beiläufig in die dunkle Gasse blicken. Blasses, wässriges Licht beleuchtete einen schmutzigen Müllcontainer, ein paar Kisten und einen Haufen schwarzer Müllsäcke, die bis zur Kapazität mit Abfall gefüllt waren. Fahrzeuge fuhren am anderen Ende der Gasse vorbei, gedämpft durch die Entfernung, wo der schmale Durchgang auf die Missionsstraße mündete.

»Scheiße. Sie ist leer. Niemand ist hier,« flüsterte Sophie wütend zu Mac.

Ein leises, rasselndes Geräusch, wie das Stöhnen eines alten Hauses beim Setzen, erregte ihre Aufmerksamkeit. »Warte. Ich habe etwas gehört.«

Etwas an diesem leisen Geräusch ließ alle Haare auf Sophies

Körper zu Berge stehen. Der Klang von Macs Stimme verblasste, als sie ihre ganze Aufmerksamkeit auf den düsteren Raum vor ihr richtete. Schritt für langsamen Schritt arbeitete sich Sophie weiter in die Gasse hinein. Sie umklammerte ihren Elektroschocker wie eine Rettungsleine und schlich an dem Müllhaufen vorbei und näherte sich dem Container.

Ein weiteres leises Geräusch, gefolgt von einem raschelnden Laut. Sophie duckte sich und spähte mit einem Auge um den Container. Sie kam Angesicht zu Angesicht mit der dicken Gummisohle eines Stiefels. Ihre Augen wanderten den Schuh hinauf zu einem Paar Beine in dunklen Jeans, dann zu einer blut-bedeckten Brust. Sophie bewegte sich, bevor ihr Verstand über-haupt registrierte, dass sie auf Aalglatter Antons Freund blickte. Gegen eine schmutzige Betonwand gelehnt, umklammerte der Mann seinen zerfetzten Hals, während Blut über seine Finger strömte, und starrte Sophie mit Entsetzen an. Seine haselnuss-braunen Augen rollten vor Angst wie die eines scheuen Pferdes, das Weiß seiner Augen schimmerte Sophie aus der Düsternis entgegen.

Sie krabbelte über alte Essensverpackungen und verschmierte Müllreste und bedeckte die Hände des Mannes mit ihren eigenen in einem vergeblichen Versuch, das Blut zu stoppen, das über seine Finger sickerte. Sophie konnte sich selbst zu Mac schreien hören, er solle einen Krankenwagen schicken, in einem abge-trennten Teil ihres Gehirns. Macs Stimme kam von dort, wo sie ihr Telefon fallen gelassen hatte, aber sie konnte nicht verstehen, was er sagte.

»Du wirst okay sein,« sagte Sophie und log den sterbenden Mann vor ihr an. »Du wirst okay sein. Wir bringen dich ins Krankenhaus, und sie werden dich wieder hinkriegen. Bleib einfach hier bei mir, ja?«

Während Sophie weiter beruhigende Worte zu dem Mann murmelte, beobachtete sie, wie seine Augenlider zu hängen begannen und das Blut, das über ihre Finger floss, langsamer zu werden begann.

»Nein, nein, nein!« schrie Sophie, als der Mann seitlich in ihren Armen zusammensackte. »Mac! Er stirbt!«

Als der Mann zur Seite sackte, versuchte Sophie verzweifelt, ihn zu halten, aber er war ein schweres Gewicht in ihren Armen und zog sie beide zu Boden.

Ein rollendes, ohrenbetäubendes Gebrüll vom anderen Ende der Gasse ließ Sophies Kopf hochschnellen. Das Geräusch hallte durch die Gasse, als Aalglatter Anton um die Rückseite der Bäckerei herumkam und direkt auf Sophie zustürmte.

»Das ist nicht, was es aussieht,« versuchte Sophie zu schreien und hob ihre blutigen Hände, aber die Flut seines Gebrülls übertönte ihre Stimme. Sophie krabbelte auf die Füße und schaffte es, den Elektroschocker neben den Füßen des jetzt toten Mannes aufzuschnappen.

»Du Schlampe! Ich bringe dich um,« kreischte Aalglatter Anton, seine brüllende Stimme endete in einem Heulen.

Brüllend, Zähne in einer Fratze des Zorns entblößt, galoppierte Aalglatter Anton auf sie zu. Die Zeit verlangsamte sich für Sophie, als sie wie erstarrt vor Schock zusah, wie seine Zähne in seinem Mund wuchsen und sich schärften – zu viele Zähne in einem sich immer weiter öffnenden Mund. Ein saurer Geschmack füllte Sophies Mund, und ihr Atem stockte in ihren Lungen.

Sophies Tod pflügte auf sie zu, und der mickrige Elektroschocker in ihrer ausgestreckten Hand würde ihn nicht aufhalten. Sie krabbelte weiter zurück und stolperte über die Beine des toten Mannes, fing sich an der Seite des schleimigen, verrosteten Containers ab.

Ein Bewegungsblitz aus dem Augenwinkel war die einzige Warnung, die Sophie bekam, bevor sich ein Körper zwischen sie und den unmittelbar bevorstehenden Tod warf. Sophie wollte vor

Erleichterung zusammensacken, als sie Macs zerzaustes braunes Haar erkannte, aber sie straffte ihre Wirbelsäule, kam wieder auf die Füße und hielt ihre Hand am Elektroschocker bereit.

Ein langes, bösartiges Knurren brach aus Macs Lippen hervor, als er seine Pistole auf Aalglatter Anton richtete. Für einen Moment dachte Sophie, dass Aalglatter Anton trotz der Waffe weiter auf sie zustürmen würde, aber sie sah den Moment, in dem seine höheren Denkprozesse in seinen Augen wieder einschalteten.

Aalglatter Anton rutschte zum Stillstand, nur Zentimeter von Mac entfernt, und wäre fast in ihn hineingerast. Mit nur einem Hauch von Raum zwischen ihnen knurrte Aalglatter Anton Mac direkt ins Gesicht, dann ruckte er seinen Kopf zur Seite, um Sophie über Macs Schulter anzustarren. Er hatte den Blick eines hungrigen Raubtiers, der seine Beute erblickt. Sie konnte den Tod in seinen wahnsinnigen Augen sehen.

»Geh zur Seite, Fuchs. Diese Schlampe hat Roger ermordet. Als Alpha verlange ich Gerechtigkeit.«

»Nein, Alphonse, Sophie hat deinen Rudelmitglied nicht ermordet. Sie arbeitet mit mir. Sie hat mich angerufen und versucht, das zu verhindern. Sie hat versucht zu helfen.«

»Sie ist uns gefolgt. Ich weiß, wann irgendein Mensch mir folgt.« Sophies Augenbrauen schnappten über die Art zusammen, wie er das Wort Mensch höhnte. »Roger und ich haben uns getrennt, damit wir sie in die Falle locken konnten, und ich komme um die Ecke und bezeuge, wie sie Roger ermordet,« brüllte Alphonse und zeigte auf Rogers Körper, der neben dem Container zusammengesackt war.

Beide Männer standen sich gegenüber und höhnten sich ins Gesicht, Aggression in jeder Linie ihrer angespannten Körper. Sophie beobachtete in fasziniertem Entsetzen, wie sich ihre Gesichter langsam veränderten, ihre Münder begannen sich zu verlängern, scharfe Zähne in Knurren entblößt.

Wurden sie größer? Und massiger?

»Äh, Jungs—« begann Sophie zu sagen, besorgt, dass beide Männer mitten am Tag ihre Tiergestalt annehmen würden. Zumindest waren sie teilweise durch ihre Lage in der Gasse vor dem Straßenverkehr verborgen.

»Hast du gesehen, wie sie Roger tatsächlich ermordet hat? Oder hast du sie gefunden, wie sie über ihm kniete und versuchte, die Blutung zu stoppen? Wo ist die Mordwaffe, hm? Außerdem, hast du das Gesicht der Frau gesehen, die euch gefolgt ist? Es gibt keine Möglichkeit, dass du das konntest, weil du wüsstest, dass es nicht Sophie war. Eine Frau könnte euch gefolgt sein, und diese Frau hat Roger getötet, aber diese Frau war nicht Sophie,« knurrte Mac und trat näher an den anderen Mann heran, ging ihm direkt ins Gesicht. »Rieche die Luft. Es gibt zwei verschiedene Düfte.«

»Ich kann kaum etwas über all diesem Müll riechen.«

Aber Alphonse hob seine Nase in die Luft und nahm mehrere langsame Atemzüge. Er trat von Mac zurück und näher an Rogers Körper, beugte sich über seinen toten Freund, sein Kopf webte hin und her, die Nasenlöcher flatterten. Seine Bewegungen waren verdammt gruselig. Sophie versuchte vergeblich, auch die Luft zu riechen, aber alles, was sie wahrnehmen konnte, waren die Gerüche von hefigen Backwaren und gedämpften Knödeln von dem Laden gegenüber, vermischt mit dem fauligen Gestank, der aus dem Container aufstieg.

»Polizei! Keine Bewegung! Hände in die Luft!« brüllte ein Chor von Stimmen hinter Sophie.

Sie riss ihre Hände über den Kopf und blickte über die Schulter, um ein halbes Dutzend uniformierter Polizisten zu sehen, die mit gezogenen Waffen ihre Pistolen auf sie richteten.

»Auf die Knie! Hände hoch!« brüllte ein besonders stämmiger Polizist, als die Gruppe auf sie zustürmte. Sophie fiel auf die Knie, als hätte jemand ihre Marionettenfäden durchgeschnitten.

Kniend in dem, was sie hoffte, ein Ölfleck war und nicht etwas Ekelhaftes, verzog Sophie das Gesicht, als die kalte, nasse

Flüssigkeit in die Knie ihrer Lieblings-Pyjamahose sickerte. Unsicher, ob sie bleiben sollte oder nicht, beobachtete Sophie von ihrer knienden Position aus, wie Mac seinen Kollegen seinen Ausweis zeigte und ihnen die Situation erklärte.

»Ma'am, Sie können jetzt von Ihren Knien aufstehen. Lassen Sie uns Sie untersuchen,« sagte der stämmige Polizist in einem viel freundlicheren Ton, näherte sich Sophie und hielt ihr eine helfende Hand hin.

»Nein, lass sie da,« bellte Mac plötzlich von dort, wo er mit einigen anderen Polizisten sprach. »Wer weiß, in was für Schwierigkeiten sie sonst gerät.«

»Haha, du bist so lustig, Detective Arschgesicht. Hör nicht auf ihn. Er will immer nur, dass ich vor ihm knie,« rief Sophie und grinste den plötzlich errötenden Beamten an. Sie streckte ihm den Ellbogen hin, damit er sie am Arm packte und auf die Füße zog, da beide Hände voller Blut waren.

Chaos herrschte um Sophie herum. Die blinkenden Lichter eines Krankenwagens füllten die dunkle Gasse und blitzten hell und grell. Mehrere Sanitäter arbeiteten in einem vergeblichen Versuch an Roger, ihn wiederzubeleben. Alphonse sprach mit zwei Beamten zur Seite, Wellen der Aggression strahlten von ihm aus. Die beiden Beamten hielten sich gut, aber die Anspannung in ihren Schultern zeigte, was es sie kostete. Alphonses Augen schnappten zu Sophies und fingen sie in ihrem wütenden Strahl. Als sich seine Lippe zu einem teilweisen Knurren hob, drehte Sophie ihm den Rücken zu, da sie ihm nicht die Genugtuung geben wollte, sie zusammenzucken zu sehen.

»Fräulein, sind Sie verletzt?«

Eine sanfte Hand an ihrem Arm ließ Sophie zusammenzucken. Sie riss ihren Ellbogen aus dem weichen Griff und drehte sich um, um der Person, die sie erschreckt hatte, die Meinung zu sagen. Aber ein Blick auf die freundlich aussehende Sanitäterin, und die Worte starben auf ihrer Zunge.

»Mir geht es gut. Danke, Ihnen,« sagte Sophie zu ihr. Sie hielt ihre blutbedeckten Arme hoch und erklärte: »Nichts davon ist meins.«

Ein anderer Beamter kam herüber und nahm mit einem Tupfer eine Probe des Blutes von ihren Händen. Nachdem er mit seinen Beweisproben zufrieden war, gab die Sanitäterin Sophie einige feuchte Tücher, um das getrocknete Blut von ihren Händen zu bekommen. Sophie verzog das Gesicht bei dem Blut, das unter ihren Fingernägeln verkrustet war und nur durch gründliches Schrubben entfernt werden würde.

»Detective Volpes, Frau Feegle.«

Sie drehte sich wieder um und fühlte sich ein bisschen wie ein Kreisel. Sophie entdeckte Polizeichef Dunham, der in den Bereich schritt. Sein Mund war unter seinem buschigen Schnurrbart vor Verärgerung nach unten gezogen.

»Der Chef sieht aus wie der Weihnachtsmann. Jetzt kriege ich bestimmt nur Kohle,« flüsterte Sophie vor sich hin und brach dann in unangebrachtes Lachen aus.

»Worüber lachst du, Schlampe? Denkst du, das ist lustig?« knurrte Alphonse sie von der anderen Seite der Gasse an.

»Hör zu, Vollidiot, ich bin gestresst. Das war ein ziemlich beschissener Tag. Wo warst du, als—« Sophies Worte wurden abgeschnitten, als Mac seine Hand über ihren Mund legte und den Rest dessen, was sie zu sagen versuchte, dämpfte.

»Du solltest besser auf deinen Rücken aufpassen,« drohte Alphonse Sophie.

»Bedrohe mich nicht mit einer guten Zeit, Arschloch,« sagte Sophie, schob Macs Hand von ihrem Mund weg und verdrehte die Augen über die Lächerlichkeit der ganzen Situation.

»Lass sie in Ruhe, Alphonse. Bedrohe sie nicht. Sie hat versucht, ihn zu retten. Du stehst in ihrer Schuld.«

»Sie ist ein Mensch. Ich schulde ihr nichts.« Alphonse zeigte mit einem Finger auf sie, die Muskeln in seinem angespannten Kiefer zuckten. Sophies Augen weiteten sich, als sie bemerkte, dass sein Finger mit einer langen Kralle anstatt eines normalen

Fingernagels gespitzt war. Alphonse drehte sich auf dem Absatz um, ohne ein weiteres Wort, und schritt einem Polizisten in einen wartenden Streifenwagen nach.

»Was für ein Arsch!« schimpfte Sophie laut.

»Oh mein Gott! Könntest du einfach nicht?« sagte ein frustrierter Mac und warf die Hände in die Luft. »Hast du nicht gesehen, dass er kaum an seiner menschlichen Gestalt festhalten konnte? Ich schwöre, du würdest einen Löwen mit einem Stock stechen, nur um zu sehen, was passiert.«

»Ich?! Er hat angefangen.«

»Bist du sechs Jahre alt? Du provozierst nicht den Alpha des größten, gefährlichsten Wolfsrudels der Stadt. Du wirst mir graue Haare machen.«

»Du wärst ein verdammt heißer Silberfuchs,« sagte Sophie und erschreckte sich selbst mit dem Scherz. Sie versuchte, ein ersticktes Kichern zu unterdrücken, verlor aber diesen Kampf. »Verstehst du? Du bist ja wirklich ein Fuchs.«

Mac seufzte resigniert und kniff sich in den Nasenrücken. Er ließ seine Nase los und gab Sophie einen ausdruckslosen Blick.

»Jetzt ist nicht die Zeit für deine Scherze. Ich bin so sauer auf dich, dass ich nicht klar denken kann. Was hast du dir dabei gedacht? Ich habe dir gesagt, du sollst dich nicht einmischen.«

»Was hättest du gewollt, dass ich tue, hm? Zu Hause bleiben und den Kerl sterben lassen?«

»Ja! Genau das hättest du tun sollen. Du musstest dich raushalten.«

»Mich raushalten!« schrie Sophie und funkelte Mac wütend an. »Nun, das kann ich nicht! Ich kann nicht auf meinem Arsch sitzen, während Leute weiter sterben. Das bin nicht ich. Wegen dem, was passiert, bekomme ich einen Platz in der ersten Reihe, um Leute sterben zu sehen. Ich bin diejenige, die diese Dinge stoppen kann.«

»Du kannst nicht einfach weiter in Gefahr rennen. Du wirst verletzt werden. Oder Schlimmeres. Du bist nur eine—«

»Wenn du sagst, ich bin nur ein Mensch, trete ich dir so hart in die Eier, dass sie dir aus den Nasenlöchern fliegen.«

»Ich wollte sagen Zivilistin,« erwiderte Mac. »Aber ja, du bist auch ein Mensch. Wenn Alphonse dich in die Finger bekommen hätte, hätte er dich buchstäblich in Stücke gerissen. Du kannst nicht weiter dich selbst riskieren.«

»Seid ihr beiden schon fertig?« fragte eine trockene Stimme. Mit noch offenen Mündern, mitten im Streit, drehten sich sowohl Sophie als auch Mac um und sahen Dunham neben ihnen stehen, Arme verschränkt, ungeduldig mit einem Finger auf seinen Bizeps tippend.

Trotz ihres inbrünstigsten Wunsches öffnete sich der Asphalt nicht und verschlang Sophie nicht ganz, als sie realisierte, dass sie und Mac vor dem Polizeichef gestritten hatten. Sie hatte seine Existenz vergessen, ihr Fokus lag allein auf Mac.

»Alphonse hat Sophie bedroht,« sagte Mac zu Dunham, ohne den Streit oder Dunhams Farbkommentar anzuerkennen.

»Ja, ich habe ihn gehört. Macht euch keine Sorgen wegen des Alphas. Ich kümmere mich um ihn. Ich werde sicherstellen, dass er versteht, dass Sophie unter dem Schutz der Abteilung steht.«

Mac sah nicht überzeugt aus, sagte aber nichts weiter.

Als das Adrenalin endlich aus Sophie zu verschwinden begann, realisierte sie, wie kalt sie war. Ihre Kleidung war nass und sie zitterte, also schlang sie die Arme um ihren Körper, um sich zu wärmen. Ihr Tanktop war dünn wie Papier und vom Regen an ihre Haut gepresst. Der feine Nieselregen hatte ihre Kleidung durchnässt und sie kalt und zerzaust zurückgelassen. Sie versuchte, ihre Haare aus ihrem Gesicht zu schieben, aber sie klebten in strähnenartigen Klumpen an ihrem Gesicht und Hals.

»Ich möchte, dass ihr beide zur Station zurückgeht. Ich möchte ein Meeting, damit wir diskutieren und dokumentieren können, was hier passiert ist. Ich möchte auch ausrücken und die Szene dem Forensik-Team zur Bearbeitung überlassen,« befahl ihnen Dunham.

»Wir können uns dort mit dir treffen. Ich muss Sophie in trockene Kleidung bringen, und dann sehen wir uns im Hauptquartier,« antwortete Mac.

Dunham bestätigte die Bitte mit einem Nicken seines Kopfes. Er drehte sich auf dem Absatz um und erteilte jedem Polizisten auf dem Weg aus der Gasse Befehle.

Das raue Geräusch eines Reißverschlusses, übermäßig laut in der Gasse, ließ Schauer des Grauens Sophies Wirbelsäule hinauflaufen. Sie drehte den Kopf und beobachtete, wie die Sanitäter einen Körper in einen vertrauten schwarzen Sack packten. Frustration blubberte ihre Kehle hinauf. Sie war von dem Verlangen überwältigt, etwas zu schlagen. Sie warf dem Container einen schmalen Blick zu. Den Container zu verprügeln würde die letzten dreißig Minuten nicht ändern, egal wie befriedigend es sich anfühlen könnte, und würde ihr wahrscheinlich eine Überweisung zum Psychologen einbringen.

Etwas Schweres, das auf ihre Schultern fiel, ließ Sophie zusammenzucken und wegspringen. Sie drehte sich mit erhobenen Fäusten um und fand Mac hinter sich stehen, Hände in Kapitulation erhoben. Als sie zu sich hinunterblickte, realisierte Sophie, dass er seine Jacke über ihre Schultern gelegt hatte.

»Du sahst kalt aus.«

»Es ist okay. Du hast mich nur erschreckt.«

Mac fing die Revers der Jacke und zog Sophie in seine warmen, trockenen Arme.

»Lamas?« fragte Mac.

»Hä?«

Mac zog eine Augenbraue zu Sophies Pyjama hoch, seine Augen funkelten amüsiert, ihr Streit für den Moment vergessen.

»Ich habe geschlafen. Ich hatte nicht gerade Zeit, mich schick zu machen,« protestierte Sophie und verteidigte ihr schlichtes Tanktop und ihre türkisfarbene Flanellhose mit Cartoon-Lamas, die Yoga machten. »Außerdem sind sie bequem und super weich.«

»Das glaube ich,« schnurrte Mac und ließ Sophie den Kopf senken. Mit einem schelmischen Grinsen steckte er Sophies Arme in seine Jacke und klappte den Kragen des Mantels hoch, um den Regen von ihrem Hals fernzuhalten. »Aber im Ernst, geht es dir gut?«

»Ich denke schon. Ich bin verstört. Und ich bin sauer, dass ich zu spät war.«

»Du hättest nicht schneller hierherkommen können. Es gab nichts, was du hättest tun können,« versicherte Mac ihr und zog Sophie in eine Umarmung.

Die Gasse war keineswegs gemütlich. Sie war kalt, feucht und schmutzig. Sie roch nach durchweichten Abfällen, ranzigem Kochöl und Blut. Aber als Sophie ihre Nase in Macs Kragen drückte, in den warmen, intimen Raum an der Basis seines Halses, fühlte sie sich in Wärme eingehüllt.

»Komm schon, Höllenstifter. Ich kann einen der Jungs bitten, uns in ihrem Streifenwagen zu dir nach Hause zu fahren.«

»Stört es dich, wenn wir stattdessen laufen? So sehr Birdie es auch genießen würde, mich im Rücksitz eines Polizeiautos zu sehen, ich würde lieber laufen.«

Mac nickte und nahm Sophies Hand. Er verschränkte seine Finger mit ihren und führte Sophie aus dem Dunkel der Gasse.

KAPITEL 9

Sophie war noch nie so froh gewesen, Birdie nicht über den Weg zu laufen. Normalerweise freute sie sich darauf, ihre freche Nachbarin zu sehen, aber sie hatte keine Ahnung, wie sie hätte erklären sollen, warum sie im Regen herumgerannt war, nur mit ihrem Pyjama bekleidet. Erleichtert seufzend schloss Sophie die Tür zu ihrer Wohnung und schloss damit den Rest der Welt aus, sodass nur noch sie und Mac übrig blieben.

»Ich gehe duschen,« verkündete Sophie und ging in Richtung ihres Schlafzimmers, um sich saubere Kleidung zu holen. Mac räusperte sich, woraufhin Sophie stehen blieb und ihn mit hochgezogener Augenbraue ansah.

»Das Forensik-Team wird deine Kleidung benötigen,« sagte Mac und reichte Sophie eine Tüte mit einem entschuldigenden Schulterzucken.

»Sogar die Schuhe?«

Als Mac nickte, jammerte Sophie: »Ach, Mann. Das sind meine Lieblings. Kriege ich sie irgendwann zurück?«

»Irgendwann,« war die einzige Antwort, die Mac ihr geben wollte.

Die Rohre rasselten und stöhnten, als Sophie den Duschknopf so weit aufdrehte, wie es nur ging. Sie warf ihre Schuhe und die zerknitterte, feuchte Kleidung in die Tüte und stieg unter den schwachen Strahl aus der Duschbrause. Das Wasser war kaum lauwarm. Sie stellte sich kurz, aber lebhaft vor, wie sie ihren Vermieter Moe erwürgte. Der geizige Bastard weigerte sich, irgendetwas in der Streuselkuchen zu modernisieren, obwohl der Boiler schon am Sterben war.

»Mein Königreich für heißes Wasser,« murmelte Sophie, griff nach ihrem Shampoo und schrubbte aggressiv den Tag aus ihren Haaren.

* * *

Weniger als eine Stunde später fand sich Sophie in Macs Bürobox wieder, nippte an einem Styroporbecher mit dem, was Mac als »Kaffee« bezeichnete. Sophie vermutete, dass das, was in ihrem Becher war, eher mit giftigem Schlamm verwandt war.

»Ist es so, wie ihr Kriminelle dazu bringt, ihre Verbrechen zu gestehen? Indem ihr sie mit verbranntem Teer foltert, den ihr Kaffee nennt?«

»Das ist gar nichts. Warte, bis er noch ein paar Stunden länger in der Kanne gestanden hat. Wenn er sich wie zähe, verdorbene Melasse ausgießt, dann verwenden wir ihn, um Kriminelle zu foltern.« Mac blitzte Sophie ein wolfisches Grinsen zu, bevor er einen großen Schluck aus seinem Kaffeebecher nahm.

»Worauf warten wir?«

»Wir warten auf den Polizeichef. Er will dabei sein, wenn du deine Aussage machst. Und sobald Dunham mit Alphonse fertig ist, wird er mit dir sprechen wollen,« sagte Mac und nickte in Richtung des Büros des Polizeichefs, aus dem Alphonses wütende Stimme über das Bürogemurmel hinweg zu hören war.

»Was sagt Alphonse? Ich kann nichts verstehen.«

»Er ist wie immer ein Arschloch. Beschwert sich und stolziert herum, als würde er denken, jeder sollte sich verbeugen und dankbar sein, dass er uns mit seiner Anwesenheit beehrt hat. Er liebt den Klang seiner eigenen Stimme zu sehr.«

Sophie wandte den Blick von Dunhams Büro ab und starrte aus der Bank großer Glasfenster, die zur Bucht zeigten. Sie bewunderte die Aussicht auf das glitzernde Wasser der Bucht mit Oakland in der Ferne, die Mac und seine Kollegen jeden Tag genießen konnten.

Die Jalousien zu Dunhams Büro waren offen, sodass jeder im Großraumbüro zusehen konnte, wie Alphonse im Büro auf und ab lief, schrie und seine Arme in seiner Aufregung schwenkte. Der Ausdruck von Wut und Verachtung auf dem Gesicht des Mannes gab Sophie einen Einblick in das wahre Ich unter der hübschen Fassade.

»Kennst du Alphonse gut?«

»Nicht gut, aber als Detective in der Mythischen Abteilung muss ich oft genug mit ihm zu tun haben. Sein Rudel hängt immer noch an den alten Wegen der Raubtier-Hierarchie, also musste ich viele Dominanzkämpfe schlichten, die zu weit gingen. Ich denke, er hält sich für eine Art Kriegsherr. Ehrlich gesagt ist er nur ein großspuriges Arschloch mit Gottkomplex. Und weil ich ein Fuchsverwandler bin – 'kein echter Spitzenwandler' – behandelt er mich, als wäre ich etwas, was er von seinem Stiefel abgekratzt hat. Ich kann ihn nicht ausstehen, aber ich muss meine Fassung als Polizist bewahren. Außerdem hat er viel Einfluss beim Conclave. Sein Rudel ist das größte in der Gegend, was bedeutet, dass er viel Macht hat. Also versuche, ihn nicht zu sehr zu verärgern, Höllenstifter.«

»Wer, ich etwa?« Sophie legte ihre Hand an ihre Brust in gespielter Unschuld.

Als Mac nichts zurücksagte, blickte Sophie auf und sah einen seltsamen Ausdruck auf seinem Gesicht. Er starrte auf etwas hinter Sophie.

»Was ist los?« fragte Sophie und wollte über ihre Schulter schauen, um zu sehen, was seine Aufmerksamkeit gefangen hatte.

»Nicht!« flüsterte Mac und beugte sich vor, um eine beruhigende Hand auf Sophies Arm zu legen. »Es ist Marcella vom Conclave. Ich will nicht, dass sie dich hier sieht und herausfindet, dass du unsere Hellseherin bist. Sie hat dich bereits am Coit Tower gesehen und könnte eins und eins zusammenzählen.«

»Ich bezweifle, dass sie sich überhaupt an mich vom Coit Tower erinnern würde. Damals hat niemand dem armseligen Menschen in ihrer Mitte viel Aufmerksamkeit geschenkt.«

Trotzdem sank Sophie in ihrem Stuhl zusammen und beobachtete Macs Gesicht, während er Marcellas Weg durch das Büro verfolgte. Macs Augen verengten sich, als er zusah, wie sie direkt auf Dunhams Büro zuging. Sophie hielt ihren Kaffeebecher vor ihr Gesicht als teilweisen Schutz und warf einen Blick über ihre Schulter durch einen Vorhang aus Haaren. Marcellas scharfe, kantige Gesichtszüge und ihr Auftreten ließen Sophie an einen Raubvogel denken. Sie und ein Mann in einem langen, wallenden, grauen Gewand schritten in Dunhams Büro, ohne auch nur anzuhalten, um zu klopfen. Als der Mann, der Marcella begleitete, die Tür für sie öffnete, erhaschte Sophie einen Blick auf sein Gesicht. Er sah aus wie jeder Zauberer, der jemals in einem Fantasy-Roman beschrieben wurde, komplett mit hageren Gesichtszügen, einer Hakennase über einem zerzausten grauen Bart. Er hatte sogar tiefe Tränensäcke unter seinen eisig blassen Augen. Er musterte den Raum, als würde er in die Ferne blicken; seine Augen erfassten alles, ohne sich auf etwas Bestimmtes zu richten. Dann, ohne ein Wort, drehte er sich auf dem Absatz um und folgte Marcella ins Büro. Dieser Mann erinnerte an einen verknoteten Stock, dünn und knorrig, aber da war ein Kern von Stärke.

»Wer ist der billige Gandalf? Ich habe noch nie jemanden im echten Leben einen solchen Umhang tragen sehen.«

»Ich weiß es nicht. Basierend auf diesem Outfit würde ich auf

Feenvolk tippen. Einige von ihnen kleiden sich gerne, als wären sie Statisten aus 'Herr der Ringe'. Wer auch immer er ist, ich habe ihn noch nie zuvor gesehen.« Mac beobachtete mit gerunzelter Stirn, wie der Zauberer-Doppelgänger sich zu Marcella beugte und ihr etwas ins Ohr flüsterte. Marcella erwiderte seinen Blick, ihre Augen so dunkel und scharf wie die eines Raben.

Sophie und Mac beobachteten Marcella und ihren Begleiter heimlich, während sie mit Dunham und Alphonse sprachen. Was auch immer sie sagten, schien Alphonse endlich zu beruhigen. Der geheimnisvolle Zauberer-Mann versuchte, Alphonses Schulter zu tätscheln, aber er zuckte die Berührung mit einem Schnauben ab.

»Meinst du, er hat seinen Zauberstab zu Hause gelassen? Wer hält dann den Balrog auf?«

»Du bist so ein Nerd,« antwortete Mac mit einem Augenrollen.

Die Gruppe in Dunhams Büro sprach noch ein paar Minuten, bevor Alphonse mit Marcella und dem Graubart im Schlepptau hinausschritt. Dunham rief Alphonse nach und erinnerte ihn daran, Detective Turner seine formelle Aussage zu geben. Turner tauchte aus seiner Kabine auf wie ein übereifriger Präriehund und winkte Alphonse zu seinem Schreibtisch.

»Ich mag ihn wirklich nicht,« murmelte Mac, während Alphonse Turners Kabine mit offensichtlicher Verachtung betrachtete, bevor er sich gegenüber von ihm an den Schreibtisch setzte.

»Ich wäre auch sauer, wenn einer meiner Freunde gerade ermordet worden wäre.«

»Du würdest denken, dass er deshalb ein Arschloch ist, aber nein. Er ist immer so.«

»Ja, nicht gerade die Frau Sympathie, oder?« flüsterte Sophie, während Alphonse imperatorisch seine Hand zu Turner winkte, um mit dem Interview zu beginnen. »Wenn Schneewittchen es auf ihn abgesehen hat, bedeutet das, dass Alphonse ein Serienmörder ist? Ich meine, es scheint ein seltsamer Zufall zu sein, dass wir diesen Mann in der Leichenhalle neulich hatten, den ein Haufen Wölfe ermordet hatte. Denkst du, dass Alphonse und seine Leute diesen Mann getötet haben, und deshalb war Schneewittchen hinter ihm her?«

»Es ist durchaus möglich. Ich will nicht zu viel Spekulation in diese Situation hineinbringen, denn wenn du anfängst, das zu tun, könnte deine Voreingenommenheit dazu führen, dass du die Fakten so hinbiegst, dass sie deine Hypothese bestätigen. Und ich habe bereits eine Menge Vorurteile gegen Alphonse. Zum jetzigen Zeitpunkt tendiere ich dazu, Roger als ihr beabsichtigtes Ziel zu sehen, da er derjenige war, der mit der Axt getötet wurde. Ich werde sehen, was ich über ihn ausgraben kann. Mal schauen, ob es irgendwelche Leichen in Rogers Keller gibt. Oder wir könnten völlig falsch über Schneewittchens Motive liegen. Es ist alles nur Spekulation zu diesem Zeitpunkt. Dunham will uns sehen,« sagte Mac und lenkte Sophies Aufmerksamkeit auf Dunham, der an seiner Bürotür stand und sie herüberwinkte.

Sophie nahm einen der beiden Stühle gegenüber dem imposanten Holzschreibtisch in der Mitte des Raumes. Der Schreibtisch war eine massive Mahagoni-Platte, die dazu entworfen war, jeden einzuschüchtern, der das Pech hatte, davor Platz nehmen zu müssen. Sophie bemerkte, dass der Stuhl, in dem Dunham saß, größer und höher war als ihrer, sodass Dunham auf sie herabblicken würde, sobald er sich setzte. Das ganze Büro schien darauf ausgelegt, andere einzuschüchtern.

Als Dunham schließlich die Jalousien zum Großraum schloss, blickte Sophie aus dem Fenster auf die Aussicht auf die Bucht. Der wetterbedingt verdunkelte Himmel hatte das übliche tiefe Blau des Wassers in ein stürmisches Zinngrau verwandelt.

Dunham nahm mit einem Seufzer seinen Platz hinter seinem Schreibtisch ein. Sophie kannte ihn nicht gut, aber er sah etwas abgenutzt aus. Sie stellte sich vor, dass Tage wie heute der Grund waren, warum manche Leute eine Flasche Whiskey in ihrer Schreibtischschublade versteckten.

Dunham schob eine Halbmond-Brille auf seine Nase und begann, mit völlig konzentriertem Gesichtsausdruck an seinem Computer zu arbeiten.

»Wer war der alte Typ?« Die Worte waren aus Sophies Mund heraus, bevor sie daran denken konnte, sie zu zensieren.

»Hm?« antwortete Dunham und blickte von seinem Computer zu Sophie auf.

»Der Typ mit Marcella – wer war er? Er sah wichtig aus.«

»Das war Bramwell. Er ist der Seneschall,« antwortete Dunham, seine Aufmerksamkeit bereits wieder auf seinen Computerbildschirm gerichtet.

»Bramwell? Ich habe noch nie von ihm gehört. Wie ist sein Nachname?« sprang Mac ein, beugte sich vor und stützte seine Unterarme auf Dunhams Schreibtisch.

»Und was ist ein Seneschall?« warf Sophie ein.

»Wenn Bramwell einen Nachnamen hat, weiß ich nicht, wie er lautet. Er ist einfach Bramwell. Seine Aufgabe ist es, darauf zu achten, dass die Interessen der Feenkönigin hier in diesem Reich gewahrt werden. Ich weiß nicht, was das beinhaltet. Ehrlich gesagt versuche ich einfach, unter dem Radar des Conclaves zu bleiben. Keine Nachrichten sind gute Nachrichten, wenn es um das Conclave geht.«

»Das klingt ja überhaupt nicht beunruhigend, echt jetzt,« murmelte Sophie zu Mac, der als Antwort kicherte. Dunham gab Sophie einen trockenen Blick als Antwort.

»Warum war der Seneschall hier? Sollten wir uns Sorgen machen?« fragte Mac.

»Ich würde mir keine Sorgen machen, wenn ich du wäre. Ich glaube, dass Magistrat Venturi und Bramwell zusammen unterwegs waren, als Alphonse Marcella in einem Nervenzusammenbruch wegen Roger Lammars Mord anrief. Das Letzte, was irgendjemand von uns braucht, ist der Alpha des größten Rudels in der Gegend auf einem Rachefeldzug, also ging sie rüber, um ihn zu beruhigen,« sagte Dunham mit einem sorglosen Schulterzucken. »Dass der Seneschall hier war, war reiner Zufall. Um Bramwell würde ich mir keine Sorgen machen.«

Leicht für dich, so nonchalant zu sein, dachte Sophie verbittert. *Es ist nicht dein Arsch, auf den es alle abgesehen haben.*

Dunham ging über Sophies anhaltende Bedenken hinweg und ließ Sophie die Ereignisse des Tages aufzeichnen. Er ließ sie Schritt für Schritt durch ihren Traum gehen, dann ihren wilden Lauf durch den Regen, endend mit ihrer Entdeckung von Rogers Leiche hinter der Bäckerei.

Sophies Respekt für Dunham wuchs stetig, als er sie regelmäßig unterbrach, um eindringliche Fragen zu stellen, die ihr halfen, sich an Details zu erinnern, die sie anfangs abgetan oder vergessen hatte. Nachdem Dunham Sophies Erinnerungen aufgezeichnet hatte, arbeiteten er und Mac zusammen, um eine zweite entschärfte Polizeiaussage zu erstellen, die für öffentliche Aufzeichnungen verwendet werden würde. Es gab keine Erwähnung von Träumen, Schneewittchen oder anderen magischen, nicht-menschlichen Elementen in diesem Dokument. Laut der stark bearbeiteten Version der Ereignisse ging Sophie zufällig an einer Nebenstraße vorbei, als verdächtige Bewegungen in der dunklen Gasse ihre Aufmerksamkeit erregten. Sie erkannte, dass jemand angegriffen wurde, und rannte in die Gasse, während sie ihren Freund Malcolm Volpes anrief, einen Polizisten der SFPD. Ihr Schreien jagte den Angreifer weg. Es geschah alles so schnell, dass Sophie nie einen guten Blick auf den Mörder bekam. Der Bericht deutete an, dass Sophie einen missglückten Raubüberfall unterbrochen hatte.

»Hat dir Alphonse erzählt, was er gesehen hat? Hat er Schneewittchen gesehen?« fragte Mac Dunham, nachdem sie den Bericht fertiggestellt und eingereicht hatten.

»Alphonse sagte, dass er und Roger anfingen zu vermuten, dass sie einen Verfolger hatten, als sie am Civic Center Bahnhof aus der BART ausstiegen. Sie sahen nicht speziell jemanden; Alphonse sagte nur, er hatte ein Gefühl. Er ließ Roger in die Gasse gehen, und er wollte durch die Bäckerei schneiden und durch den Hinterausgang rausgehen. Der Plan war, die Person zwischen ihnen hinter dem Laden einzufangen, wo sie nicht beobachtet werden würden. Es hätte funktionieren können, wenn der Besitzer der Bäckerei Alphonse nicht aufgehalten und belästigt hätte, als er versuchte, sich durch die Küche zu schleichen.«

Mac brummte nachdenklich und starrte gedankenverloren an die Fliesendecke.

»Hat Alphonse Schneewittchen gesehen?«

»Vielleicht. Als er in der Bäckerei war, sah er eine kleine Gestalt in dunkler Kleidung einen Moment lang vor dem Laden verweilen. Er sagte, es sah aus, als würden sie nach jemandem im Inneren suchen. Er nahm an, dass die Person nach ihm suchte. Er bekam keinen guten Blick auf seinen Verfolger, aber er dachte, es war eine Frau. Sie war in dunkle Kleidung gehüllt, eine sperrige Jacke, Haare unter einem Hut versteckt. Als ich ihn drängte, was er gesehen hatte, räumte Alphonse ein, dass er dachte, es war eine Frau, aber es könnte ein Teenager oder ein zierlicher Mann gewesen sein.«

»Sollten wir Alphonse über Schneewittchen erzählen? Ihm eine Warnung geben, dass er in Gefahr sein könnte?« fragte Mac.

»Nein. Wenn du recht hast mit Schneewittchens Motiv, dann haben entweder er oder Roger Leute getötet. Wir werden Alphonses und Rogers Leben unter die Lupe nehmen, und ich möchte Alphonse nicht auf unsere Überwachung aufmerksam machen. Wir wollen nicht, dass er anfängt, seine Spuren zu verwischen. Außerdem werde ich einige meiner besten Späher auf ihn ansetzen. Sie können ihn vor Schneewittchen schützen und gleichzeitig seine Aktivitäten verfolgen. Außerdem wird Alphonse nach dem, was Roger passiert ist, sowieso hypervigilant sein. Es war ein ziemlicher Schlag für sein Ego, dass einer seiner

Leute praktisch vor seiner Nase ermordet wurde. Du weißt ja, wie diese Alphas sind,« sagte Dunham mit einem Augenrollen.

Eigentlich weiß ich das nicht, dachte Sophie, *aber ich kann es mir vorstellen.*

»Was ist, wenn Schneewittchen Alphonse oder einen anderen seiner Rudelmitglieder angreift und wir ihn nicht vor der Möglichkeit gewarnt haben? Wie ist unsere Haftung?« fragte Mac.

»Wenn die Dinge schief laufen, kümmere ich mich darum. Außerdem habe ich ihn gewarnt, dass ein anderes Mythisches Wesen in der Stadt kürzlich auf ähnliche Weise ermordet wurde.« Dunham zuckte mit den Schultern, als wäre es kein großes Problem, mit einem gefährlichen, wütenden Alpha-Werwolf umgehen zu müssen.

»Gibt es irgendeine Verbindung zwischen Troy Weatherby und Alphonse, Roger oder jemandem im Sunset-Viertel-Rudel?«

»Ich habe Alphonse gefragt, ob er Weatherby kannte. Er sagte nein. Weatherby lebte in einem Gebiet, das sich mit einer Ecke des Gebiets überschneidet, das Alphonses Rudel beansprucht, aber das tun viele andere Mythische Wesen auch. Ich glaubte ihm, aber wir werden trotzdem alles überprüfen.«

»Hat Alphonse irgendwelche Feinde? Du weißt schon, falls das nicht wirklich das ist, was wir denken?« fragte Sophie plötzlich.

»Er ist der Alpha des größten Wolfsrudels in der Stadt. Außerdem ist er ein riesiges Arschloch. Es wäre einfacher, Leute zu finden, die kein Problem mit ihm haben, als alle seine Feinde aufzulisten.«

Dunhams unterdrücktes Schnauben signalisierte seine Zustimmung zu Macs unverblümter Aussage.

»Was hast du ihm über Sophies Anwesenheit dort erzählt?« fragte Mac.

»Ich habe ihm erzählt, dass Sophie an der Gasse vorbeiging und zwei Personen in einem Kampf bemerkte. Als sie erkannte, dass Roger erstochen worden war, rief sie 110 an und dann dich.«

»Hat er hinterfragt, warum Sophie wusste, dass sie mich anrufen sollte?«

»Ja, ich habe ihm erzählt, dass ihr zwei ein Paar seid,« sagte Dunham mit hochgezogener Augenbraue und forderte Mac heraus, diese Aussage zu bestreiten.

»Hat er dir geglaubt?« fragte Mac, anstatt auf Dunhams unausgesprochene Aufforderung zu antworten.

»Ja, er hatte keinen Grund, an mir zu zweifeln. Jetzt habe ich einen Haufen Papierkram zu erledigen, also seid ihr beide entlassen,« erklärte Dunham und wandte seine Aufmerksamkeit seinem Computerbildschirm zu.

»Du wirst Sophie nicht zurechtweisen, weil sie durch die Stadt rennt und Phantom-Serienmörder jagt? Du bist damit einverstanden?«

»Wenn irgendein unwissender Mensch sich in Stücke reißen lässt, weil er oder sie denkt, stärker zu sein, als er oder sie ist, ist das sein oder ihr Problem. Ich werde verärgert sein, weil ich mehr Papierkram erledigen muss, aber Sophie ist erwachsen, und wenn sie etwas Dummes machen will, wer bin ich, ihr im Weg zu stehen?« sagte Dunham trocken und ließ Mac vor Empörung stammeln.

»Im Ernst?« brachte Mac schließlich hervor.

»Ja. Jetzt geht. Ihr seid entlassen.«

Mac stand stocksteif auf, drehte sich auf dem Absatz um und marschierte wie ein aufgebrachter Roboter aus Dunhams Büro. Sophie eilte Mac nach und warf einen letzten Blick auf Dunham, als sie sein Büro verließ, aber er war bereits über seinen Schreibtisch gebeugt mit einem tiefen Stirnrunzeln auf seinen Computerbildschirm gerichtet, Sophie und Mac aus seinem Kopf verbannt.

Sophie folgte Mac zurück zu seiner Bürobox, während er dunkel vor sich hin murmelte. Sie fing nur ein paar Worte auf wie 'bescheuerter Todeswunsch' und 'ich bin der einzige Vernünftige hier'. Sophie unterdrückte ein Lachen, um Mac nicht noch mehr aufzuregen.

Er packte schnell ein paar Gegenstände von seinem Schreibtisch in eine Messengertasche.

»Ich will zurück zum Tatort und mich umsehen. Kann ich dich auf dem Weg nach Hause absetzen?«

Als Sophie nickte, nahm Mac sie in den Arm und ging in Richtung Aufzug.

»Dir ist klar, dass ich erwachsen bin, oder?« fragte Sophie und legte einen Arm um Macs Taille, drückte ihn.

Mac seufzte verärgert. »Ja, ich weiß, Soph. Es tut mir leid, dass ich mich wie ein überfürsorgliches Arschloch verhalte. Ich werde—«

»Ein Mensch, Volpes? Wirklich?« rief eine Stimme. Sophie drehte schnell den Kopf und erkannte, dass ihr Weg sie bis auf wenige Meter an den Ort gebracht hatte, wo Alphonse seine Aussage an Turners Schreibtisch machte. »Du hast nichts Besseres gefunden? Sie wird eine ohnehin schon schwache Blutlinie noch weiter verdünnen,« höhnte Alphonse. Mac blähte sich auf wie ein wütender Stier, Aggression in jeder Linie seines angespannten Körpers. Sophie drückte Macs Arm, bevor er etwas sagen konnte.

»Lass dich nicht ködern,« flüsterte sie, aber sie konnte nicht widerstehen, dem fremdenfeindlichen Arschloch einen harten Blick zuzuwerfen, während sie sich scheinbar beiläufig mit dem Mittelfinger an der Augenbraue kratzte. Ohne auf eine Reaktion von Alphonse zu warten, drehte sich Sophie um und zog Mac zum wartenden Aufzug.

KAPITEL 10

»*B*ist du sicher, dass es dir gut geht?«
»Ja. Und wenn du mich noch einmal fragst, hau ich dir eine rein,« drohte Sophie, ballte die Faust und schüttelte sie Mac entgegen, nur halb im Scherz.

»Entschuldige. Ich will nicht nerven; die ganze Situation macht mir einfach Angst.«

»Ich weiß. Keiner von uns kann mit Stress besonders gut umgehen,« antwortete Sophie, griff über die Mittelkonsole und drückte Macs Hand, die auf seinem Oberschenkel lag. Bevor sie ihre Hand zurückziehen konnte, drehte Mac seine Hand und verschränkte ihre Finger miteinander.

»Ich möchte, dass du mit Selbstverteidigungskursen anfängst,« verkündete Mac. »Ich kenne ein paar Leute, die bereit wären, dir das Kämpfen beizubringen. Beim nächsten Mal, wenn du einem wütenden Alpha gegenüberstehst, muss ich wissen, dass du dich behaupten kannst.«

»Okay.«

»Was? Du widersprichst mir nicht?«

»Ich widerspreche nicht bei allem,« schnaubte Sophie. »Ich

hatte schon ein paar Stunden, aber heute hat mir gezeigt, dass das nicht reicht.«

Sophie sah, wie die Anspannung aus Macs Schultern wich, als sie so bereitwillig zustimmte. Sophie drückte Macs Hand beruhigend.

Den Rest der Fahrt legten sie schweigend zurück, beide in Gedanken versunken.

Als sie sich Streuselkuchen näherten, rieb Sophie ihre Schläfen, um einen aufziehenden Kopfschmerz zu vertreiben.

»Hey, kannst du mich hier rauslassen? Ich muss noch ein paar Sachen besorgen,« bat Sophie und zeigte auf den kleinen Laden zwei Blocks von ihrer Wohnung entfernt. Sie plante, eine große Flasche Aspirin, eine billige Flasche Wein und vielleicht etwas Junkfood zu kaufen, um den kolossal beschissenen Tag auszugleichen.

Nach ein paar Minuten langsamer, berauschender Küsse und einem abgerungenen Versprechen, Mac vor der Arbeit anzurufen, betrat Sophie den Convenience-Store mit etwas neuer Energie. Eine Knutscherei war genau das, was sie brauchte, um ihre miese Laune zu vertreiben. Das Klingeln der Tür ließ die Verkäuferin ihren Kopf vom Telefon heben, in das sie vertieft war, und sich umdrehen, um zu sehen, wer hereinkam. Als sie Sophie erblickte, legte die füllige ältere Frau das Telefon auf die Theke und beobachtete Sophies Gang durch den kleinen Laden mit zusammengekniffenen Augen und einem spöttischen Grinsen.

Sophie wusste genau, was die Frau tat; sie beobachtete, ob Sophie etwas stehlen würde. Selbst in ihren schlechtesten Zeiten hatte Sophie nie gestohlen.

»Kann ich Ihnen helfen?« fragte die Frau eisig und musterte Sophie von oben bis unten. Sophie krümmte die Zehen in ihren abgetragenen Turnschuhen und wünschte sich, sie hätte ihre Lieblingsstiefel an. Sie war kurz davor, einfach zu gehen und woanders einzukaufen. Es gab einen anderen Laden nur zehn Minuten zu Fuß entfernt.

Sophie ignorierte die Frage und machte mit ihrem Einkauf weiter. Wenn die Frau sie jetzt schon für suspekt hielt, sollte Sophie mal in ihren zerkratzten Kampfstiefeln und dem ausgebleichten Anarchie-T-Shirt wiederkommen. Das würde der urteilenden Frau vermutlich ein paar Lebensjahre kosten.

Sie stapfte durch die Gänge und sammelte ihre Sachen ein, während der Blick der Frau sie durchbohrte. Nachdem sie schnell alles beisammen hatte, warf Sophie die Artikel klappernd auf die Theke und biss sich auf die Zunge, statt einen Kommentar abzugeben. Sie wollte einfach nur nach Hause und abschalten, nicht einen Streit im Quickie Mart anfangen. Die Frau gab ein letztes Schnauben von sich, bevor sie widerwillig Sophies Sachen abkassierte. Sophie schnappte sich ihr Wechselgeld und die Tüte mit ihren Einkäufen, drehte der Kassiererin demonstrativ den Rücken zu und verließ mit erhobenem Kopf den Laden. Sie spürte die Blicke der Frau bis zur Tür. Kurz bevor diese hinter ihr ins Schloss fiel, zeigte Sophie der Kassiererin den Mittelfinger. Das empörte Keuchen, das ihr folgte, zauberte ein Grinsen auf ihr Gesicht.

Sophie stapfte nach Hause und hielt dabei eine innere Ansprache darüber, dass sie anziehen könne, was sie wolle, und schimpfte leise über unhöfliche, verurteilende Verkäuferinnen. Sie sollte zerrissene Jeans und alte Shirts tragen dürfen, ohne gleich als Diebin verdächtigt zu werden. Bis sie Streuselkuchen erreichte, fielen ihr mehrere schlagfertige Sprüche ein, die sie der Kassiererin gern an den Kopf geworfen hätte.

»Ich sollte in Lumpen herumlaufen können, ohne wie eine verdammte Kriminelle behandelt zu werden,« verkündete Sophie ihrer Wohnungstür, während sie den Schlüssel ins zerkratzte Schloss steckte. Die Tür schwieg dazu, aber Sophie war sicher, dass sie zustimmte.

Sie schenkte sich einen ordentlichen Schluck Billigwein in die erste Tasse, die sie im Schrank fand – eine angeschlagene Kaffeetasse, die sie aus einem schäbigen Diner in ihrer alten Nachbarschaft mitgenommen hatte. Sophie spülte zwei Advil mit einem erleichterten Seufzer hinunter, froh, wieder im Schutz von Streuselkuchen zu sein. Sie ließ sich auf ihren Futon fallen, legte die Füße auf den ramponierten Couchtisch und riss eine Tüte Chips auf. *Mmm, schön salzig und knusprig. Herrlich*! summte Sophie und griff nach dem Liebesroman, den sie diese Woche im Secondhand-Buchladen in der Valencia Straße gekauft hatte. Er hatte eine zufriedenstellende Menge zerrissener Mieder und bebender Busen – genau das, was Sophie zur Flucht brauchte.

Als sie merkte, dass das Buch nicht auf dem Beistelltisch lag, wo sie es vermutete, stöhnte Sophie genervt. Sie hatte es wohl wieder aus Versehen in ihrem Spind auf der Arbeit gelassen. Frustriert griff Sophie zu einem abgenutzten, mit Eselsohren versehenen Lieblingsbuch vom Stapel auf dem Boden. Die vertraute Geschichte war so beruhigend wie eine warme Decke. Sophie kuschelte sich auf die Couch, bereit, sich mit Ender Wiggin in den Kampf gegen die Krabbler zu stürzen.

Nach einer zufriedenstellenden Lesestunde bekam Sophie eine SMS von Mac, dass er am Tatort nichts Neues entdeckt hatte. Sie zauberte sich ein schnelles Nudelgericht und versuchte beim Essen weiterzulesen, kam aber nicht wieder in die Geschichte hinein. Nachdem sie denselben Absatz zum dritten Mal gelesen hatte und immer noch nichts davon hängen blieb, warf sie das Taschenbuch frustriert zur Seite. Mit den Augen die feinen Risse in der Decke verfolgend, ging Sophie den Nachmittag Schritt für Schritt durch und fragte sich, ob sie etwas anders hätte machen können, um Roger Lammar zu retten.

»Hör auf, dich im Selbstmitleid zu suhlen. Du drehst sonst ab vor lauter 'Was wäre wenn',« sagte Sophie laut zu sich. Sie sprang von der Couch auf und sah sich nach einer Ablenkung um. »Das war's. Ich muss hier raus.«

Sie schnappte sich ihre Messengertasche und marschierte direkt nebenan in The Little Thumb. Kaum betrat sie die Kneipe, wurden die Geräusche von Verkehr und Baustelle vom gemütlichen Stimmengewirr und leiser Musik aus versteckten Lautsprechern abgelöst.

Benno schaute beim Klingeln der Tür auf, warf einen Blick auf Sophies Gesicht und deutete wortlos auf einen Hocker am anderen Ende der Bar, wo das Licht gedämpfter war und ein bisschen Privatsphäre versprach.

»Willst du ein Bier?« rief Benno.

»Ich muss gleich arbeiten,« erwiderte Sophie und schüttelte den Kopf.

»Willst du eine Wiegenlied-Dame?« fragte Benno mit einem Grinsen. Sophie mochte das Getränk besonders – das mythische Pendant zur Kinderpunsch, also ein Kindergetränk.

»Nee, ich brauch Koffein. Eine Cola bitte.«

Benno warf einen Untersetzer auf die Theke vor Sophie und stellte ihr ein hohes Glas prickelnder Cola hin.

»Geht's dir gut, Soph?«

»Schon. Es war ein langer, seltsamer Tag, aber ich komm klar,« log Sophie, zog den Untersetzer heran und nahm einen langen Schluck.

»Also... wir sind gut, ja?« fragte Benno vorsichtig.

»Warum sollten wir nicht gut sein?«

»Naja, ich hab dich in letzter Zeit kaum gesehen. Nicht seit du meine wahre Gestalt gesehen hast. Ich hatte Angst, ich hätte dich vielleicht verschreckt oder so,« antwortete Benno, während er demonstrativ die Theke wischte und Sophie nicht ansah.

»Benno,« tadelte Sophie. »Ich bin privilegiert, deine wahre Gestalt gesehen zu haben. Und du hast mich nicht erschreckt oder so. Ich habe dich nicht absichtlich gemieden. Ich war einfach nur wahnsinnig beschäftigt mit Arbeit, ehrlich. Du bist immer noch einer meiner engsten Freunde.«

»Ja?« Benno hielt inne, starrte auf die Theke und blickte dann hoffnungsvoll zu Sophie auf.

»Ich schwöre. Die Arbeit war verrückt. Und ich hab auch viel

Zeit mit Mac verbracht,« gab Sophie zu. Sie war erleichtert, wie der ängstliche Blick von Bennos Gesicht wich.

»Was ist los bei der Arbeit, dass du so eingespannt bist? Stapeln sich die Leichen?« neckte Benno, aber bevor Sophie antworten konnte, rief jemand am Ende der Bar nach einem Nachschub.

»Seit diesem Blogartikel ist es hier so voll, dass ich überlege, einen zweiten Barkeeper einzustellen. Meine Schwester springt ab und zu ein, aber sie kann nicht so oft wie ich es bräuchte. Sie hat mit meinen Nichten und Neffen alle Hände voll zu tun,« seufzte Benno und ging zu dem durstigen Kunden.

Ich will Baby-Oger sehen, dachte Sophie. Sie stellte sich kleine grüne Oger mit winzigen Stoßzähnen und viel Attitüde vor.

Benno warf sein weißes Tuch über die Schulter und kam zurück zu Sophie, nachdem er den Kunden bedient hatte.

»Ich hab eine seltsame Frage,« sagte Sophie, als Benno vor ihr stehen blieb. »Kennst du Wolfsrudel in der Stadt? Ich hab heute den Alpha vom Sunset-Viertel-Rudel getroffen. Alphonse. Kennst du ihn?«

»Alphonse? Ich kenne ihn nicht persönlich, aber ich weiß, wer er ist. Da ich hier als neutrales Territorium gelte, kommen viele Wolfsgestaltwandler her, vor allem die ohne Rudel. Ich hab ihn nie getroffen, aber viel gehört.«

»Was hast du gehört?«

»Dass er ein Arschloch ist,« sagte Benno mit einem Achselzucken.

»Nach dem, was ich heute erlebt hab, kann ich das bestätigen. Ein riesiges Arschloch. Aber ist er gefährlich?«

»Absolut. Er ist ein Mythischer und der Alpha des größten Wolfsgestaltwandler-Rudels der Stadt. Mythische sind alle gefährlich, zumindest im Vergleich zu Menschen, und Alphas sind noch gefährlicher. Warum fragst du? Was war los mit ihm?«

Sophie zuckte mit den Schultern, nicht sicher, wie viel sie Benno über ihre neuen Fähigkeiten erzählen sollte. Dunham hatte ihr geraten, es niemandem zu erzählen, aber sie fühlte sich nicht sonderlich verpflichtet, sich daran zu halten.

»Ich hab Alphonse heute getroffen. Es war arbeitstechnisch, also kann ich nicht viel sagen. Wollte nur deine Meinung. Ist sein Rudel gefährlich? Hast du komische Gerüchte gehört?«

»Sein Rudel ist gefährlich, weil sie alles machen, was Alphonse sagt. Sie haben eine 'traditionelle' Rudelhierarchie.«

»Wie bei echten Wölfen? Was meinst du mit Hierarchie? Alpha und Beta?«

»Genau. Alpha an der Spitze – der Boss. Dann kommen die Betas, sein innerer Kreis, seine rechte Hand. Sie setzen die Regeln durch – sorgen dafür, dass alle spuren. Darunter kommt der Rest. Meist herrscht eine strenge Hackordnung, die durch Dominanzkämpfe festgelegt wird. So laufen die meisten Gestaltwandlerrudel, besonders bei Wölfen oder anderen Spitzenräubern. Sie versuchen, echte Wolfsrudel zu imitieren. Was witzig ist, denn so funktionieren Wolfsrudel in der Natur gar nicht.«

»Tun sie nicht? Ich dachte, das läuft so.«

»In den 40ern haben Wissenschaftler Wölfe beobachtet – aber in Gefangenschaft. Sie haben fremde Wölfe zusammengeworfen, statt in der Wildnis zu forschen. Sie schlossen daraus, dass es immer einen Alpha-Mann und ein Alpha-Weibchen gibt, und der Rest ordnet sich unter. Diese fehlerhafte Forschung hat alle glauben lassen, Wölfe hätten eine strenge Hierarchie. In Wirklichkeit sind Wolfsrudel draußen eine Familie mit Mama und Papa als Anführer und deren Jungen.«

»Echt jetzt?«

»Ja, das wäre, als würden Aliens auf der Erde landen, eine Gruppe Fremder ins Shoppingcenter stecken und dann sagen: 'So funktionieren Familien.' Schlechte Forschung, aber jetzt machen es alle Gestaltwandler nach. Ich find's lustig. Die nehmen das todernst.«

»Stell dir vor, die Aliens hätten einen Walmart ausgesucht. Wir hätten sie aus dem Sonnensystem vertrieben. Ich hab da die seltsamsten Sachen gesehen. Vielleicht meiden uns Aliens deshalb – sie haben Walmart beobachtet und fanden uns unwürdig.«

»He, nicht über Walmart lästern. Nicht jeder will sein Erspartes für Bio-Joghurt von Kühen ausgeben, die nur Gänseblümchen fressen und Gletscherwasser trinken. Wenigstens gibt's bei Walmart Parkplätze,« meckerte Benno und wedelte mit dem Finger. Parkplätze waren in San Francisco so selten wie vierblättrige Kleeblätter und Einhörner.

»Parken ist egal, wenn man kein Auto hat.« Sophie zuckte mit den Schultern. Sie fand es völlig okay, mit öffentlichen Verkehrsmitteln zu fahren, statt sich mit einem Auto herumzuärgern. Ein Auto in der Stadt war mehr Arbeit und Kosten, als sie aufbringen wollte. Und leisten konnte sie sich sowieso keins.

Die Türglocke bimmelte und lenkte Sophies Aufmerksamkeit auf einen Stammgast – Sal. Als Sal seinen Platz weiter hinten an der Bar einnahm, erinnerte sein wirrer grauer Bart Sophie an den Zauberer-Doppelgänger von vorhin – Seneschal Bramwell. Während sie Benno zusah, wie er Sal ein Bier einschenkte, versuchte Sophie, das seltsame Gefühl zu greifen, das sie bei Bramwell beschlichen hatte. Warum kümmerte sie das überhaupt? Sie hatte genug Probleme ohne einen komischen Zauberer.

Benno schlenderte zurück und füllte Sophies Cola nach, ohne dass sie fragen musste.

»Marcella schien dich am Coit Tower sehr kennenlernen zu wollen. Sie meinte, Oger mischen sich selten in mythische Politik ein,« sagte Sophie und bemerkte Bennos angewiderten Blick. »Du willst nicht fürs Conclave arbeiten?«

»Ich hab Anrufe von Marcella und dem Conclave die ganze Woche ignoriert. Ich will nicht in Hofintrigen und Feenpolitik reingezogen werden. Die wollen mich nur als Leibwächter oder Schläger. Für sie bin ich Kanonenfutter, ein Fleischschild. Die kämen nie drauf, dass ich ein Gehirn hab,« beschwerte sich Benno und klopfte gegen seinen kahlen Schädel.

»Kennst du die gut? Das Conclave meine ich. Ich hab heute so einen seltsamen alten Typen getroffen. Sah aus wie ein geheimer Zauberer. Hätte schwören können, er zieht gleich los, um einen Ring zu vernichten – du weißt schon? Jemand sagte, er heißt Bramwell. Und er sei ein Seneschal – was immer das ist. Aber ich bekam komische Vibes von ihm.«

»Du triffst ja lauter Größen in letzter Zeit. Willkommen in der Oberliga, Soph. Bramwell ist wie die rechte Hand der Feenkönigin, ihr Problemlöser. Er interessiert sich nur für sich selbst und die Feenkönigin. Alles andere ist egal. Er ist ihr treues Schoßhündchen, hab ich gehört. Wahrscheinlich verliebt in sie. Ich versteh nicht, wie man jemanden so eiskalten lieben kann. Aber jedem das Seine.«

»Was ist ein Problemlöser?«

»Ein Problemlöser... Wie in der Mafia?« Bei Sophies leerem Blick erklärte Benno: »Sie lösen 'Probleme'. Egal ob Leute verschwinden oder Sachen geregelt werden. In der Mafia sind das meist die, die Tatorte säubern und Leichen verschwinden lassen.«

Sophie war plötzlich froh, dass sie sich Bramwell nicht vorgestellt hatte.

»Er bringt Leute um?« fragte Sophie ungläubig angesichts des dünnen alten Mannes in Robe.

»Eher nicht. Die Königin hat eine Attentäter-Armee. Aber er gibt die Aufträge, nicht zwingend selbst ausführen.«

»Wie kann er für die Feenkönigin arbeiten? Ich dachte, das ist ein Einbahnstraßen-Ticket ins Reich hier. Und wie kommuniziert man mit jemandem in einer anderen Welt? Mein Handy hat bestimmt keinen Empfang dahin.«

»Vielleicht ist er ein Telepath. Oder die Königin. Die hat wohl ordentlich Macht. Sonst hält man sich nicht so lange auf dem Thron. Der Feenhof ist ein Schlangennest.«

»Telepathie. Natürlich. Ergibt total Sinn.«

Benno grinste über den Sarkasmus und salutierte mit zwei Fingern.

»Die Königin hat viele Namen, aber die meisten nennen sie Maeve.« Benno senkte die Stimme, als würde lautes Aussprechen sie herbeirufen.

»Wie ist sie so?«

»Wer? Die Königin? Ich hab sie nie getroffen. Aber sie soll wunderschön, kalt, berechnend und tödlich sein. Angeblich kann sie dir mit einem Gedanken die Luft aus den Lungen ziehen.« Benno schauderte bei dem Gedanken.

Die Kneipe füllte sich mit Nachtschwärmern, sodass Benno kaum noch Zeit hatte, mehr zu tun als Sophies Glas nachzufüllen. Sophie machte sich auf zur Arbeit. Sie musste dem Team erzählen, was am Nachmittag mit Roger und Alphonse passiert war. Kaum zu glauben, dass das erst Stunden her war. Sophie ließ ein paar Dollar auf der Theke liegen und verabschiedete sich von Benno.

* * *

SOPHIE SCHLEPPTE sich in die Lobby der Gerichtsmedizin und atmete tief die kühle, trockene Büroluft ein. Der Tag war schon lang, und die Nacht lag endlos vor ihr. Das trübe Wetter drückte auf Sophies Stimmung. Draußen war die Luft so feucht, dass sie fast tropfte. Im Vergleich dazu tat die klimatisierte Luft gut.

»Guten Abend, Frau Zhao,« grüßte Sophie die Empfangsdame am Schalter. »Ist Reggie schon da?«

»Dr. Didel ist seit etwa zehn Minuten da. In seinem Büro,« antwortete Frau Zhao und lächelte Sophie kurz zu.

Sophie bedankte sich, während die Türen zum gesperrten Bereich summend aufgingen. Sie ging direkt zu Reggies Büro. Nach kurzem Klopfen rief Regs Stimme: »Herein.«

»Sophie, du bist früh,« sagte Reggie, sein Lächeln ließ sein Gesicht noch runder wirken. »Ist alles in Ordnung?«

»Ja, aber heute ist was passiert, das ich erzählen wollte. Hast du Mac heute gesehen?«

Reggie griff zum Telefon, schüttelte den Kopf. »Keine Nachricht von Mac.«

Sophie musste sich das Grinsen verkneifen, als Reggies Augen immer größer wurden, während sie erzählte, wie sie Schneewittchen hinterherjagte und Rogers sterbenden Körper fand.

»Ich glaube nicht, dass du Schneewittchen hättest verfolgen sollen,« belehrte Reggie. »Sie ist verrückt. Ich will nicht, dass dir was passiert.«

»Du auch noch,« stöhnte Sophie. »Mac hat mich schon dafür rund gemacht. Ich kann niemanden in Gefahr ignorieren. Ich musste sie aufhalten.«

»Du darfst dein Leben nicht so aufs Spiel setzen. Du bist zu wichtig.«

»Meine Gabe ist zu wichtig,« korrigierte Sophie und hielt sich tapfer das Schmollen vom Gesicht. Sie war stolz, wie ruhig ihre Stimme blieb. Sie wusste, dass das, was sie kann, wichtig war, aber sie war mehr als nur ihre Fähigkeit.

Reggie sah sie vorwurfsvoll an. »Wenn du denkst, dass deine Gabe mir mehr bedeutet als unsere Freundschaft und dein Leben, kennst du mich schlecht. Niemand kann dich ersetzen. Versprich mir, dass du vorsichtiger bist.«

Sophie seufzte. »Okay, ich verspreche es. Ab jetzt warte ich immer auf Verstärkung. Kein kopfloses Reinrennen mehr. Außerdem will Mac, dass ich Selbstverteidigung mache.«

»Gute Idee,« nickte Reggie. »Schade, dass du Schneewittchens Gesicht nicht gesehen hast. Es wird schwer, sie zu stoppen, solange wir nicht wissen, wonach wir suchen. Hoffentlich—«

Das Summen der Sprechanlage unterbrach ihn.

»Dr. Didel, Sie haben Besuch. Jemand möchte eine für heute

Abend geplante Obduktion beobachten,« tönte Frau Zhao aus dem Lautsprecher.

»Ich bin gleich da,« antwortete Reggie, stand auf und klopfte Sophie beim Hinausgehen auf die Schulter.

Sophie folgte Reggie neugierig. Das einzige Publikum bei Obduktionen waren bisher Polizisten gewesen – und die kamen immer unangekündigt.

»Kommen oft Leute, die bei einer Obduktion zuschauen wollen?« fragte Sophie.

»Normalerweise nur Detektive. Manchmal aber auch hochrangige Beamte. Beim letzten Tod eines Conclave-Mitglieds mussten wir Stühle aufstellen, weil fast der ganze Rat samt Gefolge zuschaute,« erklärte Reggie beim Hinausgehen.

Reggie blieb abrupt stehen, sodass Sophie ihm fast in den Rücken lief.

»Äh, Alpha. Ich habe Sie nicht erwartet,« stotterte Reggie. Sophie lugte über Reggies Schulter – Alphonse starrte in der Lobby herum, als nerve sie ihn persönlich. Die zwei massigen Männer neben ihm ahmten Alphonses Blick exakt nach. Einer war zottelig und dunkelhaarig im Giants-Trikot, der andere militärisch blond und im Anzug.

»Oh Mist,« flüsterte Sophie und schluckte schwer.

Alphonse war ganz in Schwarz gekleidet, Hose und Rollkragen. Sophie fand, er sah aus wie ein eingebildeter Fatzke, auch wenn sie zugegeben voreingenommen war.

»Du!« brüllte Alphonse, bevor Sophie sich zurückziehen konnte. Er fixierte Reggie: »Was macht sie hier? Sie ist Verdächtige beim Mord an meinem Beta. Was läuft hier? Das ist nicht in Ordnung. Glaubst du, du kannst mich täuschen?« Seine Stimme dröhnte durch die Lobby. Sophie warf den beiden Begleitern einen Blick zu, konzentrierte sich dann aber wieder auf Alphonse.

Niemand hörte, als Sophie zu erklären versuchte, dass sie

keine Verdächtige mehr war. Alphonse und seine Männer starrten weiter Reggie an.

»Sie arbeitet hier. So kennt sie Detective Volpes. Alles nur Zufall. In meiner Leichenhalle läuft nichts Ungehöriges,« antwortete Reggie über Sophies Erklärungsversuche hinweg und hob abwehrend die Hände.

Alphonse knurrte laut, seine Schultern spannten sich – er wirkte kampfbereit.

»Was soll ich glauben? Ich lasse nicht zu, dass sie bei Rogers Obduktion dabei ist. Was, wenn sie Beweise manipuliert?«

Sophie trat hinter Reggie hervor, um Alphonses Aufmerksamkeit von ihrem Freund abzulenken, und wollte gerade widersprechen. Sie konnte nicht riskieren, dass Alphonse seine Wut auf Reggie lenkte. Er war einer ihrer wenigen Freunde und hatte nichts falsch gemacht.

»Was für einen verdammten Laden führst du hier, Nagetier? Ich werfe sie eigenhändig raus.« Alphonse machte einen bedrohlichen Schritt auf Sophie zu.

»Nagetiere!« quietschte Sophie. »Du Motherfu—«

Bevor sie zu Ende schimpfen konnte, merkte Sophie, dass sie plötzlich auf einen Hinterkopf blickte. Sie hatte ihre Nase fast in glattes schwarzes Haar gedrückt, das zu einer eleganten Hochsteckfrisur gebunden war. Sie machte einen Schritt zurück, schüttelte den Kopf. Die Frau im taubengrauen Hosenanzug hätte sie überall wiedererkannt. Sie hatte Frau Zhao nicht mal kommen sehen, aber nun stand die kleine Frau direkt vor ihr.

Ein tiefes Grollen rollte durch die Lobby wie ein Zug, der einfährt. Das Geräusch stellte Sophies Nackenhaare auf. Wie Beute fühlend, erkannte Sophie: Das war ein Drachenknurren. Es füllte den Raum mehr mit Druck als mit Schall, landete in ihrem Bauch und schickte sie zurück in eine urzeitliche Angst und Instinkte. Sophie musste alle Kraft aufbringen, um nicht zu wimmern.

»Wählen Sie Ihre nächsten Worte mit Bedacht, Alpha,«

warnte Frau Zhao leise und hob den Finger warnend. Höflich, ja, aber eiskalt wie ein Dolch. Ein Sturm tobte unter ihrer zivilisierten Stimme. Alphonse knurrte zurück, aber es klang lächerlich im Vergleich zum Drachenknurren. Ein Hauch umberfarbener Schuppen glitt über Frau Zhaos Hand, erschien und verschwand im Nu. Das feminine Rosa ihrer Fingernägel und der zarte Jadeschmuck bildeten den tödlichen Kontrast zu den Schuppen.

»Jeder in diesem Gebäude ist in meinem Bereich. Sie stehen unter meinem Schutz. Sie tun gut daran, das zu bedenken, Wolf.«

»Ich wollte keinen Respektlosigkeit, Zhao. Aber ich kann nicht zulassen, dass eine Verdächtige beim Tod meines Betas bei seiner Obduktion dabei ist, geschweige denn mitarbeitet. Das beleidigt mein Rudel und meine Intelligenz. Meine Wölfe stehen auch nach dem Tod unter meinem Schutz. Du kannst nicht meinen, das sei in Ordnung. Es ist mein Recht als Alpha, Gerechtigkeit für mein Rudel zu fordern. Wenn nötig, gehe ich damit zum Conclave.«

»Ich bin keine Verdächtige. Ich wurde freigesprochen,« versuchte Sophie, aber niemand schien sie zu hören.

»Das Conclave muss nicht involviert werden,« sagte Reggie. »Wenn Sie mich hätten erklären lassen, wüssten Sie, dass Sophie nicht bei der Obduktion dabei gewesen wäre. Wir hatten noch nicht mal den Plan für heute Abend gecheckt und wussten nicht, dass Ihr Beta dran ist. Es ist Standard, Leute mit Interessenkonflikt oder Bezug zum Opfer aus dem Raum zu halten. Hätte ich den Plan gesehen, hätte ich das Missverständnis verhindert. Sophie wird nicht anwesend sein. Sie können auch sicher sein, dass sie nie eine Untersuchung stören würde. Ihr Ruf ist hier untadelig.«

»Mir ist egal, was für einen Ruf ein Mensch hat. Ich will sie nicht in der Nähe meines Rudels oder von mir.« Sophie erwiderte Alphonses Hohnlächeln mit neutralem Blick. Er ließ das Wort Mensch wie Dreck klingen.

Reggie zog Sophie sanft beiseite, drehte sie weg von Alphonse und hielt Frau Zhao zwischen ihnen und dem Alpha. Er legte einen Arm um ihre Schulter. »Ich denke, es ist besser, du gehst. Ich finde es keine gute Idee, dass ihr beide gerade im selben Gebäude seid. Nimm dir lieber frei für heute Nacht.« flüsterte er.

»Du willst, dass ich gehe? Ich hab nichts falsch gemacht. Ich hab versucht, seinem Freund zu helfen, verdammt. Ich versteh, warum ich nicht bei der Obduktion dabei sein soll, aber warum muss ich nach Hause?«

»Das ist keine Strafe. Ich denke nur, du bist sicherer weit weg. Er ist zu unberechenbar – wie ein Pulverfass. Ich trau ihm nicht zu, sich zu beherrschen. Vielleicht kann Mac dich abholen, dann musst du nicht den Bus nehmen,« schlug Reggie vor.

»Brauchst du meine Hilfe nicht?« flüsterte Sophie.

Sophie wollte unbedingt Roger lesen, in der Hoffnung, Schneewittchens Gesicht zu sehen.

»Amira kann mir heute helfen. Wir können es uns nicht leisten, das Sunset-Viertel-Rudel zu verärgern. Geh lieber einfach nach Hause.«

Sophie wollte protestieren, aber als sie Reggies besorgtes Gesicht sah, verschwand ihr Ärger.

»Na gut,« schnaubte Sophie. »Meine Tasche liegt in deinem Büro. Lass mich Mac anrufen und fragen, ob er mich abholt.«

»Natürlich. Ich kümmere mich um Alphonse,« murmelte Reggie. Er presste die Lippen zusammen und wandte sich wieder Alphonse zu.

Auf die Tür zugehend, rief Sophie: »Frau Zhao, können Sie mich wieder reinlassen?«

»Natürlich, mein Schatz,« antwortete sie. Sophie warf der kleinen, respekteinflößenden Empfangsdame einen dankbaren Blick zu. Frau Zhao schenkte ihr ein warmes Lächeln, bevor ein goldener Blitz in ihren Augen aufflammte und verschwand. Sophie sah zu, wie Frau Zhao würdevoll zu ihrem Schreibtisch schritt und sich in ihren Stuhl setzte.

Sie drehte sich zur Tür und wartete auf das Summen des Sicherheitssystems. Sophie musste fast laut lachen, als sie Fitz', Aces und Amiras neugierige Gesichter am Glas sah. Stattdessen schüttelte sie den Kopf und grinste breit.

»Heilige Scheiße! Was geht da draußen ab?« flüsterte Ace, nachdem Sophie durch die Tür und an den staunenden Kollegen vorbeigegangen war.

»Kommt mit, ich erzähl euch alles. Aber erst muss ich mein Handy holen und Mac anrufen,« flüsterte Sophie und winkte sie mit.

»Ich dachte, Frau Zhao frisst ihn gleich,« sagte Ace mit erschreckter Freude.

»Das wäre schön gewesen,« antwortete Sophie. »So viel Glück hab ich nicht.«

Sophie schnappte ihre Tasche aus Reggies Büro und ging in die Damenumkleide, da Alphonse sie dort kaum suchen würde. Das hielt Fitz und Ace aber nicht ab, ihr zu folgen.

»Worum ging's denn?« fragte Amira, sobald die Tür zu war.

Sophie brachte ihre Freunde schnell auf den neuesten Stand.

»War das wirklich schlau, Schneewittchen zu verfolgen? Das hätte böse ausgehen können,« sagte Fitz, als sie fertig war.

»Oh Mann. Keine Belehrungen mehr. Mac und Reggie haben mich schon genug zurechtgewiesen.«

»Alter,« sagte Ace und packte Sophies Unterarm besorgt. »Du hast Glück, dass du lebst. Alphonse hätte dich umbringen können.«

»Aww. Ich wusste nicht, dass du dich sorgst,« frotzelte Sophie. »Keine Panik, mir geht's gut. Mac kam rechtzeitig und hat's entschärft. Aber bei der Obduktion für seinen Beta kann ich wohl nicht dabei sein. Also werd ich nach Hause geschickt. Und Alphonse hasst mich nur, weil ich ein Mensch bin, obwohl ich versucht hab, Roger zu retten.«

»Weiß er von Schneewittchen? Oder von den Traumvisionen?« fragte Fitz besorgt.

»Beides nicht, und das muss auch so bleiben.«

Alle nickten zustimmend. Amira machte die Geste, den Mund zuzusperren und den Schlüssel wegzuwerfen. Was für ein Kindskopf, dachte Sophie liebevoll.

»Ich muss Mac anrufen und fragen, ob er mich abholen kann,« verkündete Sophie und zog ihr Handy aus der Tasche.

Schnell durch die Kontakte scrollend, wollte Sophie Mac anrufen, als Ace plötzlich zu grinsen anfing.

»Was?« fragte Sophie. Er zeigte stumm auf den Namen, unter dem sie Mac gespeichert hatte. 'Detective Arschgesicht' brachte sie noch immer zum Grinsen, jedes Mal, wenn sie Mac anrief oder ihm schrieb. Er hatte sich den Namen verdient, fand sie. Sophie drückte auf den Namen und hielt sich das Telefon ans Ohr.

»Hey, Höllenstifter. Ich hätte nicht gedacht, so bald von dir zu hören. Alles ok? Vermisst du mich schon?« fragte Macs Stimme, tief und warm, und beruhigte Sophie.

»Das wünschst du dir, Arschgesicht,« gab Sophie zurück, sanft und flirty. Als sie sah, wie Amira sich das Kichern verkniff, erinnerte sie sich, dass sie nicht allein war. Sophie räusperte sich und setzte ein neutrales Gesicht auf. »Ich brauch deine Hilfe.«

»Was? Was ist los? Geht's dir gut?« fragte Mac jetzt ernst.

Sophie erklärte die Lage, während Mac fluchte. Er konnte wirklich kreativ schimpfen.

»Verdammt. Es gibt nirgendwo sonst eine mythische Obduktion im Umkreis von 100 Meilen. Ich hätte daran denken müssen. Ich hätte Reggie warnen müssen, damit du heute rausgenommen wirst.«

»Mach dir keinen Kopf, wir hatten viel im Kopf,« erinnerte ihn Sophie.

»Ich hole sofort meine Schlüssel, bin in 15 Minuten da. Ich schreib dir, wenn ich vor der Tür stehe. Halt dich bedeckt. Wir brauchen keinen weiteren Ärger mit Alphonse.«

»Ich hab mir ein Eis verdient. Heute war echt Mist. Ich will extra viel Schokolade.«

Nachdem sie Mac ein Eis abgeluchst hatte, legte Sophie auf und stopfte hastig alles in ihre Tasche.

»Was Alphonse und sein Beta wohl in der Ecke der Stadt gemacht haben? Ihr Territorium ist im Westen. Waren sie wirklich auf der Marktstraße, wie du sagst, hätten sie ins Gebiet von Invicta Domus oder Dragon's Gate Pride eindringen müssen,« überlegte Fitz nachdenklich.

»Was ist eigentlich mit den ganzen Territorien, von denen ihr immer sprecht?« fragte Sophie. Wie kann man wissen, wo eins anfängt und das andere aufhört? Vielleicht bekommen Mythische alle eine Karte oder auf die Gehwege gezeichnete Runen.

»Die Stadt ist in lauter kleine Territorien und Mini-Königreiche unterteilt. San Francisco ist ein Flickenteppich von Dutzenden mythischer Lehen, je nach Art überschneiden sie sich. Außer zur Arbeit bleiben die meisten bei ihresgleichen, vor allem Vampire und Wolfsgestaltwandler,« erklärte Amira.

»Und ihr? Müsst ihr im eigenen Gebiet bleiben? Gibt's einen Passierschein? Heißt das, dieses Büro ist Drachenterritorium, weil Frau Zhao sagt, das Gebäude gehöre ihr?«

»Das ist kompliziert, fast schichtweise,« erklärte Ace. »Frau Zhao gehört zur Dogpatch-Brut. Es gibt fünf Drachendomänen in der Stadt, die größte umfasst Chinatown. Aber es gibt mythische Territorien in jedem Gebiet. Die Grenzen verschieben sich dauernd, weil Clans um Immobilien kämpfen. Es ist oft schwer zu wissen, wessen Land man gerade betritt. Für uns Kriecher kein Problem. Wären wir Anführer oder Conclave-Mitglieder, wär's komplizierter. Aber auch die können sich meist frei bewegen. Ich könnte normalerweise kein Grundstück in einem fremden Territorium kaufen, aber niemand stört sich daran, wenn ich im Safeway im Finanzviertel einkaufe, obwohl das Goblin-Gebiet ist, oder in einem Vampirrestaurant esse.«

Etwas mit Immobilien blitzte in Sophies Kopf auf. Ein

Gedanke huschte durch sie wie ein Schwarm Fische, zu schnell für ihr müdes Hirn. Sophie schloss die Augen, versuchte, den Faden zu greifen, aber verlor ihn, als Reggies Stimme nach Amira rief. Es fühlte sich an, als würde ihr ein wichtiges Detail entgleiten.

Komm schon, graue Masse. Lass mich nicht hängen. Aber es war weg. Vielleicht fällt es ihr mit Mac wieder ein.

Reggies Stimme, die Amira noch mal rief, riss alle aus der Territorien-Diskussion.

»Sieht so aus, als würde ich heute im Obduktionsraum helfen,« seufzte Amira und verließ die Umkleide, um Reggie zu suchen.

»Ich warte dann vorne auf Mac,« sagte Sophie und prüfte, ob sie alles hatte.

»Ich gucke vorher, ob die Luft rein ist,« schlug Ace vor.

Draußen merkte Sophie, dass sie vergessen hatte zu erwähnen, dass Marcella und Bramwell heute früher nach Alphonse gesehen hatten. Sie wollte wissen, was Reggie von ihnen hielt.

Sophie hatte sich kaum auf die Bank vor dem Büro gesetzt, da fuhr Mac mit quietschenden Reifen vor. Sie stieg in die graue Limousine und ließ Mac ein paar Minuten über sie wachen. Nach dem Theater drinnen hatte sie etwas Zuwendung verdient.

»Der Typ hat Reggie Nagetier genannt. So respektlos. Ich hätte Frau Zhao Alphonse zurechtweisen lassen sollen.«

»Ja, ich hab das schon gehört. Normale Gestaltwandler werden von Spitzenräubern so genannt. Sachen wie Nagetier, Sonderling, Ungeziefer. Ich wär lieber ein Nagetier als so einer wie Alphonse.«

»Definitiv,« stimmte Sophie zu. »Du hättest Frau Zhao sehen sollen. Ich dachte, sie wischt Alphonse gleich von der Erde. Sie ist richtig furchteinflößend.«

»Wenn Zhao sich einmischt, war's wohl gefährlicher, als du am Telefon gesagt hast. Wie schlimm war's?«

»Alles gut. Mach dir nicht so einen Kopf. Mach das Stirnrunzeln weg, sonst bleibt's so. Oh nein! Zu spät!« Sie stupste die Falte zwischen seinen Augenbrauen und lachte gespielt. Mac schnappte nach ihren Fingern, Sophie quietschte und zog die Hand zurück.

»Ich könnte eine offizielle Beschwerde beim Conclave einreichen, aber das bringt nichts. Ich will nicht, dass sie uns zu genau anschauen. Wir müssen vorsichtig sein. Und du bleibst von Alphonse fern,« warnte Mac.

»Mach dir keine Sorgen. Ich geh dem Kerl aus dem Weg.«

»Lass uns abhauen,« schlug Mac vor, legte den Gang ein und fuhr los. Sophie erinnerte ihn an das versprochene Eis.

KAPITEL 11

Nachdem sie eine riesige Schüssel doppelte Schokofudge-Eiscreme – komplett mit Nüssen und Schlagsahne – mit Mac geteilt hatte, entschied Sophie, dass der Tag vielleicht doch nicht völlig verloren gewesen war. Normalerweise wäre sie um diese Uhrzeit mitten in einer Obduktion, aber heute teilte sie stattdessen Eiscreme mit Mac und versank in sein verrücktes Sofa.

Als Mac aufstand, um die leere Schüssel in die Küche zu bringen, griff Sophie nach ihrer Messengertasche und begann darin zu kramen.

»Da ist mein Buch!«, verkündete Sophie triumphierend und zog es vom Taschenboden hervor, umgeben von Bonbonpapier und zerknüllten Quittungen. »Ich hatte schon Angst, dass ich es verloren hätte.«

»Wenn du heute Abend nur lesen willst, mache ich wohl etwas falsch«, neckte Mac.

»Ich könnte mich vielleicht von meinem Roman weglocken lassen. Du weißt schon... wenn es etwas gäbe, das meine Zeit wert ist.«

Mac streckte die Hand aus, umfasste ihr Handgelenk und fuhr

mit dem Daumen sanft kreisend darüber. Verlangen kroch Sophies Wirbelsäule hinauf, konzentrierte sich auf seine Berührung an ihrem Arm und breitete sich in immer größer werdenden Kreisen aus, bis sie ihren ganzen Körper erfüllten. Mac zog Sophie zu sich, sodass sie auf seinem Schoß saß und die Beine um seine Taille schlang.

»Sophie«, murmelte er in ihr Haar, seine Stimme rau und rauchig. Sophie hob den Kopf von seiner Schulter und begegnete seinem Blick. Sie starrte einen langen, atemlosen Moment, während sein Blick zu ihren Lippen glitt. Sophie legte ihre Hände zu beiden Seiten seines Kopfes auf die Rückenlehne des Sofas, lehnte sich vor und küsste ihn. Sie wollte in seinem Kuss versinken. Mac legte eine Hand um ihren Hinterkopf und neigte ihren Kopf, um sie näher zu sich zu ziehen. Seine andere Hand spreizte sich über ihren unteren Rücken. Sophie schlang ihre Arme um seinen Nacken und klammerte sich an Mac, während sich ihre Zungen verflochten. Sophie gab sich dem Kuss hin und ließ die Sorgen des Tages hinter sich. All ihre Probleme fielen von ihr ab, als sich ihre Welt allein auf Macs Lippen und die Orte konzentrierte, an denen seine Hände ihren Körper berührten.

Macs Hand glitt von ihrem Hinterkopf hinab, strich über ihren Rücken und zog sie fester an seine Brust. Sophie wand sich auf seinem Schoß und versuchte, ihm so nah wie möglich zu kommen. Mac packte Sophies Po mit beiden Händen, um ihre Bewegungen zu stoppen. Er hob sie leicht an, rückte auf dem Sitz vor und stand dann auf, sie fest in den Armen haltend. Sophie schlang ihre Beine um seine Taille und klammerte sich an Mac, wollte den Kontakt zu seinen Lippen nicht verlieren. Mit Sophie fest in seinen Armen wandte sich Mac seinem Schlafzimmer zu.

Sophie hörte nicht auf, Mac zu küssen, machte sich nicht die Mühe, sich umzusehen. Hunger nach ihm rauschte durch ihre Adern. Sie brauchte Macs Berührung. Er öffnete seine Schlafzimmertür und stolperte mit Sophie, die sich in seinen Kuss vertieft hatte, hinein. Plötzlich war sie vom anhaltenden Duft von

Zedernholz und Macs Aftershave umhüllt. Sein Geruch lag im Raum, als hätte er so viel Zeit dort verbracht, dass seine Essenz in jede Ecke eingedrungen war. Sophie wollte sich darin wälzen.

Sie hörte, wie die Tür hinter ihr zuknallte, und erkannte, dass Mac sie wohl zugetreten haben musste. Sie zog sich kurz zurück und schnappte nach Luft, bevor sie wieder zu Mac hinübertauchte, um ihn noch mehr zu küssen. Mac legte sie aufs Bett zurück und folgte ihr auf die Matratze. Zwischen den Küssen begann er, ihr Shirt nach oben zu schieben. Sophie hob ihre Arme über den Kopf und hielt den Atem an, als Mac begann, ihr Shirt über ihren Kopf zu ziehen. Die Ärmel verfingen sich an ihren Ellbogen, das Shirt bedeckte einen Teil ihres Gesichts. Mit einem leisen Lachen flüsterte Mac mit schurkischer Stimme: »Gefangen. Jetzt hab ich dich.«

Sophie knurrte und versuchte, sich aus dem Shirt zu winden, aber Mac hatte sie fest im Griff. Sie hörte auf zu kämpfen, als er mehrere lange Küsse an ihrem entblößten Hals platzierte. Tief in seiner Kehle summend, küsste Mac entlang der Wölbung von Sophies Brust. Der heiße Abdruck seiner Lippen, gepaart mit dem Grollen in seiner Stimme, ließ Sophie sich ihm entgegenstrecken, um ihm noch näher zu kommen. Während Mac damit beschäftigt war, von ihrer Brust fasziniert zu sein, zog sich Sophie das Shirt mit einem triumphierenden Grinsen vom Kopf, das schnell zu einem Keuchen wurde, als Mac mit der Nase in ihr BH-Körbchen glitt.

Mac setzte sich auf und krabbelte vom Bett, um seine Kleidung auszuziehen. Um nicht übertroffen zu werden, wand sich Sophie aus ihren Jeans, ihrem BH und ihrem Slip und warf sie über den Rand der Matratze. Mac kroch zurück aufs Bett und griff nach ihrem Knöchel, gab ihm einen langen Kuss. Er nahm sich Zeit, jeden Knöchel zu küssen, arbeitete sich ihre Waden hinauf, dann die Innenseite jedes Knies. Sophie wimmerte vor Ungeduld, aber er ignorierte ihr stummes Flehen. Sophie legte ihre Hände unter seine Arme und zog ihn zu sich.

»Ganz schön fordernd«, schnurrte Mac mit einem langsamen, schläfrigen Grinsen und ließ seinen Blick von seinem Platz zwischen ihren Beinen über ihren Körper wandern.

Die erste Berührung von Macs Zunge ließ Sophie sich aufbäumen und sich verzweifelt in die Laken krallen. Die zweite ließ Sophie zur Decke rufen. Mac ließ Sophie schnell den Gipfel erklimmen, die Muskeln waren straff gespannt, die Hände krallten sich in die Laken.

Mac kniete sich auf und beugte sich über Sophie, öffnete eine Schublade seines Nachttischs. Ein schnelles Reißgeräusch, und Mac war bereit. Sophie packte seine Schultern und zog ihn, bis er ihren Körper bedeckte.

»Bereit?«, fragte er, seine Augen hell und verlangend. Sophie biss sich auf die Lippe und nickte. Eisblau brannten seine Augen vor roher Begierde.

Als Sophie Mac in sich aufnahm, rissen Erleichterung und Lust ein Stöhnen aus ihrer Kehle. Sie drückte ihr Gesicht in seinen Hals und versuchte vergeblich, die Lustlaute zu dämpfen, die aus ihrem Mund strömten. Mac stützte sich auf seine Ellbogen und nahm ihren Mund in einem langen, rauschhaften Kuss.

Sophie zog sich zurück, um zu keuchen und zu stöhnen, biss ihm dann in die Schulter, schmeckte Salz und Schweiß und fühlte sich animalisch. Mit dem Geschmack von Macs Haut auf ihrer Zunge, seinem Körper, der sich auf ihr bewegte, fragte sie sich, ob Gestaltwandler sich so fühlten – animalisch und sinnlich, nur aus Instinkt und Verlangen bestehend. Lust überschwemmte sie und rollte einen Höhepunkt ihre Wirbelsäule hinauf. Ein zehenkrümmender, bansheeartig schreiender, den Verstand raubender Orgasmus. Sophies Geist wurde weiß, als sie eine Welle der Ekstase ritt, bevor sie schlaff und keuchend in ihren erschöpften Körper zurückstürzte.

Mit einem letzten Stoß verharrte Mac tief in ihr. Sophie beobachtete, wie sich seine Augen weit öffneten und Sophies

Gesicht anstarrten, bevor sie sich vor Lust schlossen. Ein tiefes Knurren entwich seinen zusammengebissenen Zähnen. Einen Moment später sank Mac mit einem zufriedenen Seufzer in Sophies Arme. Sie schlang ihre Arme über seine Schultern und rieb seinen Rücken in langsamen, sanften Kreisen.

»Du erdrückst mich«, beschwerte sich Sophie spielerisch nach einer Minute und drückte gegen seine Schulter.

»Aber ich liege so bequem«, jammerte Mac im Spiel, seine Stimme immer noch weich und atemlos, keuchend an ihrem Ohr.

»Du hast großes Glück, dass du so süß bist.«

»Gib mir eine Minute. Meine Muskeln funktionieren noch nicht richtig.«

Er rieb sein Gesicht in Sophies Haar und gab ihr einen sanften Kuss unter dem Ohr. Sophie fuhr mit ihren Fingern durch Macs permanent zerzaustes Haar und genoss die seidige Textur der weichen Locken, die durch ihre Finger glitten. Er hatte sich irgendwie unter ihre Haut gegraben, dorthin, wo das Blut durch ihre Adern rauschte – tief unten in Muskeln und Knochen, wo ihre Essenz lebte – und sich dort einen Platz gemacht. Sie würde sich ohne ihn leer fühlen.

Sophie fuhr mit dem Finger über die verheilte Schusswunde an seiner Schulter. Die Narbe war bereits geschrumpft und verblasst und ließ sie Jahre alt aussehen statt Wochen. Für Sophie würde sie immer eine Erinnerung daran sein, dass sie Mac hätte verlieren können, bevor sie ihn wirklich gehabt hatte.

Mac rollte sich mit einem langgezogenen Seufzer von Sophie herunter, um sich um das Kondom zu kümmern. Sophie rollte sich auf den Bauch und beobachtete Macs Weg ins Badezimmer. Sie überlegte, ihm hinterherzupfeifen, aber er war schon ins Badezimmer verschwunden, bevor sie ihre Lippen ganz spitzen konnte. Sie war nicht die Einzige, die Probleme hatte, ihren Körper zu koordinieren.

Ein paar Minuten später kehrte Mac zurück. Gerade als er ins

Bett steigen wollte, hielt Sophie ihn mit einer Handbewegung zurück. Mac erstarrte und hob fragend die Augenbraue.

»Darf ich deine Fuchsgestalt sehen?«, bat Sophie. »Oder ist das ein Tabu?«

»Du hast meine Halbgestalt am Coit Tower gesehen. Die erschreckt die meisten Leute. Meine vollständige Fuchsgestalt ist einfach ein Fuchs, aber etwa doppelt so groß wie normal. Es ist einfach ein Fuchs.«

Sophie erinnerte sich lebhaft an Macs Halbgestalt. Sie hätte angenommen, dass seine Halbgestalt eher schlank und fast zierlich wäre, wie in Cartoons. Aber Macs Halbgestalt neigte eher zu Filmmonster-Proportionen, mit einer übergroßen Schnauze und fangartigen Eckzähnen.

»Solange es dich nicht stört, würde ich gerne deine Fuchsgestalt sehen.«

Als Mac zum Raum zwischen der Kommode und dem Bett zurückwich, stützte sich Sophie mit ein paar Kissen auf dem Bett ab. Mac rollte mit der Schulter und schien seine Füße zu pflanzen. Einen Moment lang passierte nichts, dann schrumpfte Macs menschliche Gestalt mit einem Whoosh zu einem Fuchs von der Größe eines mittelgroßen Hundes.

Sophie hatte erwartet, das Knacken von Knochen zu hören, die sich neu formten, Fell, das langsam und dramatisch aus jeder Pore wuchs, eine Schnauze, die allmählich sein menschliches Gesicht verzerrte – etwas vage Schreckliches und Groteskes – nicht einen verschwommenen Verschwindungsakt. Vielleicht sollte sie sich nicht so sehr auf Filme verlassen, wenn es um solche Dinge geht. Im Grunde schrumpfte Mac einfach von einem Menschen zu einem Fuchs. Es ging so schnell, dass sie später nicht beschreiben konnte, was sie gesehen hatte. Das schlep-Geräusch hingegen war deutlich und würde ihr immer im Gedächtnis bleiben.

Sie kroch weiter über die Matratze und lugte über den Rand. Sophie keuchte entzückt, als ein rotpelziger Fuchs sie anjappte.

Als Sophie eine zögernde Hand ausstreckte, sprang Mac, der Fuchs, auf die Matratze und rieb seinen Kopf in ihre Handfläche.

»Oh mein Gott, du bist so süß. Bleib für immer so und werde mein Kuscheltier«, gurrte Sophie und versuchte, Macs Fuchsgesicht zwischen ihren Händen zu quetschen.

Mit einem zischenden, rauschenden Geräusch hielt sie plötzlich wieder Macs menschliches Gesicht in den Händen.

»Hmm. Ich weiß nicht... Ich glaube, du würdest ein paar meiner menschlichen Aspekte vermissen«, grinste Mac und zog die Augenbrauen neckisch hoch.

Sie beugte sich vor, gab ihm einen kleinen Kuss und gab zu: »Ich glaube, du könntest recht haben. Danke, dass du deine andere Gestalt mit mir geteilt hast.«

Nachdem er Sophie einen letzten lingernden Kuss gegeben hatte, glitt er endlich unter die Decke und zog sie vom Fußende der Matratze hoch, um sie beide zu bedecken. Mac sah Sophie mit einem sanften Lächeln an, zusammen eingehüllt, die Wärme in seinen Augen ließ Sophie sich fühlen, als sei sie das Schönste, was er je gesehen hatte.

Mac strich mit der Hand über ihr Haar, die geschwungene Linie von Sophies Rücken hinab, über ihre Taille und die sanfte Kurve ihrer Hüften. Seine Hand hielt inne und ruhte mit dem Daumen im flachen Grübchen auf ihrem unteren Rücken.

»Bleibst du über Nacht?«, fragte er leise.

Sophie überlegte kurz zu gehen, aber Mac kuschelte sich nah heran, rieb sein Gesicht in die Mulde ihrer Kehle und atmete ihren Duft mit einem zufriedenen Seufzer ein.

Wer könnte dazu nein sagen?

Sophie nickte zustimmend, schlang einen Arm um seine Schulter und beobachtete, wie seine Augen langsam ein paar Mal blinzelten, bevor sie zufielen. Die Sorgenfalte zwischen Macs Brauen glättete sich mit dem Schlaf, aber die Lachfältchen in den Augenwinkeln blieben und ließen Mac süß und einladend aussehen.

In Macs Armen liegend, während er leise in ihr Ohr schnarchte, erkannte Sophie, dass sie glücklich war. Mac machte sie verrückt glücklich, als wäre es etwas Gestohlenes, das ihr jederzeit genommen werden könnte. Als würde jeden Moment jemand merken, dass sie etwas so Wunderbares nicht verdient. Aber sie nahm dieses Gefühl und hielt es fest in ihrem Herzen, um es zu bewahren und beschützen. Mac gehörte ihr, und niemand könnte ihn ihr nehmen.

Sie war inzwischen an die Nachtschicht gewöhnt und rechnete damit, bis spät in die Nacht wach zu bleiben, aber nur wenige Momente später schlief auch sie ein.

KAPITEL 12

*D*en Kopf angestrengt, lauschte sie aufmerksam. Sie hielt den Atem an und versuchte aufzuhören zu zittern, versuchte jedes Geräusch zu unterscheiden, das ihr verraten würde, wo sie war. Außer dem regelmäßigen leisen Tropfen von Wasser war alles still. Die feuchte Kälte ließ sie vermuten, dass sie sich im Untergrund befand. Sie hatte noch niemanden gesehen oder gehört, aber das Gefühl, beobachtet zu werden, wollte sie nicht verlassen. Trotz dessen, was Stunden gewesen sein mussten, hatte sich noch niemand ihr zu erkennen gegeben.

Die Luft war eisig, und der kalte Metalltisch, auf dem sie lag, hatte ihr die letzte Wärme entzogen.

Sie zog vorsichtig an dem Seil, das ihre Hände an beide Enden des Tisches fesselte, jedoch vergeblich – dann, die Zähne zusammenbeißend, zog sie mit aller Kraft daran. Nachdem sie so lange an dem Seil gezerrt hatte, bis ihre Arme vor Schmerz schrien, brach sie schluchzend auf dem Tisch zusammen. Die Haut um ihre Handgelenke und Knöchel war von ihren Versuchen, sich loszureißen und zu winden, wund gescheuert. Wenn sie blutete, spürte sie es nicht einmal mehr. Sie rieb wieder ihr Gesicht an ihrer Schulter, versuchte das Tuch von ihren Augen zu schieben, aber es war zu fest gebunden; der Knoten drückte in ihren Hinterkopf.

Das Geräusch von Schritten ließ sie einen Moment erstarren, bevor sie in Panik geriet und in ihren Fesseln zappelte. Die Schritte stoppten genauso schnell, wie sie begonnen hatten. Sie konnte ein Flüstern von Bewegung hören, ein winziges Knarren, als würde etwas geöffnet – das vertraute leise Rascheln von Papier gegen Papier. Sie strengte sich an, zu verstehen, was um sie herum geschah.

»Wer sind Sie? Was wollen Sie von mir?«, schrie sie. Stille antwortete ihr.

Nach ein paar weiteren Minuten setzten die Schritte wieder ein und brachten wer auch immer mit ihr im Raum war näher an ihre Seite. Sie versuchte, sich so weit wie möglich nach rechts von ihrem Peiniger wegzudrücken.

Zischelnde Flüstertöne begannen. Die Worte waren leise und unverständlich, wie Geister von Klängen, die durch die leere Kammer hallten. Sie klangen nicht wie Englisch. Verdammt, sie klangen nicht einmal menschlich. Obwohl die Stimme nicht lauter wurde, füllte sie ihre Ohren. Ein helles, von Grün durchzogenes Leuchten begann um die Ränder des Tuchs zu sickern, das ihre Augen bedeckte. Die Worte kamen schneller und schneller ohne Pause oder Atem, fließend und verschmelzend.

Etwas Schweres wurde hart auf ihre Brust gedrückt, die Kanten eines schweren Gegenstands prellten und scharf drückten in ihr Brustbein. Sie zappelte und versuchte, den Gegenstand abzustoßen, aber wer auch immer es hielt, drückte es nur noch fester in ihre Brust. Ein Wort wurde gesprochen, und dann durchschnitt ein scharfer stechender Schmerz ihre Brust direkt in ihr Herz.

»Ligare.«

Ein Schrei verließ ihre Lippen, als sie sich fallen fühlte, weggleitend. Ihr letzter Gedanke war, dass es sich anfühlte, als würde ihre Seele aus ihrem Körper gesaugt, schwebend darüber. Sie versuchte, auf ihren Körper zurückzublicken, aber ein helles Licht zog sie fort.

Sophie erwachte mit einem Ruck.

Einen Moment lang starrte sie auf die unbekannte Decke über ihr, versuchte noch aufzuwachen, verwirrt, warum sie nicht den gewohnten Riss sah, der sich wie Spinnenfinger über ihre Schlafzimmerdecke zog. Die Erinnerung an die vergangene Nacht kam in einem Schwall zurück und ließ sie vor Freude zappeln wollen. Jedoch rief die Pflicht zuerst. Sie musste den Traum aufzeichnen, solange er noch frisch in ihrem Gedächtnis war.

Sie griff nach ihrem Nachttisch und schnappte sich ihr Traumtagebuch und schrieb schnell so viel von dem seltsamen Albtraum auf, wie sie sich erinnern konnte. Sie hatte das Gefühl, dass sie zwischen einem normalen Albtraum und einer Vision eines realen Ereignisses unterscheiden konnte. Sie war sich ziemlich sicher, dass dies nur ein ganz gewöhnlicher Albtraum war. Sie hätte nie gedacht, dass der Tag kommen würde, an dem sie einen Albtraum begrüßen würde.

»Aber hier sind wir«, sagte sie und warf das Tagebuch zurück auf den Nachttisch.

Als sie bemerkte, dass sie allein im Bett war, breitete Sophie Arme und Beine wie ein Seestern aus und sog den Luxus einer hochwertigen Matratze auf. So viel besser als ihre klumpige alte zu Hause. Sie wäre gerne für immer in Macs dickem Federbett eingehüllt geblieben, aber das Geräusch der laufenden Dusche lockte sie schließlich aus ihrem daunengefüllten Nest. Sich mit den Fingern über das Gesicht reibend, konnte Sophie eine Schlaffalte spüren, die ihre Wange zierte.

Ins Badezimmer schlurfend, hielt Sophie in der Türöffnung inne und nahm sich einen Moment, um Macs Gestalt auf der anderen Seite des beschlagenen Glases zu bewundern. Sophie stieß einen durchdringenden Pfiff aus, wie ein Wolf.

Den Kopf ruckend, öffnete Mac die Duschtür und steckte sein Gesicht heraus.

»Guten Morgen«, sagte er und wackelte mit den Augenbrauen zu ihrer schlafzerzausten Nacktheit.

»Guten Morgen. Du hättest mich wecken können, und ich wäre zu dir da reingekommen.«

»Du warst letzte Nacht so müde. Ich dachte, du könntest so viel Schlaf wie möglich gebrauchen«, erklärte Mac. »Außerdem... du könntest jetzt zu mir kommen.«

Mac zog Sophie mit gierigen Händen in die Duschkabine.

* * *

DREIßIG MINUTEN später standen sie an der Frühstücksbar und aßen Schüsseln mit irgendeinem zuckerfreien, vollkornhaltigen, frühstücksflockenhaltigen Zeug. *Es passt, dass ich mich entschieden habe, mit einem Gesundheitsfanatiker zusammen zu sein,* murrte Sophie innerlich. Sie hatte große Freude an Macs entsetztem Gesichtsausdruck, als sie mehrere Löffel Zucker in ihre Schüssel schüttete.

»Tut mir leid, ich muss bald zur Arbeit. Wir hätten wahrscheinlich nicht so lange in der Dusche verbringen sollen«, entschuldigte sich Mac wieder.

»Es war es wert«, antwortete Sophie und stieß mit ihrer Hüfte gegen Macs.

»Ja. Definitiv wert«, sagte Mac mit hörbarem Genuss in der Stimme.

Wenn Mac Sophie nach Hause fahren und trotzdem noch Zeit haben wollte, pünktlich zur Arbeit zu kommen, mussten sie schnell essen. Sophie schlang die Frühstücksflocken so schnell wie möglich hinunter.

»Reggie hat heute Morgen eine SMS geschickt«, sagte Mac und ließ seine leere Schüssel in die Spüle fallen. »Er sagte, die Obduktion lief letzte Nacht gut, und er fand nichts Ungewöhnliches beim Tod des Opfers. Es ist genau so, wie du es beschrieben hast. Nichts Überraschendes dabei.«

»Hat Alphonse Ärger gemacht, nachdem ich gegangen war?«

»Reggie sagte, es war angespannt, aber in Ordnung. Frau

Zhao in der Nähe zu haben, hielt den Alpha im Zaum. Er versuchte nicht, Kämpfe anzufangen oder pelzig zu werden.«

Ihre Frühstücksflockenschüssel beendend, wandte sich Sophie mit einem Grinsen an Mac. »Ich habe mal gelesen, dass Corn Flakes von Kellogg's erfunden wurden, damit die Leute weniger Lust hätten, sich selbst zu befriedigen – verrückt, oder?«

»Das erfindest du.«

»Es ist wahr, ich schwöre!«

»Ich schau das mal nach, um zu sehen, ob du mich auf den Arm nimmst«, warnte Mac und zog sein Handy aus der Tasche. »Hm. Diese Website sagt, dass Corn Flakes geschaffen wurden, um ein 'leicht verdauliches, gesundes, verzehrfertiges Frühstück' zu sein. Nicht um Selbstbefriedigung zu stoppen. Jedoch war der Schöpfer John Kellogg ganz darauf aus, eine reine, einfache und nicht-stimulierende Diät zu schaffen, weil er glaubte, sie würde die sexuellen Triebe dämpfen. Kein Witz, der Erfinder John Kellogg dachte, eine fade Ernährung würde die Lust auf Sex und Selbstbefriedigung dämpfen. Oh wow. Hör dir das an, er nannte Selbstbefriedigung 'Selbstbefleckung' und 'den gefährlichsten aller sexuellen Missbräuche'. Er dachte nicht einmal, dass verheiratete Paare Sex haben sollten, außer zur Fortpflanzung. Die arme Frau dieses Mannes.«

»Corn Flakes – der Libido-Killer Amerikas! Das sollte der neue Slogan sein.«

»Hey, ich mag Corn Flakes. Verderb sie mir nicht«, bettelte Mac.

»Oh nein«, verkündete Sophie plötzlich, beugte sich vor und stöhnte kläglich. »Die Frühstücksflocken haben nicht funktioniert.«

»Was?«, fragte Mac abgelenkt und blickte von seinem Handy auf.

»Sie haben nicht funktioniert«, wiederholte Sophie. »Mac. Ich habe diese... Gelüste. Ich glaube nicht, dass ich mich zurückhalten kann.«

Vortäuschend zu krampfen, fasste Sophie ihre Brüste und schrie auf. »Ich kann nicht aufhören. Kellogg's... ihr habt mich enttäuscht. Ich muss mich selbst beschmutzen.«

»Normalerweise würde ich das gerne sehen, aber ich muss zur Arbeit«, sagte Mac mit einem langsamen, traurigen Kopfschütteln.

»Es ist zu spät für mich. Lass mich zurück«, schrie Sophie auf.

Mac hob Sophie auf, warf sie sich über die Schulter – sie quietschte auf – schnappte ihre Übernachtungstasche und ging zur Haustür.

»Mac, setz mich ab. Ich muss mich anfassen«, schrie Sophie, während Mac zu seinem Auto in der winzigen Einfahrt vor dem Haus ging.

»Oh mein Gott! Ich wohne hier. Meine Nachbarn schauen wahrscheinlich zu, wie du ein Spektakel aus dir machst«, keuchte Mac, öffnete die Autotür und warf Sophie hinein. Er schüttelte den Kopf zu Sophie, während sie versuchte sich anzuschnallen, aber erfolglos war, weil sie zu sehr lachte, um die Metallzunge in die Schnalle zu bekommen.

Ins Auto steigend, wandte sich Mac mit einem Seufzen an Sophie. »Ich sag's dir dann.«

»Ich sag's dir dann.«

Sophie konnte sagen, dass Mac versuchte ein Grinsen zu verbergen, als er aus seiner Einfahrt fuhr und Richtung Tenderloin abbog.

Aus dem Fenster auf die vorbeiziehende Stadtlandschaft starrend, war Sophie froh zu sehen, dass der Regen der letzten Tage endlich nachzulassen schien und die Stadt von ihrem üblichen Schmutz etwas reingewaschen war.

Auf den ersten Blick sah San Francisco wie eine glänzende Metropolis aus, durchzogen von malerischen Vierteln voller sich windender Reihen eleganter, stattlicher Häuser. Aber wenn man hinter die Fassade blickte, offenbarte sich das wahre San Francisco, voller dunkler Ecken. Es war dort, wo Landstreicher und

Obdachlose unter Brücken und in den Ansammlungen verfallener Gebäude oder den heruntergekommenen, schäbigen Ecken der Stadt schliefen. Großes Geld spülte immer wieder an San Franciscos Ufer und drängte den Unterleib von Armut, Drogen und Verzweiflung in versteckte Buchten. Aber es war immer noch da, wenn man aufpasste. Sophie blickte auf die Schlafsäcke voller Obdachloser unter einer Überführung, Müll um sie herum verstreut, zusammengekauert gegen die Kälte.

»Ich habe das Geschichtsbuch gelesen, das du mir besorgt hast«, sagte Mac und zog Sophie aus ihren melancholischen Gedanken.

»Ja? Gefällt es dir?«

»Das tue ich. Wusstest du, dass die Golden Gate Bridge ursprünglich nicht die Farbe haben sollte, die sie jetzt hat?«

»Wirklich? Ich habe mich immer gefragt, warum sie Golden Gate Bridge heißt, wenn sie orange ist.«

»Diese Farbe nennt sich International Orange und wurde von der Grundierung inspiriert, die man zum Schutz des Stahls verwendete. Der Architekt liebte sie mehr als die ursprüngliche Liste der Farboptionen. Das Buch sagt, dass die Marine wollte, dass sie in Schwarz und Gelb gestrichen wird, damit sie durch den Nebel leichter zu sehen wäre.«

»Kannst du dir das vorstellen?«, fragte Sophie entsetzt und stellte sich eine hummelgestreifte Brücke vor, die die Bucht überspannt, anstelle des ikonischen Bauwerks. »Bist du jemals über die Brücke gelaufen?«

»Einmal. Und einmal reichte. Wirklich erstaunliche Aussicht, aber zwischen dem eisigen Wind, dem Verkehr und den Schildern alle vier Meter, die die Leute anflehen, nicht zu springen, hatte ich nie wieder den Wunsch, es zu tun. Was ist mit dir?«, fragte Mac.

»Ja, ich bin auch einmal darüber gelaufen. Kalt wie die Hölle. Aber die Aussichten waren atemberaubend. Zum Glück ging ich an einem Tag, an dem kein Nebel war. Es war so klar, dass ich schwöre, ich konnte die Farallon-Inseln am Horizont sehen.«

Während Mac fuhr, glitt er mit einer Hand vom Lenkrad und schob sie über Sophies, drückte ihre Handflächen zusammen. Sie verschränkte ihre Finger mit seinen und genoss die entspannte, ungehastete Berührung. Sie beobachtete Mac beim Fahren und versuchte den Fuchs zu sehen, der in ihm wohnte. Der einzige Hinweis auf Macs andere Gestalt zeigte sich manchmal in seinen Augen.

»Hey, ich habe eine Frage«, sagte Sophie. »Wie ist es möglich, dass ein 80-Kilo-Mann sich in einen Fuchs verwandelt? Wohin geht die fehlende Masse? Ist es nur Magie? Ich habe gelesen, dass der durchschnittliche Fuchs etwa 9 Kilo wiegt. Obwohl ich denke, deine Fuchsgestalt war viel größer als das, bist du immer noch nirgendwo in der Nähe deiner menschlichen Größe in Fuchsgestalt.«

»Du hast über Füchse gelesen?«, fragte Mac, Lachen in seinem Ton. »Etwas Interessantes herausgefunden?«

»Ja. Eine Gruppe von Füchsen wird Skulk genannt. Ein weiblicher Fuchs wird Füchsin genannt. Fuchsurin soll fürchterlich stinken«, antwortete Sophie und zählte die Fakten an ihren Fingern ab. »Oh, und Füchse sollen ziemlich laut sein, wenn sie sich paaren – viele Jauler und Heuler. Ich habe letzte Nacht kein Gejaule bemerkt, obwohl ich glaube, ich habe dich einmal zum Heulen gebracht. Jetzt beantworte meine Frage.«

»Die wahre Antwort ist, ich weiß es nicht. Meine Leute betrachten es als Magie. Aber ich denke, da steckt eine Wissenschaft dahinter. Ich glaube, dass sobald du herausfindest, wie etwas Magisches funktioniert, du findest, dass da eine Wissenschaft dahinter steckt. Ich denke, dass die meiste Mythische Magie nur unentdeckte Wissenschaft ist.«

Passt, dass er pragmatisch über Magie wäre.

»Benno erzählte mir, dass Wolfsgestaltenwandler sich zu Rudeln zusammenschließen, weil sie nachahmen, wie Wölfe in der Wildnis mit Alphas und so leben. Leben Fuchsgestaltwandler auch in Rudeln? Bist du Mitglied eines Fuchsrudels?«

»Nein, Fuchsverwandler leben meist in Familiengruppen, im Gegensatz zur strengen Hierarchie der Wolfsgestaltwandler und einiger anderer. Das bedeutet, dass sie weniger politische Macht haben als andere Gestaltwandler, dafür aber auch weniger interne Konflikte. Mein Vater ist das Oberhaupt unserer Familiengruppe. Er ist der Älteste seiner Brüder, also wurde ihm diese Rolle von meinem Großvater übertragen.«

»Also wirst du eines Tages der Alpha deiner Familiengruppe sein?«

»Nein, diese Ehre wird auf den Kopf meiner älteren Schwester fallen.«

»Du würdest nicht Alpha sein wollen?«, fragte Sophie, fasziniert.

»Und für alle meine Geschwister, Nichten, Neffen und Cousins verantwortlich sein? Nein danke. Nichts als Kopfschmerzen.«

In den kleinen Parkplatz neben Streuselkuchen fahrend, fand Mac den letzten verfügbaren Parkplatz. Das Auto ausschaltend, wandte sich Mac an Sophie. Sie biss sich auf die Lippe, beobachtete ihn schweigend und wartete darauf, was er als nächstes tun würde.

»Komm her«, sagte Mac heiser und lehnte sich über die Konsole.

Ihm auf halbem Weg entgegenkommend, küsste Mac Sophie, dann strich er mit den Lippen unter ihren Kiefer. Sophie drückte sich näher, ein sanfter Laut kroch ihre Kehle hoch. Sie rissen sich voneinander los, als sie eine dünne, piepsige Stimme hörten, die Macs Namen rief.

Mac lachte und zeigte auf Birdie, die auf dem wackeligen Gartenstuhl saß, der kürzlich auf Streuselkuchens schiefer Veranda aufgetaucht war. Sie hatte eine große, altmodische

Handtasche auf ihrem Schoß balanciert. Die steife grüne Tasche sah aus, als gehörte sie zu einer Frau mit Minirock und Go-Go-Stiefeln. Sophie fragte sich, ob sie aus Alligatorleder gemacht war.

Stellen sie immer noch Sachen aus Alligatorleder her, oder sind sie vom Aussterben bedroht?

Vogeldünn, zart und leicht gebeugt, winkte Birdie enthusiastisch von ihrem Sitz und hielt die große Tasche mit einer knochigen Hand davon ab, von ihrem Schoß zu rutschen.

»Ich schwöre, sie weiß irgendwie einfach, wann du auftauchen wirst«, sagte Sophie, schüttelte den Kopf und winkte Birdie auch zu.

Als Mac sich räusperte, wandte sich Sophie ihm zu. Mac bekam einen fast nervösen Blick ins Gesicht und fuhr sich mit den Fingern durch die Haare. »Da ist dieses Restaurant, das kürzlich in der Nähe meines Hauses eröffnet hat. Würdest du am Samstag mit mir dort zu Abend essen? Es soll sich auf kalifornische Küche spezialisieren.«

»Ich würde gerne mit dir essen gehen. Aber du bringst mich zu In-N-Out Burger? Ist das nicht, was kalifornische Küche bedeutet?«, sagte Sophie, nur teilweise scherzend.

»Wahr. In-N-Out Burger sollte als offizielles Staatsrestaurant von Kalifornien gelistet werden. Aber ich bringe dich nicht dorthin. Dieser Ort heißt Fog Bay Tavern. Kalifornische Küche bedeutet, dass es wahrscheinlich einfach viele Avocados in den Gerichten hat, und alles ist handwerklich und biologisch. Ich wette, sie streuen Mikrogrün auf jeden Teller.«

»Nun, ich weiß nicht, was Mikrogrün ist, aber ich mag Avocados«, sagte Sophie mit einem Lachen. »Es ist ein Date.«

Mac sah so erfreut aus, dass Sophie nicht davon abhalten konnte, ihm noch einen Kuss zu geben.

Mac stöhnte traurig, erinnerte sie beide daran, dass er zur Arbeit musste. Aus der Limousine steigend, kam Mac herum und öffnete die Tür, um Sophie herauszuhelfen.

»Ooh, Mac, du bist so ein Gentleman«, rief Birdie laut von der Veranda.

»Hätte sie gesehen, was du heute Morgen in der Dusche mit mir gemacht hast, würde sie das wahrscheinlich nicht sagen«, flüsterte Sophie aus dem Mundwinkel, nur für Macs Ohren. Mac wackelte mit den Augenbrauen zu ihr, ein böses Grinsen im Gesicht, wahrscheinlich lebhaft an ihre gemeinsame Zeit in der Dusche erinnernd.

»Guten Morgen, Frau Birdie«, grüßte Mac und schulte sein Gesicht zu einem weniger lüsternen Lächeln.

»Morgen, Mac. Bist du nicht süß, Sophie von der Arbeit nach Hause zu fahren?«

Keiner von beiden korrigierte Birdies Annahme, dass Sophie von der Arbeit nach Hause kam, statt bei Mac übernachtet zu haben.

»Hörst du das, Sophie? Ich bin süß.« Er zog sie an der Hand zu sich, während sie über Macs angeblich süße Natur spöttelte. »Hey, hab einen tollen Tag. Schreib mir, wenn du aufstehst.«

»Das werde ich. Ruf mich an, wenn es Neuigkeiten über den Fall gibt, an dem du arbeitest«, antwortete Sophie und hoffte, dass die kryptischen Worte Birdies neugierige Natur nicht wecken würden. Sie war noch nicht bereit, Birdie ihre Kräfte zu erklären, obwohl sie wusste, dass dieser Tag am Horizont war. Sie konnte diese Art von Geheimnis nicht lange vor ihrer besten Freundin verbergen.

Am Fuß der Treppe gab Mac Sophie einen sanften Abschiedskuss. Als er sich zurückzog, johlte und pfiff Birdie sie an.

»Du bist so eine perverse Voyeurin, Birdie. Ich dachte, dass Milton dich beschäftigt genug halten würde, um dich aus meinen Angelegenheiten herauszuhalten. Wie, sobald du dein eigenes Sexleben hattest, würdest du dich aus meinem heraushalten«, schimpfte Sophie.

»Mac, ich verstehe nicht, warum ein netter Junge wie du mit

Sophie zusammen ist. Bezahlt sie dich?«, spöttelte Birdie und ignorierte Sophies Anwesenheit.

»Mir war nicht bewusst, dass das eine Option war«, antwortete Mac mit einem interessierten Blick ins Gesicht.

»Er kann sich mich nicht leisten! Das ist Ehrenamtsarbeit«, schnaubte Sophie und brachte sowohl Mac als auch Birdie zum Kichern.

Auf seine Uhr blickend, verzog Mac das Gesicht, als er die Zeit sah. »Verdammt, ich muss los. Wir sehen uns später.«

Sowohl Sophie als auch Birdie verabschiedeten sich und sagten Mac, sie hofften, er hätte einen guten Tag bei der Arbeit. Als Birdie Sophie mit ihrem knochigen Ellbogen anstieß, bemerkte Sophie, dass sie da stand und Mac mit einem idiotischen Lächeln im Gesicht nachstarrte.

»Oh ja, das ist ein Augenschmaus«, schnurrte Birdie, während sie beide Mac zu seinem Auto gehen sahen.

»Du solltest besser diesen Blick aus deinem Gesicht wischen, wenn du über meinen Freund redest«, drohte Sophie mit einem Lachen in der Stimme. »Was machst du hier draußen überhaupt?«

»Das Seniorenzentrum organisiert eine Führung durch die California Academy of Sciences und danach ein Mittagessen im Park.«

»Das klingt schön. Wird Milton da sein?«, fragte Sophie.

»Vielleicht...«

»Warum bist du ausweichend?«, fragte Sophie bestürzt.

»Ich weiß nicht. Ich will das einfach nicht vermasseln. Ich mag ihn«, sagte Birdie leise.

Sophie war überrascht, Birdie fast dieselben Ängste aussprechen zu hören, die sie selbst gehabt hatte.

»Du wirst das nicht vermasseln, Birdie. Du bist großartig. Wenn Milton das nicht versteht, dann ist er ein Narr. Und er verdient dich nicht. So einfach ist das.«

»Weißt du was? Du hast recht«, rief Birdie aus. »Ich bin großartig. Ich weiß nicht, warum ich mich deswegen so aufgeregt habe.«

Der Kleinbus des Seniorenzentrums hielt vor Streuselkuchen, bevor Sophie etwas anderes sagen konnte, um Birdie zu beruhigen. Zusehend, wie Milton aufgeregt aus dem Inneren des Fahrzeugs winkte, entschied Sophie, ihrem eigenen Rat zu folgen. Der junge Mann, der den Kleinbus fuhr, sprang heraus und geleitete Birdie mit einer sanften Hand an ihrem Ellbogen in den Kleinbus zu ihrem Herrn Verehrer.

Winkend, als der Kleinbus in den Verkehr einbog, wandte sich Sophie um, um in Streuselkuchen zu gehen. Normalerweise würde sie jetzt von der Arbeit nach Hause kommen und ins Bett gehen. Aber sie hatte die ganze Nacht geschlafen und war hellwach. Sie glaubte nicht, dass sie bei ihrem üblichen Zeitplan bleiben konnte.

Also was jetzt? Das Grummeln ihres Magens entschied für Sophie. Eine mickrige Schüssel fades Müsli würde nicht ausreichen. Sie hatte letzte Nacht eine Menge Kalorien verbrannt und verdiente ein leckeres, butterreiches Frühstück.

Sie schaute auf die Uhr und überlegte, ob sie der Menge zu Brenda's French Soul Food zuvorkommen konnte, wenn sie sich beeilte. Nach neun würde das Warten ewig dauern, weil der Ort so beliebt war, sogar an einem Wochentag. Aus gutem Grund auch. Die Speisekarte war eine Mischung aus südstaatlicher, französischer und kreolischer Küche, serviert in einer entspannten, charmanten Atmosphäre. Es war aus gutem Grund einer der heißesten Brunch-Spots der Stadt. Und jetzt, da Sophie einen stetigen Gehaltsscheck bekam, konnte sie es sich leisten, sich gelegentlich zu verwöhnen.

Als sie das rot-schwarze Restaurant betrat, konnte Sophie einen der wenigen verbleibenden offenen Plätze an der Bartheke ergattern, die durch die Mitte des Restaurants lief. Trotz ihrer frühen Ankunft hatte das Restaurant bereits begonnen, sich zu füllen.

Sophie bestellte einen Melasse-Schwarznuss-Eiskaffee nach Großmutters Art, als der Kellner eine Speisekarte ablegte. Ihr Mund sabberte, als sie über die Frühstücksoptionen blickte. Jedes Gericht klang köstlicher als das letzte. Sophie bestellte fast die Garnelen und Grütze mit Tomaten-Speck-Soße, entschied sich aber im letzten Moment stattdessen für das Beignet-Probierset. Warum nur einen Geschmack wählen, wenn man alle probieren kann? Sophie plante, sich in ein Kohlenhydrat-Koma zu essen.

Die vier verschiedenen Beignets wären zu viel Essen, um allein zu essen, also entschied sie, den einfachen und den mit Schokolade gefüllten aufzuheben, um sie später zu genießen. Die Apfel- und Flusskrebse gingen sofort in ihren Bauch.

Als der Kellner den langen rechteckigen Teller mit kissenartiger, frittierter Köstlichkeit vor sie schob, konnte Sophie ihr Stöhnen nicht unterdrücken. Sie wusste, sie klang wie ein sterbendes Gnu. Der Kellner schien unbeeindruckt. Sie stellte sich vor, er war inzwischen an diese Art von Reaktion gewöhnt.

Sophie verschlang einen Flusskrebsbeignet, gefüllt mit würzigen Flusskrebsen und geschmolzenem Cheddar-Käse. Nachdem sie die Bestäubung von Cajun-Gewürzen von ihren Fingerspitzen gesaugt hatte, anstelle der üblichen Puderzuckerbeschichtung, nahm Sophie einen großen Schluck Wasser, um die Hitze auf ihrer Zunge zu kühlen. Nachdem sie ihren ersten Beignet beendet hatte, zwang sich Sophie zu verlangsamen, um den Apfel-einen zu genießen. Seine Karamellsüße war ein perfekter Kontrapunkt zu den pfeffrig-heißen Flusskrebsen. Es war wie Dessert zu haben. Es war ihr völlig egal, dass sie ein wenig zum Spektakel wurde. Verstohlen um sich blickend, bemerkte sie, dass sie nicht die einzige Besucherin im Rausch kulinarischer Ekstase war. Über die leise eingespielte Musik war das Umgebungsgeräusch von Besteck, das Porzellan schabt, und von übermäßig vollen Mündern gedämpfte Stöhner.

Das Essen war köstlich, aber als Sophie ihren letzten Bissen vom Gebäck nahm, bemerkte sie, dass es noch besser geschmeckt hätte, wenn sie es mit Mac geteilt hätte. Mann, sie hatte es schwer erwischt.

Nachdem sie bezahlt und ihre Reste hatte einpacken lassen, ging Sophie hinaus, entschlossen, einige Besorgungen zu erledigen.

Auf dem Heimweg hielt Sophie am Spirituosenladen um die Ecke an und holte eine Flasche Asbach Uralt Brandy für Birdie. Nach einem kurzen Klopfen an Birdies Tür, um zu bestätigen, dass sie noch auf ihrem Date mit Milton war, überlegte Sophie, die Flasche als Überraschung auf ihrer Fußmatte zu lassen, entschied sich aber letztendlich dagegen. Alkohol unbeaufsichtigt im Tenderloin zu lassen bedeutete nur, dass man ihn nie wieder sehen würde.

Einmal in ihrer Wohnung, holte Sophie ihre Rechnungen nach. Nicht mehr die mentale Gymnastik machen zu müssen, um herauszufinden, welche Rechnungen sie aufschieben und welche sie sofort bezahlen musste, herauszufinden, welche Unternehmen die schlimmsten Mahngebühren hatten, und zu testen, wie weit sie das Versorgungsunternehmen drängen konnte, bis sie den Strom abschalteten, ließ Sophie sich herrlich fühlen. Das Gefühl, sie einfach alle bezahlen zu können... Nun, es ließ ihren Magen sich leichter fühlen. Als hätte sie überall eine Bleikugel in sich getragen – einen kleinen konstanten Kanonenkugel von Belastung und Sorge, die jetzt weg war. Sie war schwerer und dichter geworden, als das finanzielle Loch, in dem sie gewesen war, tiefer und unausweichlicher geworden war. Aber jetzt hatte sie einen echten Job mit einem stetigen Gehaltsscheck, und sie konnte ihre Miete und alle Notwendigkeiten decken. Wenn sie vorsichtig war, könnte sie sogar anfangen, etwas für einen regnerischen Tag oder Rente oder so wegzulegen. Sophie hatte sich sogar eine Ablage-Box mit diesen olivgrünen Hängemappen besorgt, um ihre Rechnungen und Quittungen und Zeug zu organisieren, wie ein echter Erwachsener.

Zu gut ausgeruht von all dem Schlaf, den sie letzte Nacht

bekommen hatte, versuchte Sophie, ihr Buch zu lesen, konnte aber nicht in die Geschichte hineinkommen. Vielleicht war es der Zucker vom Frühstück, aber Sophie hatte Energie zu verbrennen. In ihrer winzigen Wohnung auf und ab gehend, nach etwas suchend, um ihre Zeit zu beschäftigen, knautschte Sophie mit ihren Zehen in den schmutzigen Turnschuhen. Auf die Schuhe blickend, war Sophie froh zu sehen, dass sie noch keine Flecken von der Leichenhalle aufgenommen hatten. In der kurzen Zeit, in der Sophie mit Reggie gearbeitet hatte, hatte sie gelernt, dass wenn es nicht gebleicht oder abgewischt werden konnte, es schließlich von irgendeiner ekligen Flüssigkeit ruiniert werden würde. Da die Detectives gestern ihre Stiefel von ihr genommen hatten, sollte sie vielleicht Ersatz besorgen. Diese Stiefel hatten sowieso angefangen auseinanderzufallen.

Sie überprüfte ihre Brieftasche auf ihre Clipper-Karte, ging Sophie aus Streuselkuchen und zum nächsten BART-Bahnhof.

* * *

MEHRERE STUNDEN und Geschäfte später traf Sophie schließlich bei Cal Surplus auf Haight ins Schwarze. Ihr üblicher Secondhand-Laden, das kaugummirosa Out of the Closet, hatte ausnahmsweise keine anständigen Stiefel in ihrer Größe gehabt.

Sophie entschied, ihre neuen Stiefel einzulaufen und machte sich auf den Weg zum Alamo Square, um das Wetter zu genießen und die berühmten 'Painted Ladies', die viktorianischen Häuser, mit den Touristen zu bewundern. Ein paar Schweinefleisch-Tamales von der Tamale-Wagen-Dame kaufend, fand Sophie einen Grasbereich, der nicht zu überfüllt war, mit Blick auf die Postkarten-Reihe makelloser, bonbonfarbener viktorianischer Villen, mit Wolkenkratzern der Innenstadt als Hintergrund. Wünschend, sie hätte ein paar extra Servietten besorgt, aß Sophie ihre Tamales und sah zu, wie Gruppe nach Gruppe dasselbe Foto von den Häusern machte. Nicht dass sie sie dafür tadeln konnte

– die wunderschönen Villen mit all ihren architektonischen Details und Handwerkskunst, das üppige, rollende Gras, die aufragenden Glas- und Metalltürme in der Ferne – es war eines Bildes würdig. Der Himmel war klar genug, dass Sophie sogar die scharfe Spitze der Transamerica Pyramid hoch in die Stratosphäre über den umgebenden Innenstadt-Gebäuden stechen sehen konnte.

Was erklärte, warum diese Aussicht einer der meistfotografierten Orte der Stadt war. Als sie sich ins Gras legte, bemerkte Sophie, dass sie sich schon lange nicht mehr die Zeit genommen hatte, den Park einfach zu genießen, seit dem jährlichen Attraktiver-Jesus-Wettbewerb im Dolores Park zu Ostern, der fast acht Monate zurücklag.

Mit vollem Bauch, dem weißen Rauschen der Stimmen Hunderter Touristen, die über die Aussicht staunten, dem weichen Gras unter ihr und der Sonne, die sie wärmte, schlief Sophie fast dort auf dem Hügel ein. Sie riss sich aus ihrer Trägheit, stand auf und machte sich schließlich auf den Heimweg, um sich vor der Arbeit noch etwas auszuruhen.

KAPITEL 13

*D*ie Sohlen von Sophies neuen geschnürten Kapitänsstiefeln waren noch steif und quietschten auf dem Linoleumboden, als sie an diesem Abend die Lobby des Gebäudes der Gerichtsmedizin betrat. Die kautabakbraunen Stiefel ließen Sophie sich mehr wie sie selbst fühlen als ihre Turnschuhe. Es war einfach etwas an einem Paar robuster Stiefel, das ihr das Gefühl gab, bereit zu sein, es mit der Welt aufzunehmen.

»Guten Abend, Frau Zhao«, rief Sophie. »Danke, dass Sie mir gestern Abend zu Hilfe gekommen sind. Ich hoffe, dieser Alpha hat Ihnen nach meinem Weggang keine weiteren Probleme bereitet.«

»Ich hätte gerne gesehen, dass er es versucht«, sagte Frau Zhao mit gesitteter Zurückhaltung und blickte mit einem kleinen, geheimnisvollen Lächeln von ihrem Computerbildschirm auf. Die Finger von Frau Zhao flogen über die Tastatur, ohne ins Stocken zu geraten. Sophie war schon immer beeindruckt von Menschen gewesen, die tippen konnten, ohne auf die Tastatur zu schauen. Sie war eher der Suchstupstaktik-Typ.

»Ich würde eine Menge Geld dafür geben, das zu sehen«,

lachte Sophie und stellte sich einen riesigen kupferfarbenen Drachen vor, der Alphonse in Wolfsgestalt zerreißt und genüsslich auf seinen Knochen kaut.

Sophie ging durch die Zugangstüren und klopfte an Reggies Bürotür, aber es kam keine Antwort. Sie ging weiter in die Einrichtung hinein und fand ihn im Obduktionsraum, wo er die Notizen zu den für die Nacht geplanten Fällen durchging.

»Gab es Probleme, nachdem ich gestern Abend gegangen war?«, fragte Sophie.

»Es lief gut. Alphonse war nicht glücklich, aber da ich ihn nie wirklich glücklich gesehen habe, habe ich mir keine Sorgen gemacht«, antwortete Reggie. »Hier sind die Notizen von der Obduktion seines Zweiten. Es war alles ziemlich geradlinig.«

Sophie warf einen Blick auf die Notizen, die in Amiras fließender Handschrift geschrieben waren, und schnaubte angesichts der Todesursache. 'Lange Schnittwunde am vorderen Hals gefunden' fühlte sich wie eine Untertreibung an. Selbst die 'Durchtrennung der linken Halsschlagader' deckte nicht ganz das wahre Grauen von Rogers Tod ab.

»Ist die Leiche noch hier? Ich könnte ein Lesen machen und sehen, ob ich Schneewittchens Gesicht sehe oder ob ich immer noch mich selbst sehe«, bot Sophie an.

»Das ist eine gute Idee. Das sollten wir zuerst machen«, schlug Reggie vor. »Alphonse verlangte, dass wir die Leiche gleich nach Abschluss der Obduktion freigeben, aber ich konnte ihn abhalten, indem ich sagte, die Leiche sei Teil einer laufenden Ermittlung. Er war wütend, dass wir sie ihm gestern Abend nicht freigeben wollten.«

»Ist das ungewöhnlich? Wir hatten nie jemanden, der die Leiche gleich nach der Obduktion abholen wollte, seit ich hier bin. Ich dachte, sie geht zu einem Bestattungsinstitut oder so.«

»Es ist nicht völlig außergewöhnlich. Für die menschliche Seite der Gerichtsmedizinischen Abteilung wird eine Leiche, wenn sie zur Freigabe bereit ist, normalerweise direkt an das

Krematorium oder Bestattungsunternehmen freigegeben. Aber viele Mythische Wesen haben spezielle Rituale für ihre Toten, also geben wir eine Leiche direkt an die nächsten Angehörigen oder manchmal an ihren Alpha oder Clanführer frei. Die Male, wo ich eine Obduktion vor einem Familienmitglied oder einem Rudelführer oder ähnlichem gemacht habe, haben sie immer verlangt, dass die Leiche freigegeben wird, sobald ich fertig bin. Da sie bereits für die Obduktion hier sind, macht es Sinn, die Leiche gleich mit nach Hause zu nehmen.«

Sophie zuckte mit den Schultern, da das Sinn machte. Sie folgte Reggie in die Kühlkammer. Reggie blieb bei einem der Metallregale stehen, wo ein Leichensack lag. Er öffnete den Reißverschluss des Sacks und schlug die Klappen auseinander, und Sophie blickte auf Rogers Gesicht hinunter. Reggie hielt sein Handy hoch, bereit für Sophies Anfang.

Sie legte ihre Hand auf seine Brust, weit unterhalb der Wunde an seinem Hals, und schloss die Augen.

»Okay, er geht die Marktstraße entlang mit Alphonse. Alphonse sagt ihm, dass er denkt, sie hätten einen Verfolger aufgegabelt. Er zeigt auf eine Bäckerei weiter vorne und sagt Roger, er solle die Person in die Gasse hinter dem Gebäude locken. Er wird durch die Bäckerei gehen, und sie werden ihren Schatten in die Falle locken und ein paar Antworten bekommen. Roger schlüpft um die Ecke und versteckt sich hinter einem Müllcontainer, damit er herausspringen und die Person greifen kann. Hockend wartet er darauf, dass der Verfolger an seinem Versteck vorbeigeht, aber niemand geht vorbei. Er fängt an, sich Sorgen zu machen, denn wenn er die Person verliert, wird Alphonse sauer sein. Er versucht zu schnüffeln und zu sehen, ob er jemanden herannahen riechen kann, aber der Gestank des Mülls ist zu stark. Er denkt, er hört ein kleines Geräusch. Es ist wahrscheinlich eine Ratte oder so, aber er späht vorsichtig um den Müllcontainer, um zu sehen, ob sich jemand nähert. Fast bevor er reagieren kann, schlitzt ihm etwas die Kehle auf. Ein brennender Schmerz, und dann stößt ihn etwas zurück, sodass er auf den Hintern gegen die Wand fällt. Eine Person in Schwarz springt mit einem blutigen Messer in der behandschuhten Faust von ihm weg. Er ist schockiert, dass es eine Frau ist. Er kann nicht glauben, dass eine Frau ihn überrascht hat. Die Frau hat die Kapuze ihrer Jacke hochgezogen, sodass er ihr Gesicht nicht sehen kann. Die Gasse ist zu dunkel. Er bekommt nur einen Hinweis auf weibliche Lippen und ein Kinn. Sie neigt den Kopf und starrt ihn einen Moment an, bevor sie in beide Richtungen schaut. Sie dreht sich auf dem Absatz um und schreitet schnell weg, während Roger versucht, den Blutfluss aus der Wunde an seinem Hals zu stoppen. Ein weiteres Geräusch lässt ihn hoffen, dass Alphonse angekommen ist, aber es bin ich. Ich versuche, die Blutung zu stoppen, aber wir wissen, wie es geendet hat. Ich war zu spät.«

Sophie öffnete die Augen und zog ihre Hand von Rogers Brust weg. Sie fühlte sich fast schlecht für ihn, aber sie sah, wie er sich darauf freute, demjenigen wehzutun, der ihm und seinem Alpha gefolgt war.

»Hast du sie gesehen? Trug Schneewittchen wieder dein Gesicht?«, fragte Reggie.

»Ich bin mir nicht sicher. Vielleicht. Roger bekam keinen guten Blick auf sie, aber was er sah, sah irgendwie wie ich aus. Er bekam einfach keinen guten genug Blick, um sicher zu sein.« Sophie zuckte mit den Schultern und wünschte, sie hätte etwas Konkreteres zu bieten.

»Konntest du sagen, was Roger und Alphonse gemacht haben? Warum waren sie in diesem Teil der Stadt?«, fragte Reggie und riss Sophie aus ihrer Betrachtung von Rogers letzten Momenten.

»Nein, ich bekam keinen Hinweis darauf, was sie vorhatten«, sagte Sophie entschuldigend.

Reggie zuckte mit den Schultern, als wäre es keine große Sache, und schaltete die Aufnahme aus. Er führte den Weg aus der Kühlkammer, während Sophie ihre Hände an ihren Armen rieb, um sich aufzuwärmen.

»Bist du bereit, mit unserer Nachtschicht zu starten?«, sagte Reggie, als sie wieder im Flur waren.

»Klar, lass mich nur in meine Arbeitskleidung schlüpfen, dann legen wir los«, antwortete Sophie und ging zu den Umkleideräumen.

Vier Stunden später knabberte Sophie an ihrem Sandwich und hörte dem Geplauder ihrer Kollegen zu. Sie genoss die Normalität, Amira und Ace beim Streiten zuzusehen, während er versuchte, einen Apfel zu schälen. Ace war in letzter Zeit übellauniger als sonst. Fitz hatte eine Ladung Orangen-Cranberry-Scones mitgebracht, deren Rezept er zu perfektionieren versucht hatte. Er war mit den Ergebnissen unzufrieden, aber Sophie fand sie köstlich.

»Wusstet ihr, dass die Schweden Waschbären tvättbjörn nennen?«, verkündete Sophie. »Das bedeutet wörtlich übersetzt 'Waschbär'.«

Sophie hatte über die Tiere gelesen, die die andere Hälfte der Seelen ihrer Freunde ausmachten – in der Hoffnung, sie besser zu verstehen – als sie auf diese kleine Information stieß.

»Nun, das ist besser als Müllbanditen«, antwortete Amira und brachte Ace zum Schnauben.

»Bist du bald fertig? Der nächste Fall sieht nach einer weiteren Überdosis aus«, fragte Reggie Sophie.

»Noch eine? Meine Güte. Was ist los mit all diesen Überdosen?«

»Die Opioidkrise ist nicht nur ein menschliches Problem. Es ist ein Problem für alle.«

Reggie stand mit einem Seufzer auf, der sagte, dass er zu viele dieser Todesfälle gesehen hatte. Sophie zerknüllte ihre nun leere braune Tüte, warf sie in den Müll und folgte Reggie aus dem Pausenraum.

Sie trennte sich von Reggie, als er in den Hauptobduktionsraum abbog, und Sophie betrat die Kühlkammer der Leichenhalle, um die Bahre mit dem Leichensack mit der passenden Nummer zu holen. Als Sophie zum ersten Mal in der Leichenhalle angefangen hatte, hatte sie die Kühlkammer mit ihren Regalen voller eingewickelter Leichen und rollenden Tischen beunruhigt. Nach den letzten paar Monaten waren sie nicht beängstigender als Büromöbel – nur ein Teil der täglichen Landschaft nach den ersten paar Wochen der Beklommenheit.

Nachdem sie die Bahre wie gewohnt abgestellt hatte, wusch sich Sophie gründlich an den Waschbecken direkt im Obduktionsraum die Hände. Zwischen dem Schrubben ihrer Hände ein Dutzend Mal am Tag und dann dem Tragen von Nitrilhandschuhen waren Sophies Hände ständig trocken und leicht gereizt. Amira hatte sie zu einer Handcreme geführt, die die Reizung reduzierte, nachdem Sophies Hände während der zweiten Woche ihrer Anstellung rissig geworden und aufgesprungen waren.

Sophie überprüfte die Akte gegen die Nummer auf dem Leichensack und wandte sich an Reggie. »Bist du bereit?«

Mit einem Nicken von Reggie öffnete Sophie den Reißverschluss des Sacks und bereitete sich mental darauf vor, einen dünnen, kränklich aussehenden Mann zu sehen. Überrascht stellte sie fest, dass das Gesicht des Mannes, das zum Vorschein kam, faltenlos und jungenhaft rund war. Nur die blauen und eingefallenen geschlossenen Augen zeigten die Abnutzung des Drogenkonsums. Er hatte diesen all-amerikanischen Surfer-Look mit zerzausten, blond gestreiften Haaren. Er sah aus wie der Typ, der seine Freunde 'Bro' nannte und zum Spaß wandern ging. Ein Blick zurück auf die Akte zeigte Sophie, dass der Mann namens Zach achtundzwanzig war. Die meisten anderen Überdosen, die Sophie auf dem Obduktionstisch gesehen hatte, waren über ihre Jahre hinaus gealtert, aber Zach sah immer noch jugendlich aus. Sein Gesicht und Körper waren noch nicht vom Drogenkonsum verwüstet.

Reggie griff nach seinem Handy und sah Sophie erwartungsvoll an. »Sag mir Bescheid, wann ich mit der Aufnahme anfangen soll«, sagte er.

»Du kannst jetzt anfangen«, antwortete Sophie. Sobald Reggie den Aufnahmeknopf auf seinem Handy drückte, legte Sophie ihre Hand auf den Oberarm des toten Mannes.

»Ins Leere«, scherzte sie. Sophie atmete tief ein, klärte ihre Gedanken und richtete ihre Aufmerksamkeit auf den Brunnen in ihrem Geist, wo die Visionen entstanden. »Er sitzt auf einem Sofa in dem, was wie ein Wohnzimmer aussieht. Es ist dunkel – das einzige Licht kommt von einem kleinen Fernseher – und es ist schwer, viel zu sehen. Es ist alles ein wenig verschwommen und verzerrt. Ich denke, er muss betrunken oder high sein, weil es schwer ist, sich zu konzentrieren. Es lagen Haufen leerer Flaschen, leere Chipstüten und so weiter auf dem Couchtisch herum. Zwei andere Männer waren bei ihm. Sie hingen alle irgendwie herum. Einer war älter – vielleicht Anfang vierzig. Braune Haare, ein kleiner Bauch. Der andere war jünger, vielleicht Ende zwanzig. Er trug eine rote Baseballkappe, aber seine Haare sahen dunkelblond aus. Schwer zu sagen. Er war dünn, fast abgemagert. Beide trugen Jeans und T-Shirts.

Es klopft an der Tür. Der Dünne steht auf und öffnet. Er sagt, dass da jemand ist, der mit Zach sprechen will. Zach wird eingeschüchtert und nervös, als er sieht, wer es ist. Dieser Typ sieht anders aus als diese anderen Kerle. Gepflegter, weißt du, was ich meine? Er trägt einen schwarzen Hoodie, aber er scheint dunkle Haare zu haben. Ich kann nicht sagen, ob sie braun oder schwarz sind. Er ist groß. Wirklich groß. Jetzt, wo Zach vor ihm steht, kann ich sehen, dass er ein paar Zentimeter über 1,80 sein muss. Und bullig. Der Mann sagt Zach, dass er allein mit ihm sprechen muss, und nickt zu den beiden Männern auf der Couch. Zach sagt den Männern, dass sie gehen müssen. Nach ein bisschen Gemurmel und Beschweren stolpern sie aus der Wohnung. Er sagt Zach, er soll sich setzen, und zeigt auf die schäbige Couch, auf der er vorher gesessen hatte. Mit einem Blick zur jetzt geschlossenen Tür sagt der unheimliche Typ: 'Menschen, wirklich?' Zach sagt, dass sie einem Zweck dienen, mit einem Achselzucken. Er fragt Zach, ob er viel Zeit mit Menschen verbracht hat. Zach zuckt wieder mit den Schultern und sagt, eigentlich nicht. Zach fragt ihn, was los ist. Er fragt, ob es ein Problem gibt oder ob er in Schwierigkeiten ist. Er ist wirklich erschüttert. Zach nennt den Mann die ganze Zeit 'Sir'. Er hat seinen Namen noch nicht gesagt.

Der Mann greift Zachs rechte Schulter, direkt am Hals, und kneift den Nerv dort. Zach intensiv anstarrend sagt er: 'Als wir dich eingeladen haben, dem inneren Kreis beizutreten, wusstest du, was unser Ziel war. Was unsere Mission ist. Du hast uns gesagt, dass du mit unserer Haltung zu Menschen einverstanden bist. Und doch... Wir haben bemerkt, dass du Zeit mit Menschen verbringst, besonders mit der Frau. Wie heißt sie?' Zach murmelt, dass es keine Frau gibt, aber der Mann gräbt seine Finger härter in Zachs Schultermuskel und bringt ihn zum Aufschreien. 'Das stimmt. Neesa. Sie heißt Neesa, richtig?' sagt er. 'Weißt du, was interessant ist? Jemand hat die Polizei in der Nacht angerufen, als wir uns um Gibson gekümmert haben. Niemand außer uns wusste, was in dieser Nacht ablief. Es ist ein interessanter Zufall, dass der Anrufer weiblich war. Hast du Neesa von uns erzählt?' Zach schwört und verspricht, dass er Neesa nichts erzählt hat. Dass sie nichts über sie weiß. Dass sie nicht einmal weiß, dass er ein Gestaltwandler ist. Sie denkt, er ist ein Mensch.

'Nun, wir werden herausfinden, ob du die Wahrheit sagst oder nicht. Jeremiah besucht sie gerade. Er wird herausfinden, was sie weiß', sagt der Mann. Zach fängt an, ihn anzuflehen, Neesa nicht zu verletzen, sagt, dass sie unschuldig ist und schwört, dass er ihr nie etwas erzählt hat. Aber der Mann drückt noch härter auf Zachs Schulter und bringt ihn zum Schweigen. 'Spielt keine Rolle, denn so oder so können wir dir nicht vertrauen. Du dachtest, du könntest eine menschliche Freundin vor uns verstecken, und wir würden es nicht herausfinden? Denkst du, wir sind verdammt dumm? Du wusstest, als du dich uns angeschlossen hast, was das alles bedeutete. Eine Beziehung mit einem Menschen zu haben, lässt uns nur wissen, dass du nicht bereit für das bist, was als Nächstes kommt.'

Zach versucht, den Mann um eine zweite Chance anzuflehen, aber er sagt Zach, dass es zu spät ist. Er sagt, dass sie das auf die einfache oder die harte Art machen können. Dass es ihm egal ist, es liegt an Zach. Weinend wählt Zach den einfachen Weg. Der Mann bindet seinen linken Arm ab, während Zach weiter weint. Als der Mann für einen Moment abgelenkt ist, versucht Zach wegzulaufen. Er kommt kaum von der Couch runter, bevor der Mann ihn zurück hinunterschlägt. Der Mann legt seine Finger um Zachs Kehle und sagt ihm, dass er ihn um den Tod anflehen lassen wird, bevor er mit ihm fertig ist, falls er sich auch nur einen Muskel rührt. Zach fleht weiter, aber der Mann ignoriert ihn, während er eine Spritze aus seiner Hoodie-Tasche zieht, sie mit den Zähnen entkorkt und Zach schnell mit etwas injiziert. Ich kann nicht sehen, wie es aussieht, weil Zach entschlossen wegschaut. Die Nadel wieder kappend, setzt sich der Mann zurück auf den Couchtisch und beobachtet Zach nur auf eine distanzierte Art. Als wäre er ein wissenschaftliches Experiment oder so. Als Euphorie über Zach hinwegspült, murmelt er, dass es sich wenigstens gut anfühlt.«

Sophie zog ihre Hand von Zachs Körper weg und schüttelte sich am ganzen Körper. »Ugh. Das war übel.« Sie schüttelte ihre Hand aus und hielt sich davon ab, ihre Hand an ihrem Kittel abzuwischen. Wenn sie das täte, müsste sie ihre Handschuhe wechseln. Diese Lektion hatte sie während ihrer ersten Woche in der Leichenhalle auf die harte Tour gelernt. Reggie war ein Pedant, was die Regeln und Vorschriften anging.

»Warte.« Sophie wurde von einer plötzlichen Erkenntnis getroffen. »Was ist mit der Frau? Neesa? Denkst du, es ist noch Zeit, ihr zu helfen?«

»Ach du meine Güte, du hast recht«, rief Reggie aus. »Lass uns Mac anrufen und sehen, was er tun kann.«

»Wir sollen meine Lesungen jetzt an den Polizeichef schicken, nicht an Mac«, erinnerte Sophie Reggie.

»Oh ja, das hatte ich vergessen«, antwortete Reggie. »Lass mich in mein Büro gehen und Polizeichef Dunham jetzt anrufen.«

»Meinst du, er wird sauer sein, wenn wir ihn wecken?«, fragte Sophie und biss sich besorgt auf die Lippe. Der Polizeichef hatte die Macht, ihr Leben und ihren Job ziemlich schwierig zu machen.

»Ist mir egal. Das ist zu wichtig«, sagte Reggie und verließ den Obduktionsraum mit entschlossenem Schritt, wodurch Sophie allein im Obduktionsraum zurückblieb.

Sophie wandte sich zurück zur Bahre und sagte zu der Leiche: »Sieht so aus, als wären nur du und ich jetzt hier, Zach.« Sophie wartete, um zu sehen, ob Zach etwas zu sagen hatte – zu diesem Zeitpunkt dachte sie, dass eine sprechende Leiche nicht mehr so schockierend wäre – aber es schien, als hätte Zach nichts zu sagen.

Sophie setzte sich seitlich in einen der Zuschauerstühle und legte ihre Füße auf den einzigen anderen Stuhl im Raum. Sie überlegte kurz, ob sie Reggie folgen sollte, um mitzuhören, was er zu Dunham sagte, entschied sich aber dagegen. Es wäre zu anstrengend gewesen, wieder aufzustehen. Außerdem würde Reggie ihr sowieso alles erzählen, was Dunham zu sagen hatte.

Ein paar Minuten später eilte Reggie in den Raum.

»Und? Was hat Dunham gesagt?«, fragte Sophie und zog sich aus dem Stuhl hoch.

»Er sagte, er kümmert sich darum. Er sagte auch, er will den vollständigen Obduktionsbericht, sobald wir hier fertig sind. Ich muss das toxikologische Gutachten beschleunigen. Er will genau wissen, welche Drogen im System des Opfers waren. Es braucht viel, um einen Gestaltwandler auszuschalten, also bin ich ebenfalls neugierig, welche Drogenmischung verwendet wurde.«

Sophie stand von ihrer zurückgelehnten Position auf, griff nach einem neuen Paar Handschuhe und wanderte zum Obduktionstisch hinüber, während Reggie im Raum herumeilte. Sophie blickte auf Zachs Gesicht hinunter und fragte sich, warum er mit Menschen abhängen und vielleicht sogar eine menschliche Freundin haben würde, wenn er Teil irgendeiner Art von Anti-Menschen-Gruppe war. Es ergab einfach keinen Sinn. Reggie riss Sophie aus ihren Gedanken, als er sie mit seinem Arm anstieß und zum Instrumententisch nickte. Er schob sie sanft von der Bahre weg, breitete die Klappen des Leichensacks weit aus und begann seine Untersuchung des Körpers.

»Schau dir dieses Hämatom an der rechten Schulter des Opfers an. Das stimmt mit dem überein, was du bei deinem Lesen miterlebt hast. Ich frage mich, ob das ohne dein Lesen einfach als Überdosis eingestuft worden wäre«, sagte Reggie und starrte mit einem fernen Blick auf Zach hinunter.

Reggie schüttelte sich aus seiner momentanen Träumerei und rief Sophie zurück, um ihm beim Beginn der offiziellen Obduktion zu helfen. »Nachdem wir hier fertig sind, werde ich das sofort an Polizeichef Dunham weiterleiten.«

KAPITEL 14

Stunden später zog Sophie mit einem erleichterten Seufzer den letzten Leichensack der Nacht zu. Sie rollte ihre Schultern, um die Verspannung zu lösen, die vom stundenlangen Beugen über den Obduktionstisch herrührte, und warf einen Blick auf die Uhr, um die Zeit zu überprüfen. Wenn sie sich beeilte, konnte sie noch den Bus nach Hause erwischen.

Reggie wünschte ihr eine gute Nacht und sagte, dass er auch gehe. Sie hatten einen kleinen Rückstau gehabt, daher mussten sie länger bleiben als üblich. Sophie musste nur noch die Leiche in den Kühlraum bringen, die Proben an die Toxikologie-Abteilung geben, den Obduktionsbericht einreichen, und dann konnte sie nach Hause gehen. Ihr Bett rief nach ihr. Sie plante, sich direkt auf ihre Matratze fallen zu lassen und die lange Nacht weit hinter sich zu lassen.

»Glaubst du, wir können von Dunham ein Update über die Ermittlungen zu Zachs Tod bekommen?« rief Sophie, wodurch Reggie in der Türöffnung innehielt.

»Wir können Dunham fragen oder schauen, ob Mac nachforschen würde. Aber es gibt keine Garantie, dass wir informiert werden. Ich werde selten über offene Fälle auf dem Laufenden gehalten. Auch wenn die Mythische Abteilung manches anders macht, wollen sie nicht, dass Informationen über laufende Ermittlungen nach außen dringen.«

»Ich mache mir auch Sorgen um die Frau. Ich hoffe, die Polizei hat sie gefunden, bevor die Gestaltwandler sie gefunden haben.«

»Ich auch. Allerdings haben wir alles getan, was wir konnten, um ihr zu helfen. Wir hätten nicht mehr tun können, also mach dir keine Sorgen über etwas, das außerhalb deiner Kontrolle liegt,« riet Reggie.

»Ich weiß«, sagte Sophie und wandte sich ab, um die Räder der Bahre zu entriegeln.

Reggie ging ohne ein weiteres Wort, aber Sophie sah den besorgten Blick, den er ihr zuwarf. Sie musste aufhören, ihm ständig ihre Sorgen aufzubürden. Er war ein sensibler Mensch, der immer die Probleme anderer lösen wollte.

Nachdem sie den Papierkram für die Nacht erledigt hatte, zog Sophie ihren Kittel aus und ging zum Ausgang. Als sie durch die doppelten Schwingtüren stieß, schockte sie eine laute, knurrende Stimme und ließ sie erstarren. Die Tür stieß an ihre Seite, aber sie beachtete es kaum, während sie auf die Gruppe blickte, die sich an der Empfangstheke versammelt hatte.

»Was meinen Sie damit, dass Sie die Leiche nicht freigeben können?« dröhnte eine vertraute Stimme durch die Lobby.

Sophie konnte Frau Zhaos Antwort nicht hören, aber sie beobachtete, wie Frau Zhao auf einige Unterlagen auf ihrem Schreibtisch deutete und Alphonse ihren patentierten 'Ich-dulde-keine-Narren'-Blick zuwarf.

»Zachs Tod wird noch untersucht? Das ist empörend. Es war eine Überdosis. Sie müssen seine Leiche sofort freigeben,« brüllte Alphonse und beugte sich über Frau Zhaos sitzende Gestalt. »Ich verlange, sofort mit Dr. Didel zu sprechen!«

Als Sophie verärgert schnaubte – wegen Reggie – wirbelte

Alphonse herum und starrte Sophie wütend an. Seine Augen verengten sich in Wiedererkennung und Zorn.

»Scheiße,« murmelte Sophie, wich zurück in den Flur und ließ die Tür zwischen ihnen zuschwingen, wodurch sie sich vor Alphonses intensivem Starren verbarg.

Sie drückte ihr Ohr an die Tür und lauschte still, während Alphonse die arme Frau Zhao anschrie und beschimpfte. Es dauerte mehrere Minuten, bis er endlich die Luft auszugehen schien. Als der Streit verstummte, wartete Sophie noch ein paar Minuten, bevor sie die Tür langsam einen Spalt öffnete und in die Lobby spähte.

Als es so aussah, als wäre die Luft rein, steckte Sophie ihren Kopf weiter in den Raum und atmete erleichtert auf, als sie sah, dass die Lobby bis auf Frau Zhao leer war.

»Sie können jetzt rauskommen. Alle sind weg,« rief Frau Zhao.

Sophie trat in die Lobby und ließ die Türen hinter sich zufallen. Als sie sich der Empfangstheke näherte, musterte Sophie Frau Zhao, aber wie immer saß jedes Haar perfekt. Sie wirkte unerschütterlich.

»Geht es Ihnen gut? Es tut mir leid, dass ich Sie allein gelassen habe, um sein Verhalten zu ertragen,« fragte Sophie. »Ich hatte das Gefühl, dass meine Anwesenheit die Sache nur verschlimmert hätte. Er war schon auf Streit aus.«

»Sie hatten recht, sich von diesem Alpha fernzuhalten. Er hätte sich gerne an Ihnen ausgelassen,« sagte Frau Zhao und winkte die Vorstellung eines schlecht erzogenen Alphas mit einer Handbewegung ab. »Außerdem bellt er viel, aber beißt nicht.«

»Ich habe das Gefühl, er ist beides. Vielleicht nicht bei Ihnen,« gab Sophie zu.

»Er ist nicht dumm,« antwortete Frau Zhao mit einem Grinsen, was Sophie zum Lachen brachte. »Er scheint speziell ein Problem mit Ihnen zu haben. Er ist gefährlich, also seien Sie vorsichtig.«

»Er hat ein Problem mit allen Menschen, nicht nur mit mir. Und er ist nicht der Einzige. Es scheint, als hätten viele Gestaltwandler eins.«

»Nur die kurzsichtigen, engstirnigen. Es ist einfach, andere für seine Probleme zu beschuldigen. Er ist nicht der Typ, der tiefer blickt. Er kümmert sich nur um sich selbst.«

Sophie dankte Frau Zhao noch einmal und wünschte ihr einen guten Tag, bevor sie hinaus in die schwache Morgensonne ging. Als sie über den sich langsam füllenden Parkplatz ging, hielt Sophie sich die Hand schützend über die Augen, um die Zeit auf ihrem Handy abzulesen. Sie beschleunigte ihre Schritte, als ihr klar wurde, dass sie sich beeilen musste, um den nächsten Bus zu erwischen.

Ein Schatten fiel über sie, als sie ihr Handy in die Gesäßtasche schob. Sophie sprang einen Schritt zurück, als ihr klar wurde, dass sie beinahe mit einem Fremden zusammengestoßen wäre.

Eine schnelle Entschuldigung murmelnd, trat sie nach rechts, um um den Mann herumzugehen, aber er kopierte ihre Bewegung und blockierte sie. Als sie vom Bürgersteig aufblickte – sie ging normalerweise mit gesenktem Blick, weil man nie wusste, in was man auf städtischen Bürgersteigen versehentlich treten könnte – erkannte Sophie den Mann aus Alphonses Gefolge von der anderen Nacht. Es war der struppighaarige Baseball-Fan, obwohl er heute Morgen ein verblasstes Brian Wilson 'Fürchte den Bart'-T-Shirt trug.

Sophie verfluchte sich dafür, ihre Wachsamkeit fallen gelassen zu haben. Wann war sie so weich geworden?

Die Schultern rollend, atmete Sophie tief durch. Sie fiel zurück auf ihre übliche List in einer Situation, in der sie sich überfordert fühlte: mit großer Klappe und frechem Auftreten. Es war etwas seltsam, dass ihre übliche Maske sich nicht mehr ganz so anfühlte wie früher.

Sophie nahm ihren besten unschuldig-großäugigen Blick an. »Kann ich Ihnen helfen? Das Arbeitsamt ist in der Mission. Sie

müssen nur zur Akazienallee runtergehen und die
Richtung—«

Das Knurren des Mannes unterbrach Sophies Wegbeschreibung zu einem Gebäude, das sie nur allzu gut kannte.

»Sie sagten, du wärst eine vorlaute Schlampe,« sagte der
Mann, woraufhin Sophie mit einem Aufschrei der Empörung
und einer Hand-auf-Brust-'Wer-ich?'-Haltung antwortete. »Der
Alpha hat eine Botschaft für dich.« Der Mann pausierte, möglicherweise wartend, dass Sophie ohnmächtig wurde oder zu
seinen Füßen fiel und um Gnade bettelte.

Trotz ihres rasenden Herzens rollte Sophie mit den Augen
und versuchte erneut, um den Mann herumzugehen, den sie
mental als den Sportbegeisterten bezeichnet hatte. »Ist mir egal,«
teilte sie ihm mit.

Der Gestaltwandler kam näher, trat in Sophies persönlichen
Bereich und versperrte ihr weiter den Weg zur Flucht. Eine intelligente Frau würde einen Schritt zurücktreten, aber Sophie hielt
sich nie für besonders vernünftig. Sie hielt stand, legte die Hände
in die Hüften und tippte mit dem Fuß als Zeichen der
Verärgerung.

»Der Alpha sagt, du sollst dich aus mythischen Angelegenheiten heraushalten. Du bist ein Mensch und gehörst nicht zu
uns. Du steckst weiterhin deine Nase dahin, wo sie nicht hingehört, und du wirst verletzt werden. Menschen brechen so leicht,
und du wirkst besonders zerbrechlich—«

Welche Drohung der Sportbegeisterte auch immer aussprechen wollte, wurde durch das Herannahen von Stimmen unterbrochen. Es klang, als würden sich mehrere Leute durch das
Geplauder der Unterhaltung nähern. Die Stimmen verstummten,
als eine kleine Gruppe von Leuten um die Ecke des Gebäudes
bog. Sophie erkannte einige der Leute von der Tagschicht.

»Hey, äh,« sagte ein junger Mann, trat vor und weg von der
Gruppe. Sophie hatte ihn ein paar Mal gesehen. »Ist hier alles in
Ordnung?«

»Eigentlich nein. Könnten Sie Frau Zhao benachrichtigen, dass ich hier draußen belästigt werde? Sie regelt das schon.«

»Die Empfangsdame? Sind Sie sicher?«

»Oh ja. Sie weiß genau, wie man mit Eindringlingen umgeht.« Der Sportbegeisterte warf die Hände in die Luft. »Nicht nötig. Ich gehe. Aber du solltest aufpassen und auf das hören, was ich gesagt habe,« sagte er und richtete einen drohenden Finger auf Sophie.

»Bitte richten Sie Alphonse aus, dass ich die Botschaft erhalten habe und mir seine Worte zu Herzen nehmen werde,« höhnte Sophie. Diesmal, als sie um ihn herumging, ließ der Sportbegeisterte sie – trat zurück und machte eine Handbewegung, als würde er ihr den Weg zeigen. Sophie schlenderte zu den Neuankömmlingen, als hätte sie keine Sorgen auf der Welt. Ihre zitternden Nerven verlangten, dass sie hinter sich blickte, aber ihr Ego erlaubte es ihr nicht.

»Was zum Teufel war das denn?« fragte der junge Mann leise.

»Nichts. Nur ein unzufriedener Kunde. Mochte die Ergebnisse einer Obduktion nicht,« antwortete Sophie geistesabwesend und beobachtete des Sportbegeisterten Spiegelbild in den Fenstern des Gebäudes, als er in seinen glänzenden weißen Sportwagen stieg und mit quietschenden Reifen vom Parkplatz raste.

Nachdem sie das Auto ein paar Blocks fahren und nach Süden abbiegen sah, winkte Sophie das besorgte Tagespersonal ab und eilte zur nächsten Bushaltestelle. Glücklicherweise konnte sie sich in die große Menge an der Haltestelle einmischen.

Sobald Sophie sich auf einem leeren Sitz im Bus niedergelassen hatte, rief sie Mac an. Sie schilderte ihm kurz die Ereignisse des Morgens.

»Dieser Motherfuc—« Sophie schluckte ein Kichern, als Mac seine Worte abbiss. Es gab ihr ein besseres Gefühl, ihm dabei zuzuhören, wie er darum kämpfte, seinen Zorn zu zügeln. Die Wärme, jemanden zu haben, der sich um sie sorgte, gab ihr ein unangemessenes Lächeln. Sie sollte Macs ernste Haltung kopieren, nicht über jemanden schwärmen, der ihretwegen wütend war.

»Okay, hier ist, was wir tun werden. Ich bin gerade im Revier. Ich kann den Chef in seinem Büro sehen. Er ist in einem Meeting mit den stellvertretenden und Deputy Chiefs – sobald sie fertig sind, werde ich mit ihm sprechen. Die Wölfe respektieren ihn, und er hat die Macht, ihr Leben schwer zu machen. Der Chef weiß, wie wichtig deine Arbeit ist, also wird er dich geschützt haben wollen. Dunham sollte dafür sorgen können, dass sie dich in Ruhe lassen. Aber wir hören nicht dort auf. Sobald ich mit dir fertig bin, rufe ich Reggie an und lasse ihn einen Schutzbefehl für dich beantragen. Da er dein Chef in der Leichenhalle ist und er viel Einfluss beim Conclave hat, sollte das Alphonse dazu bringen, Abstand zu nehmen.«

»Was ist ein Schutzbefehl?«

»Er besagt, dass jemand, normalerweise ein Mensch, aber nicht immer, unter dem Schutz eines Rudels oder Clans oder ähnlichem steht. Wenn Reggie als Chefgerichtsmediziner einen für dich ausstellt, stellt er dich unter den Schutz des Conclave. Die Gerichtsmedizinische Abteilung gilt als unabhängig von der Polizeibehörde und allen Regierungsabteilungen. Die einzige Instanz, der der Gerichtsmediziner berichtet, ist das Conclave. Und selbst sie können nicht in Fälle oder Ermittlungen eingreifen. Das gibt Reggie viel Macht in der Mythischen Gemeinschaft. Aber ein von Reggie ausgestellter Schutzbefehl würde dich unter den direkten Schutz des Conclave und seiner beträchtlichen Ressourcen stellen. Niemand, nicht einmal Alphonse, würde es wagen, es mit dem Conclave aufzunehmen. Es ist unsere beste Chance.«

»Glaubst du, es ist eine gute Idee, mich der Aufmerksamkeit des Conclave zu bringen?« fragte Sophie.

»Wir werden es nur so darstellen, dass du ein verletzlicher Mensch bist, der von Gestaltwandlern belästigt wird. Es könnte die Aufmerksamkeit von dir weglenken. Wenn wir Schutz für dich beantragen, wird es ihnen nicht einfallen, dass du mächtig bist. Wir werden ihre Vorurteile über Menschen gegen sie verwenden. Wir können vorschlagen, dass deine Beteiligung am Coit Tower-Vorfall der Grund sein könnte, warum das Sunset-Viertel-Rudel dich ins Visier nimmt. Das Conclave versucht sehr hart, diese ganze Angelegenheit unter Verschluss zu halten, also werden sie alles sperren wollen, was diesen Vorfall ans Licht bringen könnte. Schutzbefehle werden normalerweise nur für Menschen ausgestellt, und ich glaube nicht, dass Mythische Wesen ihnen Aufmerksamkeit schenken, weil sie nicht den Zorn des Conclave auf sich ziehen wollen. Ich werde auch dafür sorgen, dass du Selbstverteidigungskurse bekommst.«

»Warum haben Alphonse und sein Rudel überhaupt so einen Hass auf mich, dass ich in der Leichenhalle arbeite? Du glaubst nicht, dass sie ahnen, was ich tun kann, oder?«

»Nein, ich denke, du bist nur ein bequemes Ziel für ihren Zorn. Deine Anwesenheit bei Rogers Tod und dann in der Leichenhalle am selben Tag ist der einzige Grund, warum sie dich überhaupt bemerkt haben. Über die Jahre war dieses Rudel lautstark dagegen, dass Mythische Wesen sich mit Menschen vermischen. Sie wollen, dass alle Mythischen Wesen sich so weit wie möglich von menschlichen Leben trennen. Es ist nicht im Entferntesten logisch oder sogar möglich, aber da haben wir es. Ich habe noch keinen Beweis, aber ich vermute, dass das hier der Fall ist. Ich stelle ein paar diskrete Nachforschungen über dieses Rudel, insbesondere über Alphonse, an. Ich habe ein paar Kontakte innerhalb seines Rudels, die bereit sein könnten, mit mir zu sprechen. Nicht jeder ist erfreut, Alphonse als ihren Alpha zu haben. Ich werde auch jeden Todesfall untersuchen, der in den letzten Jahren bei einem Mitglied seines Rudels aufgetreten ist, um zu sehen, ob sich irgendein Muster ergibt.«

»Dann solltest du mit dem Typ anfangen, der letzte Nacht eingeliefert wurde. Sie wollten heute Morgen seine Leiche abholen.« Sie warf einen Blick durch den Bus, um sicherzustellen, dass niemand ihr Aufmerksamkeit schenkte, und fuhr fort, die Todesvision des Gestaltwandlers zusammenzufassen.

Bevor sie die Beschreibung der Vision beenden konnte, unterbrach Mac sie. »Verdammt. Es sieht so aus, als würde das Meeting in Dunhams Büro zu Ende gehen. Ich muss ihn jetzt erwischen, bevor jemand anderes einspringt. Ich lasse Reggie mir die Audiodatei zu dieser Obduktion schicken. Ich rufe dich an, sobald ich hier fertig bin, okay?«

Nach dem Verabschieden und Auflegen schloss Sophie die Augen und lehnte ihren Kopf gegen das Busfenster, um sich bis zu ihrer Haltestelle zu entspannen. Nach mehreren erfolglosen Minuten gab sie auf, zog ihr Handy wieder aus der Tasche und schickte Reggie eine schnelle Nachricht, um ihn wissen zu lassen, was passierte. Sie warnte ihn, dass Mac wollte, dass er einen Schutzbefehl für sie ausstellt. Basierend auf der Anzahl der Ausrufezeichen, die Reggie verwendete, als er antwortete, dass er sich sofort darum kümmern würde, nahm Sophie an, dass er von der Idee begeistert war. Kichernd steckte sie das Handy zurück in ihre Tasche und versuchte, sich für den Rest der Fahrt nach Hause zu entspannen.

Dreißig Minuten später erreichte Sophie ihr Stockwerk im Streuselkuchen. Als sie an Birdies Tür vorbeiging, konnte sie das Murmeln des Fernsehers hören. Die Wände im Streuselkuchen waren nicht besonders schalldicht. An die Flasche Whiskey denkend, die für Birdie auf Sophies Theke wartete, beschloss sie, die Flasche zu holen und zu schauen, ob Birdie Lust hatte, abzuhängen.

Die Tür aufschließend und in ihre Wohnung tretend, hielt Sophie inne. Alles sah normal aus, aber sie konnte das Gefühl nicht abschütteln, dass etwas nicht stimmte. Sie warf ihrer Wohnung einen langen Blick zu, schüttelte aber den Kopf, weil alles so aussah wie am Abend zuvor.

Ich kann nicht zulassen, dass diese Arschlöcher in meinen Kopf kommen, mahnte sie sich selbst.

Als Sophie in ihre winzige Küche ging, scharrten ihre neuen Stiefel über das grün-gelbe Linoleum, dessen Blumenmuster vom Durchgang vieler Schuhe verblasst war. Sophie wollte gerade Birdies Whiskey greifen, als etwas ihre Aufmerksamkeit erregte. Mit ihrer Hand über dem Flaschenhals schwebend, lehnte Sophie sich näher. Das Siegel am Schraubverschluss war geöffnet worden, und viel Platz war nun über der bernsteinfarbenen Flüssigkeit.

Sophie erstarrte, ein Gefühl des Gefangenseins kroch ihre Schulterblätter hoch. Ihr Atem stieß schockiert aus ihr heraus.

Auf den Fußballen wirbelnd, warf sie einen weiteren Blick auf ihre Wohnung. Ihr Atem ging schnell und flach, und Schweiß sammelte sich an ihrem Haaransatz. Versuchend, ihre Atmung zu beruhigen, lauschte Sophie, konnte aber keine ungewöhnlichen Geräusche hören. Nichts sah fehl am Platz aus.

Als sie auf Zehenspitzen in ihr Wohnzimmer zurückging, fiel ihr auf, dass einige kleine Gegenstände leicht verschoben wirkten. Ihre Aktenbox saß nun in der Mitte ihres kleinen Schreibtischs, anstatt seitlich zu stehen. Als ob jemand darin gewühlt hätte. In der Tür zu ihrem Schlafzimmer stehend, bemerkte sie, dass ihr Schlafzimmerfenster einen Spalt offen war. Die Vorhänge flatterten sanft von der Brise.

Zur Haustür rauschend und sie hinter sich zuknallend, wählte Sophie Macs Nummer, bevor ihr klar wurde, dass sie das Handy überhaupt aus der Tasche gezogen hatte.

Er antwortete nach einem Klingeln. »Hey, ich spreche gerade mit dem Chef. Ich rufe dich zurück, sobald—«

»Jemand war in meiner Wohnung,« keuchte Sophie.

»Was?«

»Jemand war in meiner Wohnung! Ein paar Sachen wurden herumbewegt, sie haben den Whiskey geöffnet, den ich für Birdie gekauft habe, und ein Fenster wurde offen gelassen.«

»Ist jetzt jemand da drin?« verlangte Mac zu wissen.

»Ich glaube nicht. Aber ich bin mir nicht sicher. Ich bin da rausgerannt, sobald mir das klar wurde.«

»Okay. Wo bist du jetzt? Ich komme sofort.«

»Ich bin im Flur. Was soll ich jetzt machen?«

»Geh da weg. Geh zu Benno,« schlug Mac vor.

»Okay. Ich hole zuerst Birdie. Nur zur Sicherheit.«

»Gute Idee. Bleib am Telefon, bis ihr bei Benno seid. Ich bin unterwegs. Ich bringe Verstärkung mit.«

Sophie klopfte dringend an Birdies Tür und blickte über ihre Schulter zu ihrer Wohnungstür zurück.

»Kleine,« begann Birdie zu grüßen, aber Sophie hielt einen zum Schweigen mahnenden Finger an ihre Lippen. Birdie schnappte den Mund zu und zog die Augenbrauen vor Verwirrung zusammen.

»Jemand ist in meine Wohnung eingebrochen. Mac ist unterwegs. Wir müssen hier weg,« flüsterte Sophie.

»Okay. Wo gehen wir hin?«

»Zu Benno.«

Ohne ein weiteres Wort schnappte Birdie ihre Katze Ginsberg und folgte Sophie die Treppe hinunter.

Laut an die Glastür der Kneipe klopfend, warf Sophie einen Blick zu Birdie, die im Bademantel und in Pantoffeln fröstelte. Nach einer Minute ohne Antwort hämmerte Sophie härter an die Tür, bis sie in ihrem Türrahmen klapperte.

»Ich komme! Jesus!«

Sophie konnte Benno aus den Tiefen des Hinterzimmers der Kneipe brüllen hören. Um die Ecke stampfend, sah sie das wütende Stirnrunzeln von Bennos Gesicht gleiten und durch Sorge ersetzt werden, als er Sophie und Birdie in der Nische seines Vordereingange zusammengekauert entdeckte.

Seine Tür aufschließend, winkte Benno sie mit Ausrufen der Sorge hinein. »Was machst du da draußen in deinem Pyjama, Birdie?« fragte er.

Nachdem sie Mac wissen ließ, dass sie sicher waren, und das Gespräch beendet hatte, erklärte Sophie Benno und Birdie schnell die Situation. Er führte sie zu einem Tisch und reichte ihnen jeweils eine Tasse Kaffee, bevor er Zucker und Sahne holte.

»Wurde etwas gestohlen?« fragte Benno. Als Sophie antwortete, dass sie nicht bemerkt hatte, ob etwas fehlte, sah sie Benno und Birdie einen beunruhigten Blick tauschen. »Bist du sicher, dass die Flasche nicht schon manipuliert war, bevor du sie gekauft hast? Ich meine, wenn nichts anderes fehl am Platz war, scheint es nicht viel zu sein, worauf man sich stützen kann.«

»Ich bin sicher, dass jemand da drin war. Nun... fast völlig sicher. Ich weiß, dass ich das Fenster nicht offen gelassen habe. Es hat in letzter Zeit so viel geregnet. Ich erinnere mich speziell daran, es geschlossen zu haben.« Bennos skeptisches Gesicht sehend, seufzte Sophie und starrte in ihre Kaffeetasse, versuchend herauszufinden, ob dieser Morgen nur eine Überreaktion war. Sophie zuckte mit den Schultern und rührte langsam einen Klecks Sahne in den dampfenden Kaffee. »Jemand war da drin, ich schwöre. Aber vielleicht bin ich nur paranoid. Alphonse schickte heute Morgen ein Rudelmitglied, um mich zu bedrohen, nachdem ich die Arbeit verlassen hatte.«

»Er hat was getan?!« rief Benno aus und begann von seinem Sitz aufzustehen. Was plante er zu tun, jetzt Alphonse aufzuspüren?

»Wer ist Alphonse?« fragte Birdie.

»Er ist der Alpha eines Wolfsrudels in der Stadt. Er hat ein Problem damit, dass ich in der Leichenhalle in der Mythischen Abteilung arbeite,« erklärte Sophie.

»Warum sollte ihn das kümmern? Du bist nicht der einzige Mensch, der mit Mythischen Wesen arbeitet. Warum ist er so besorgt über dich?« fragte Benno.

»Nun, es ist kompliziert. Und es hat mit einem laufenden Fall zu tun, also bin ich mir nicht sicher, wie viel ich preisgeben kann,« erklärte Sophie. Benno stieß einen scharfen Atemzug aus, schien aber Sophies Erklärung akzeptiert zu haben. Zumindest für den Moment.

Während Benno eine kurze Tirade darüber hielt, dass Alphonse es wagen würde, Leute unter seinem Schutz anzugreifen, rührte Sophie entschlossen weiter ihren Kaffee und blickte keinen ihrer Freunde an. Sie hasste das Lügen.

Es ist keine Lüge. Ich weiß nicht, wie viel ich ihnen wirklich erzählen durfte. Sie versprach sich, Mac zu bitten, sie so bald wie möglich in ihr Geheimnis der besonderen Kraft einzuweihen.

»Mac hat bereits mit dem Polizeichef darüber gesprochen, wie er Alphonse dazu bringen kann, mich in Ruhe zu lassen. Außerdem denke ich jetzt, dass ich heute Morgen vielleicht überreagiert habe, und niemand war in meiner Wohnung,« wies Sophie hin und fühlte sich etwas beschämt, weil sie alle wegen etwas aufgeregt hatte, was vielleicht nichts war.

»Dieser Bär? Bitte schön. Er denkt, weil er für das Conclave arbeitet, dass er irgendeine Macht in dieser Stadt hat,« spottete Benno.

»Er hat auch die ganze Polizeibehörde von San Francisco, die für ihn arbeitet,« wies Sophie hin. »Frau Zhao sagte Alphonse auch, er solle mich in Ruhe lassen.«

»Wirklich?« sagte Benno und setzte sich interessiert aus seiner Haltung am Tisch auf. »Die Drachin hat dir Schutz zugesichert. Sie muss viel von dir halten,« sagte er anerkennend und sah beeindruckt aus.

Sophie hasste es, seine Blase zu platzen, aber... »Äh, ich glaube nicht, dass sie viel von mir hält, sondern dass sie mich mild amüsant findet. Wie ein Löwe, der das gedankenlose Herumhuschen einer besonders dummen Maus genießt. Außerdem denke ich, es ist mehr so, dass sie denkt, alles in der Leichenhalle gehört ihr, einschließlich der armseligen menschlichen Angestellten. Ich bin für sie so wichtig wie ein Bürostuhl,« fügte Sophie hinzu.

»Außerdem wird Reggie einen Schutzbefehl für mich ausstellen, also hoffe ich, dass das das Sunset-Rudel dazu bringt, Abstand zu nehmen.«

»Vielleicht sollte ich auch einen offiziellen Schutzbefehl einreichen. Oder vielleicht besuche ich einfach Alphonse und sein Rudel.«

»Es ist nicht so, dass ich das Angebot nicht schätze, aber das könnte anfangen, zu viel Aufmerksamkeit auf mich zu ziehen. Ich versuche, ein bisschen unauffällig zu bleiben,« begann Sophie zu erklären.

»Warum? Dass du unter dem Schutz so vieler Mythischer Wesen stehst, ist eine gute Sache.«

Sophie öffnete den Mund, um zu versuchen und zu erklären, aber nichts kam heraus. Sie konnte ihre Freunde einfach nicht über den Grund anlügen, warum sie unauffällig bleiben musste. Ein Klopfen am großen Glasfenster rettete sie davor, eine Ausrede finden zu müssen. Sophie sprang auf und schob ihren Stuhl mit einem Quietschen zurück, als sie sah, dass Mac draußen war. Zur Tür eilend, verlangsamten sich Sophies Schritte nur für einen Moment, als sie sah, dass jemand bei ihm war. Der Mann dahinter drehte sich von der Straßenbetrachtung um, und Sophie erkannte ihn aus Macs Abteilung. Sein Name entging ihrer Erinnerung.

»Hey,« begrüßte Sophie Mac und versuchte erfolglos, Gelassenheit zu zeigen. »Warst du schon oben in der Wohnung?«

»Nein, ich wollte zuerst nach dir sehen. Geht es dir gut?« sagte Mac.

»Mir geht es gut. Es tut mir leid, dass du den ganzen Weg hierher gekommen bist. Ich fange an zu denken, dass ich vielleicht überreagiert habe. Ich denke, Alphonses Drohung ist mir nur in den Kopf gestiegen,« entschuldigte sich Sophie.

»Du bist nicht der überreagierende Typ, Höllenstifter. Wenn du denkst, jemand war in deiner Wohnung, dann bin ich sicher, dass sie es waren. Wir werden es überprüfen. Hast du einen Schlüssel?«

Sophie reichte Mac ihre Schlüssel.

»Sophie, du erinnerst dich an—«

»Larry Turner, Hexenmeister extraordinaire, zu Ihren Diensten. Schön, Sie wiederzusehen,« sagte der Mann und tippte seinen grauen Tweed-Fedora mit Schwung an. Sich vor Mac drängend, hielt der Mann seine Hand für einen Händedruck hin, ein breites Lächeln spaltete sein schmales Gesicht. Sein breites Grinsen schwand nicht einmal, als Sophie zögerte, seine Hand zu nehmen.

Sophie schüttelte seine Hand, verwirrt von Larrys aufdringlich guter Laune. »Larry der Hexenmeister?«

Ein Hexenmeister sollte doch einen Namen wie Draxir der Finstere haben, nicht Larry. Larry klingt wie der Name deines Automechanikers.

»Hat einen schönen Klang, nicht wahr?«

»Äh, ja, hat es sicher. Das sind Benno und Birdie,« stellte Sophie ihre Freunde vor, die vortraten, um den Mann zu begrüßen. Nachdem alle ihre Vorstellungen gemacht hatten, wandte sich Sophie wieder an Larry. »Hexenmeister? Ist das wie eine Hexe oder so?«

»Wie eine *Hexe*,« äffte Larry nach und schüttelte den Kopf, als dachte er, Sophie wäre bezaubernd. »Ein Hexenmeister zu sein ist wie nichts anderes. Wenn ich mich klassifizieren müsste, nehme ich an, ein Hexenmeister ist menschlichen Beschreibungen eines Zauberers oder Magiers am ähnlichsten.«

»Und wie genau unterscheiden sich die von einer Hexe?«

Larry drückte eine Hand an sein Herz, als ob vor Schmerz, hielt immer noch Sophies Hand mit seiner anderen fest. »Es ist völlig—«

»Nicht relevant,« knurrte Mac und unterbrach Larrys Antwort. »Wir müssen Sophies Wohnung überprüfen. Kannst du sie jetzt lesen?«

»Ja, ja,« murmelte Larry. Sophie versuchte, ihre Hand aus

Larrys Griff zu befreien, aber er zog sie zurück. »Ich brauche deine Hand nur für einen Moment.«

»Warum?« fragte Sophie.

»Ich muss ein Gefühl für deine Aura bekommen. Dann kann ich sehen, ob es irgendwelche energetischen Spuren in deiner Wohnung gibt außer deinen,« erklärte Larry.

Sophie zuckte mit den Schultern; diese Erklärung bedeutete ihr nichts. Larry murmelte ein paar unsinnige Worte unter seinem Atem, seine Augen vor Konzentration geschlossen.

»Verstanden,« verkündete er. Larry drehte Sophies Hand in seiner um, öffnete seine Augen und warf ihrem ringlosen linken Hand einen bedeutsamen Blick zu. Sophie riss ihre Hand aus Larrys heraus und stopfte sie in ihre Jeanstaschen.

»Du hast eine schöne Aura,« sagte Larry mit einem kokettem Zwinkern. Sophie erwog, seinen dummen Hut von seinem Kopf zu schlagen und 'versehentlich' darauf zu treten. Er hatte Glück, dass sie seine Hilfe brauchte.

Larry fragte, ob jemand anderer Anwesender kürzlich in Sophies Wohnung gewesen war. Birdie hatte früher in der Woche besucht, also machte Larry seine murmelnde Nummer über Birdies Hand. Sophie fühlte sich etwas besser, als Larry schamlos auch mit Birdie flirtete. Er flirtete offenbar mit jedem gleicherma-ßen. Mac beobachtete ihn mit einem Ausdruck langanhaltenden Leidens. Sophies Blicke auffangend, rollte Mac seine eigenen.

Sophie schluckte das unangemessene Grinsen, das sich auf ihrem Gesicht zu bilden versuchte, als sie Mac sich über jemand anderen als sie ärgern sah.

Mac zog Sophie in die Kneipe und weg von den anderen, legte einen Arm um Sophies Schulter, als würde er sie trösten, und fragte in gedämpftem Ton: »Hast du überprüft, ob der Clavis genommen wurde?«

»Ich habe ihn nicht in meiner Wohnung versteckt. Er ist sicher da, wo ich ihn versteckt habe,« flüsterte Sophie zurück.

Sophie schnitt ihre Augen zu einer goldenen Trophäe, die auf einem hohen Regal zu ihrer Rechten saß. Versteckt in der Schale der Trophäe war ein grüner Stein, der irgendwie die Macht hatte, das Portal vom Feenreich zur Erde permanent zu schließen.

»Du hast den Clavis in aller Öffentlichkeit in The Little Thumb versteckt? In einer Kneipe?« fragte Mac ungläubig. »Weiß Benno Bescheid?«

»Natürlich nicht. Ich habe ihm nichts gesagt. Er ist vollkommen sicher.«

»Machst du Witze? Was passiert, wenn Benno Staub wischt?« flüsterte Mac. »Leute haben getötet, um dieses Ding in die Hände zu bekommen, und du hast es einfach auf einem Regal in einer Bar gelassen?«

»Das ist der coole Teil. Auf der Bar liegt ein Zauber, so dass er nie etwas abstauben muss. Du bräuchtest eine Trittleiter, um überhaupt in die Trophäe hineinzusehen. Niemand schaut sich hier die Dekoration an. Sie sind zu beschäftigt damit, sich zu betrinken.«

»Sie sind zu – Du—« Sophie beobachtete Mac eine Minute lang stottern. »Argh! Ich kann jetzt nicht! Du musst den Clavis holen, und zusammen finden wir ein besseres Versteck. Ein tatsächlich sicheres Versteck.«

Zur Gruppe zurückkehrend, versuchte Mac, Larry zur Tür zu treiben, aber er wich Mac aus und plauderte weiter sinnlos mit Birdie.

»Genug,« bellte Mac, offenbar seine Grenze erreicht, seinem Kollegen dabei zuzuhören, wie er kokettem Innuendo mit Birdie austauschte, die es aufsog. »Wir müssen die Wohnung überprüfen. Hör auf, jedermanns Zeit zu verschwenden.«

Auf dem Absatz umdrehend, ging Mac weg, steifbeinig und angespannt, ohne zurückzublicken, um sicherzustellen, dass Larry folgte. Larry warf Sophie ein breites, reuelos Grinsen zu, tippte schnell wieder seinen Hut an und hüpfte Mac nach.

Sophie und Birdie kehrten zu ihrem Tisch zurück, während

Benno ihre Tassen mit frischem Kaffee auffüllte. Sophie versuchte, der Unterhaltung zwischen Benno und Birdie Aufmerksamkeit zu schenken – Birdie argumentierte, dass Benno anfangen müsse, Essen in der Kneipe anzubieten – aber Sophies Konzentration wurde immer wieder zur Uhr an der Wand gezogen. Sie beobachtete, wie der Minutenzeiger sich langsam um das Zifferblatt bewegte. Die Unterhaltung starb langsam, als ihre Nervosität anfing, alle anderen zu beeinträchtigen.

Sophie überlegte, wie sie Benno und Birdie für eine Minute ablenken konnte, um den Clavis zu holen, fand aber keine plausible Möglichkeit.

»Kann ich mir für eine Minute eine Trittleiter leihen?« fragte Sophie Benno.

Er gab ihr einen verwirrten Blick, ging aber zum hinteren Teil der Bar, um die Leiter zu holen. Sophie zog die Klappleiter zur Ausstellungswand, während Benno und Birdie sie mit verwirrten Ausdrücken beobachteten.

»Ich hoffe, es macht dir nichts aus, Benno, aber ich habe hier etwas für Mac versteckt. Es ist für einen seiner Fälle. Ich kann euch nicht mehr dazu sagen. Es tut mir leid,« erklärte Sophie.

Die Leiter hinaufkletternd, griff Sophie vorsichtig in die Trophäe und nahm den Clavis in die Hand. Mit dem Rücken zu ihrem Publikum schob sie ihn in die Vordertasche ihrer Jeans und stellte sicher, dass er verborgen blieb. Der Stein hinterließ eine deutliche Ausbuchtung in ihrer Jeans, aber sie konnte nichts dagegen tun.

Benno warf ihr einen misstrauischen Blick zu, kommentierte aber nicht. Birdie zuckte mit den Schultern und wandte sich dann wieder an Benno, um ihr Argument über das Hinzufügen von Essen zu den Angeboten der Kneipe anstelle von nur Schüsseln mit Brezeln und Alkohol fortzusetzen.

Schließlich ließ ein lautes Klopfen an der Tür Sophie zusammenzucken. Sie sprang von ihrem Sitz auf, als sie Larry sah, der ihr zuwinkte.

Zum ersten Mal fehlte Larrys Dauerlächeln. Es ließ Sophies Füße in ihrer Eile zur Eingangstür stolpern. Die Tür aufreißend, war Sophie bereits atemlos und keuchend. »Nun? Bin ich verrückt? War jemand da drin?«

»Du hattest recht. Jemand war in deiner Wohnung. Allerdings bleibt abzuwarten, ob du verrückt bist. Du datest den mürrischsten Typen bei der Polizei, also stellt das deine geistigen Fähigkeiten in Frage,« neckte Larry, etwas von seinem natürlichen kokettem Charme sickerte zurück.

Sophie blickte hinüber zum Streuselkuchen, wo Mac immer noch in ihrer Wohnung war, wahrscheinlich gerade über seinen nervigen, gesprächigen Kollegen murrend.

»Ugh, du solltest dein Gesicht jetzt sehen. Widerlich. Ich kann nicht glauben, dass Volpes jemanden von deinem Kaliber hat, der über ihn schwärmt. So eine Verschwendung,« sagte Larry und schüttelte den Kopf mit väterlicher Enttäuschung.

»Die Person, die eingebrochen ist... War es Alphonse oder einer seiner Schergen?« fragte Sophie und winkte Larrys Kommentare weg.

»Deshalb brauche ich dich, dass du mit mir kommst. Die Aurasignatur, die zurückgelassen wurde, ist ganz durcheinander. Alles, was ich im Moment sicher weiß, ist, dass es nicht von einem Gestaltwandler war. Es ist seltsam. Ich hoffte, dass dich dabeizuhaben helfen würde, die Fußabdrücke zu trennen. Außerdem will Mac, dass du eine Tasche packst. Er scheint etwas durchgedreht. Was mich beunruhigt, weil ich ihn noch nie aufgebracht gesehen habe.«

Nachdem sie Benno und Birdie geraten hatte, in der Kneipe zu bleiben und auf ihre Rückkehr zu warten, führte Larry Sophie zurück in den Streuselkuchen.

Die Tür zu ihrer Wohnung öffnend, war das erste, was Sophie

sah, Macs besorgtes Gesicht. Er zog sie in die Küche und weg von Larry und zog sie nah zu sich.

»Sie war es. Sie war hier,« flüsterte Mac dringend. Als Sophie ihn verständnislos ansah: »Schneewittchen. Sie war hier.«

Sophie wich überrascht zurück und starrte Mac an, halb darauf wartend, dass er einen Scherz machte. »Schneewittchen? Es war nicht Alphonse?«

»Nein, sie ist es definitiv. Ich erkenne die Kombination aus ihrem Parfüm, Waschmittel und ihrem fruchtig riechenden Shampoo.«

»Du kannst das riechen? Wann hast du ihren Geruch aufgenommen?«

»Am Tatort von Roger, ich habe ihren Geruch an seinen Kleidern und in der Luft in der Gasse aufgenommen,« erklärte Mac.

Sich wieder Mac zuwendend, klammerte sich Sophie an seinen Arm und fühlte, als würde die Welt auf ihr kippen. Sophie blickte um ihre Wohnung und hatte das Gefühl, dass jeden Moment eine psychopathische Mörderin hervorspringen könnte. Von all den Szenarien, die durch ihren Kopf gelaufen waren, war es Sophie nie eingefallen, dass Schneewittchen überhaupt wissen würde, wer sie war.

»Wie in aller Welt hat sie mich gefunden? Wie weiß sie überhaupt, dass ich existiere? Wie ist das passiert?«

»Sie muss den Tatort beobachtet haben, als du versucht hast, Roger zu retten. Ich nehme an, dass sie uns hierher gefolgt ist, als wir zurückgegangen sind, um dir saubere Kleidung zu holen.«

»Geht es euch gut? Wir müssen anfangen. Ich habe nicht den ganzen Tag,« rief Larry aus dem Wohnzimmer.

»Geht es dir gut?« flüsterte Mac zu Sophie.

»Ja. Bringen wir es hinter uns.«

Als Sophie um die Ecke bog, griff er nach beiden ihren Händen und zog sie in die Mitte des Wohnzimmers, wo sie ihm gegenüberstand. Er schloss die Augen und neigte sein Gesicht zur Decke. Nach einem langen Moment drehte er seinen Kopf zur Seite, als würde er etwas hören, das nur er hören konnte.

Beide von Sophies Händen vor ihre Brüste hebend, legte er jede ihrer Handflächen zusammen, als würden sie sich gegenseitig wegstoßen. Larry nickte Sophie feierlich zu, als würde er um Erlaubnis bitten fortzufahren, also nickte Sophie zurück. Die Augen schließend, murmelte Larry weitere magische Unsinnsworte über Sophies Hände. Sie begann zu vermuten, dass es alles nur zur Show war. Larry schien der Typ zu sein, der eine Aufführung abzog. Sophie warf einen Blick zu Mac, um zu sehen, ob er diese Scharade kaufte, aber er beobachtete die Verhandlungen mit einem ernsten Ausdruck.

Larrys Augen sprangen auf, und er gab Sophie ein helles Lächeln. »Das ist eine ganz besondere Situation.«

»Du hast den Fußabdruck?« unterbrach Mac.

»Ja, es war schwierig, die Aura des Eindringlings von Sophies zu trennen. Die Auren sind irgendwie durcheinander. Es scheint, dass die Person versucht hat, sich in Sophies Energiefußabdruck zu tarnen. Sie haben nur nicht erkannt, dass sie es mit einem Experten zu tun haben würden.« Larry drückte seine Hand an seine Brust, um anzuzeigen, wer der Experte war, falls Sophie sich nicht bewusst war. »Ich sterbe darauf, die Person zu treffen, die dieses Niveau der Magie geschafft hat. In der Lage zu sein, deine Aura in die von jemand anderem zu mischen, wäre eine ziemliche Leistung. Ich habe noch nie von jemandem gehört, der das schaffen könnte. Stell dir vor, was alles möglich wäre!«

Mac stieß einen genervten Schnaufer aus, als Larry weiter seine Begeisterung ausrief. »Also, du hast sie, richtig?« fragte Mac und zog Larry zurück in die Gegenwart.

Larry spottete und schaute irgendwie auf Mac herab, obwohl er der Kleinere der beiden war. »Ich bin ein Profi. Natürlich habe ich sie. Ich kann nur nicht herausfinden, wie sie sich in der Aura von jemand anderem verstecken konnte.«

Sophie nickte, denkend, wie Schneewittchen in der Lage

gewesen war, ihr Gesicht durch Sophies in all ihren Visionen zu ersetzen. »Das macht tatsächlich Sinn.«

Sophie blickte zu Mac und konnte sagen, dass sie dasselbe dachten. Irgendwie hatte Schneewittchen herausgefunden, wer Sophie war, und hatte angefangen, sie von Anfang an nachzuahmen.

»Was meinst du? Wie macht es Sinn?« fragte Larry eifrig wie ein Hund, der eine Duftspur aufgenommen hatte, blickte zwischen Sophie und Mac hin und her, als könnte er die Antwort aus ihrer unausgesprochenen Kommunikation ableiten.

»Tut mir leid. Es ist klassifiziert,« antwortete Mac mit einem Achselzucken, das deutlich machte, dass es ihm überhaupt nicht leid tat.

»Ernsthaft? Ich habe euch gerade hier geholfen, und ihr könnt mir nichts über diese Person von Interesse erzählen? Werft mir einen Knochen hin.«

»Welche Art von Mythischem Wesen könnte diese Art von Magie schaffen?« fragte Mac Larry und ignorierte sein quengelndes Gemurre. Die Frage schien ihn abzulenken und zu beruhigen.

Larry bekam einen nachdenklichen Ausdruck auf seinem Gesicht. »Hmm. Gute Frage. Ich bin mir nicht ganz sicher. Vielleicht Feenvolk. Vielleicht Hexe.«

»Was ist mit einem Hexenmeister?« fragte Sophie und neckte Larry.

»Du sagtest, das ist eine Frau. Frauen können keine Hexenmeister werden.«

»Oh, ich verstehe. Du bist sexistisch.«

»Ich bin das *nicht*—«

»Wir sind nicht interessiert an deinen Ausreden. Wir haben wichtigere Dinge zu erledigen als deinen Sexismus,« unterbrach Mac und gab Sophie einen schnellen Zwinkerer, als Larry stotterte. »Kannst du einen Ortungszauber auf den Eindringling machen? Sie ist eine Person von Interesse beim Conclave.«

Die Erwähnung des Conclave schien Larry zu beruhigen und ihn endlich professionell handeln zu lassen.

Die Augen schließend, breitete Larry seine Arme weit aus und fegte dann langsam seine Hände nah heran, als würde er Wasser schöpfen und versuchen, es in seinen gewölbten Handflächen zu halten. Er zog seine schalenförmigen Hände nah vor sein Brustbein. Während Larry unter seinem Atem murmelte, fühlte Sophie ein Summen die Wohnung füllen. Es ließ sie ihren Finger ins Ohr stecken und wackeln wollen, um das Summen loszuwerden.

Larrys Augen sprangen auf, und er gab Sophie ein weiteres seiner patentierten Grinsen. In die Luft über seinem Kopf greifend, schien er einen unsichtbaren Faden zu zupfen.

»Wow! Sie ist gut. Wie wirklich gut. Ich flehe euch an, mich nur eine Minute mit ihr sprechen zu lassen, sobald ihr sie gefangen habt.«

Neben Sophie tretend, legte Mac einen Arm um ihre Taille und zog sie nah zu sich. »Du hast sie geortet?«

»Nope! Sie hat zu viele falsche Spuren gelegt. Ich kann sie nicht greifen. Sie sind zu zart, wie hauchzarte Fäden.« Larry zupfte ein paar weitere unsichtbare 'Fäden', sein Lächeln erweiterte sich zu störenden Proportionen.

»Was meinst du?« knurrte Mac. »Du kannst sie überhaupt nicht finden?«

»Nope! Ich bin ziemlich sicher, sie ist hier in der Stadt. Oder... sie könnte an der Ostküste sein.« Die Augen schließend, zupfte Larry die unsichtbaren Fäden wieder zart. »Nah. Sie ist hier irgendwo in der Bay Area. So nah kann ich sie verfolgen.«

»Was passiert jetzt?« fragte Sophie.

»Ich will, dass du eine Tasche packst – nimm genug für mindestens ein paar Tage mit. Während er –« Mac zeigte auf Larry »– Abdrücke aus der Wohnung zieht, werde ich einen sicheren Ort für dich finden, wo du bleiben kannst. Wir müssen annehmen, dass Schneewittchen die Wohnung beobachtet hat, und es ist nicht sicher für dich hier, bis sie gefangen ist.«

»Wo werde ich hingehen?«

»Ich werde ein paar Anrufe machen und etwas herausfinden,« versicherte Mac ihr.

Zustimmend nickend, drehte sich Sophie um, ihr Schlafzimmer zu betreten, als ein Gedanke sie mitten im Schritt stoppte. »Warte. Wenn Schneewittchen mich beobachtet hat, dann hat sie mich wahrscheinlich mit Birdie und Benno gesehen. Glaubst du, sie sind auch in Gefahr?«

»Benno kann auf sich aufpassen, aber ich werde ihm eine Warnung geben. Allerdings könntest du recht haben bezüglich Birdie. Ich lasse sie auch eine Tasche packen.«

Nachdem Mac versprochen hatte, so schnell wie möglich mit Birdie zurück zu sein, eilte Sophie durch ihre Wohnung und stopfte eine Reisetasche mit Kleidung und Toilettenartikeln, bis die Nähte der Tasche zu knarren begannen.

Zurück in ihr Wohnzimmer gehend, warf Sophie ihre Tasche bei der Haustür hin. Sie landete mit einem Wumms. Auf ihrem Futon sitzend, beobachtete sie, wie Larry einen weichen Pinsel durch eine Kompakte mit schwarzem Pulver wirbelte. Er tupfte den Pinsel sanft über die Gesamtheit des Flaschenhalses des Whiskys. Vor sich hin summend, Sophie keine Beachtung schenkend, die ihn intensiv bei der Arbeit beobachtete, griff Larry nach etwas, das wie ein Stück klares Verpackungsband aussah. Sophie lehnte sich vor, ihre Ellbogen auf ihre Knie stützend, begierig zu sehen, ob diese Art von Polizeiarbeit im Fernsehen genau dargestellt wurde. Larry drückte das Band auf den Flaschenhals und zog es dann langsam ab. Das Band an seinen Rändern haltend, hielt Larry es gegen das Licht, das durch das Fenster kam. Sophie konnte gerade einen grauen Fleck in der Mitte des klaren Bandes ausmachen.

»Ist das ihr Fingerabdruck?« fragte Sophie.

»Möglicherweise. Statistisch gesehen ist es wahrscheinlicher, dass es deiner ist,« erklärte Larry, als er sich zurück zum Tisch wandte und mit einigen Gegenständen in einem hartschaligen

Koffer fummelte, in den Sophie nicht hineinsehen konnte, selbst als sie sich seitlich lehnte, um neugierig in die Tiefen des Koffers zu spähen.

»Meiner?«

»Ja. Ich werde einen Satz deiner Abdrücke brauchen, damit ich vergleichen kann. Aber lass mich hier zuerst fertig werden,« sagte Larry und ging in die Küche. Neugier zwang Sophie, vom Sofa aufzustehen und ihm zu folgen. Sie beobachtete, wie er anfing, Abdrücke von ihrem Kühlschrank und ihren Schränken zu ziehen.

»Irgendeine Idee, warum ein Serienmörder dich stalkt? Was ist so besonders an dir?« fragte Larry mit einer schlauen Neugier auf seinem Gesicht.

»Ich bin mir nicht sicher warum,« antwortete Sophie, nachdem sie einen Moment gebraucht hatte, ihre Gedanken zu sammeln und ihr Gesicht zu kontrollieren. »Vielleicht, als ich auf ihren Tatort gestolpert bin, habe ich etwas gesehen. Vielleicht habe ich sie oder einen anderen Hinweis gesehen und es nicht bemerkt. Sie muss mir nach Hause gefolgt sein. Vielleicht ist sie einfach sofort von mir besessen geworden. Wer weiß, wie ein verrückter Mörder denkt?«

»Pech gehabt. Klingt nach falscher Ort zur falschen Zeit.« Larry tutete sein Mitgefühl. Sophie versuchte, eine Luft der Unschuld aufzusetzen, aber glücklicherweise war der Hexenmeister zu beschäftigt damit, Abdrücke von ihren Küchenschränken zu ziehen, um ihre erzwungene Nonchalance zu bemerken.

Er bewegte sich um Sophies Wohnung, methodisch mehr Abdrücke von verschiedenen Oberflächen ziehend. Er erklärte, dass er Abdrücke von Bereichen holte, die am wahrscheinlichsten von Schneewittchen berührt worden wären – die Aktenbox, die Schlafzimmerfensterbank, Lichtschalter und Türknäufe.

Birdies Stimme, die nach ihr rief, zog Sophie von Larry weg und zurück in ihr Wohnzimmer. Als Birdie sie entdeckte, musste etwas von Sophies Angst auf ihrem Gesicht gezeigt haben, weil Birdie ihren Vintage-Koffer in Macs Arme schob und zu ihr eilte. Sophie in eine starke, knochige Umarmung ziehend, gluckste Birdie darüber, wie besorgt Sophie sie gemacht hatte. Sophie zielte ein selbstgefälliges Grinsen über ihre Schulter auf Mac.

Sie liebt mich mehr, formte Sophie mit den Lippen zu Mac, der nur die Augen rollte.

»Turner, ich bringe diese beiden hier weg. Kannst du den Rest alleine schaffen?« fragte Mac.

»Sicherlich,« antwortete Larry mit einer nachlässigen Handbewegung seiner behandschuhten Hand. »Ich werde einen Zauber auf alle Fenster und Türen legen, sodass ich sofort merke, wenn jemand – sogar unser talentierter Stalker – die Wohnung betritt.«

»Bist du nicht klug?« gurrte Birdie über Sophies Schulter zu dem Hexenmeister, der, wenn Sophie es nicht besser wüsste, errötete.

»Wo ist Ginsberg?« fragte Sophie und blickte umher.

»Benno hat zugestimmt, auf ihn für mich aufzupassen,« erklärte Birdie.

»Wir sollten gehen,« sagte Mac und warf einen Blick auf die Uhr in der Küche.

»Ich habe ein paar Beignets im Kühlschrank, die ich mir aufgehoben habe. Kann ich sie holen, oder brauchst du sie als Beweis?« fragte Sophie, nur halb scherzend.

Larry versicherte ihr, dass er bereits die Abdrücke bekommen hatte, die er aus der Küche brauchte, also konnte sie frei ihre Reste holen.

Ihren Kühlschrank öffnend, starrte Sophie für einen verlorenen Moment in seine Tiefen, unfähig zu verstehen, was sie sah. Der Styroporbehälter von Brenda's war da, wo sie ihn auf dem obersten Regal des Kühlschranks gelassen hatte, offen und leer liegend. Ein einsamer Schokoladenfleck im weißen Karton war alles, was von ihrem Inhalt übrig geblieben war.

»Diese *Schlampe.*«

»Was?« fragte Mac und schritt in Sophies winzige Küche, Sorge über seine Züge geätzt.

»Diese Schlampe hat meine Beignets gegessen. Ich habe sie mir aufgespart. Was für ein Monster—« Ihre Tirade mit einem Knurren abbrechend, knallte Sophie die Tür am Kühlschrank zu, der seine Beschwerden über die grobe Behandlung stöhnte. Weg von dem leeren Takeout-Karton kommen müssend, bevor sie völlig den Verstand verlor, stapfte Sophie aus ihrer Küche, an ihren gaffenden Freunden vorbei, der Rücken steif vor Anspannung und ein Kopfschmerz begann hinter ihrem rechten Auge zu blühen.

Mac jagte Sophie nach, fing sie an ihrem Ellbogen und zog sie zum Stehen, als sie ihre Haustür erreichte. Sophie drehte sich zu ihm: »Ich weiß. Ich weiß. Ich überreagiere. Es sind nur Beignets. Es ist nur... ich habe mich auf sie gefreut,« jammerte sie.

»Du überreagierst nicht. Du hast jedes Recht, wütend zu sein.«

»Diese ganze Sache fängt an, an mir zu nagen,« gestand Sophie leise. Mac fing Sophies Hand in seiner, rieb beruhigende Kreise über ihre Knöchel mit seinem Daumen.

»Wir werden das in Ordnung bringen. Zuerst müssen wir dich aber irgendwo sicher unterbringen. Ich habe einen Ort gefunden.«

Ihre Angst und Verärgerung auf einem langsamen Atemzug ausblasend, nickte Sophie ihre Zustimmung. Mac schulterte sowohl ihre als auch Birdies Taschen und führte sie aus der Wohnung. Die Gruppe war still, als sie aus dem Streuselkuchen gingen und in Macs makellose Limousine stiegen.

Birdie bekam kaum ihre Tür geschlossen, bevor sie ihr Verhör begann. »Okay, Kleine, spuck's aus. Was zum Teufel geht hier vor?«

»Ich bin auf einen Tatort gestoßen vor ein paar Tagen, und jetzt denken wir, dass der Mörder mich stalkt,« antwortete

Sophie. Das war technisch die Wahrheit, aber Sophie fühlte sich wie der größte Idiot der Welt.

Birdie warf eine Hand hoch, um Sophie davon abzuhalten, mehr zu sagen. »Du bist eine schreckliche Lügnerin. Hältst du mich für so dumm?«

»Überhaupt nicht. Du wirkst, als wärst du schon vor sehr, sehr langer Zeit geboren worden.«

Birdie schnaubte und wandte ihre Aufmerksamkeit von Sophie zu Mac. »Du hast mich mitten in das hier hineingezogen. Du bringst uns in irgendein 'sicheres Haus'. Ich verdiene es zu wissen, was wirklich vor sich geht. Ich bin weder taub noch dumm, Kleine. Versuch nicht, mir noch mehr von deinem Unsinn zu erzählen. Was geht wirklich vor? Glaub nicht, dass mir nicht aufgefallen ist, dass ihr beide euch in letzter Zeit seltsam benommen habt.«

Sophie tauschte einen Blick mit Mac aus, der seine Erlaubnis nickte, die Bohnen zu verschütten.

»Okay, ich fange besser ganz von vorne an...«

KAPITEL 15

*N*achdem Sophie Birdie alles über ihre Fähigkeit erzählt hatte, Todesvisionen zu sehen, wie sie versehentlich eine Verschwörung aufgedeckt und ein Grab ausgehoben hatte, was darin gipfelte, dass sie auf den Coit Tower kletterte und sich am Rücken eines Ogers festklammerte, blickte Sophie zu ihrer Freundin hinüber, die anscheinend stumm geworden war.

»Und dann ist da noch Schneewittchen,« fuhr Sophie fort, wobei ihre Besorgnis ihre Worte verlangsamte.

»Schneewittchen?« wiederholte Birdie, ihre Worte schwach.

Nachdem Sophie fertig damit war, Birdie über ihren Serienmörder-Stalker und ihre Probleme mit Alphonse und seinem Wolfsrudel zu erzählen, hatte Birdie ihre Stimme wiedergefunden. Es folgte eine zwanzigminütige Standrede von Birdie darüber, dass Sophie keine Geheimnisse vor ihr haben sollte und wie Sophie daran arbeiten musste, sich besser zu schützen.

Als Mac zustimmend schnaubte, wandte Birdie ihren Zorn gegen ihn. Sophie war vorsichtig, ihre Schadenfreude zu verbergen und so leise und unauffällig wie möglich zu sein.

»Wohin bringst du uns übrigens?« fragte Sophie, nachdem

Birdie ihre Meinung gesagt hatte. Mac fuhr schon wieder einen weiteren Block im Kreis. Sophie vermutete, dass er versuchte, etwaige Verfolger abzuschütteln und ihr Ziel vor neugierigen Beobachtern zu verbergen. Trotz Dutzender zufälliger Wendungen und Kehrtwendungen waren sie allmählich auf die Westseite der Stadt gelangt.

»Ich bringe euch zu den Kriegern des Roten Zweigs. Der Clanführer ist mir etwas schuldig. Er sagte, dass sein Clan euch beide in Sicherheit bringen würde.«

»Krieger des Roten Zweigs,« wiederholte Sophie langsam. »Wie mittelalterliche Ritter in Rüstungen und mit Schwertern?«

»Kaum,« schnaubte Mac. »Du wirst es schon sehen.«

»Die Krieger des Roten Zweigs? Ihre Halle ist doch vor über einem Jahrzehnt abgebrannt. Sie haben nie wieder aufgebaut. Ich dachte, sie hätten geschlossen,« antwortete Birdie.

»Nach dem Vorfall mit dem Feuerhahnwandler beschlossen sie, heimlich wieder aufzubauen und ihre Türen nicht mehr für die Öffentlichkeit zu öffnen,« erklärte Mac.

»Feuerhahnwandler? Was ist das? Ich dachte, das Feuer wurde durch fehlerhafte Verkabelung verursacht. Was ist wirklich passiert?« fragte Birdie.

»Ein Basan ist ein Vogelgestaltwandler – ein riesiger feuerspeiender Hahn. Sie stammen ursprünglich aus Japan, haben aber eine kleine Gemeinschaft in Sausalito. Der betreffende Basan war vollkommen betrunken, und die Geschichte, die ich hörte, war, dass er die lokalen Damen beeindrucken wollte, indem er Feuerringe blies. Die Dinge gerieten außer Kontrolle, und er setzte das ganze Gebäude in Brand. Glücklicherweise wurde niemand verletzt, aber sie beschlossen, ihre Türen für Außenstehende zu schließen.«

Mac setzte den Blinker und lenkte sein Auto aus dem Verkehrsfluss in die Einfahrt eines großen Apartmentgebäudes, das an der Ecke von Fulton und 6th Avenue im Richmond-Viertel stand. Es sah aus wie ein teurer Wohnort mit den Reihen

von Erkerfenstern auf jeder Etage und den schicken Gesimsver-
zierungen entlang der Dachlinie.

Birdie und Sophie folgten Mac zum vorderen Eisentor und
sahen zu, wie er beide Taschen auf einen Arm schob, um die
Türklingel zu betätigen. Er hielt Birdie und Sophie das Tor auf,
als sie eingelassen wurden.

Sophie hatte erwartet, in einer Eingangshalle mit den typischen Briefkästen neben den Aufzügen zu stehen. Stattdessen
stand sie in einem großartigen Eingangsbereich. Zu ihrer Linken
war ein Torbogen, der zu einem Pub führte, der mit dunklem
glänzendem Holz und gedämpftem Licht gefüllt war. Über einem
riesigen Steinkamin hing ein Banner mit einem Wappen – ein
rotes Kreuz auf einem gelben Wappenschild mit zwei knur-
renden Wölfen, die sich auf den Hinterbeinen zu beiden Seiten
aufbäumten.

Die meisten Tische im Pub waren trotz der frühen Stunde mit
Menschen gefüllt, die alle leise redeten und lachten. Alle
verstummten und starrten die Neuankömmlinge im Eingangsbereich an, lautlos und wachsam. Schnell blickte Sophie von ihren
Blicken weg und starrte den leeren Flur vor sich an, dann nach
rechts. Der Flur führte zum hinteren Teil des Gebäudes, mit
einer verzierten Treppe, die an der rechten Wand emporstieg. Es
gab eine Tür rechts, wenige Meter vor dem Fuß der Treppe.

»Willkommen im Clan Cú Faoil,« dröhnte eine Stimme von
der Spitze der Treppe. Nach oben blickend entdeckte Sophie
einen kleinen Mann, der lässig gegen das Geländer gelehnt stand,
gekleidet in gebügelte Hosen, eine gut sitzende Weste und ein
Hemd mit ordentlich zu den Ellbogen hochgekrempelten
Manschetten. Trotz seiner nonchalanten Haltung hatte Sophie
das Gefühl, dass er dort für dramatische Wirkung posierte.

Plötzlich versuchte ein haariges Ungetüm von einem Hund,
an dem Mann vorbei zu Sophies Gruppe am Fuß der Treppe zu
springen. Der kleine Mann mit der großen Stimme schnappte
den Hund mitten im Sprung und warf ihn beiläufig den Flur

hinunter zurück, ohne einen Blick zurückzuwerfen. Ein gedämpftes Wuff und das Gekrabbel von Krallen auf Holz war das einzige Zeichen des sich zurückziehenden Hundes. Sophies Mund klappte vor Schock auf, als sie sah, wie ein Mann, der kaum ihr Kinn erreichen würde, beiläufig einen Hund herumwarf, der fast so groß wie ein Minipferd war.

Zu Sophie gewandt, kicherte Mac über ihre entsetzte Überraschung. »Die Krieger des Roten Zweigs sind Irische Wolfshundverwandler.«

»Wie Hunde? Sie sind Hundegestaltwandler?« flüsterte Sophie hektisch. Mac antwortete nur mit einem breiten Grinsen.

Zum Fuß der Treppe schreitend, hob Mac seine Hand zum Gruß und ließ eine gelähmte Sophie zurück. »Fergal, das sind meine Freunde, von denen ich dir erzählt habe.«

»Mac, du schlauer Fuchs.« Der Mann grinste, offensichtlich erfreut über seinen Wortwitz, und kam die Treppe hinunter, zog Mac in eine kurze, rückenklopfende Umarmung. Er hatte lockiges, kurz geschnittenes braunes Haar mit stumpfem Pony, was Sophie an eine antike römische Statue erinnerte, die sie einmal in einem Buch gesehen hatte. »Du hast mir nicht gesagt, dass du zwei unvergleichliche Schönheiten vor meine Tür setzen würdest.«

»Haha, schlauer Fuchs,« sagte Mac trocken. »Hab ich noch nie gehört.«

»Und wer sind diese reizenden Damen?« fragte der Mann Mac und wandte sich Birdie zu.

»Fergal O'Dwyer, ich möchte dir Birdie Gafferty und Sophie Feegle vorstellen. Danke, dass du ihnen so kurzfristig Zuflucht gewährst.«

Sophie studierte den Clanführer, als er sich galant über Birdies Hand beugte und einen Kuss auf ihre knochigen Knöchel platzierte. Birdie zwitscherte vor Aufmerksamkeit. Moosgrüne Augen blickten zu Sophie auf und ertappten sie dabei, wie sie ihn beobachtete.

Ihre Hand zum Gruß ausstreckend, erklärte Sophie: »Es ist schön, dich kennenzulernen, Fergal. Danke, dass du uns aufnimmst.«

»Es ist auch schön, dich kennenzulernen, Sophie. Mac hier erzählt mir, dass du dich in eine kleine Klemme gebracht hast. Ein mörderischer Stalker, eh?« fragte Fergal und wandte sich zur Bestätigung an Mac.

»Und sie braucht auch Schutz vor dem Sunset-Viertel-Rudel. Alphonse hat einige Drohungen gegen sie ausgesprochen,« erinnerte Mac Fergal. »Ich hoffe, jemand in deinem Clan wäre auch bereit, ihr Selbstverteidigungsunterricht zu geben.«

»Oh meine Güte, Sophie, du warst ja richtig fleißig! Ich habe genau den richtigen Mann, um Sophie in Kampfform zu bringen. Lass uns zur Bar im zweiten Stock gehen. Die hat eine angeschlossene Küche. Ich lasse meine Frau euch etwas zu essen zubereiten, und du erzählst dem alten Fergal hier, was los ist.«

»Ihr habt mehr als eine Bar hier?« fragte Sophie und blickte zu dem Pub zu ihrer Linken. Alle Gäste schauten studiert überall hin, nur nicht zu ihr.

»Ja, wir haben diese Halle nach der auf der Missionsstraße modelliert, die 2007 abbrannte. Es war ein Stolz, dass die ursprüngliche Halle eine Bar auf jeder Etage hatte,« sagte Fergal, während er sowohl ihre als auch Birdies Hände über seine Bizeps legte und sie die breite Treppe hinaufführte, mit Mac, der ihnen folgte.

»Dieses Gebäude hat vier Stockwerke. Habt ihr wirklich vier Bars hier?«

»Natürlich. Das ist Tradition!«

Das Donnern von Füßen von oben, kombiniert mit kindlichen Freudenschreien, ließ Sophie abrupt aufblicken. Fergal zog Birdie und Sophie dicht an das Geländer, als eine Schar von Kindern, unter denen sich einige Irische Wolfshundwelpen befanden, die Treppe hinunterdonnerte.

»Oi! Ihr da! Passt auf; wir haben hier Gäste. Wollt ihr, dass sie

denken, wir hätten keine Manieren?« brüllte Fergal der Kinder-
horde hinterher.

Das letzte Kind in der Gruppe, und das kleinste, blieb stehen
und drehte sich zu Fergal um. »Entschuldigung, Onkel Ferg!«
zwitscherte das kleine Mädchen, bevor sie den anderen Kindern
hinterherrannte, als sie sich durch eine Tür am Ende des Flurs
drängten. Sonnenlicht erhellte den Korridor für einen Moment,
als die Tür hinter der Gruppe zuschlug. Sophie bekam einen
kurzen Eindruck von einem großen Außenspielplatz und
üppigem Grün.

»Entschuldigung, Alpha! Die kleinen Käfer sind mir
entwischt,« rief eine Frau, als sie die Treppe an ihnen vorbei
hinunterrannte und durch die Hintertür ihren Ausreißern folgte.

»Kinder, stimmt's?« kicherte Fergal, während er die Gruppe
den Rest der Treppe hinaufführte.

Das zweite Stockwerk hatte ein ähnliches Layout wie das
erste, mit einer weiteren Bar links. Diese Bar war etwas kleiner
als die im ersten Stock, aber überfüllter. Fast jeder Tisch war mit
essenden und lachenden Menschen gefüllt.

Als sie eintraten, blickten alle von ihren Tellern auf, still und
wachsam, beäugten die Neuankömmlinge.

»Macht Platz. Wir haben Gäste,« rief Fergal aus. Er zeigte auf
eine Gruppe von Männern, die sich um einen Tisch in der Nähe
der langen Pub-Theke versammelt hatten. Er winkte sie fort. Die
Gäste griffen schnell nach ihren Tellern und Getränken und
verstreuten sich wie Löwenzahnflaum auf die wenigen freien
Hocker an der Theke.

Fergal zog einen Stuhl für Birdie heraus, dann wollte er
Sophie ebenfalls einen Stuhl zurechtrücken, aber Mac winkte ab.
Nachdem alle saßen, pfiff Fergal laut und durchdringend.

Sofort kam eine Frau durch den Raum gestampft; ihr Mund
zu einer irritierten Schmollmiene verzogen. Ihr schulterlanges
schwarzes Haar schwang über ihre Schultern hin und her, hüpfte
mit ihren Schritten. Sie trug eine dunkelgrüne Schürze über

einer schwarzen Hose und einem schwarzen Hemd. Die Frau steuerte direkt auf Fergal zu, dessen Rücken zugewandt war. Sie schlug ihn mit einem kleinen Notizblock auf den Kopf.

»Pfeif mich nicht an, du räudiger Köter,« belehrte die Frau mit einem dicken irischen Akzent, während Fergal sich den Kopf rieb und ein jämmerliches Gesicht zu ihr machte.

»Riona, meine Liebe, ich wollte nur—« begann Fergal, aber ein scharfer Blick von Riona ließ die Worte auf Fergals Lippen sterben.

»Dieser hier denkt, er sei lustig,« sagte Riona zu den anderen am Tisch Sitzenden und nickte zu ihrem Ehemann.

»Du hast gesagt, du hast dich in mich verliebt wegen meines Humors.« Fergal hielt inne, und Sophie sah, wie ein anzüglicher Glanz in seine Augen trat. »Das, und wegen der Größe—«

»Wenn du diesen Satz beendest, schläfst du heute Nacht auf dem Sofa,« unterbrach Riona, ihre Stimme streng. Aber ein leichtes Lächeln zuckte um ihre Lippen. Fergal gab ihr ein unreumütiges Grinsen.

»Was möchtet ihr zum Frühstück? Ich empfehle das volle Irische,« sagte Fergal zum Tisch.

»Äh... was ist das?« fragte Sophie.

»Du hattest noch nie ein volles irisches Frühstück?« fragte Fergal entsetzt. »Nun, da hast du etwas verpasst. Riona, wärst du so lieb und würdest allen am Tisch ein volles Irisches bringen?«

»Natürlich, ich bringe es in wenigen Minuten raus. Kaffee für alle?« fragte Riona.

Alle nickten. Riona drehte sich zum Gehen um, aber Fergal griff nach ihrem Ärmel und zog sie zurück. Als er sie für einen Kuss herunterzog, begann Sophie wegzuschauen, aber ihre Augen blieben an ihren passenden Claddagh-Ringen hängen. Beide waren aus Silber mit einem identischen Design aus zwei Händen, die ein Herz unter einer Krone hielten, aber Fergals Band war ein schwereres, maskulineres Design im Vergleich zu Rionas zartem Ring.

Mit einem letzten lauten Kuss befreite sich Riona von Fergals Schoß. Als sie losging, hielt Fergal sie erneut auf. »Weißt du was? Bring mir auch ein volles Irisches!«

»Du hast doch schon gefrühstückt,« sagte Riona mit einem Stirnrunzeln.

»Ich bin halb verhungert. Ich schwöre, wir haben einen Gemeinesser – eine unsichtbare Fee, die die Hälfte des Essens isst – im Gebäude,« antwortete Fergal und rieb seinen flachen Bauch, woraufhin Riona den Kopf schüttelte und schnaubte, mit liebevollem Blick.

»Gut, aber komm nicht zu mir gejammert, wenn du später Bauchschmerzen hast.«

»Was ist ein Gemeinesser?« fragte Birdie, nachdem Riona zu einem anderen Tisch gegangen war.

»Das ist eine unsichtbare Fee, die neben ihrem Opfer sitzt und die Hälfte seines Essens isst,« erklärte Fergal.

Als Riona durch eine Schwingtür gleich hinter der Bar verschwand, fühlte Sophie einen Stich von Eifersucht. Oder vielleicht war es Hoffnung. Riona und Fergal waren so offensichtlich und lächerlich ineinander verliebt und doch sesshaft und bequem. Sie schienen einfach richtig zusammen zu gehören. Als wären sie füreinander bestimmt.

Sophie blickte zu Mac und stellte fest, dass er sie beobachtete.

Rionas Ankunft mit Bechern dampfenden Kaffees brach den Bann zwischen Sophie und Mac. Sophie nahm den Becher und brachte ihn für einen langen Atemzug an ihre Nase. Der reiche Kaffeegeruch schien in ihre Knochen zu sickern.

Während sie nippte, blickte Sophie aus einigen Fenstern zu ihrer Linken, die zum Golden Gate Park zeigten. Auch mit der Fulton Street zwischen dem Gebäude und dem Park war die Aussicht herrlich. Das geformte, aber wilde Grün des Parks füllte das Fenster. Alles fühlte sich hier bequem und entspannt an. Kinder donnerten gelegentlich am Pub vorbei, kicherten in menschlicher Form oder mit Wolfshundkrallen, die auf dem

Boden kratzten, und dem gelegentlichen Bellen. Mit Gelächter und Gesprächen, die über ihrem Kopf schwebten, den Gerüchen von Eiern und Kaffee in der Luft, fühlte Sophie endlich, wie die Anspannung in ihren Schultern langsam nachließ.

»Es ist schön, nicht wahr? Es ist meine Lieblingsaussicht im Stammhaus,« sagte Fergal und bemerkte, wo Sophies Aufmerksamkeit war.

»Es ist herrlich. Die Lage eures Stammhauses ist fantastisch,« antwortete Sophie.

»Ja, so nah am Park zu sein ist perfekt. Wir können unsere Hunde zum Laufen in die Natur lassen, ohne weit reisen zu müssen. Wir müssen uns nur an die Zeit nach Einbruch der Dunkelheit halten, um die Einheimischen nicht zu erschrecken. Es hat ewig gedauert, diesen ganzen Block aufzukaufen.«

»Ihr besitzt den ganzen Block?«

Bei Sophies verblüfftem Gesicht erklärte Fergal: »Wir haben alle Häuser und Gebäude in dieser ganzen Straße und in der dahinterliegenden Straße gekauft. So konnten wir die Höfe zwischen den Gebäuden öffnen. Das gibt allen, besonders den Kleinen, einen gemeinsamen offenen Raum zum Wandeln und Laufen, ohne sich Sorgen machen zu müssen, dass Menschen uns sehen.«

Alles, woran Sophie denken konnte, war: *Bei diesem Immobilienmarkt?*

Gerade als Sophie die unverschämte Frage stellen wollte, was das alles gekostet hat, tauchten Riona und eine andere Frau mit dem Essen auf. Sophies Mund klappte auf, als Riona vor jeder Person am Tisch einen Teller mit Essen abstellte. Es war mehr Essen auf dem Teller, als Sophie normalerweise an einem ganzen Tag aß, besonders als sie arbeitslos war.

»Ein volles irisches Frühstück,« verkündete Fergal mit Stolz. Mit einer Gabel zeigte er auf jeden Gegenstand auf dem Teller. Es gab Toast, gebratene Tomaten, Bohnen, zwei Spiegeleier,

Pilze, Speck, Würstchen und Blutwurst. Es war eine erstaunliche Menge an Essen.

Sophie hatte noch nie gehört, dass jemand Bohnen zum Frühstück aß, aber alles roch köstlich. Alle Gegenstände auf dem Teller waren vertraut, außer den Blutwürsten, die wie schwarze Eishockeyscheiben mit weißen Flecken aussahen.

»Was ist Blutwurst?« fragte Sophie. Um den Tisch blickend schien es, als wüssten alle anderen etwas, was sie nicht wusste. Die Grinsen auf Birdies und Macs Gesichtern verhießen nichts Gutes.

»Das ist Blutwurst. Das ist das Rezept meiner Großmutter, gemacht aus Schweineblut, Talg, Hafer und Gerste. Probier es mal, du wirst es lieben.«

Oh nein, war alles, woran Sophie denken konnte. Fergal spießte eine mit seiner Gabel von seinem Teller auf und warf sie sich mit Genuss in den Mund. Es erinnerte Sophie an den alten Hund eines Nachbarn, der ganze Würstchen fraß, ohne zu kauen, und sie aus der Luft schnappte, wenn sie ihm zugeworfen wurden. Sophie vermisste diesen alten Deutschen Schäferhund.

Sophie schnitt ein kleines Stück von der Blutwurst ab und nahm einen zögerlichen Bissen. Sobald es auf ihrer Zunge landete, wusste sie, dass Blutwurst nichts für sie war. So schnell wie möglich kauend, schluckte sie ihren Bissen hinunter und spülte ihn mit einem großen Schluck Kaffee nach. Sie war überrascht, dass es krümelig war. Sie hatte erwartet, dass es fettig oder vielleicht gelatineartig wäre – wie die Konsistenz von geronnenem Blut. Die matschige, aber körnige Textur war völlig widerlich für sie, mit einem seltsamen würzigen Nachgeschmack, der kupferne Untertöne hatte.

»Gut, nicht wahr?«

»Es ist, äh, großartig. Das Banner,« sagte Sophie und zeigte auf das Wappen über dem Kamin, um Fergal von ihren ehrlichen Gedanken über die Blutwurst abzulenken. »Sind das Irische Wolfshunde am Wappenschild?«

Als Fergal sich in seinem Stuhl umdrehte, um das Banner anzuschauen, nutzte Sophie die Gelegenheit, ihre Blutwürste mit der Gabel auf Macs Teller zu schieben. Mac blickte von seiner Hingabe zu seinem Essen auf mit einem neckischen Grinsen zu Sophie, bevor er seine ungeteilte Aufmerksamkeit der Vernichtung seines Frühstücks widmete.

»Ja, das ist das Wappen für den Clan Cú Faoil. Die Tuatha Dé Danann erschufen die ursprünglichen Irischen Wolfshunde als Kriegshunde. Sie waren berühmt dafür, einen Mann mitten in der Schlacht direkt vom Pferd ziehen zu können. Allerdings wurden sie meist zur Jagd und zum Schutz vor Wölfen eingesetzt.«

»Irland hat Wölfe?«

»Nicht mehr,« antwortete Fergal mit einem wilden Grinsen, das etwas zu scharf für Sophies Komfort war und einen Schauer über ihren Rücken laufen ließ. »Aber das sind nicht nur gewöhnliche Irische Wolfshunde. Das sind Wolfshundverwandler. Die Göttin Danu selbst erschuf meine Vorfahren, um Irland zu beschützen. Der Verwandler links ist der Hund von Cúchulainn. Er war ein junger Krieger, der König Conchobhars Lieblingshund tötete. Er fühlte sich so schlecht, dass er anbot, seinen Platz einzunehmen, bis ein neuer Hund gefunden werden konnte. Es gibt viele Legenden und Geschichten, die in Irland bis heute über Cúchulainn erzählt werden. Der rechts ist Failinis. Ich kann meine Familienwurzeln direkt zu dem großen Failinis zurückverfolgen.«

Sophie wusste bereits, dass sie es bereuen würde zu fragen, konnte aber nicht anders. »Wer ist Failinis?«

»Failinis war der große Kriegshund, der Lugh Lámhfhada von den Tuatha Dé Danann selbst diente. Er war maßgeblich daran beteiligt, den Tuatha Dé Danann zu helfen, die Fomorians aus Irland zu vertreiben. Er war unbesiegbar im Kampf – fing jedes wilde Tier, dem er begegnete, und konnte magisch jedes fließende Wasser, in dem er badete, in Wein verwandeln. Es wurde gesagt, dass Failinis so beeindruckend war, dass sich alle wilden Tiere der Welt vor ihm verneigten, und er war prächtiger als die Sonne in ihren feurigen Rädern.«

Sophie schluckte ihr Schnauben der Belustigung hinunter, als sie beobachtete, wie Rionas Mund sich mit ihrem Ehemann bewegte, als sie vorbeiging und mehr Teller mit Essen trug.

Bei dem Blick auf Sophies Gesicht erklärte Fergal: »Das ist ein Zitat aus Oidheadh Chloinne Tuireann. Ich habe kürzlich eines der Manuskripte erworben. Es ist fast 300 Jahre alt. Es ist so alt, dass man es in einer speziellen Einrichtung lagern muss.«

»Moment mal.« Sophie stoppte Fergal, der aussah, als würde er sich für einen Monolog rüsten. »Er verwandelte sein Badewasser in Wein. Und die Leute tranken das schmutzige Badewasserwein deines Urgroßvaters?«

»Es wäre eine Ehre gewesen, den Wein zu trinken, der vom großen Failinis geschaffen wurde,« erwiderte Fergal empört.

Sophie nickte weise und beschloss, Fergal nicht über die Qualität von Nasser-Hund-Wein herauszufordern.

Während Fergal fortfuhr, sie mit Geschichten von Failinis' großartigen Abenteuern zu unterhalten, wandte Sophie ihre Aufmerksamkeit dem Teller mit Essen vor sich zu. Glücklicherweise war der Rest des Frühstücks köstlich, und sie grub herzhaft hinein. Anfangs schien die Idee von Bohnen zum Frühstück seltsam, aber sie wuchsen ihr schnell ans Herz. Als Sophie ihren Toast in die Bohnen tunkte und sie in den Mund schaufelte, rief Fergal: »Conor. Liam. Patrick Junior. Kommt her.«

Drei junge Männer an einem Tisch gegenüber schälten sich aus ihren Sitzen und eilten zu Fergals Seite.

»Jungs, das ist Sophie Feegle. Ihr werdet sie bewachen, wann immer sie das Stammhaus verlässt. Ihre Sicherheit ist eure oberste Priorität. Verstanden?«

»Ja, Sir,« chorisierten die drei Jungen, praktisch salutierend und vor Aufmerksamkeit vibrierend.

»Ich werde eure üblichen Aufgaben einigen anderen geben,

also macht euch darüber keine Sorgen. Ihr werdet zu Sophies Verfügung stehen. Ihr werdet eurem Clan Ehre machen,« forderte Fergal mit einem Ton, der keinen Widerspruch duldete. »Sophie, wann musst du heute Abend von hier zur Arbeit aufbrechen?«

Sophie sagte ihnen, wann sie zur Arbeit aufbrechen musste, und Fergal entließ das Trio.

Nachdem die Jungen außer Hörweite waren, drehte sich Sophie zu Fergal. »Sie sind Teenager,« argumentierte sie und versuchte, ihre Stimme leise und ruhig zu halten.

»Sie sind volljährig. Diese Jungen sind einige meiner Besten. Sie haben bereits Kampferfahrung. Du könntest nicht in sichereren Händen sein, das schwöre ich. Sie werden dich täglich zur Arbeit und zurück fahren, und wenn du irgendwo hin musst, werden sie zur Verfügung stehen, um dich zu begleiten.«

»Kampferfahrung? Sie sind Kinder. Ich will nicht, dass Kinder wegen mir in Gefahr gebracht werden. Das ist eine schreckliche Idee.«

»Sie sind alle zukünftige Alphas und sind eifrig darauf, sich zu beweisen. Du könntest nicht in besseren Händen sein.« Fergal wandte sich Birdie zu, fasste ihre Hand und gab ihr ein warmes Lächeln. »Ich habe noch niemanden ausgewählt, der dich bewacht, also lass mich wissen, wenn du irgendwo hin musst.«

»Ich habe keine Pläne, also mach dir keine Sorgen, mir einen Leibwächter zu besorgen. Wenn ich jedoch ein Telefon benutzen könnte, muss ich meinen Freund anrufen und ihm sagen, dass ich wegen eines Notfalls verreisen musste. Er würde sich sonst Sorgen machen.«

»Natürlich. Riona wird euch beide zu euren Zimmern bringen, wenn ihr mit dem Essen fertig seid. Sie kann euch auch ein Telefon besorgen. Ich habe Pflichten zu erledigen, aber bitte bleibt und genießt euer Frühstück. Es war herrlich, euch beide kennenzulernen.« Fergal stand auf, wischte seine Hände an einer Serviette ab, bevor er seiner Frau zurief, dass das Essen wie immer ausgezeichnet war. Er schritt davon, bevor Sophie ein weiteres Gegenargument formulieren konnte.

Sie wandte sich ungläubig an Mac. »Du kannst unmöglich denken, dass das eine gute Idee ist.«

»Sie sind Wolfshundverwandler,« antwortete er mit einem Achselzucken, als wäre das alles, was gesagt werden musste. »Sie sind zäh, bis zum Fehler loyal und tödlich im Kampf.«

Sophie seufzte resigniert. Sie musste nur sicherstellen, dass niemand wegen ihr verletzt wurde, besonders übereifrige Teenager. Sie hatte einen Pilz mit ihrer Gabel aufgespießt und begann, ihn zu ihren Lippen zu bringen, aber stellte fest, dass sie zu satt war, um noch einen Bissen zu nehmen. Auf ihren Teller blickend, hatte sie kaum ein Drittel ihres Essens beendet. Zu Mac hinüberblickend, klappte ihr Mund auf, als sie beobachtete, wie er die letzten Reste auf seinem Teller mit einem Stück Toast säuberte. Wortlos schob sie ihr unvollendetes Essen zu Mac, der mit einem dankbaren Grinsen ihren Teller auf seinen leeren zog und hineingrub.

Riona kam vorbei und füllte ihre Becher aus einer großen Karaffe nach. »Lasst mich wissen, wenn ihr hier fertig seid, und ich zeige euch eure Zimmer.«

Mac polierte seinen zweiten Teller fast so schnell ab wie den ersten.

»Wie bist du nicht dick?« fragte Sophie.

»Gestaltwandler-Stoffwechsel,« antwortete Mac mit einem Achselzucken. »Das Wandeln verbrennt eine Menge Kalorien.«

»Glückspilz,« beschwerte sich Birdie und ließ Sophie zustimmend nicken.

Mit einem letzten Schlürfen seines Kaffees sagte Mac, dass er ins Büro musste und sehen, ob Larry zusätzliche Hinweise ausgegraben hatte. Er versprach anzurufen, wenn er neue Spuren fand. Sophie stand mit Mac auf, wollte nicht, dass er ging. Obwohl alle im Stammhaus gastfreundlich gewesen waren, fühlte sie sich ein wenig wie eine Fremde in einem fremden Land. Er muss etwas in

Sophies Gesicht erkannt haben, denn er zog sie in eine feste Umarmung.

»Es wird okay sein,« versprach er. Sophie fand Trost in den rau geflüsterten Worten. »Wir werden Schneewittchen fangen, und wir bringen dich in kürzester Zeit zurück in den Streuselkuchen. Ich verspreche es. Wir werden das herausfinden.«

»Ich weiß. Ich hasse nur, dass sie da draußen frei herumläuft. Ich kann es kaum erwarten, bis sie hinter Gittern verrottet.« Mac zog sich zurück und gab Sophie einen Kuss, der Birdie zum Jubeln brachte, was alle im Raum aufgriffen. Sophie konnte spüren, wie eine Röte ihre Wangen erhitzte.

»Ich will dich nicht hier lassen, aber ich muss gehen. Ruf mich an, wenn du mich brauchst, egal zu welcher Zeit.«

»Das werde ich,« versprach Sophie.

Mac gab Sophie einen letzten Kuss und wandte sich zum Gehen. Birdie räusperte sich laut. Als Mac sie ansah, zeigte sie emphatisch auf ihre Wange.

»Hab einen schönen Tag, Birdie. Behalte Sophie für mich im Auge, würdest du?« fragte Mac und beugte sich hinunter, um einen keuschen Kuss auf Birdies Wange zu platzieren.

Nachdem Mac gegangen war, kam Riona vorbei, um zu fragen, ob sie bereit waren, ihre Zimmer zu sehen. Sie führte sie eine weitere Treppe hinauf in den dritten Stock und erklärte, dass jemand ihre Taschen schon auf die Zimmer gebracht hatte. Sie folgten Riona, als sie sie zum Ende des langen Flurs brachte, vorbei an mehreren geschlossenen Türen. Der Korridor endete an einem großen Erkerfenster mit Blick auf den offenen Raum hinter dem Stammhaus. Diese Etage des Hauses war ruhig, die Geräusche und das Geplapper der Hausbewohner gedämpft und weit entfernt.

»Hier seid ihr, eure Zimmer sind einander gegenüber,« sagte Riona und öffnete beide Türen. »Lasst mich wissen, wenn ihr etwas braucht. Ich werde den größten Teil des Tages in der

Küche sein. Ihr solltet mich dort finden können, oder wenn ich nicht da bin, wird jemand wissen, wo ich bin.«

Hineinblickend sah Sophie ein Bett mit einer hellen Steppdecke, einen Nachttisch mit einer Lampe und den Rand einer Kommode. Das Zimmer hatte eine warme, persönliche Atmosphäre, war aber dennoch eindeutig als Gästezimmer gedacht.

Sophie und Birdie dankten Riona für ihre Gastfreundschaft. Mit einer letzten Erinnerung, sie zu finden, wenn sie etwas brauchten, eilte Riona den Flur hinunter und verschwand die breite Treppe hinunter.

»Ich muss Milton anrufen. Sehen wir uns gleich?« fragte Birdie, bereit zu bleiben, wenn Sophie sie brauchte.

»Natürlich. Grüß ihn von mir. Ich denke, ich werde versuchen, etwas Ruhe zu bekommen,« antwortete Sophie und sah zu, wie Birdie ihr Zimmer betrat.

In ihr Zimmer tretend entdeckte Sophie ihre Tasche, die auf der Kommode auf sie wartete. Nach rechts blickend gab es ein Gemälde von rollenden grünen Hügeln, die plötzlich in graue Klippen abfielen. Am Fuß der Klippen wogte und wirbelte ein dunkles Meer. Es war schön, aber erfüllte Sophie mit Melancholie. Es gab ein Gefühl des Verlusts in dem Gemälde. Sie nahm an, es war ein Gemälde der irischen Küste. Sophie fuhr mit der Hand über die grün-weiß gemusterte Steppdecke auf dem Weg zum großen Fenster auf der gegenüberliegenden Seite des Zimmers mit Blick auf den Hinterhof.

Vor dem Fenster stehend bekam Sophie endlich das ganze Ausmaß des offenen Raums hinten zu sehen, mit dem Fergal geprahlt hatte. Das Stammhaus war ein Ende des langen Rechtecks des Raums und gab Sophie eine vollständige Sicht auf das gesamte Gebiet. Unten gab es Tische und Sitze mit Sonnenschirmen und eine unbeleuchtete Feuerstelle. Dahinter war ein Spielplatz, gefolgt von Gärten, die in ein bewaldetes Gebiet übergingen. Menschen und Wolfshunde wimmelten über das Gebiet, einige eilten umher und andere faulenzten.

Ein sanftes Klopfen an der Tür ließ Sophie ihre Aufmerksamkeit von der Szene unten wegwenden. Sie rief, wer auch immer am Eingang war, hereinzukommen.

»Ich bin's,« rief Birdie, als sie die Tür öffnete und das Zimmer betrat. Sie kam herüber und gesellte sich zu Sophie, blickte auf die geschäftige Aktivität unten.

»Dieser Ort ist interessant. Die Leute scheinen nett zu sein. Viele Familien,« kommentierte Birdie und zeigte auf zwei Frauen, die Kleinkinder auf Schaukeln schoben.

»Ja, es ist schön. Hattest du die Gelegenheit, mit Milton zu sprechen?« Als Birdie nickte, fragte Sophie: »Lief das Gespräch okay? Glaubte er deine Geschichte?«

»Oh ja, da gibt es kein Problem. Ich sagte ihm, du würdest mich nach Fresno fahren, um eine kranke Nichte zu besuchen.«

»Ich hasse es, dass du wegen mir lügen musstest. Es tut mir leid, dass ich dich in das hineingezogen habe.«

»Bin ich nicht,« erwiderte Birdie. »Du hast mich in nichts hineingezogen. Ich bin aus freien Stücken hier, und ich bin glücklich, hier bei dir zu sein. Das macht Spaß.«

»Spaß? Bist du verrückt? Das macht keinen Spaß. Ich habe dich in Gefahr gebracht.«

»Nein, hast du nicht. Mac ist nur vorsichtig. Ich bin in keiner Gefahr. Es klingt, als wärst du diejenige in echter Gefahr. Und ich bin froh, dass ich hier bin, um auf dich aufzupassen. Außerdem betrachte ich das als Abenteuer. Und du weißt, mein zweiter Vorname ist Abenteuer.«

»Dein zweiter Vorname ist Roberta,« schnaubte Sophie.

Birdie winkte Sophies Aussage lässig ab. »Was auch immer. Jedenfalls bin ich froh, hier zu sein.«

»Ich bin auch froh, dass du hier bist,« gab Sophie zu.

»Ich wollte einen Fernseher finden und meine Sendungen schauen. Willst du mitkommen?« fragte Birdie.

»Normalerweise würde ich ja sagen. Aber es war eine lange

Nacht, und ich bin erschöpft. Ich werde versuchen, etwas Schlaf zu bekommen.«

»Wenn du sicher bist,« antwortete Birdie langsam.

»Ich bin sicher, Birdie. Genieß deine Sendungen.«

Birdie gab Sophie einen langen, nachdenklichen Blick, bevor sie ihre knochige Hand auf Sophies Arm legte und hinausging. Die Tür schloss sich sanft hinter ihr, als Sophie sich wieder dem Fenster zuwandte, um die Leute zu beobachten, die unten hin und her marschierten. Sie alle schienen so glücklich und sorglos zu sein. Sie zweifelten nicht an sich selbst. Sie hatten keine Angst.

Sophie starrte auf die Aktivität hinunter und fühlte sich getrennt und verstört. Sie hasste dieses Gefühl. Sie hatte es satt, sich verängstigt und unsicher zu fühlen. Die Flut der jüngsten Ereignisse hatte gegen sie geschlagen und sie ans Ufer gespült, nur um sie jedes Mal wieder mit sich zu reißen, sobald sie das Gefühl hatte, wieder festen Boden unter den Füßen zu haben. Angst hatte Wurzeln geschlagen und braute heimlich in ihrem Bauch.

Das war nicht wie sie. Sie war nicht schüchtern. Sie war keine Sorgenmacherin. Leute trafen keine Entscheidungen für sie. Sie war nie unsicher und verängstigt. Sie ließ sich nicht von Leuten einschüchtern. Sophie trat solchen Leuten in die Zähne. Wie hatte sie sich erlaubt, dem Zweifel und der Angst nachzugeben?

Die Unsicherheit musste enden. Jetzt. Sie weigerte sich, unter dem Schatten ständiger Angst zu leben.

»Genug ist genug,« verkündete Sophie. Sie würde sich nicht länger Sorgen machen. Das war nicht, wer sie war, und sie würde nicht zulassen, dass Idioten wie Alphonse und Schneewittchen sie veränderten. Sie erlaubte ihnen, an sie heranzukommen und sie an sich zweifeln zu lassen. »Nicht mehr,« schwor sie.

Sie entschied, dass sie die Gefahr in ihrem Leben nicht ignorieren konnte, aber sie würde nicht zulassen, dass sie sie beherrschte. Sie konnte die Angst und Paranoia anerkennen und dann darüber hinweggehen. Sophie konnte spüren, wie sie das unsichtbare Gewicht abschüttelte. Ihre Schultern strafften sich mit ihrer Entschlossenheit.

Sich vom Fenster abwendend entschied sie, dass eine dampfend heiße Dusche und anschließend etwas Ruhe wohl am besten helfen würden.

Nachdem sie die Nacht gründlich abgeschrubbt hatte, schlüpfte sie mit einem zufriedenen Seufzen unter die frischen, kühlen Laken. Trotz heißer Dusche, vollem Bauch und bleierner Müdigkeit dauerte es lange, bis Sophie endlich einschlief.

KAPITEL 16

*S*ophie wachte auf und fühlte sich voller Energie. Als sie aus dem Fenster blickte, schätzte sie, dass es früher Abend war. Der rosige Schimmer der untergehenden Sonne warf einen Hauch von Röte auf die Gebäude vor ihrem Fenster. Sie griff zum Nachttisch und schnappte sich ihr Handy. Nachdem sie nachgesehen und keine Nachrichten gefunden hatte, wählte sie schnell Macs Nummer.

»Hey, Soph, ist alles in Ordnung?«, fragte Mac, seine Stimme tief und knurrend, als würde er gleich pelzig werden und alles zerreißen, was sie bedrohte. Der Gedanke brachte Sophie zum Kichern. Sophie kuschelte sich zurück in ihr Kissen, das Telefon am Ohr und ein Lächeln im Gesicht.

»Alles ist in Ordnung. Ich bin gerade aufgewacht und wollte mich bei dir melden. Gibt es Neuigkeiten?«

»Nicht wirklich. Von den Fingerabdrücken, die Larry aus deiner Wohnung genommen hat, scheinen fast alle von dir zu stammen. Es gibt ein paar, die nicht deine waren, aber sie stimmen mit nichts in der Datenbank überein. Wir werden sehen, ob etwas auftaucht, aber ich bin nicht sehr hoffnungsvoll.

Schneewittchen scheint zu vorsichtig zu sein, um einen einfachen Fehler wie diesen zu machen.«

»Du hast wahrscheinlich recht«, stimmte Sophie zu.

»Sie wird aber bald einen Fehler machen und gefasst werden. Da bin ich mir sicher.«

»Wie kannst du dir so sicher sein?«

»Weil ich verdammt gut in meinem Job bin«, knurrte Mac, seine Stimme tief und rauchig.

Sophie unterdrückte ein Kichern; Mac war nicht in Gefahr, falscher Bescheidenheit zum Opfer zu fallen.

Sophie stand vom Bett auf und ging zum Fenster. Der Gemeinschaftsbereich hinten war auch am Abend noch voller Menschen, während die Dämmerung hereinbrach. Sie beobachtete, wie ein Irischer Wolfshundwelpe unter ihrem Fenster hindurchsprintete. Der Welpe war nur lange Beine, die seinen Körper bei weitem überragten. Der Hund jaulte kurz auf und verwandelte sich in ein nacktes Kleinkind, das dann von einer Frau aufgehoben wurde, die wohl seine Mutter war.

»Wenn es Irische Wolfshund-Gestaltwandler gibt, bedeutet das, dass es auch Chihuahua-Gestaltwandler gibt? Oder Pomeranian-Gestaltwandler?«

»Soweit ich weiß, nicht«, antwortete Mac mit einem Kichern.

»Was ist die verrückteste Art von Gestaltwandler, die du kennst?«

»Hmmm. Mal sehen. Ich habe ein paar Honigdachs-Gestaltwandler getroffen. Die würden dir gefallen. Sie waren verrückt und kampflustig, bereit, jeden zu bekämpfen, und würden so ziemlich alles essen. Aber der seltsamste Gestaltwandler, von dem ich je gehört habe, ist der Pangolin-Gestaltwandler.«

»Ein was?«

»Ein Pangolin. Sie sehen irgendwie aus wie das, was passieren würde, wenn ein Gürteltier und ein Tannenzapfen ein Baby hätten. Ich habe gehört, dass es nur sehr wenige Pangolin-Gestaltwandler auf der Welt gibt. Ich persönlich habe noch nie einen getroffen. Aber das ist wahrscheinlich die verrückteste Gestaltwandlerart, die ich kenne.«

»Das würde ich gerne sehen«, sagte Sophie sehnsüchtig.

»Vielleicht können wir das eines Tages. Wir müssen nur erst das hier überstehen«, murmelte Mac.

»Ich wollte mich anziehen und nach unten gehen, um etwas zu essen zu holen. Hast du bald Feierabend? Möchtest du dich mir zum Abendessen anschließen?«

»Ich wünschte, ich könnte, aber ich habe hier noch eine Menge Arbeit zu erledigen. Ich plane, ein Foto von Alphonse und ein paar seiner Top-Rudelmitglieder, einschließlich des verstorbenen Zachary Dupree, herumzuzeigen und zu sehen, ob einer von Derek Gibsons Nachbarn sie erkennt. Aber vielleicht können wir deine Mittagspause bei der Arbeit heute Nacht koordinieren.«

Sophie erinnerte sich lebhaft an Zachary Dupree – sie würde nicht so schnell vergessen, wie er darum gebettelt hatte, das Leben seiner menschlichen Freundin zu verschonen. Der andere Name war vertraut, aber Sophie hatte Schwierigkeiten, ihn zuzuordnen.

»Derek Gibson – wer ist das?«

»Dieser Regierungstyp, der von einem Wolfsrudel getötet wurde, erinnerst du dich?«

»Oh je. Wie konnte ich das vergessen?«

Reggie hatte sie gewarnt, dass Sophie schließlich so viele Leichen sehen würde, dass sie ihnen gegenüber abgestumpft werden würde. Dass die Gesichter anfangen würden zu verschwimmen und leicht vergessen zu werden. Sophie hatte stumm den Kopf geschüttelt. Die Todesvisionen stellten sicher, dass sie niemals abgestumpft gegenüber dem Tod der Opfer werden würde, besonders nicht bei den gewaltsamen. Außerdem hatte sie Derek Gibson nicht vergessen. Das Bild seines Körpers, zusammengekrümmt auf dem Waldboden zu Füßen von Wölfen, während er langsam verblutete, war immer noch frisch in

Sophies Gedächtnis. In gewisser Weise fühlte sie sich, als wäre sie bei ihm gewesen. Seinen Namen hatte Sophie nur auf einem Stück Papier geschrieben gesehen, aber seinen Tod hatte sie erlebt.

Am Anfang waren die Tode in ihren Visionen etwas gewesen, das Sophie von der Seitenlinie aus beobachtet hatte. Nur eine Zuschauerin. Aber mehr und mehr hatte sie sie erlebt, als wäre sie das Opfer selbst. Es war unmöglich, das zu vergessen oder schnell darüber hinwegzukommen. Es wurde immer schwerer, sich von jedem Tod zu distanzieren.

Doch sie erkannte, dass sie einen Weg finden musste, all diese Tode loszulassen. Es war alles zu persönlich geworden. Wenn Sophie weiterhin die Last jedes Mordes tragen würde, würde sie sich selbst ausbrennen. Sie musste aufhören, alles von sich selbst in ihren Job und ihre Fähigkeit zu stecken. Das bedeutete nicht, dass es ihr egal war – das tat es, zutiefst – sie konnte nur nicht weiterhin den Schmerz und die Verantwortung für jeden Tod in ihrem Herzen tragen. Die Belastung wurde zu groß. Sie fühlte sich wie ein Lachs, der kontinuierlich stromaufwärts schwimmt, mit dem unerbittlichen Druck, der versucht, sie unter Wasser zu ziehen und hinunterzudrücken. Wie sie diese Distanz erreichen würde, wenn sie all ihre Angst und ihren Schmerz erlebte, war ein Rätsel.

»Nun, es ist in letzter Zeit viel los gewesen«, neckte Mac und zog Sophie aus ihren düsteren Gedanken.

»Wirklich? Hmm. Das ist mir gar nicht aufgefallen«, antwortete Sophie und tippte nachdenklich mit dem Finger ans Kinn. »Denkst du, dass einige von Gibsons Nachbarn etwas gesehen haben könnten?«

»Ich bin hoffnungsvoll. Wenn ich einige von Alphonses Leuten in der Nähe der Entführung platzieren kann, kann ich anfangen, unangenehme Fragen zu stellen.«

Sie unterhielten sich noch ein paar Minuten, bevor Sophie

versprach, ihm zu schreiben, sobald sie sicher in der Leichenhalle angekommen war.

Nach einer erfrischenden Dusche – hatte jeder in dieser Stadt anständigen Wasserdruck außer ihr? – klopfte Sophie an Birdies Tür, um nach ihr zu sehen. Als keine Antwort kam, beschloss Sophie, in die Kneipe im Erdgeschoss zum Abendessen zu gehen.

Sie wanderte die Treppe hinunter und in den Speisebereich der Kneipe. Riona eilte zwischen den Tischen hin und her, trug Teller und Getränke und bewegte sich in einem koordinierten Tanz, der von jahrelanger Übung sprach. Nachdem sie ihr letztes Tablett abgestellt hatte, kam Riona herüber und winkte Sophie zu einem leeren Tisch.

»Ich habe nach Birdie gesucht. Hast du sie gesehen?«

»Ich glaube, sie ist im Spielzimmer. Es ist gleich gegenüber im Flur«, antwortete Riona und zeigte durch den gewölbten Eingang der Kneipe zu einer geschlossenen Tür auf der anderen Seite des Flurs.

Sophie dankte ihr und ging zum Spielzimmer. Sie öffnete die Tür einen Spalt und spähte hinein. Es gab mehrere runde Tische mit Menschen, die um sie herum versammelt waren und Spielkarten in den Händen hielten. Sophie entdeckte Birdie an einem Spieltisch auf der anderen Seite des Raums. Das Öffnen der Tür ließ Licht in den dämmrigen Raum, und alle blickten von ihren Spielen auf.

»Sophie!«, rief Birdie und winkte Sophie zu sich herüber. Sie zeigte auf einen leeren Stuhl zu ihrer Rechten, als Sophie sich dem Tisch näherte. Als sie sich setzte, warf Sophie den anderen drei Anwesenden am Tisch verstohlene Blicke zu. Eine war eine Frau mit einer weichen Wolke aus weißem Haar und einer dicken Perlenkette mit einem sanften Lächeln. Die anderen beiden waren ältere Männer, die als Brüder hätten durchgehen können. Beide trugen Irische Flachmützen, Zopfmusterpullover in Braun- und Olivtönen und passende schiefe Grinsen.

Birdie stellte sie als Colleen, Ethan und William vor, jeder begrüßte sie mit einem »Wie geht's?« Sophie fühlte sich gedrängt, jedem mit einem »Nicht schlecht. Und dir?« zu antworten.

Colleen begann, jeden im Raum zu zeigen und Sophie ihren Namen und relevante Informationen zu geben, wie ob sie beim Kartenspielen betrogen oder zum Bluffen neigten. Sophie winkte jeder Person zu und vergaß jeden Namen fast so schnell, wie Colleen die Vorstellung beendete.

Auf den ersten Blick dachte Sophie, sie würden Poker spielen, aber sie hielten zu viele Karten dafür. Birdie erklärte auf Sophies Nachfrage, dass sie Bridge spielten. Sie beobachtete das Geschehen ein paar Minuten lang und versuchte herauszufinden, wie das Spiel funktionierte. Birdie erklärte die Regeln, während die Gruppe an ihrem Tisch spielte.

»Wenn ihr mit eurem Spiel fertig seid, möchtest du dich mir zum Abendessen anschließen?«, fragte Sophie.

»Oh, ich habe schon gegessen, Sophie. Aber ich würde gerne bei dir sitzen, während du isst.«

Sophie schüttelte den Kopf, bevor Birdie ihr Angebot vervollständigte. »Auf keinen Fall. Bleib hier bei deinen Freunden. Genieß dein Spiel.«

Nach mehreren Minuten der Versicherungen, dass sie in Ordnung war, allein zu essen, ging Sophie zurück zur Kneipe und winkte dem Raum voller älterer Herrschaften zum Abschied.

Sie nahm einen Platz an einem leeren Tisch und atmete tief den köstlichen Duft des Essens ein. Einen Moment später näherte sich ein Teenager-Mädchen Sophie und fragte, ob sie essen möchte.

»Der Koch hat heute Abend Rindfleisch-Gersten-Eintopf oder Würstchen mit Colcannon gemacht.«

Als sie sich an die Blutwurst erinnerte, beschloss Sophie, beim Vertrauten zu bleiben und wählte den Rindfleischeintopf. Die Bedienung war kaum eine Minute weg, bevor sie zurückkam und eine große dampfende Schüssel mit einem Stück Brot brachte. Sophie hatte den Drang, sich wie ein Bösewicht die Hände zu reiben. Der erste Bissen ließ Sophie stöhnen. Beim dritten Bissen hatte sie alle Zivilisation hinter sich gelassen und schaufelte das Essen in sich hinein wie ein Tier.

Ein Körper, der auf dem Stuhl zu ihrer Linken landete, ließ ihre Manieren zu ihr zurückkehren. Bevor sie auch nur hinüberblickte, wusste Sophie, dass es Fergal war. Er hatte eine Präsenz, die man sowohl spüren als auch sehen konnte.

Sophie drehte sich in ihrem Stuhl um und schenkte Fergal ihre volle Aufmerksamkeit. »Guten Abend, Fergal. Danke, dass du mich aufgenommen hast.«

»Es ist uns ein Vergnügen. Wir helfen Mac und all seinen Freunden gerne. Ich schulde ihm mein Leben, also ist es eine Kleinigkeit, jemandem ein Zimmer zu geben«, antwortete Fergal. »Ich hoffe, du genießt deinen Aufenthalt. Bist du mit dem Zimmer zufrieden?«

»Alles ist großartig«, antwortete Sophie inbrünstig. »Dieser Ort ist erstaunlich. Ich liebe, was ihr hier gemacht habt.«

»Ich stimme zu. Ich bin sehr stolz auf das Stammhaus und meinen Clan. Wir haben hart daran gearbeitet, einen Ort zu schaffen, der für meine Leute sicher ist. Nicht nur, wo die Wolfshunde sicher sind, sondern wo sie gedeihen können.«

Fergal winkte die junge Frau herüber, als sie vorbeiging.

»Mama hat gesagt, du darfst keinen Eintopf mehr haben«, meinte das Mädchen tadelnd. Der Tonfall klang genau wie Rionas, was Sophie dazu brachte, sich auf die Lippen zu beißen, um ein Lachen zu unterdrücken.

»Na dann, ich nehme etwas Apfelkuchen. Ich bin der Clanführer, und ich kann Kuchen haben, wann immer ich will.«

»Gut, ich hole dir ein Stück. Aber ich sage es Mama«, warnte das Mädchen.

»Ich habe keine Angst vor ihr«, erwiderte Fergal, aber das Schnauben des Mädchens sprach Bände.

Sophie wandte ihre Aufmerksamkeit wieder ihrem Essen zu, um ihre Belustigung zu verbergen, konnte aber spüren, wie

Fergal sie mit dem scharfen Blick eines Adlers oder vielleicht passender eines Hundes fixierte. Sie schob einen Löffel Eintopf in den Mund und erwiderte seinen stählernen Blick.

Normalerweise, wenn jemand sie so anstarrte, würde sie ihm Schwierigkeiten machen. Ihm sagen, er solle ein Foto machen oder ihm den Mittelfinger zeigen. Doch irgendetwas an Fergal ließ sie innehalten. Er schien auf den ersten Blick entspannt und jovial, aber da war etwas in seinen Augen, das Sophie wissen ließ, dass Fergal gefährlich war. Er scherzte und lächelte sie an, aber Sophie wusste, dass in dem Moment, in dem sie irgendeine Art von Bedrohung für Fergal oder sein Rudel werden würde, er ihr ohne eine Sekunde des Zögerns die Kehle durchschneiden und keine einzige Minute Schlaf darüber verlieren würde. Er war nicht jemand, mit dem man sich anlegen sollte. Familie und Clan kamen für Fergal an erster Stelle, und der Rest der Welt kam weit abgeschlagen auf Platz zwei. Sophie respektierte das und verstand seine unausgesprochene Haltung, aber sie wusste auch, dass sie Teil dieses entfernten zweiten Platzes war – auch wenn sie und Fergal schließlich Freunde werden würden.

Fergals Tochter, die das Stück Kuchen brachte, unterbrach ihren Starrwettbewerb.

»Also, erzähl mal. Wie bist du mit Alphonse aneinandergeraten?«, fragte Fergal und schob sich eine große Gabel Kuchen in den Mund. Er drehte sich um und winkte seiner Tochter zu, um ihre Aufmerksamkeit zu bekommen, und formte das Wort 'Kaffee' mit den Lippen.

»Das kann ich dir nicht sagen. Es ist Teil einer laufenden Untersuchung. Wenn du mehr wissen willst, musst du Mac fragen. Aber ich kann dir sagen, dass er ein Problem mit einem Menschen hat, der in der Mythischen Abteilung der Gerichtsmedizin arbeitet.«

Fergal schnaubte bei ihrer Antwort, schien aber die Antwort zu akzeptieren. »Das hört sich nach dem Alphonse an, den ich kenne. Er hatte mit jedem Menschen ein Problem, dem er begegnet ist. Patrick Senior hat zugestimmt, dich zu trainieren, also werden wir dich so gut vorbereiten, wie es für einen Menschen möglich ist, um mit Alphonse umzugehen. Du fängst morgen früh an. Ich habe Mac versprochen, dass wir uns um dich kümmern werden, und das werden wir. Hey, hat Mac dir jemals erzählt, wie wir uns begegnet sind?«, fragte Fergal mit einem breiten Grinsen, das sein Gesicht spaltete. Als Sophie den Kopf schüttelte, lehnte sich Fergal in seinen Stuhl zurück, als würde er sich niederlassen.

»Damals, als mein Vater noch der Alpha dieses Clans war, war ich sein Stellvertreter, trainierte und bereitete mich darauf vor, seinen Platz einzunehmen. Mein Onkel, ohne dass mein Cousin Eoghan davon wusste, entschied, dass sein Sohn die bessere Wahl wäre, den Clan zu führen anstatt mich. Eoghan hatte null Verlangen, der Alpha zu sein, also habe ich keine Ahnung, wie mein Onkel John zu diesem Schluss kam. John wusste, dass Eoghan mich nicht in einem Dominanzkampf schlagen konnte – auch wenn er Eoghan irgendwie dazu hätte bringen können, mich herauszufordern. Also stellte dieser verdammte Idiot mehrere Bären-Gestaltwandler an, um mich zu ermorden. Sie überfielen mich, als ich spät in der Nacht aus meiner Lieblingskneipe kam. Sie zerrten mich hinter die Bar und gaben ihr Bestes, mein Leben zu beenden. Sie hätten mich sicherlich getötet, wenn Mac nicht zufällig auf Patrouille vorbeigefahren wäre und gesehen hätte, wie sie mich packten.

»Bis er sein Auto geparkt und es hinter die Kneipe geschafft hatte, musste ich mich in meine Wolfshundgestalt verwandeln, um mich zu verteidigen. Trotzdem wurde ich gründlich verprügelt. Zu meiner Verteidigung, es waren vier von ihnen. Er schrie und wedelte mit seiner Waffe und seinem Ausweis herum, und die Feiglinge rannten weg. Er untersuchte mich gerade, als wir die Sirenen der herannahenden Polizei hörten. Wir mussten beide weg, bevor Menschen ankamen. Es gibt keine gute Erklärung für Kratzspuren, wenn du weißt, was ich meine. Ich war zu verletzt, um es allein zu schaffen, und meine Wolfshundgestalt war zu schwer für Mac zum Tragen. Ich musste mich zurück in einen Menschen verwandeln, und Mac musste mich dort heraus-tragen. Nackt wie ein Neugeborenes und blutend wie verrückt. Stell dir nur vor, wie mein nackter Hintern dort für alle Welt zu sehen war, als Mac mich über die Schulter geworfen und in den Rücksitz seines Polizeiautos gelegt hat. Es ist jetzt urkomisch, und ich necke ihn gerne bei jeder Gelegenheit damit, aber er hat mir in dieser Nacht das Leben gerettet. Ich schulde ihm eine Schuld, die ich glaube, niemals zurückzahlen zu können.«

Das lebhafte Bild, das Fergal malte, ließ Sophie grinsen. Sie konnte sich den mürrischen Blick auf Macs Gesicht vorstellen, während er einen nackten Mann über seine Schultern geschlungen hatte.

»Wow. Das ist...« Sophie ließ ihren Löffel zurück in den Eintopf fallen. »Ich bin nur froh, dass er da war, um dir zu helfen.«

»Ich hatte Glück, dass er zufällig vorbeifuhr. Ich habe nie vergessen, dass Mac sich vier Bären-Gestaltwandlern stellte, um mein Leben zu retten. Ich werde immer für ihn da sein.«

Sophie verstand die unausgesprochene Botschaft. Wenn sie Mac jemals verletzte, könnte sie sich mit einem Rudel Wolfs-hunde wiederfinden, die ihr in die Fersen schnappten.

»Ich bin nur so froh, dass er einen guten Freund wie dich hat, der auf ihn aufpasst. Mir gefällt, dass er mehr als nur mich hat, die auf ihn achtet.« Gleichfalls, dachte Sophie und flatterte Fergal mit den Augen zu.

Riona, die eine Tasse Kaffee brachte, war eine willkommene Ablenkung.

»Machst du diesem Mädchen, das unter unserem Schutz steht, Schwierigkeiten?«, fragte Riona und verschränkte die Arme auf eine Weise, die einer wütenden Schullehrerin würdig war.

»Nein, ich habe Sophie nur die Geschichte erzählt, wie Mac

und ich Freunde geworden sind«, argumentierte Fergal. Er wandte sich an Sophie, während seine Frau den Kopf über ihn schüttelte. »Übrigens, ich möchte, dass du weißt, dass ich ein so guter Freund bin, dass ich sogar dafür bezahlt habe, seine Jacke von dieser Nacht reinigen zu lassen.«

»Er hätte sie verbrennen sollen«, neckte Sophie und brachte Riona zum lauthalsen Lachen.

»Sie gefällt mir«, verkündete Riona und gab Sophie einen verschwörerischen Zwinkerer.

»Habe ich die Prüfung bestanden?«, fragte Sophie Fergal, nachdem Riona in die Küche zurückgekehrt war.

Fergal warf ihr einen scharfen, amüsierten Blick zu. »Das passt schon.«

Da bin ich direkt reingelaufen. Sophie verdrehte die Augen über sich selbst.

KAPITEL 17

*E*inige Stunden später fand sich Sophie im Fond eines stark verbeulten, aufgemotzten Sportwagens wieder. Er sah aus wie die Art von Fahrzeug, das ein Straßenrennwagen sein wollte, aber vor allem dazu genutzt wurde, an roten Ampeln den Motor erfolglos und prahlerisch aufheulen zu lassen. Sie saß eingequetscht neben einem ihrer »Leibwächter« – Patrick. Patrick sah aus, als sollte er auf einer Irland-Postkarte stehen, mit seinem leuchtend roten Haar und dem sommersprossigen Gesicht. Auf den Vordersitzen saßen Conor und Liam, Brüder, die sich in Aussehen und Alter so ähnlich waren, dass Sophie sie nicht unterscheiden konnte. Beide hatten dunkelbraune Haare und Augen und das leicht schlaksige Aussehen von Teenager-jungen mitten im Wachstumsschub.

Die Jungs waren nicht gerade Prätorianergarde. Sophie wusste, dass sie nicht spartanische Krieger erwarten konnte, aber sie wirkten trotzdem wie Kinder auf sie. Sie konnte sie nicht ernst-haft als Soldaten sehen. Sie rochen schwach nach Cheetos und Axe-Body-Spray. Kaum Flaum zierte ihre Kinnpartien. Sie anzu-sehen ließ Sophie sich uralt fühlen. Sie war nicht viel älter als sie, vielleicht sechs Jahre, aber es hätten auch dreißig sein können. Am besten würde sie sich gleich einen stabilen Gehstock zulegen, um damit die Jugendlichen zu vertreiben, die auf ihrem Rasen herumlungerten. Sie redeten über Videospiele und Social-Media-Persönlichkeiten mit albern klingenden Namen. Sie spielten Musik, die sie noch nie gehört hatte, so laut, dass ihr die Ohren pochten.

Ach, wieder jung zu sein.

Endlich, zu Sophies völliger Erleichterung, fuhren sie auf den Parkplatz des Gebäudes der Gerichtsmedizin. Als sie aus dem Auto stieg, begleitet von einem Chor von Abschieden, tastete Sophie ihre Tasche ab und überprüfte doppelt das beruhigende Gewicht des darin versteckten Tasers.

»Sophie, warte!« rief Conor – oder vielleicht Liam. Als sie sich zu dem Fahrzeug umdrehte, sah sie, wie er eine kleine Kühltasche aus dem Fenster hielt. »Riona hat dir ein Mittagessen eingepackt.«

Als sie die Tasche öffnete, entdeckte Sophie einen durchsichtigen Behälter voller Würstchen und Kartoffelpüree mit irgendeinem grünen Gemüse darin. »Bitte richte ihr aus, dass ich mich bedanke,« bat Sophie, gerührt von der aufmerksamen Geste der Frau des Alphas.

Als sie durch die Eingangstür trat, blickte Sophie zurück und sah ihre Leibwächter aus den Autofenstern hängen und darauf achten, dass sie sicher hineinkam. Sie winkte ihnen zu, als sie die Lobby betrat.

Als sie zum Empfangstresen hinübersah, stockten ihre Schritte, als sie die ganze Sonderlingsgruppe im Kreis versammelt und lebhaft redend sah. Sogar Frau Zhao war dabei.

»Sie ist da!« rief Ace, als er Sophie sah, die in der Lobby erstarrt war.

»Oh, Gott sei Dank, dir geht es gut,« rief Amira und sprang zu Sophie, um sie zu umarmen.

Sophie, überrascht, klopfte Amira unbeholfen auf den

Rücken, weil sie Amira nie für den Typ gehalten hätte, der umarmt.

»Reggie hat uns alles erzählt. Ich kann nicht glauben, dass Schneewittchen in deine Wohnung eingebrochen ist,« fuhr Amira fort und zog sich zurück, um Sophie anzusehen. »Geht es dir gut?«

Sophie räusperte sich, verlegen. »Mir geht es gut. Mac hat mir ein sicheres Versteck organisiert, und er hat mir ein paar Leibwächter besorgt, die mich zur Arbeit und zurück begleiten.« Sophie verschwieg dabei ausdrücklich, dass ihre Leibwächter noch keine zwanzig Jahre alt waren und noch Pickel hatten.

»Ich bin einfach froh, dass dir nichts passiert ist,« sagte Ace rau und klopfte ihr auf die Schulter, bevor er zur Seite trat, damit Fitz sie umarmen konnte.

Sophie warf Reggie einen dankbaren Blick zu, als er allen vorschlug, dass es Zeit sei, mit der Arbeit zu beginnen.

»Fräulein Feegle,« rief Frau Zhao und hielt Sophie auf, als sie der Gruppe zu ihrem Arbeitsbereich folgte. Sophie ging zurück zu Frau Zhao und fühlte sich wie ein ungezogenes Kind, das nach vorne in die Klasse gerufen wird.

Bevor Sophie fragen konnte, was Frau Zhao wollte, stand diese auf und ergriff Sophies Hände mit ihren manikürten Fingern. »Ich bin froh, dass Detective Volpes dir Schutz und einen sicheren Aufenthaltsort besorgt hat. Allerdings bist du bei meiner Drachenbrut willkommen, falls das dir ein besseres Gefühl geben würde. Meine Familie würde gerne für dich sorgen.«

»Oh wow. Das ist sehr großzügig. Vielen Dank. Ich denke, ich bin gut aufgehoben, aber falls ich mich unsicher fühlen sollte, lasse ich es dich wissen.«

»Das Angebot steht. Ich werde auch Detective Volpes informieren, für den Notfall.«

Als Sophie sich nochmals bedankte, neigte Frau Zhao königlich den Kopf und wandte sich wieder ihrem Computer zu.

Nachdem sie verstanden hatte, dass sie entlassen war, ging Sophie zum Hauptobduktionsraum.

Sophie musste noch verwirrt oder benommen ausgesehen haben, als sie sich zu Reggie vor die Terminübersicht gesellte. Als Reggie fragte, was los sei, erzählte Sophie von Frau Zhaos Schutzangebot.

»Warum sollte sie mir helfen wollen? Ich dachte, sie toleriert mich nur, weil sie mich irgendwie amüsant findet. Wie ein ungezogenes Kleinkind.«

»Frau Zhao würde dir das nicht anbieten, wenn sie nicht etwas für dich übrig hätte. Wer weiß schon, wie ein Drache denkt? Sie sind ein Rätsel, selbst in der Mythischen Gemeinschaft. Sie bewahren ihre Geheimnisse noch eifersüchtiger als ihre Schätze.«

»Jetzt wirst du mir zu philosophisch, Reggie,« neckte Sophie. »Weißt du, was mich von all meinen Problemen ablenken würde?«

»Eine Obduktion?« schlug Reggie mit einem verschwörerischen Grinsen vor.

»Genau! Ich hole unseren ersten Kunden der Nacht und bin gleich zurück.«

* * *

Sophie wurde zur Uhrenbeobachterin, als die Zeit sich der Mittagspause näherte. Glückliche Vorfreude blubberte in ihrem Bauch beim Gedanken, Mac zu sehen. Ein Klopfen an der Tür war die einzige Warnung, bevor sein grinsender Kopf durch die Öffnung lugte.

Sophie zog ihre Handschuhe aus und warf sich mit einem Quietschen auf Mac, beinahe stieß sie ihn zurück in den Flur.

»Hey Reggie, ich hoffe, ich störe nicht,« grüßte Mac und trug Sophie zurück in den Obduktionsraum. Er rümpfte die Nase, als er mit Sophie, immer noch um seine Taille geschlungen, in den Raum ging. »Was ist das für ein Geruch?«

»Eine Jorōgumo,« sagte Sophie und zeigte auf den Körper einer Frau auf dem Untersuchungstisch, nachdem sie Mac losgelassen, aber immer noch einen Arm um seine Taille gelegt hatte.

»Eine was?«

»Eine Jorōgumo ist eine Spinnengestaltwandlerin. Es gibt sie in der japanischen Mythologie – immer weiblich. Sie bringen nur Töchter zur Welt, keine Söhne. Der Legende nach war die Jorōgumo eine schöne junge Frau, die ahnungslose Männer in den Tod lockte,« erklärte Reggie. »Sie sind auch für ihren süßlichen Essiggeruch bekannt.«

Der schwere Duft von Jasmin, durchzogen von einer scharfen Essignote, erfüllte den Obduktionsraum und ließ Sophie Amiras Abneigung, Reggie zu assistieren, besser verstehen. Dennoch beschloss Sophie, dass der seltsame Geruch einer Jorōgumo-Gestaltwandlerin nicht einmal zu den Top Ten der schlimmsten Gerüche gehörte, die sie je bei einer Obduktion erlebt hatte.

»Wir sind hier fast fertig, also wenn du schon mal in den Pausenraum willst, bin ich gleich da,« schlug Sophie Mac vor.

»Ich kann hier alleine fertig werden, Sophie. Warum geht ihr beiden nicht schon vor und fangt mit eurer Mittagspause an? Ich bin gleich da, dann können wir uns unterhalten,« bot Reggie an.

»Du bist der beste Chef aller Zeiten,« erklärte Sophie. Reggie wurde rot, winkte ab und wandte sich wieder der Spinnenfrau auf dem Obduktionstisch zu.

Sophie zog Mac hinter sich her, steckte den Kopf in den Pausenraum und grinste, als sie den Raum leer vorfand. Mac hinter sich in den Raum ziehend, drängte sie ihn gegen die Tür. Sich wie eine Verführerin fühlend, drängte sie sich nah heran, den Mund einen Atemzug von Macs entfernt. Macs Augen blitzten raubtierhaft. Bevor er reagieren konnte, schloss Sophie die Lücke zwischen ihnen und strich mit den Lippen über seine. Sie führte ihre Lippen über seinen Kiefer, um ihre Wange an seine zu schmiegen und das Kratzen seiner Stoppeln zu spüren.

Mit einem Stöhnen umfasste Mac Sophies Gesicht und zog ihren Mund zurück zu seinem. Verschlungen gaben sie sich einander hin, teilten Atem und Küsse. Die Zeit verging im Wirbel um sie herum, Farben und Geräusche wirbelten unbemerkt vorbei. Sie knutschten eine unbestimmte Weile an der Tür, verloren im Spiel der Zungen und im sanften Geräusch von Küssen und Vergnügen im intimen Raum zwischen ihnen.

Das Geräusch sich nähernder Stimmen drang an ihr Bewusstsein und ließ Sophie wimmern. Mit einem letzten sanften Streifen der Lippen lösten sie sich langsam voneinander. Sophie schob Mac zu einem Stuhl, während sie ihr Mittagessen holte.

Glücklicherweise hatte Riona so viel Essen für Sophie eingepackt, dass genug zum Teilen mit Mac da war. Sie vermutete, dass Riona es nicht gewohnt war, Menschen zu bekochen. Trotz monatelanger gemeinsamer Mahlzeiten mit ihren Kollegen war Sophie immer noch nicht an die schiere Menge an Essen gewöhnt, die Gestaltwandler bei jeder Mahlzeit zu sich nahmen.

»Mac!« rief Ace erfreut, als er den Raum betrat, schnell gefolgt von Amira, Fitz und Reggie. Sophie hatte angenommen, dass Ace und Mac kaum die Anwesenheit des anderen tolerierten. Wo war seine übliche mürrische Haltung? Offenbar war das gemeinsame Kämpfen gegen Wolfsgestaltwandler und Feenvolk oben auf einem Turm so etwas wie eine männliche Bindungserfahrung. Amira, Fitz und Reggie holten ihre Mittagessen und gesellten sich zu Sophie und Mac am Tisch, während Ace seinen üblichen Platz am Waschbecken einnahm, um sein Essen gründlich zu reinigen, bevor er es aß.

Sophie beobachtete, wie Amira einen Dosenöffner aus ihrer Tasche zog und noch eine weitere Dose Lachs öffnete. Sie war einfach froh, dass es nicht wieder Sardinen waren. Amira dabei zuzusehen, wie sie ganze Sardinen wie Spaghetti hinunterschlürfte, hatte Sophie den Appetit für eine Woche verdorben.

»Gibt es was Neues?« fragte Reggie Mac und setzte sich auf der gegenüberliegenden Seite von Mac zu Sophie.

Mac schüttelte den Kopf, die Schultern sackten zusammen. »Nein, wir haben keine Spur von Schneewittchen. Wir haben immer noch keine Ahnung, wer sie ist oder wo sie zuschlagen wird. Und wir konnten Zachary Duprees menschliche Freundin nicht finden. Ich habe das Gefühl, wir treten nur auf der Stelle, während Schneewittchen frei herumstreift.«

Sophie starrte nachdenklich auf das abgenutzte Formica der Tischplatte und fuhr mit dem Finger eine Rille entlang, verärgert über den Mangel an Fortschritt. *Was bringt es, diese Träume und Visionen zu haben, wenn ich nicht mal eine Person aufspüren kann?*

»Du wirst es rausfinden,« antwortete Ace mit unerschütterlichem Vertrauen in der Stimme. Mac warf ihm einen dankbaren Blick zu. War Sophie etwa Zeugin einer sich anbahnenden Männerfreundschaft? Sie verbarg ihr Kichern, da es nicht angebracht schien.

»Wir müssen nur sicherstellen, dass Sophie in Sicherheit bleibt,« sagte Reggie und trocknete damit Sophies Belustigung aus und verursachte einen Kloß in ihrem Hals. Reggie passte immer auf sie auf. Sogar nach Monaten der Freundschaft bewegte es Sophie immer wieder.

»Wir haben jemanden, der Sophies Wohnung Tag und Nacht beobachtet. Außerdem habe ich Leibwächter, die Sophie zur Arbeit und zurück eskortieren. Sie halten nach allem Verdächtigen Ausschau,« versicherte Mac Reggie. »Zum Glück nimmt der Chef das ernst und erlaubt mir, Abteilungsressourcen für Schneewittchen zu nutzen. Viel mehr kann ich nicht tun, bis sie sich zeigt.«

»Hast du in Derek Gibsons Nachbarschaft etwas herausgefunden? Hat jemand gesehen, wie Mitglieder von Alphonses Rudel ihn geschnappt haben?« fragte Sophie und wechselte das Thema.

»Das war ein totaler Fehlschlag. Ich bin von Tür zu Tür

gegangen und habe Fotos von Alphonses wichtigsten Rudelmitgliedern gezeigt, aber niemand in der Straße erkannte einen von
ihnen. Ich hatte gehofft, dass einer der Nachbarn der barmherzige Samariter war, der es gemeldet hat. Aber nichts.«

»Könnte es die menschliche Freundin gewesen sein?« fragte
Sophie und dachte an die jetzt vermisste Frau.

»Neesa Jacobs? Möglich, aber ich bezweifle es. Nach Gesprächen mit einigen ihrer Bekannten glaube ich nicht, dass Dupree
ihr viel erzählt hat. Sie war nicht gerade vom barmherzigen-
Samariter-Typ, aber man weiß ja nie. Ihr Nachbar sagte, dass sie
so oft zugedröhnt war, dass sie die meiste Zeit praktisch katato-
nisch war. Das heißt aber nicht, dass sie nicht unsere Anruferin
war. Wir müssen sie finden, um festzustellen, ob sie etwas
wusste, aber ich vermute, sie wird nicht lebend wiederauf-
tauchen.«

Wenn Alphonses Rudel Neesa erwischt hatte, wie sie vermu-
teten, bezweifelte Sophie, dass sie sie je lebend wiedersehen
würden. Sobald sie mit Schneewittchen fertig waren, wollte
Sophie ihre volle Aufmerksamkeit dem Sunset-Viertel-Rudel
widmen.

»Könnte es Schneewittchen gewesen sein? Du sagtest, die
Anruferin war eine Frau, richtig? In meinem Traum wirkte es so,
als hätte sie Alphonse schon eine Weile verfolgt. Vielleicht sah
sie, wie sie Derek geschnappt haben.«

»Vielleicht. Aber warum sollte sie die Polizei wegen der
Entführung anrufen, aber keine Warnungen zu den anderen
Morden geben, die sie begangen hat? Ich weiß nicht, ob das zu
ihrem Muster passt. Sie scheint es zu genießen, selbst für
Ordnung zu sorgen,« schlug Ace vor, als er sich endlich zu allen
an den Tisch setzte. Sophie war überrascht, dass der Apfel, den er
gewaschen hatte, überhaupt noch Schale hatte.

Sophie klopfte mit den Fingern auf die Tischplatte und
versuchte sich zu erinnern, wie es war, in Schneewittchens Kopf
zu sein. Sich an ihren Denkprozess zu erinnern, fühlte sich an,

wie Sand festzuhalten. »In all meinen Träumen und Visionen hat Schneewittchen nur dann getötet, wenn sie ihr Ziel alleine erwischen konnte. Als die Wölfe Derek geschnappt haben, waren sie zu mehreren.«

»Können wir eine Kopie des Anrufs bekommen? Dann wüssten wir vielleicht, wie Schneewittchens Stimme klingt. Falls sie es war,« schlug Fitz vor.

Mac zog seinen Notizblock heraus und notierte rasch. »Gute Idee. Ich sehe, was ich tun kann.«

Fitz schenkte Sophie ein zufriedenes Grinsen, als freue er sich, helfen zu können. Sophie beobachtete, wie er ein Ei aus seinem Cobb-Salat aufspießte und aß.

»Du bist ein Schneegans-Gestaltwandler ... Ist es für dich in Ordnung, Eier zu essen?«

»Das ist ein Hühnerei,« erwiderte Fitz und spießte ein weiteres Stück hartgekochtes Ei auf. »Ich bin eine Schneegans. Das ist eine ganz andere Vogelart. Kein Kannibalismus.«

Sophie fragte sich kurz, ob Schneegans-Gestaltwandler Eier legten anstatt lebend zu gebären. Sie nahm an, dass Gestaltwandler primär menschlich waren mit der Fähigkeit, sich in andere Kreaturen zu verwandeln, also Säugetiere, auch wenn ihre anderen Formen nicht säugetierartig waren. Sie wusste, es gab Vogel- und sogar Reptilien-Gestaltwandler, aber sie nahm an, sie galten als Säugetiere. Vielleicht fragte sie später Reggie.

»Gibt es Rinder-Gestaltwandler? Und falls ja, wäre es Kannibalismus, wenn sie einen Hamburger essen würden?«

Alle am Tisch stöhnten, an Sophies Fragen zu mythischen Wesen schon gewöhnt.

»Ich habe noch nie von Rinder-Gestaltwandlern gehört,« meinte Reggie. »Eigentlich glaube ich nicht, dass ich je von Gestaltwandlern gehört habe, wo das Tier in der Landwirtschaft genutzt wird. Keine Hühner, Schweine, Kühe oder Truthähne.«

»Manche Leute essen Gans, oder? Ich habe noch nie Gans gegessen,« versicherte Sophie Fitz schnell. »Aber würde eine

Schneegans jemals eine normale Gans essen? Wäre das Kannibalismus?«

Fitz ließ seine Gabel mit einem Schauder in die Schüssel fallen. »Ich weiß nicht, ob das Kannibalismus wäre, aber ich würde niemals Gans essen. Niemals. Es wäre zumindest geschmacklos.«

Mac sah Sophie einen Moment an, als müsse er mit einer Verrückten umgehen, dann breitete sich langsam ein Grinsen auf seinem Gesicht aus.

»Ich habe gehört, im Süden essen sie Waschbär. Mir wurde gesagt, es sei recht lecker, aber das Fleisch ist zäh und streng,« sagte Mac zu Sophie, die Augen glänzten vor unterdrücktem Lachen.

Ace prustete und verschluckte sich fast an seiner Limonade. »Ich zeig dir zäh, Mac. Ihr beiden seid widerlich.« Ace knurrte und verdrehte die Augen zu Amira, während Sophie und Mac losprusteten.

»Wenn jemand einen Witz über Katzen und chinesisches Essen macht, bekommt ihr meine Schüssel Lachs und Reis über den Kopf geschüttet,« warnte Amira und zeigte mit einem manikürten, krallenartigen Finger auf jeden am Tisch.

Als Gelächter und Scherze den Raum füllten, war Sophie froh zu sehen, dass die Stimmung sich aufgehellt hatte. Alle lächelten und neckten sich. Schneewittchen war eine dunkle Wolke über allen gewesen, nicht nur über Sophie. Sie würde alles dafür tun, Schneewittchen für immer loszuwerden. Doch das konnte erst passieren, wenn Schneewittchen endlich ihr Gesicht zeigte.

Sophie mochte es nicht, untätig zu warten, dass das Leben ihr widerfuhr. Sie war es leid, abzuwarten, was Schneewittchen als Nächstes tun würde. Sie war es gewohnt, selbst Dinge in die Hand zu nehmen. Es nagte an ihr, jetzt im Wartespiel gefangen zu sein.

Oder doch nicht?

»Ich habe eine Idee, aber sie wird euch nicht gefallen,«

verkündete Sophie und drehte sich im Sitz zu Mac. »Ich hasse es, herumzusitzen und zu warten, dass Schneewittchen zuschlägt. Wir wissen, dass sie sich für mich interessiert, oder? Wir sollten mich als Köder benutzen. Wir können sie herauslocken.«

Der Aufruhr, den Sophies Vorschlag auslöste, war beeindruckend. Alle redeten durcheinander und argumentierten dagegen. Sophie verzog das Gesicht. Sie wollte nicht die gute Stimmung zerstören. Aber es war ein bisschen schön, dass alle so empört waren, Sophie in Gefahr zu bringen.

»Kommt gar nicht in Frage,« stellte Mac fest, seine laute Ansage beendete das Durcheinander. »Wir bringen dich nicht in solche Gefahr. Schneewittchen hat einen Wolfsgestaltwandler getötet. Einen von Alphonses Top-Vollstreckern. Es ist zu gefährlich. Dein Leben ist es nicht wert, das zu riskieren.«

»Ich denke, wir sind uns einig, dass mein Leben ohnehin in Gefahr ist,« wandte Sophie ein.

»Du bist in einem sicheren Versteck und hast Leibwächter. Du bist in einem Gebäude, das von einem Drachen bewacht wird. Du bist so sicher, wie ich dich machen kann,« Mac ergriff Sophies Hände. »Ich will sie genauso dringend fassen wie du, aber wir benutzen dich nicht als Köder. Wir finden einen anderen Weg. Es muss einen anderen Weg geben, sie herauszulocken. Versprich mir, dass du nichts Dummes versuchst.«

Sophie hielt Macs Blick, wollte seinem Wunsch nicht zustimmen, verstand aber seine Haltung. Sie würde genauso fühlen, wenn Mac sich selbst in Gefahr bringen wollte.

»In Ordnung, ich verspreche, ich mache nichts Dummes. Ich will das nur lösen und Schneewittchen von der Straße holen. Menschenleben stehen auf dem Spiel, selbst wenn es Alphonse ist.«

»Wie wäre es, wenn wir stattdessen Alphonse als Köder verwenden?« warf Amira plötzlich ein. Wie auf Kommando drehten sich alle zu ihr um. Ihre Worte hallten durch den plötzlich stillen Raum und blieben einen Moment lang stehen, bevor

Amira mit den Schultern zuckte und eine dunkle Haarsträhne zurückwarf. »Wir wissen, dass Schneewittchen auch Alphonse verfolgt hat. Ich denke, wenn wir einen Weg finden, Alphonse ihr vorzusetzen, kann sie nicht widerstehen.«

»Das gefällt mir. Aber wie stellen wir das an, ohne dass Alphonse es merkt? Wenn er ahnt, dass Schneewittchen hinter ihm her ist oder dass wir über seine jüngsten Aktivitäten Bescheid wissen, macht er dicht und wir verlieren die Chance,« gab Mac zu bedenken.

»Ist es ethisch, ihn ohne sein Wissen als Köder zu benutzen?« fragte Reggie und biss sich besorgt auf die Lippe.

»Er ist bereits Köder. Wir brauchen nur mehr Augen auf ihn. Oder einen Weg, ihn zu verfolgen. Wenn wir wissen, wo er ist, können wir nach Schneewittchen Ausschau halten. Im Grunde genommen ist das sogar sicherer für ihn,« sagte Mac. »Ich rede morgen mit Larry und frage, ob er eine Idee hat. Vielleicht kann er einen Verfolgungszauber auf Alphonse legen.«

Als alle mit dem Mittagessen fertig waren, beobachtete Sophie, wie Mac ein Gähnen unterdrückte. Für Sophie und die Kollegen war es Mittagszeit, für den Rest der Welt mitten in der Nacht. Sophie war gerührt, dass Mac mitten in der Nacht aufstand, nur um bei ihr zu sein.

Nachdem er sich von allen verabschiedet und eine gute Nacht gewünscht hatte, machte sich Mac auf den Heimweg, um ein paar Stunden Schlaf zu bekommen, bevor er am Morgen ins Revier musste.

Sie stand in der Lobby und sah zu, wie die Rücklichter von Macs unauffälligem Auto um die Ecke bogen, und spürte ein Gefühl drohenden Unheils – als ob alle, die ihr wichtig waren, ungebremst auf eine Katastrophe zusteuerten und sie nichts tun konnte, um sie aufzuhalten.

KAPITEL 18

Sophies Tage hatten einen entspannten Rhythmus angenommen. Die meisten Abende aß sie mit Mac im Stammhaus zu Abend, sobald seine Schicht vorbei war. Normalerweise gesellte sich Birdie zu ihnen zum Essen und um mit Mac zu flirten. Er brachte sie über die Fortschritte – oder vielmehr den Mangel an Fortschritten – bei den Fällen von Schneewittchen und Alphonse auf den neuesten Stand. Nachts assistierte Sophie Reggie bei Obduktionen und zeichnete Todesvisionen auf Reggies Handy auf. Ihre Leibwächter fuhren sie jeden Morgen und Abend wie ein Uhrwerk zur Gerichtsmedizinischen Abteilung und zurück. Die Jungs – wie Fergal sie nannte – wuchsen Sophie langsam ans Herz. Sie fühlte sich immer noch wie eine Kindergärtnerin, die eine Horde ausgelassener Jungs beaufsichtigt, aber sie waren so gutmütig, dass man ihnen ihre welpenhafte Energie nicht übelnehmen konnte. Sobald Sophie morgens im Stammhaus ankam, frühstückte sie mit Birdie und Fergal, dann brachte Patrick Senior sie beim Training ordentlich ins Schwitzen. Sobald sie ins Bett ging, begann der Zyklus von vorn.

Während Patrick Junior ein schlaksiger Junge mit kupferrotem Haar war, war sein Vater ein Berg von einem Mann mit dunkelrötlichem Haar. Mit seinem dichten Bart und der wilden Mähne sah er aus, als würde er in einer Burg wohnen und einen Kilt tragen. Sie vermutete, dass einige seiner Vorfahren wahrscheinlich Herr des Anwesens genannt wurden. Außer ihrem roten Haar sahen Vater und Sohn kaum verwandt aus. Bis man in ihre identischen grünen Augen blickte.

Patrick Senior, der lieber Paddy genannt werden wollte, verbrachte viel Zeit damit, Sophie zu Boden zu werfen und sie dann wieder aufstehen zu lassen, wobei er darauf hinwies, wie sie seine Bewegungen hätte blocken sollen. Er schien große Freude daran zu haben, seine Schüler zu verprügeln. Nach den ersten Tagen Unterricht bei Paddy war Sophies Hintern ein einziger, riesiger blauer Fleck.

In der letzten Woche machte Sophie jedoch langsam aber sicher Fortschritte. Es war eine Erleichterung für ihren armen Hintern. Paddy meinte, sie sei ein Naturtalent, aber gegen einen Berg von einem Mann anzutreten, fühlt sich ganz und gar nicht so an.

Sophie hatte sich gewünscht, einen Traum über Schneewittchen und ihre Aktivitäten zu haben, sogar ihre mörderischen, bevor sie jeden Morgen in ihr Bett stieg. Alles, um die Dinge voranzubringen. Jedoch waren ihre Träume die letzte Woche über ärgerlich alltäglich gewesen. Sophie vermisste ihr Apartment. Sie vermisste es, in die Kneipe zu gehen und Zeit mit Benno zu verbringen. Sie vermisste sogar das Streiten mit ihrem Vermieter. Sophie war mehr als bereit, dass die Dinge wieder normal wurden. Nun ja, so normal, wie es bei ihr eben war.

Am Donnerstag hatte Sophie – zusammen mit ihren Begleitern – einen metaphysischen Bedarfsladen und eine Buchhandlung im Haight-Ashbury-Viertel aufgesucht. Anscheinend suchten moderne Hexen und Hexenmeister nicht mehr nach Molchauge und Krötenzehe in feuchten Wäldern. Sie gingen einfach in ihren örtlichen Bedarfsladen. Sophie hatte ein paar Bücher über luzides Träumen und Astralprojektion gefunden.

Sie hatte sie in der festen Hoffnung gelesen, damit sie bessere Kontrolle über ihre Träume und Visionen gewinnen könnte. Bisher hatte sie kein Glück gehabt, aber sie hatte noch zwei weitere Bücher, die auf ihrem Nachttisch auf sie warteten.

Vor ein paar Tagen hatte Larry der Hexenmeister es geschafft, einen Verfolgungszauber auf Alphonse zu legen. Als Sophie fragte wie, erklärte Mac, dass sie eine Haarsträhne von Alphonse verwendet hatten, um den Zauber zum Funktionieren zu bringen.

»Wie habt ihr es geschafft, ein Haar von Alphonse zu bekommen?« hatte Sophie gefragt. Alphonse war so ein Druckkochtopf aus Wut und Aggression, dass sie sich die Gefahr nicht vorstellen konnte, die damit verbunden war, ihm etwas zu stehlen.

»Vorsichtig,« hatte Mac mit einem atemlosen Lachen geantwortet. Sophie verzog das Gesicht über diese Nicht-Antwort. Selbst nach tagelangem Nerven hatte Mac seine geheimen Haarentnahme-Methoden nicht preisgegeben. Sophie vermutete, dass er einfach eines seiner Rudelmitglieder bestochen hatte, aber Mac genoss es zu sehr, Sophie auf die Nerven zu gehen, um sein Geheimnis preiszugeben. Tage später war Sophie ihrer Antwort nicht näher. Vielleicht würde sie Larry das nächste Mal fragen, wenn sie ihn sah.

Trotz des fröhlichen Geplauders der anderen Leute, die heute Abend den Speisesaal des Clans füllten, schwebte eine dunkle Wolke über Mac. Er schob einen Bissen Shepherd's Pie in den Mund, als hätte er seine Mutter beleidigt.

»Ist alles in Ordnung, Schätzchen?« fragte Birdie. Sophie war froh, dass Birdie sprach; sie machte sich Sorgen, dass er das Besteck beschädigen würde, wenn er so weitermachte. Er war so verärgert, dass er sich nicht einmal wie sonst über Birdies Lob freute.

»Alphonse ist der schlechteste Köder, den es gibt. Er verlässt kaum jemals sein Anwesen. Schneewittchen kann sich nicht zeigen, wenn Alphonse nicht rausgeht.«

Mac zog wieder eine Papierkarte der Stadt hervor und brummte dabei, um zu prüfen, ob sich der rote Punkt, der Alphonse darstellte, vom Rudelhauptquartier in der Noriegastraße wegbewegt hatte. Mac faltete die Karte mit präzisen Bewegungen zusammen und knurrte leise vor sich hin, bevor er sie wieder in die Tasche steckte, nur um sie fünf Minuten später erneut hervorzuholen.

Alphonse hatte sein Haus nur bei ein paar Gelegenheiten verlassen, und er ging nie weit. Sophie fragte, ob Alphonse vielleicht bemerkt hatte, dass er verfolgt wurde. Mac erklärte, dass der Alpha dafür bekannt war, ein Einzelgänger zu sein, also waren seine Stubenhocker-Tendenzen kein Hinweis darauf, dass er sie durchschaut hatte.

Mac beschloss, seine Frustrationen auf dem Boden eines Pintglases zu ertränken. Als Sophie zur Arbeit gehen musste, war er in viel besserer Stimmung, aber nicht in der Verfassung, sich selbst nach Hause zu fahren. Er nahm Sophies Angebot dankbar an, bei ihr im Zimmer im Stammhaus zu übernachten. Vielleicht könnten sie, wenn sie sich morgens beeilte, noch etwas Zeit zu zweit verbringen, bevor Mac zur Wache müsste und sie ihr Training hätte. Wenn Mac nicht zu verkatert war, das heißt.

»Musst du nicht morgen arbeiten? Wie willst du funktionieren, wenn du verkatert bist?« warnte Sophie und beobachtete, wie Mac die letzten Tropfen Bier aus seinem Glas trank.

»Gestaltwandler-Stoffwechsel.« Mac zuckte mit den Schultern. »Das heißt, ich bin nach ein paar Stunden wieder nüchtern. Ich bekomme keinen Kater.«

»Glückspilz,« murrte Birdie. Sophie nickte zustimmend und dachte an ihren letzten Kater. Noch Jahre später wurde ihr beim Gedanken an Gin Tonic immer noch übel.

Sophie konnte das Wochenende kaum erwarten, um mehr Zeit mit Mac zu verbringen als nur beim gemeinsamen Abendessen. Das Bett im Stammhaus war weich und bequem, aber es war einsam. Sophie hatte es satt, jeden Morgen in kalte, leere Laken zu schlüpfen.

»Wir brauchen einen Weg, Alphonse herauszulocken. Es dauert zu lange, bis er von alleine rauskommt.«

»Du hast recht,« rief Mac aus und richtete sich aus seiner Haltung auf. »Wenn wir festlegen, wann und wie wir Alphonse aus seinem Hauptquartier bekommen, können wir ihn an einen Ort unserer Wahl locken. So können wir die Umgebung kontrollieren. Wir können die perfekte Falle stellen.«

»Wie werden wir das machen?«

»Ich muss mit dem Chef sprechen. Wenn ich versuchen würde, eine Operation wie diese ohne seine Zustimmung und sein Mitwirken durchzuziehen, würde er meine Eier in einen Schraubstock spannen.« Die Veränderung in Macs Verhalten war fast augenblicklich. Er saß nun aufrecht und trommelte nachdenklich mit den Daumen auf den Tisch, die Augen glänzend.

Sophie sah auf die Zeit auf ihrem Handy und ließ Mac wissen, dass sie gehen musste. Sie zog Mac von seinem Stuhl hoch und hielt an, damit er Birdie ihren nächtlichen Kuss auf die Wange geben konnte. Dann führte sie ihn die Treppe hinunter, wo die Jungs bereits warteten, um Sophie zur Arbeit zu bringen. Unten angekommen, sah Sophie, wie Conor sich zu ihr umdrehte und ihr zum Gruß die Hand hob. Sie konnte endlich die beiden Brüder auseinanderhalten. Conor war der ältere Bruder. Er war etwas größer und fülliger. Er hatte auch eine kleine Narbe durch eine seiner Augenbrauen.

Mac wirbelte Sophie herum, drückte ihren Rücken gegen die Wand und küsste sie so, dass ihr die Zehen kribbelten und wohlige Schauer über ihren Rücken liefen. Mit seinen Lippen einen Millimeter von ihren entfernt, seine Augen trunken glänzend, flüsterte er: »Ich wünschte, du müsstest nicht gehen, Höllenstifter.«

»Ich auch, Arschgesicht,« flüsterte Sophie zurück und beobachtete, wie Mac sehnsüchtig ihre Lippen anstarrte. Der Blick in seinen Augen ließ Sophies Magen wie auf einer Achterbahn schwingen.

Den Kopf schüttelnd, als würde er sich aus einem Dämmerzustand reißen, blickte Mac zur Eingangstür hinüber. Sophie folgte seinen Augen und sah ihre Leibwächter sich alle wegdrehen, was sie daran erinnerte, dass sie ein Publikum hatten. Sie fädelte ihre Hand in Macs Haar, fuhr mit den Nägeln über seine Kopfhaut, bevor sie die Strähnen benutzte, um seine Aufmerksamkeit von den Jungs weg und zurück zu ihr zu ziehen.

»Hast du irgendwelche Pläne für dieses Wochenende?« fragte Sophie, sobald sie seine Augen eingefangen hatte.

»Essen zum Mitnehmen und du in meinem Bett,« schlug Mac mit einem teuflischen Grinsen vor.

»Das klingt perfekt,« antwortete Sophie mit einem Stöhnen der Sehnsucht. Mac suchte ihr Gesicht ab, bevor er seinen Kopf senkte, um ihre Lippen in einem verweilenden Kuss zu vereinen.

Sophie machte ein wimmerndes Geräusch in ihrer Kehle und zog sich zurück: »Ich muss gehen.«

»Nur noch eine Minute,« sagte Mac zwischen weiteren Küssen.

Mehrere Minuten später stolperte Sophie zur Tür hinaus mit dem Gefühl von Macs Augen, die ihren Rücken wärmten. Sophie erlaubte sich, Mac für einen langen Moment anzusehen und Blickkontakt mit seinen strahlend blauen Augen aufzunehmen.

»Komm schon, Sophie. Wir müssen gehen,« rief einer der Jungs und durchbrach ihre Träumerei. Sie winkte Mac zum Abschied, bevor sie hinaus zu den errötenden Jungs trat, die offensichtlich ihre Zärtlichkeiten mitangesehen hatten. Sophie weigerte sich, sich für das Küssen ihres Freundes zu schämen, also schritt sie entschlossen an ihnen vorbei und ging zu dem auf der Straße geparkten Auto.

Neben dem Auto stehend, blickte Sophie zurück, um zu beobachten, wie die Jungs ihr nacheilten.

Chaoten, dachte Sophie liebevoll, als die Jungs sich stießen und rempelten. Wie üblich kämpften Patrick und Liam darum, wer vorne sitzen durfte. Das Auto gehörte Conor, dem ältesten der drei Jungs, also bestand er immer darauf, selbst zu fahren. Er vertraute niemandem sonst, seinen Schatz zu fahren. Nach einer Minute des Ringens brachte Patrick Liam in den Schwitzkasten, seine roten Locken hüpften und Arme spannten sich, während er kämpfte, Liam festzuhalten. Schließlich, rotgesichtig und keuchend, gab Liam auf und signalisierte, dass Patrick heute Abend vorne sitzen konnte. Mit einer triumphierenden Geste sprang Patrick auf den Vordersitz.

Ein anderes Auto wechselte in ihre Spur, als sie auf die 101 fuhren, und verfehlte Conors Stoßstange nur knapp. Bremsend und ausweichend, hupte Conor wie verrückt und fluchte über den ahnungslosen Fahrer, der sie fast von der Straße gedrängt hätte.

»Schönes Manövrieren. Genau wie Lewis Hamilton,« sagte Patrick mit einem Faustgruß an Conor, als sich das Adrenalin gelegt hatte.

»Wer ist das?« fragte Sophie.

»Lewis Hamilton... Der Formel-1-Fahrer?« wiederholte Liam ungläubig. Als hätte Sophie gerade gefragt, wer der Präsident der Vereinigten Staaten sei.

»Oh, ja, ich schaue kein Autorennen,« erklärte Sophie.

Patrick schnappte empört nach Luft, als hätte sie ihm ins Herz gestochen. »Es ist Formel 1, nicht Nascar!« Er tat empört, als hätte sie eine Todsünde begangen.

Liam warf Sophie einen seitlichen Blick zu, der andeutete, dass er es mit einem besonders schwer von Begriff seienden Geschöpf zu tun hatte. Sophie spürte, wie jeder kleine Respekt, den sie bei den Jungs aufgebaut hatte, davonschwand.

War ja klar.

Während sie zur Arbeit fuhren, starrte Sophie aus dem Fenster und fragte sich, was mit Schneewittchen los war. Als sie sich ihrem Arbeitsgebäude näherten, versuchte Sophie zu sehen, ob irgendein Auto oder Fußgänger fehl am Platz aussah. Paranoia hatte sie im Würgegriff, denn jeder kam ihr verdächtig vor. Sie konnte es kaum erwarten, dass Schneewittchen endlich gefasst wurde, damit das Gefühl, immer über die Schulter blicken zu müssen, verschwinden würde.

* * *

MEHRERE STUNDEN später zippte Sophie den Leichensack eines gepfählten Vampirs zu, nachdem sie seine Obduktion abgeschlossen hatte.

Sophie wollte ihn gerade zur Kühlung zurückrollen, als Reggies Verhalten sie aufhielt. Seine Handschuhe abziehend und in den Müll werfend, begann Reggie an seinem Daumennagel zu kauen – ein sicheres Zeichen, dass er sich wegen etwas Sorgen machte.

»Ist alles in Ordnung, Reg?«

»Der Domus-Anführer des Opfers wird ausrasten, sobald er erfährt, dass einer seiner Vampire außerhalb des Domus Menschen jagt. Noch schlimmer ist, dass deine Vision mich denken lässt, dass dieser Typ nicht der einzige war, der das getan hat. Erinnerst du dich? Er erhielt diese SMS von jemandem namens Preston, der sagte, er könne nicht zum Abendessen kommen, kurz bevor dieser Typ versuchte, diese Frau zu schnappen. Ich bin mir fast sicher, dass sie zusammen Menschen gejagt haben, und ich glaube, dass der Domus-Anführer Raphael zustimmen wird. Als eines der größeren Domus-Häuser in der Stadt haben sie Dutzende von Volos im Haus, um die Vampire zu nähren. Niemand im Domus muss außerhalb ihres Hauses jagen. Die Tatsache, dass sein Vampir von einer Gruppe Jäger erwischt und gepfählt wurde, fügt nur Beleidigung zur Verletzung hinzu. Ich kenne den Domus-Anführer, und er wird gleich ausrasten. Außerdem, wenn das Conclave herausfindet, dass Raphaels Domus eine Bloßstellung vor der Menschenwelt riskiert hat...

Die Sanktionen werden steil sein. Ich fühle mich fast schlecht für die Mitglieder des Domus.«

»Wenn es da draußen menschliche Jäger gibt, die Vampire jagen, bedeutet das nicht, dass das Geheimnis bereits raus ist?«

Reggie zuckte mit den Schultern. »Nicht weit verbreitet. Mythische Wesen waren sehr effizient darin, jegliche Beweise für unsere Existenz zu verstecken. Diese Jäger sind dünn gesät. Außerdem halten die meisten Menschen sie für verrückte Verschwörungstheoretiker.«

»Ich kann nicht glauben, dass die ganze Welt noch nicht von der Existenz Mythischer Wesen erfahren hat. Da heute jeder eine Kamera im Handy hat, denkst du nicht, dass es nur eine Frage der Zeit ist, bis ihr entdeckt werdet? Menschen werden ausflippen. Machst du dir keine Sorgen, dass die Regierung eure Leute entführen und Experimente an ihnen durchführen würde oder so? Oder dass es Massenpanik geben würde, wenn ihr entdeckt würdet?«

»Ich glaube, Menschen werden besser reagieren, als du denkst. Außerdem bin ich sicher, dass alle verschiedenen Conclaves weltweit Pläne für diese Eventualität haben. Wir sind auch gut versteckt. Niemand, der die meisten Mythischen Wesen trifft, hätte eine Möglichkeit zu entdecken, dass wir nicht menschlich sind. Du wusstest nicht, dass ich ein Gestaltwandler war, bis ich es dir sagte,« erinnerte Reggie Sophie.

Sophie war sich nicht so sicher, dass Menschen keine Wege finden könnten, Mythische Wesen aufzudecken, wenn ihre Existenz allgemein bekannt würde, aber sie beschloss, diese Meinung für sich zu behalten.

»Und du vertraust einfach darauf, dass diese Conclaves alles durchdacht haben? Wie kannst du ihnen so sehr vertrauen? Solltest du nicht den Plan wissen wollen, damit du vorbereitet sein kannst? Ich würde den Plan wissen wollen.«

»Wir treffen viele Vorsichtsmaßnahmen, um sicherzustellen, dass Menschen nicht von uns erfahren. Wir haben unsere Leute in der Regierung, im Militär, bei der Polizei und in den Medien platziert. Jedes Conclave hat Feenvolk im Personal, das Erinnerungen verändern kann, das belastende Videos online entfernen kann. Es ist viel ausgeklügelter, als du erkennst.«

»Ich hoffe für euch, dass das genug ist, um eure Leute sicher zu halten. Jetzt, wo ich darüber nachdenke, wenn ihr wisst, dass ihr die Existenz Mythischer Wesen vor Menschen geheim halten müsst, warum hast du mich eingestellt, Reg? Ich bin menschlich, und du kanntest mich überhaupt nicht. Ich hätte für alles, was du wusstest, eine Vampirjägerin sein können. Außerdem bin ich ehrlich gesagt ziemlich unqualifiziert für diesen Job.« Sie war mehr als etwas unqualifiziert, aber Sophie würde das ihrem Chef nicht unter die Nase reiben. »Wie konntest du sicher sein, dass ich das Geheimnis der Existenz Mythischer Wesen nicht ausplaudern würde? Wenn ich du gewesen wäre, hätte ich mich nicht eingestellt.«

»Bauchgefühl. Als ich dich traf, ich weiß nicht, ich wusste es einfach. Meine Instinkte haben mich noch nie in die Irre geführt. Wir sind jeden Tag von Magie umgeben. Ich habe gelernt, darauf zu vertrauen,« antwortete Reggie. Sophie vermutete, dass Reggie einfach eine Schwäche für Leute hatte, die Pech hatten, was zweifellos der Fall war, wo Sophie gewesen war, als sie sich gefunden hatten. Vielleicht war sie einfach zynisch, aber Sophie würde niemals blind Fremden vertrauen, wie Reggie es getan hatte. »Jedoch, apropos unqualifiziert sein,« fuhr Reggie fort, »ich möchte, dass du dich um die Erlangung deiner Medizinischen Assistenten-Zertifizierung kümmerst. Das City College hat ein Programm dafür, das nächsten Monat beginnt. Es wird weniger als sechs Monate dauern.«

»Reg... Ich kann mir im Moment keine Kurse leisten,« antwortete Sophie, Verlegenheit ließ ihre Wangen dunkler werden. »Ich muss erst ein bisschen sparen, bevor ich es mir leisten kann.«

»Ich bin Mitglied im Komitee für dieses Programm, deshalb

weiß ich, dass ich es für dich möglich machen kann. Also mach dir keine Sorgen über die Kosten, geh einfach und melde dich an. Wir werden es herausfinden.«

Tränen stiegen Sophie angesichts von Reggies Fürsorge in die Augen. Den Kopf wegdrehend, musste sie die Feuchtigkeit wegblinzeln. Die Schultern straffend, schenkte sie Reggie ein breites Lächeln.

»Ich will nicht zurück zur Schule gehen. Ich bin schlecht in der Schule,« jammerte Sophie spielerisch und tat dabei, als wäre sie wieder in der Mittelstufe.

»Tja, Pech gehabt,« schnaubte Reggie zurück und brachte Sophie zu einem überraschten Lachen. Etwas von ihrer Gossensprache begann auf ihren süßen Chef abzufärben.

»Ich glaube, ich bin kein gutes Vorbild für dich,« neckte Sophie.

»Kaum,« schnaubte Reggie. »Da ist noch etwas anderes, worüber ich mit dir sprechen wollte. Ich habe einen Bekannten, der ein Experte in Psychometrie ist, den ich dir vorstellen möchte.«

»Psychometrie? Was ist das? Ist das ähnlich wie Psychiatrie? Schlägst du vor, dass ich einen Seelenklempner brauche?«

»Höchstwahrscheinlich,« scherzte Reggie. »Aber nein, Psychometrie ist das, was ich denke, dass deine Gabe ist. Ich habe einige Forschungen in diesem Bereich betrieben. Es wird auch Token-Objekt-Lesen genannt. Es ist die Fähigkeit, die Geschichte eines Objekts zu lesen, indem man es berührt. Mein Kontakt an der UC Berkeley hatte noch nie von Psychometrie gehört, die spezifisch mit dem Tod verbunden ist. Jedoch, nachdem ich deine Fähigkeiten beschrieben habe, denkt sie, dass es möglich ist. Sie ist sehr daran interessiert, dich zu treffen. Ich sagte ihr, dass das deine Entscheidung wäre.«

Sophie hmmte unverbindlich, nicht sicher, ob sie wollte, dass noch jemand anderes von ihrer Fähigkeit wusste. Je mehr Leute wussten, desto höher waren die Chancen, dass es kein Geheimnis bleiben würde.

»Du bist sicher, dass dieser Person vertraut werden kann?« bestätigte Sophie und wartete darauf, dass Reggie nickte, bevor sie fortfuhr. »Ich wünschte, du hättest mich zuerst gefragt, bevor du einem Fremden von meinen Fähigkeiten erzählt hast.«

»Ich habe ihr nie deinen Namen gesagt oder auch nur, woher wir uns kennen. Du musst sie nicht treffen, aber sie ist eine Expertin auf ihrem Gebiet, und ich denke, sie kann helfen. Selbst wenn du sie nicht triffst, hat sie einige interessante Ideen. Sie schlug vor, dass wir einige Tests durchführen sollten, um zu sehen, ob du Lesungen von Mordwaffen bekommen kannst. Und Dinge zu berühren, die Leute berührten oder hielten, als sie starben, und zu sehen, ob du irgendwelche Abdrücke ziehen könntest. Es wird uns helfen zu bestimmen, ob deine Gabe nur bei Menschen funktioniert oder ob wir dein Repertoire erweitern können. Stell dir vor, wenn du ein Messer berühren und sehen könntest, was passiert ist? Wir wären in der Lage, noch mehr Verbrechen zu lösen. Sogar solche ohne Leiche.«

Sophie stimmte zu, dass es sich lohnen würde, das zu erforschen. Die Grenzen ihrer Fähigkeiten zu verstehen, machte einfach Sinn.

Aufregung hatte Reggie gepackt, und er warf Ideen um sich. »Hast du jemals eine Lesung vom Tod eines Tieres bekommen? Ich frage mich, ob wir einen Weg finden können, an ein totes Tier zu kommen...«

»Ich glaube nicht. Ich habe noch nie ein kürzlich verstorbenes Tier berührt. Aber ehrlich gesagt, wenn ich die letzten Momente jedes Hähnchennuggets sehen könnte, das ich gegessen habe, wäre ich jetzt schon Vegetarierin.«

»Das kann ich mir vorstellen,« verzog Reggie das Gesicht. »Ich frage mich, ob während des Prozesses der Schlachtung und Handhabung des Fleisches in den Fabriken und Geschäften die Visionen zerstört werden. Ich denke trotzdem, wir sollten es ausprobieren. Ich kenne jemanden, der eine Tierarztpraxis besitzt. Wir müssen uns einen guten Grund einfallen lassen, warum wir wollen, dass du eines der toten Tiere berührst.«

Sophie zuckte mit den Schultern. Sie bezweifelte, dass sie irgendwelche Visionen von jemandes toter Katze oder so bekommen könnte, aber sie war bereit, es zu versuchen.

»Ich würde gerne mehrere Tests durchführen. Wir haben die Grenzen deiner Gabe noch nicht herausgefunden. Kannst du Visionen von einer Leiche ziehen, die schon lange tot ist, wie Jahre nachdem sie gestorben sind? Oder was ist mit jemandem, der zerstückelt wurde? Könntest du eine Lesung von einem kleinen Stück bekommen, wie einem Finger? Könntest du dir vorstellen, wenn du eine Mumie berührst und ihre letzten Momente sehen könntest? Stell dir die Möglichkeiten vor!«

Sophie konnte es nicht über sich bringen, angesichts von Reggies Enthusiasmus verärgert zu sein. »Wie würden wir an eine Mumie kommen?« fragte Sophie, nur halb scherzend.

»Ich glaube, die San Francisco State University besitzt einige. Die Mumien gehörten früher zur Sammlung von Adolph Sutro. Ich werde mich informieren. Wenn ich mich richtig erinnere, stellen sie die Artefakte regelmäßig aus. Ich habe es einmal im Fernsehen gesehen,« versprach Reggie.

»Sutro? Wie Sutro Tower?«

»Er war der Bürgermeister in den 1800ern. Ich nehme an, der Turm wurde nach ihm benannt,« antwortete Reggie mit einem Achselzucken. Sophie überlegte kurz, es auf ihrem Handy nachzuschlagen, entschied aber, dass es ihr nicht wichtig genug war, sich die Mühe zu machen.

»Ich wäre schockiert, wenn ich eine Todesvision von einer Mumie ziehen könnte. Jedoch, wenn du mir eine besorgst, werde ich es versuchen,« versprach Sophie und schob ihren Vampir-Patienten aus dem Raum, Reggies Kichern folgte ihr.

* * *

»Auf Wiedersehen, Frau Zhao. Haben Sie einen schönen Tag,« rief Sophie beim Hinausgehen. Während sie hinausging, stopfte Sophie die Broschüre und den Antrag für das Medizinische Assistenten-Zertifizierungsprogramm, das Reggie ihr gegeben hatte, in ihre Messengertasche.

»Sie auch, Liebes,« antwortete Frau Zhao, unbewusst von Sophies innerem Aufruhr.

Nach tagelangem Regen war es dennoch eine willkommene Abwechslung. Die schwache Morgensonne durchbrach die grauen Wolken. Das Licht war so blass und wässrig, dass es Sophies Schultern kaum wärmte. Blinzelnd blickte Sophie zu der Stelle, wo Conor normalerweise parkte. Sie konnte ihr Grinsen nicht unterdrücken, als sie Mac mit ihren Leibwächtern sprechen sah. Die Heldenverehrung, die über ihre Gesichter geschmiert war, war das Süßeste überhaupt. Liam bemerkte Sophie und zeigte über Macs Schulter. Sich zu ihr umdrehend, schenkte Mac Sophie ein willkommenheißendes Grinsen.

Mehrere lange Schritte später und Mac hob sie in seine Arme. Er konnte seine Aufregung kaum verbergen.

Lachend drückte Sophie einen Kuss auf Macs Kinn. »Du bist ja heute richtig gut drauf. Was ist los?«

»Würdet ihr Jungs uns eine Minute geben?« fragte Mac die Jungs und zog Sophie zu einer Bank abseits, als die Jungs begannen wegzugehen. »Ich habe heute Morgen mit Dunham gesprochen, und er sagte, dass wir Alphonse als Köder einsetzen dürfen, um Schneewittchen hervorzulocken.«

»Hat er das?« Sophie war überrascht, dass der Polizeichef das Leben von jemandem ohne dessen Wissen riskieren würde. Das war nicht ganz wahr. Sophie zweifelte nicht daran, dass Dunham bereitwillig jemanden opfern würde, um seine Ziele zu fördern. Sie war nur überrascht, dass er bereit war, das mit jemandem so Gefährlichem wie Alphonse zu tun. Wenn die Dinge schief gingen, zweifelte Sophie nicht daran, dass Alphonse an allen Beteiligten dieser Aktion Rache nehmen würde.

An die möglichen Konsequenzen denkend, hatte Sophie Zweifel an dem Plan. Sie sollte versuchen, diesem ganzen Unterfangen ein Ende zu setzen. Wenn Mac wegen ihres harebrained Schemas verletzt würde, würde sie sich niemals verzeihen.

»Ja, der einzige Nachteil ist, dass Alphonse zustimmen muss, Köder zu sein. Dunham wird ihn später heute Morgen anrufen, um die Bitte zu stellen. Ich habe versucht, Dunham davon abzubringen, aber er sagte, wenn wir dabei erwischt würden, den Alpha ohne seine ausdrückliche Zustimmung als Köder zu verwenden, wäre der Verlust unserer Jobs das Geringste unserer Probleme. Dunham wird Alphonse sagen, dass wir glauben, er wird von der Person verfolgt, die Roger getötet hat, und ihn dazu bringen, an einen Ort zu gehen, wo wir Schneewittchen fangen können.«

»Ich will dabei sein,« sagte Sophie. Mac schüttelte bereits den Kopf, bevor Sophie den Satz beendet hatte. »Ich kann helfen. Aus irgendeinem Grund haben Schneewittchen und ich eine Verbindung. Ich habe das Gefühl, dass ich sie spüren kann, wenn sie sich nähert. Ich werde aus dem Weg bleiben. Alphonse muss nicht einmal wissen, dass ich da bin. Ich habe nur dieses Gefühl, dass du mich brauchen wirst, um mit Schneewittchen fertig zu werden.«

Mac und Sophie stritten, bis sie einen Kompromiss fanden. Sophie würde weit weg vom Geschehen und außer Sicht bleiben, besonders vor Alphonse, und sie musste mehrere Leibwächter bei sich haben. Dass sie sich, egal was passierte, nicht zeigen durfte.

»Ich will sehen, wie sie wirklich aussieht. In all meinen Visionen trägt sie mein Gesicht, und das hat mir ganz schön zugesetzt. Ich muss nur wissen, dass sie nicht wie ich aussieht. Dass mein Gesicht nicht das Letzte war, was die Leute sahen, die sie ermordet hat,« erklärte Sophie.

»Ich weiß. Wir werden sicherstellen, dass du eine Chance bekommst, sie zu sehen,« versprach Mac.

Auf sein Handy blickend, erklärte Mac, dass er zur Wache zurück musste. Er ging mit Sophie zurück zu ihren Aufpassern.

»Sobald Dunham mir sagt, was Alphonse sagt, lasse ich es dich wissen,« schwor Mac in Sophies Ohr, als er sie zum Abschied umarmte.

»Das solltest du besser,« drohte Sophie scherzhaft und knabberte an Macs Kinn. Mac gab ihr einen spielerischen Knabber zurück, grinste und stieg dann ins Auto.

»Tschüss, Mac!« rief Patrick, als Mac vorbeifuhr. Mac hob eine Hand aus dem Fenster zum Abschied.

Es war seltsam. Mac war nicht unhöflich zu den Jungs, aber außer gelegentlich bei ihnen nachzufragen, um sicherzustellen, dass sie nach Verfolgern Ausschau hielten oder sicherstellten, dass sie das 'Protokoll' befolgten, beachtete er sie kaum. Jedoch schienen sie an Macs jedem Wort und jeder Geste zu hängen. Er konnte sicherlich nicht als zugänglich bezeichnet werden. Selbst wenn er freundlich war, gab es eine scharfe Kante zu seinem Charme. Diese scharfe Kante tat seltsame Dinge mit Sophies Libido.

Sophie würde denken, die Heldenverehrung wäre eine Respekt-vor-einem-Polizisten-Sache, aber die meisten Teenager waren heutzutage nicht gerade pro-Polizei. Die Jungs behandelten niemand anderen außer ihrem Alpha Fergal und Paddy mit solcher Ehrerbietung. Sie behandelten Sophie wie ihre kleine Schwester, obwohl sie älter war als die Jungs.

Als sie sich auf den Rücksitz setzte, überlegte Sophie, wie sie das Thema ansprechen sollte.

»Mac ist ziemlich großartig, nicht wahr?« fragte Sophie ohne Nachdenken. Sophie hatte die Subtilität eines Güterzugs und die Taktlosigkeit eines Bulldozers.

»Machst du Witze?« rief Conor vom Vordersitz aus, ohne Sophies Peinlichkeit zu bemerken. »Er ist fantastisch. Er ist der erste Nicht-Spitzenwandler, der der Mythischen Polizei beigetreten ist. Sie haben versucht, ihn rauszudrängen, als er zuerst

253

beitrat, aber Mac ließ es nicht zu. Er hat nicht einmal ein großes Rudel, das ihn unterstützt und sponsert. Er hat nur sein Familienrudel, und die meisten von ihnen sind nicht einmal örtlich.«

»Es wird gemunkelt, dass er eine Gargoyle im Alleingang besiegt hat,« fügte Patrick hinzu, Ehrfurcht erfüllte seine Stimme.

»Gargoyle? Wie die aus Stein gemachten mythologischen Kreaturen?« stellte Sophie klar.

»Ja. Sie sollen einige der besten Kämpfer sein. Und er hat eine alleine erledigt.«

»Jeder musste ihn danach respektieren,« sprang Liam ein. »Hörte auf, ihm Scheiße zu geben, weil er ein Nicht-Spitzenwandler war.«

Sophie hatte viel Überheblichkeit von anderen Gestaltwandlern gesehen, entschied sich aber, den Jungs die Illusion nicht zu nehmen, dass Mac das Nonplusultra war. Sie biss sich auf die Lippe und lehnte sich in ihrem Sitz zurück, hörte eifrig Geschichten über die Großartigkeit ihres Freundes. Sie hatte keine Ahnung gehabt, dass sie mit jemandem so Bewundertem zusammen war. Es war seltsam für Sophie, dass Mac sie mochte, aber sie würde ihr Glück nicht in Frage stellen. Sophie mochte, wer sie als Person war, aber niemand würde sie als vollbracht bezeichnen oder behaupten, dass sie irgendwelche Grenzen durchbrach.

Die Jungs setzten sie vor dem Stammhaus ab und warteten, bis sie die Eingangstür betrat, bevor sie wegfuhren, um zu ihren Morgenstunden zu kommen. Der Gedanke an Schule ließ Sophie seufzen, denn sie wusste, dass sie sich bis Ende der Woche für die Kurse anmelden musste.

Birdie an ihrem gewohnten Tisch am Fenster entdeckend, gesellte sich Sophie zu ihr, zog einen Stuhl heran und drückte eine von Birdies Händen zur Begrüßung. Rionas Tochter Alexandra, die darauf bestand, dass alle sie Lexa nannten mit einem Rollen ihrer Teenager-Augen, stellte einen Kaffee vor Sophie, bevor sie sich überhaupt gesetzt hatte. Sophie begann sich sehr schuldig zu fühlen wegen der Menge an Essen, die der Clan ihr servierte, aber als sie anbot, für ihre Mahlzeiten zu bezahlen, tat Fergal so, als hätte sie ihn tödlich beleidigt.

Birdie brachte Sophie über den Clan-Klatsch auf den neuesten Stand, während sie auf die Lieferung ihres Frühstücks warteten. Fergal hatte eine eng verbundene Gemeinschaft von Wolfshund-Gestaltwandlern geschaffen, aber der Preis dieser Nähe war, dass jeder in jedermanns Angelegenheiten war.

Als ihr Handy aus ihrer Tasche zu piepen begann, nahm Sophie gerade den ersten Bissen ihrer Eier und Toast. Sie war verärgert, bis sie sah, wer anrief.

»Es ist Mac,« rief Sophie aus, als sie 'Detective Arschgesicht' über ihren Bildschirm blinken sah. »Er muss bereits Neuigkeiten haben.«

»Hey, guten Morgen,« antwortete Sophie. Als Sophie aufstand, um den Tisch zu verlassen und irgendwo ruhig zu sprechen zu finden, winkte Birdie wild mit den Händen, um Sophies Aufmerksamkeit zu erlangen. Grinsend sagte Sophie zu Mac: »Birdie sagt hallo.«

Birdies Schulter beim Hinausgehen drückend, fand Sophie eine ruhige Ecke im Flur vor den Türen der Kneipe. Am anderen Ende der Leitung konnte Sophie den Lärm eines überfüllten Raums hören, dann das Geräusch einer zuschlagenden Tür und Stille.

»Es passiert heute,« knurrte Mac.

»Hä?«

»Entschuldigung, ich bin durcheinander,« entschuldigte sich Mac. »Dunham hat Alphonse gebeten, Köder zu sein, während ich kam, um dich heute Morgen zu sehen. Alphonse stimmte zu, Köder zu sein, aber nur, wenn wir das Schleppnetz für später heute aufstellen. Er sagte, es muss heute passieren, oder es wird überhaupt nicht passieren. Es ist ein totaler Scheißsturm hier. Die Wache ist im kompletten Chaos. Wir hetzen, um alle verfüg-

GWEN DEMARCO

baren Beamten heranzuziehen. Wir hatten nicht einmal eine Chance, einen Ort zu erkunden. Wir müssen einen Platz finden, wo wir Schaulustige fernhalten und irgendwie die halbe Mythische Polizeiabteilung verstecken können. Ich schwöre, Alphonse macht das nur, um die Dinge schwieriger zu machen, als sie sein müssen.«

»Könntest du eine Parkgarage für ein paar Stunden schließen? Oder ein verlassenes Lagerhaus?« schlug Sophie vor. »Was ist mit einem Ort im Bau, so dass du nur die Arbeiter räumen und nicht die Öffentlichkeit?«

»Hmm, mir gefällt die Idee einer Baustelle. Ich werde etwas recherchieren. Wir müssen so schnell wie möglich einen Ort finden, nur um ihn zu sichern. Ich muss innerhalb der nächsten Stunde etwas herausfinden. Die Großfahndung startet erst bei Einbruch der Dämmerung, also solltest du versuchen, etwas Schlaf zu bekommen,« schlug Mac vor.

Das würde leichter gesagt als getan sein.

»Kann ich immer noch kommen?« fragte Sophie. Sie würde verstehen, wenn es einfach zu viel zu bewältigen wäre. Sie würde es hassen, aber sie würde keinen Aufstand machen. Mac hatte genug auf dem Teller, ohne dass sie einen Wutanfall bekam.

»Natürlich. Ich habe es versprochen, nicht wahr? Ich werde als nächstes Fergal anrufen und sehen, ob er dich dorthin begleiten und einen guten Platz für dich finden kann, um das Geschehen außer Sicht zu beobachten.«

»Du bist der beste Freund überhaupt, weißt du das?« neckte Sophie, dann sagte sie mit ernsterer Stimme: »Du bist meine Lieblingsperson.«

»Du bist auch meine Lieblingsperson. Jetzt sag mir, dass ich hübsch bin, damit ich diesem beschissenen Tag ins Gesicht sehen kann.«

Sophie kicherte wie eine Hyäne, bevor sie stotternd nachkam. »Mein Gott, Mac, du bist so hübsch. Du bist wie eine Disney-Prinzessin.«

»Verdammt richtig,« antwortete Mac. »Boah, Turner winkt mir. Ich muss los.«

»Okay. Viel Glück, Mac,« antwortete Sophie, legte auf und kehrte zu ihrem jetzt kalten Frühstück zurück.

»Ist alles in Ordnung? Du siehst besorgt aus,« fragte Birdie. Sophie fasste das Gespräch mit Birdie zusammen, während sie mitfühlend schnalzte.

Sophie aß die letzten Bissen ihrer Mahlzeit, zusammengesunken in ihrem Stuhl, und fragte sich, wie in aller Welt sie Schlaf bekommen sollte, als der Stuhl zu ihrer Linken kreischend vom Tisch weggezogen wurde. Fergal setzte sich hin und zog sein marineblaues gestreiftes Sakko mit präzisen Bewegungen aus. Jedes Mal, wenn Sophie Fergal gesehen hatte, sah er immer aus, als würde er gleich in einen Konferenzraum treten. Riona kleidete sich normal, also warum tat Fergal das nicht? Sie hatte ihn noch nie das Stammhaus verlassen sehen, also warum war er immer so schick angezogen?

»Du siehst schick aus,« komplimentierte Sophie.

»Du musst dich für den Job kleiden, den du haben willst. Was willst du denn werden?« fragte Fergal und gab Sophie einen langsamen Blick von Kopf bis Fuß.

»Harsch.« Sophie versuchte, Fergal einen verletzten Blick zu geben, ruinierte es aber, indem sie lachte. »Brauchtest du etwas, oder bist du nur vorbeigekommen, um über meinen Modegeschmack zu spotten?«

»Wir müssen reden. Mac hat angerufen und mich gebeten, heute Abend auf dich aufzupassen. Dich aufzuziehen war nur ein Bonus.«

»Jeder in meinem Leben ist ein Komiker,« murrte Sophie.

»Ich lasse euch zwei zu eurem Gespräch. Ethan und ich müssen Colleen beim Bridge den Boden wischen. Sie denkt, sie ist Gottes Geschenk an Karten. Ich muss sie einen Zahn kleiner machen,« kündigte Birdie an und stand vom Tisch auf. »Ich sehe dich zum Abendessen, Sophie?«

»Ich sehe dich zum Abendessen. Wenn ich zu spät komme, schreibe ich. Keine Gnade für Colleen.«

»Keine Gnade,« bestätigte Birdie feierlich.

Nachdem Birdie gegangen war, drehte sich Sophie erwartungsvoll zu Fergal um. »Was ist der Plan?«

»Sie werden versuchen, deinen Stalker zum Kezar Stadium zu locken. Wir müssen vor 17 Uhr dort sein, damit ich einen guten Platz finde, an dem wir beobachten können, ohne selbst gesehen zu werden.«

»Das Kezar Stadium?«

Es schien ein seltsamer Ort für einen Hinterhalt zu sein. Es war ein weitläufiger offener Raum mit dem Golden Gate Park nach Westen und Norden und Haight-Ashbury im Osten. Das 49ers-Football-Team hatte es in den 1960ern benutzt, aber jetzt wurde es hauptsächlich von kleineren örtlichen Sportligen genutzt. Es wimmelte normalerweise von Leuten, die Freizeitfußball spielten, und von Joggern auf der Laufbahn.

»Ja. Es ist wegen einiger Reparaturen geschlossen, also dachten sie, es wäre ein guter Ort für einen Hinterhalt. Mac denkt, sie werden in der Lage sein, Zivilbeamte rund um den Umfang zu postieren, ohne Verdacht zu erregen,« erklärte Fergal mit einem Achselzucken. »Das ist nicht ihr erstes Rodeo,« fügte Fergal bei Sophies zweifelndem Blick hinzu.

»Um welche Zeit muss ich bereit sein zu gehen?«

»Wir treffen uns um 15 Uhr draußen, um gemeinsam aufzubrechen.«

»Wird es uns zwei Stunden dauern, zum Stadium zu kommen?« fragte Sophie verwirrt.

»Mac hat darum gebeten, dass ich einen Oger zu deinem Leibwächter-Team dazunehme. Also müssen wir ins Tenderloin, bevor wir nach Kezar fahren. Ich bin überrascht, dass du einen Oger als Freund hast. Sie sind nicht dafür bekannt, sich mit Menschen anzufreunden, selbst mit so süßen wie dir. Wer bist du eigentlich wirklich, Sophie Feegle?« Fergal gab Sophie einen durchdringenden Blick, als würde er versuchen, in ihr Gehirn zu sehen und all ihre Geheimnisse und Rätsel herauszufinden. Aber es gab keine Geheimnisse – nun ja, es gab eins – aber Sophie war einfach Sophie. Ihr einziges Geheimnis war ihre seltsame Fähigkeit, aber das änderte nicht, wer sie als Person war.

»Der Oger heißt Benno, und er besitzt die Kneipe neben meinem Apartment. Es ist keine aufregende Geschichte. Wir wurden Freunde, als ich in seiner Kneipe auf einen Drink vorbeikam. Das ist alles.«

»Okay,« antwortete Fergal, seine Brauen in Skepsis zusammengezogen.

Sophie verdrehte die Augen in Verärgerung. »Ist sonst noch etwas?«

»Nein, das ist alles. Ruh dich aus, und ich sehe dich um 15 Uhr,« antwortete Fergal, stand auf und ließ Sophie mit ihren Gedanken allein.

Ausruhen? Keine Chance.

KAPITEL 19

*N*achdem sie den größten Teil des Tages damit verbracht hatte, sich zu wälzen, anstatt zu schlafen, obwohl Paddy sie an diesem Morgen besonders hart gefordert hatte, stand Sophie um 3 Uhr in ihrem unauffälligsten schwarzen T-Shirt und Jeans im Foyer des Stammhauses und knabberte an einem Müsliriegel. Oben an der Treppe regte sich etwas und zog Sophies Aufmerksamkeit auf sich. Fergal kam die Stufen herunter, in einer dunklen Jogginghose und einem grauen T-Shirt gekleidet. Patrick und Conor folgten ihm in ähnlichen Outfits, mit ernsten Gesichtern und angespannten Körpern. Sophie hatte zuvor die Idee verspottet, dass die Jungs »kampferprobt« seien, aber jetzt war sie sich nicht mehr so sicher, als sie die Entschlossenheit in ihren Gesichtern sah.

Als Fergal zu Sophie in den Eingangsbereich kam, zog sie ihn auf. »Ich erkenne dich kaum ohne Anzug. Warum so lässig?«

»Falls die Dinge schief gehen und ich mich wandeln muss, will ich mich nicht in meiner Kleidung verheddern. Aus diesen hier herauszukommen wird nur einen Moment dauern. Außerdem würde ich keinen meiner Anzüge riskieren wollen. Sie sind maßgeschneidert«, spottete Fergal.

»Wo ist Liam?« fragte Sophie und suchte nach dem dritten Musketier.

»Nicht genug Platz im Auto, da wir deine Freundin abholen. Liam ist der Jüngste, also muss er zu Hause bleiben.«

Liam war noch nicht ganz achtzehn, also machte es für Sophie Sinn, ihn aus dem Kampfgetümmel herauszulassen. Falls etwas schief gehen würde, würde sich Sophie schrecklich fühlen, jemanden, der noch nicht erwachsen war, in Gefahr zu bringen. Sie war sich sicher, dass Liam nicht einverstanden war; vermutlich hasste er es, zurückgelassen zu werden.

Fergal führte das Team aus dem Stammhaus hinaus zu einem schlichten beigen Sedan, der auf der Straße geparkt war.

»Ist das dein Auto?« fragte Sophie und dachte, dass Mac und Fergal ähnliche Geschmäcker bei Fahrzeugen hatten.

»Eines davon«, erwiderte Fergal nonchalant.

»Es ist gut, der Clanführer zu sein«, stichelte Sophie und erntete einen Zwinkerer von Fergal.

Fergal hielt die Tür auf, während Sophie in den vorderen Beifahrersitz des Autos glitt. Patrick und Conor saßen hinten, still und aufmerksam.

Der Verkehr begann sich zu stauen, als die Leute früh von der Arbeit nach Hause fuhren. Es schien Sophie, als würde die Hälfte der Bevölkerung von San Francisco versuchen, sich vor Beginn der Hauptverkehrszeit aus der Arbeit zu schleichen. Fergal hielt mehrere Blocks vom Streuselkuchen entfernt an. Auf Sophies verwirrten Blick erklärte er, dass er davor gewarnt worden war, sie zu nah an ihr Zuhause zu bringen, falls ihr Stalker dort nach ihr Ausschau hielt.

Sophie rutschte ungeduldig auf ihrem Sitz hin und her, als sie sah, wie Benno sich näherte; sein langbeiniger Schritt war unverkennbar. Als er auf Höhe der vorderen Stoßstange kam, warf sich Sophie aus dem Auto, um ihn in einer Umarmung zu fangen.

»Sophie!« rief Benno gutgelaunt und schwang sie in einer Knochenbrecher-Umarmung hoch.

»Benno! Ich habe dich vermisst«, rief Sophie und drückte ihre Arme so gut sie konnte um ihren fassbrüstigen Freund.

Als Fergal aus dem Auto stieg und sich ihnen näherte, setzte Benno Sophie wieder auf die Füße und wandte sich dem Clanführer mit einem einladenden Lächeln im Gesicht zu.

Sophie stellte die Männer vor, während sie zurückhaltende Handschläge austauschten. Obwohl Benno wahrscheinlich doppelt so viel wog wie Fergal, behandelte er ihn mit stillem Respekt. Nicht dass Benno jemals unhöflich war, aber seine übliche Geselligkeit war merklich abwesend.

Das Auto beäugend, schlug Sophie vor, dass Benno den Vordersitz nehmen sollte, und sie würde hinten bei den Jungs sitzen. Patrick stieg aus dem Auto und geleitete Sophie zum mittleren Sitz.

Als Benno in den Vordersitz des Fahrzeugs glitt, drehte er sich um, um Sophie von den lokalen Neuigkeiten zu erzählen. Sophie wollte gerade Conor und Patrick vorstellen, bemerkte jedoch ihren Gesichtsausdruck. Die Begrüßung blieb ihr im Hals stecken, als sie sah, wie Conor und Patrick tief einatmeten und gleichzeitig erschrockene Laute von sich gaben. Der Ausdruck von Erstaunen und Ungläubigkeit in ihren Gesichtern brachte sie fast zum lauten Lachen. Sie sahen aus, als hätte sich ein Dämon zu ihnen gesellt, und wussten nicht, ob sie Angst haben oder sich freuen sollten.

»Benno, das sind meine Bodyguards, Patrick und Conor. Patrick, Conor, das ist«, stellte Sophie vor. Die Jungs richteten sich etwas auf, als Sophie sie als Bodyguards bezeichnete.

Mit weit aufgerissenen Augen schüttelten sie Bennos Hand und murmelten »Freut mich, dich kennenzulernen«. Sophie dachte, dass Benno von ihrer Ehrfurcht still amüsiert war, auch wenn sein Gesicht nichts als höfliches Interesse zeigte.

Benno wandte seine Aufmerksamkeit wieder Sophie zu. »Sal und George haben nach dir gefragt. Sie haben dich vermisst.«

Sal und George waren zwei Stammgäste im Little Thumb, mit

denen Sophie über die gemeinsame Liebe zu gutem Whiskey eine lockere Bekanntschaft geschlossen hatte.

»Ich hoffe, dass ich nach heute zurückkommen und sie sehen kann. Ich werde ihnen sogar eine Runde zur Feier ausgeben.«

Die Blicke der Jungs sprangen zwischen Benno und Sophie hin und her.

»Ich habe gerade Mac eine Nachricht geschickt, um ihm Bescheid zu geben, dass wir auf dem Weg zum Kezar Stadium sind«, verkündete Fergal, steckte sein Telefon in die hintere Hosentasche und fuhr los.

»Alpha O'Dwyer, schön, Sie endlich kennenzulernen. Ich habe Gutes über Ihren Clan gehört. Die Gerüchte besagen, dass Ihre Pubs ausgezeichnet sind. Es ist schade, dass Sie sie für die Öffentlichkeit schließen mussten«, sagte Benno zu Fergal. Es war typisch für Benno, dass das Wichtigste an Fergal für ihn dessen Pub war. »Sie müssen mal im Little Thumb vorbeikommen. Die erste Runde geht aufs Haus.«

»Abgemacht. Nachdem wir hier heute fertig sind, möchten Sie zum Abendessen ins Stammhaus kommen?«

»Es wäre mir eine Ehre, mit Ihnen zu speisen. Sie servieren Essen aus Ihrem Pub, richtig? Meine Schwester versucht mich zu überreden, im Pub Essen zu servieren«, erwähnte Benno. »Ich überlege es mir, aber ich müsste einen Koch und Servicepersonal einstellen. Bin mir nur nicht sicher, ob ich diese Art von Kopfschmerzen haben will.«

Eine dreißigminütige Fahrt später fanden sie sich in der Frederick-Straße geparkt wieder. Sie schafften es, einen Platz mit Blick auf ein Seitentor zu finden. Von ihrem Aussichtspunkt aus würden sie das gesamte Stadion überblicken können. Es war perfekt. Fergal legte den Gang ein, griff nach seinem Telefon und tippte schnell etwas hinein.

»Ich habe Mac gerade wissen lassen, dass wir hier sind«, erklärte Fergal.

Eine Minute später öffnete sich das Tor, und Mac joggte

herüber. Als alle aus dem Fahrzeug stiegen, schubste Sophie Conor aus dem Weg. Fergal und Benno erreichten Mac vor Sophie, also wartete sie, während sie sich die Hände schüttelten. Die Jungs warteten hinter ihr, sodass sie ihr Geflüster hören konnte.

»Liam wird ausflippen, wenn er erfährt, dass wir einen Oger getroffen haben«, murmelte Conor zu Patrick.

»Er wird noch sauer sein, dass er zu Hause bleiben musste«, stimmte Patrick zu.

Armer Liam. Es kann hart sein, der Jüngste zu sein.

Sophie ließ die Jungs zurück, um sich dem Gespräch mit Mac anzuschließen.

»Sie richten sich gerade ein. Unser Hexenmeister der Abteilung legt einen Zauber um den gesamten Umfang des Stadions, der sie einfangen wird, sobald sie die Grenze des Zaubers überschreitet.«

Über Macs Schulter blickend, konnte Sophie Larry sehen, wie er etwas trug, das wie ein industriell großer Sack Salz aussah, über seine Schulter, während er das Grasfeld in der Mitte der Laufbahn überquerte.

»Gibt es etwas, womit wir helfen können?« bot Benno an.

»Nein, der Polizeichef sagte, ihr Leute könntet zuschauen, aber nur wenn ihr versprecht, in keiner Weise einzugreifen«, antwortete Mac. »Wir haben Zivilpolizisten um das Stadion herum postiert, die nach jedem Ausschau halten, der sich nähert. Dann haben wir ein Dutzend unserer Besten hinter einem Unsichtbarkeitszauber versteckt. Also, wenn sie auftaucht und die Falle auslöst, können wir sie eindämmen.«

»Sobald ihr sie gefangen habt, bekomme ich eine Chance zu sehen, wie sie aussieht?« fragte Sophie.

»Nicht hier, aber sobald ich sie zur Station bringe und in einen Verhörraum, sagte Dunham, du kannst durch den Spiegel zuschauen«, versprach Mac. »Ich habe dir ein Funkgerät besorgt, damit ihr alle mithören könnt.«

Mac reichte Fergal das Funkgerät und zeigte ihm, welchen Kanal sie benutzten. Alle anderen gingen zurück zum Auto, während Mac Sophie zur Seite zog.

»Wie läuft es? Denkst du, das wird funktionieren?« fragte Sophie.

»Falls Schneewittchen auftaucht, denke ich, könnte das funktionieren. Es hängt alles davon ab, ob sie Alphonse beobachtet, wie wir denken. Wir werden es gleich sehen«, sagte Mac mit einem Achselzucken. »Wie fühlst du dich?«

»Mir geht es gut. Ich freue mich nur darauf, dass das alles vorbei ist.«

»Ich auch«, stimmte Mac zu. »Hast du deinen Taser?«

Sophie klopfte auf ihre Tasche. »Ich verlasse das Haus nicht ohne ihn.«

Mac verzog das Gesicht bei der Notwendigkeit, nickte aber zustimmend.

Sophie mochte es nicht, Mac so gestresst zu sehen. Es fühlte sich in gewisser Weise wie ihre Schuld an. Sophie wusste, dass das Quatsch war – das war Schneewittchens Schuld – aber das Gefühl blieb bestehen.

»Die Jungs erzählten mir, wie du einen Gargoyle besiegt und es mit der gesamten Polizei aufgenommen hast, um Nicht-Spitzenwandlern zu erlauben, bei der Polizei zu arbeiten. Sie reden über dich, als wärst du ein Gott oder so. Ich will sie nicht in Verlegenheit bringen, aber es ist das Süßeste, was ich je gesehen habe«, erzählte Sophie Mac, weil sie ihn grinsen sehen wollte.

»Du musst verstehen: Irische Wolfshundverwandler wurden geschaffen, um Wölfe und Wolfsgestaltenwandler in Irland zu jagen. Sie wurden dazu gezüchtet, Weltklasse-Krieger zu sein, aber die meisten Spitzenwandler behandeln sie, als wären sie nicht besser als Haustiere. Sie denken an die Wolfshunde als domestizierte Hunde, also bekommt der Clan nicht den Respekt und das Ansehen, das er in der Mythischen Gemeinschaft verdient. Wenn irgendeiner dieser Idioten jemals einen Irischen

Wolfshund in seiner Halbgestalt gesehen hätte, würden sie eine ganz andere Melodie singen. Allerdings haben sehr wenige Leute, die jemals einen in seiner Kampfgestalt gesehen haben, überlebt, um davon zu erzählen.«

»Hm, das macht Sinn«, antwortete Sophie.

»Ich muss zurück. Alphonse sollte in etwa einer Stunde hier sein, und ich will sicherstellen, dass alle gut vor dieser Zeit in Position sind.«

»Viel Glück«, wünschte sie ihm, gab ihm eine schnelle Umarmung und einen Kuss. Nervosität flatterte durch sie, als sie zusah, wie er zurück durch das Tor ging und zu Larry hinüberjoggierte, der langsam entlang der Spitze der fernen Tribünen ging, den Sack in seinen Armen wiegend, während eine stetige Linie von Weiß aus einem Loch in der Ecke des Sacks strömte.

Sophie untersuchte das Gebiet und versuchte sich vorzustellen, wie diese ganze Fangoperation funktionieren würde. Das Stadion war ein offenes Oval. Eisenzäune und Bäume begrenzten das Gelände und blockierten den größten Teil davon vor der Sicht aus den umliegenden Bereichen. Es gab ein Grasfeld in der Mitte mit einer Laufbahn, die es umkreiste. Das Feld und der Bahnbereich lagen unter Straßenniveau, als wäre das Gebiet ausgegraben worden. An den langen Seiten des Ovals waren Betontribünen, die entlang des natürlichen Hangs des Hügels anstiegen. Im Westen, zu Sophies Linken, war ein riesiger, freistehender Triumphbogen. Einige Parkplätze und ein großes Gebäude mit einem roten Ziegeldach und cremefarbenem Stuck, der zum Bogen passte, befanden sich rechts, im Osten.

Sophie stieg wieder ins Auto und nahm wieder den mittleren Sitz. Fergal drehte die Lautstärke des Funkgeräts auf und stellte es in einen Getränkehalter. Sie hörten zu, wie Mac und andere Beamte Anweisungen und Hilfsanfragen über die Frequenz durchgaben.

Als das Warten sich einer Stunde näherte, blickte Sophie sehnsüchtig aus dem Fahrzeug. Warum hatte sie sich entschieden, in der Mitte zu sitzen? Fergal und Benno hatten die ganze Stunde über Dinge wie Inventar und Gemeinkosten diskutiert. Sophie hatte mehr über Lizenzanforderungen und Restaurantausrüstung gelernt, als sie jemals gedacht hatte. Die ersten zwanzig Minuten war das Gespräch noch interessant gewesen, doch jetzt wünschte sie sich nur noch, hier rauszukommen. Selbst Conor und Patrick wirkten gelangweilt. Die anfängliche Abenteuerlust war ihnen vergangen, je näher das Ende der Wartezeit rückte.

»Alphonse hat gerade eine Nachricht geschickt und gesagt, er ist etwa zehn Minuten entfernt«, meldete sich Macs Stimme über das Funkgerät und ließ Sophie sich aus ihrer Haltung zwischen Conor und Patrick aufrichten, als hätte jemand sie mit einem Viehtreiber gestochen. »Er wird sich von Westen nähern. Larry, geh vor und aktiviere den Unsichtbarkeitszauber für Team A.«

Mehrere Stimmen riefen eine Bestätigung. Larry näherte sich einer Gruppe von acht Männern und Frauen, die beim Eingangsbogen warteten. Er trieb die Gruppe zur Seite und begann einen weiteren Kreis mit Larry und den Beamten darin. Anstatt Salz verwendete Larry diesmal eine Art schwarzes Pulver, um den Ring zu erstellen. Sophie beobachtete, wie Larry seinen Zauber sprach, seine Arme und Hände bewegten sich in komplizierten Mustern. Zwischen einem Moment und dem nächsten verschwand die gesamte Gruppe, einschließlich Larry. An ihrer Stelle war makelloses Gras, nicht einmal ein Fußabdruck blieb übrig, um ihre Lage zu verraten.

»Krass«, flüsterte Conor und spiegelte Sophies Gedanken wider.

»Alle in Position?« fragte Mac. Nach mehreren gemurmelten Bestätigungen sagte Mac: »Falls jemand etwas Verdächtiges sieht, lasst es uns sofort wissen. Ansonsten will ich ab jetzt Funkstille.«

Sophie strengte ihre Augen an und versuchte, Macs andere Teammitglieder zu lokalisieren, aber sie waren in den Bäumen und den umliegenden Gebäuden verschwunden. Alles war still und ruhig, als würde das Stadion den Atem anhalten in Erwartung.

Eine Ewigkeit des Wartens später flüsterte Macs Stimme: »Alphonse nähert sich jetzt. Alle, bleibt auf eurem Posten und haltet die Augen offen.«

Alphonse marschierte durch den Bogen und auf die Mitte des Feldes, als hätte er keine Sorge der Welt. Er kniete nieder und fummelte an seinen Schuhen herum, als müsste er seine Schnürsenkel binden. Er blieb in dieser Position, anstatt wieder aufzustehen. Vielleicht versuchte er, weniger bedrohlich auszusehen? *Oder vielleicht betet er,* dachte Sophie.

Es gab ein leises Summen, dann flüsterte eine Stimme über das Funkgerät: »Bewegung bei den Nordtribünen. Bei den Toiletten.«

Fergal zog ein Fernglas aus der Mittelkonsole und suchte den Bereich damit ab. Sophie wünschte, sie hätte daran gedacht, selbst ein Fernglas mitzubringen.

»Siehst du etwas?« flüsterte Sophie und strengte ihre Augen an.

Hin und her suchend, grunzte Fergal: »Noch nicht.« Einen Moment später spannten sich seine Hände am Fernglas an.

Macs Stimme meldete sich über das Funkgerät. »Haltet eure Positionen. Wartet auf mein Zeic—«

»SCHNAPPT SIE EUCH!« brüllte Alphonses Stimme plötzlich über das Stadion.

Menschen kamen aus den Bäumen, Gebäuden und Parkplätzen rund um das Stadion hervorgestürmt wie Ameisen aus einem getretenen Ameisenhaufen. Sophie riss ihren Blick von den Toiletten los, um Alphonse über das Feld rennen zu sehen, brüllend und auf das kleine Toilettengebäude oben auf den Tribünen zeigend.

»Was zum—« begann Sophie zu rufen.

»Nein! Nein, nein, nein. Sie hat die Salzlinie noch nicht überquert!« schnitt Larrys Stimme durch das Geplapper über das Funkgerät.

»Scheiße. Sie haut ab«, knurrte Fergal und zeigte zur Spitze der Tribünen, das Fernglas immer noch in Position. »Sie haben zu früh abgedrückt. Ich weiß nicht, ob sie sie werden fangen können.«

Ein Bewegungsblitz nahe der Ecke des Gebäudes war alles, was Sophie sah, bevor eine dunkle Gestalt sich abwandte, schnell über den Hügel hinter den Baderäumen kroch und aus der Sicht verschwand. Dutzende von Menschen sprangen die Tribünen hinauf, nahmen mehrere Stufen auf einmal, rannten, um Schneewittchen einzuholen. Sophie blickte zurück zur Mitte des Feldes, um Mac über das Gras rasen zu sehen, während er gleichzeitig in sein Funkgerät brüllte. Sogar aus der Entfernung konnte Sophie die Wut sehen, die in sein Gesicht geätzt war.

»Sollen wir helfen?« fragte Sophie leise, wusste bereits, was Fergal sagen würde, musste aber trotzdem den Vorschlag machen. Auf ihrem Hintern zu sitzen, während der ganze Plan auseinanderfiel, war beschissen.

»Es ist aus unseren Händen. Wir haben versprochen, im Auto zu bleiben, und das werden wir tun«, antwortete Fergal knapp. »Hoffentlich können die Beamten, die auf der anderen Seite des Stadions stationiert sind, sie abfangen.«

Eine aufgeregte Stimme meldete sich über das Funkgerät: »Ich sehe sie! Sie überquert die Kezar Drive, geht nach Norden. Schwarze Kapuzenjacke, dunkle Hose«, zerschmetterte die kurze Hoffnung, die Fergal in Sophie geweckt hatte.

»Bleibt an ihr dran«, antwortete Macs Stimme, sein Atem keuchend. Er rannte die Betontribünen in wenigen langen Sprüngen hinauf, nur wenige Schritte hinter dem Ansturm von Menschen. Und er schloss diese Distanz schnell.

»Wer waren all diese Leute? Waren das Polizisten?« fragte Sophie.

»Nein. Es sieht so aus, als hätte Alphonse einige seiner Leute in der Gegend platziert. Ich erkannte ein paar von ihnen«, erklärte Fergal.

Nur wenige knappe Momente waren von Alphonses erstem Brüllen bis zu Macs Verschwinden über den Hügel vergangen. Sophie saß schockiert im Auto und blickte von Fergal zum leeren Stadion und wieder zurück.

In der Ferne konnte Sophie mehrere hupende Autohörner und quietschende Reifen hören. Sie lehnte sich zwischen die beiden Vordersitze, um das Funkgerät besser zu hören, ihre Finger verkrampften sich von ihrem festen Griff an Bennos Armlehne.

»Sie hat es über die Kezar geschafft, geht immer noch nach Norden. Direkt auf den Park zu«, sagte eine körperlose Stimme über das Funkgerät.

Sophie ließ ihren Kopf in ihre Hände fallen und griff sich frustriert an die Stirn. Kopfschmerzen bildeten sich direkt zwischen ihren Augen.

»Larry, behalte dein Team vor Ort. Wir können nicht sicher sein, ob sie es ist oder nicht. Alle anderen, fangt und haltet fest, bis wir bestätigen können, dass es unser Ziel ist«, bellte Mac über das Funkgerät.

»Scheiße. Sie geht direkt auf den Koret-Spielplatz zu«, rief eine keuchende Stimme.

Fergal stöhnte und schüttelte den Kopf. »Verdammt. Koret wird jetzt voller Kinder und Familien sein.« Fergal hatte recht. Das Gebiet war typischerweise voller Familien, sobald der Geschäftstag endete.

Sophie kaute nervös an ihrem Daumen und hörte zu, wie die Beamten ihre Suche nach Schneewittchen koordinierten. Ihre letzte Hoffnung schwand langsam, während die Stimmen im Funk immer frustrierter klangen.

»Wir haben sie in der Menge verloren. Ich denke, sie könnte zu den Fußballplätzen gegangen sein. Da ist ein Haufen kleiner Liga-Teams, die spielen«, verkündete eine Stimme.

Mac dirigierte Beamte in Paaren, sich über das Gebiet zu verteilen. Er schickte ein paar zum Karussell; der Rest wurde zu Hippie Hill, dem Tenniszentrum und den Fußballplätzen geschickt. Der Golden Gate Park war von Dutzenden von Wegen und Pfaden durchzogen. Schneewittchen konnte überall sein.

»Larry, irgendwelche Bewegungen bei dir?« fragte Mac.

»Nein. Alles klar hier.«

»Okay, ich komme zu dir zurück«, antwortete Mac. »Geh vor und lass den Unsichtbarkeitszauber fallen. Ich denke nicht, dass es jetzt noch einen Sinn hat. Schick Pérez, Spencer und Federov, um die Stanyan Street abzusuchen, falls die Verdächtige nach Osten abgebogen ist. Lass den Rest deines Teams zu Alinksy gehen – er ist beim Karussell – und er wird den Rest der Suche koordinieren. Falls jemand auf Leute von Alpha Alphonse trifft, informiert sie, dass sie eine aktive Polizeioperation behindern. Sie sind nicht berechtigt, an dieser Aktivität teilzunehmen.«

Larrys Team tauchte einen Moment später auf dem Feld auf. Drei Mitglieder der Gruppe lösten sich ab und gingen nach rechts. Der Rest kletterte über die Tribünen und kam an Mac vorbei, als er zum Stadion zurückkehrte. Er gab ihnen ein knappes Nicken, das Telefon an sein Ohr geklebt, redete schnell.

Mac ging direkt zu Larry. Nach einem kurzen Gespräch drehte sich Larry um und ging zu den Toiletten. Er hielt an derselben Stelle an, wo Sophie Schneewittchen zuletzt gesehen hatte, und hob seine Hände in die Luft.

»Turner wird einen Verfolgungszauber auf die Verdächtige versuchen. Bereithalten«, verkündete Mac über das Funkgerät.

Larry verbrachte mehrere Minuten damit, seine Hände in komplizierten Mustern zu bewegen, drehte sich mehrmals, um verschiedene Richtungen zu betrachten. Seine Schultern sackten zusammen, und er schüttelte Mac den Kopf.

Mac hob das Funkgerät an seine Lippen. »Der Zauber war ein Reinfall, Leute. Macht weiter und sucht nach der Verdächtigen. Weiblich, schwarze Kapuzenjacke, dunkle Hose, etwa 1,68 m, mittlere Statur. Hat jemand einen Blick auf ihr Gesicht bekommen?«

Mehrere Stimmen antworteten negativ, was Sophies Hoffnungen weiter dämpfte.

Mac ging auf dem Grasfeld auf und ab, gab Befehle und erhielt gelegentlich Rückmeldungen von den Beamten, die das Gebiet durchkämmten. Sophie hörte nach einer Weile auf, dem Funkverkehr zu lauschen, und beobachtete nur noch besorgt Mac. Sogar aus der Entfernung strahlte er Anspannung und Frustration aus. Mitfühlende Kopfschmerzen pochten an Sophies Schläfen. Es war offensichtlich, dass Schneewittchen entkommen war. Die Wahrscheinlichkeit, dass sie zu diesem Zeitpunkt gefangen wurde, war etwa so groß wie Sophies Gewinn eines Frau Sympathie-Wettbewerbs.

»Oh nein«, verkündete Fergal plötzlich. Seinem Blick folgend, entdeckte Sophie Alphonse, der den Hügel heraufkam, wie ein Gewitter aussehend, den Hang hinunterstampfend mit ein paar seiner Leute, die ihm dicht auf den Fersen folgten. Alphonse ging direkt zu Mac und kam ihm sehr nahe. Er überragte Mac, Muskeln schwellend, schrie ihm ins Gesicht. Mac hielt steinern still, angespannt, aber äußerlich unbeeindruckt von Alphonses bedrohlichem Verhalten, nur die Anspannung in seinem Rahmen verriet seine Wut. Der Alpha schrie so laut, dass Sophie ihn hören konnte. Sie konnte die Worte aus dieser Entfernung nicht verstehen, aber sie konnte eine Vermutung wagen. Mac schlug mit der Hand, negierte was auch immer Alphonse sagte. Er trat von Alphonse zurück, der praktisch auf den Zehenspitzen war, zeigte mit dem Finger auf Alphonses Brust, dann deutete er auf die Salzlinie, die das Stadion umkreiste. Die beiden Männer sahen aus, als würden sie jeden Moment handgreiflich werden.

Der ganze Tag war zu einer kompletten Katastrophe geworden, und es war klar, dass es Alphonses Schuld war. Allerdings war er der Typ Kerl, der niemals zugeben würde, wenn er falsch lag. Sophie hoffte, dass Mac Alphonse verbal einen neuen Hintern aufriss, weil er ihre Chance ruiniert hatte, Schneewittchen zu fangen. Sie war wahrscheinlich schon auf dem Weg nach Oregon. Was auch immer Mac zu sagen hatte, schien Alphonse noch mehr aufzubringen. Der Alphas Rücken krümmte sich, und er sah aus, als wäre er bereit anzufangen zu schlagen. Als Alphonse einen weiteren bedrohlichen Schritt auf Mac zu machte, fand sich Sophie dabei wieder, zu versuchen, über Patrick zu klettern und aus dem Auto zu steigen.

Sie hatte nicht einmal bemerkt, dass sie sich bewegt hatte, als eine feste Hand den Rücken ihres Shirts packte und sie zurück auf ihren Sitz zog.

»Sophie, wenn du dich einmischst, wird es die Situation nur schlimmer machen«, warnte Benno. Sophie blähte sich auf, bereit zu argumentieren, aber Bennos unerschütterliche Logik ließ sie schnell zusammenfallen.

»Ich weiß. Ich nur...« Sophie seufzte. »Ich mag diesen Kerl wirklich nicht. Wie kann er es wagen, Mac anzuschreien, wenn das offensichtlich seine Schuld war?«

Zu sagen, dass sie Alphonse nicht »mochte«, war eine ziemliche Untertreibung. Sophie würde es lieben zu sehen, wie er um eine Stufe heruntergestuft würde. Wenn sie den Alpha für den Rest ihres Lebens nie wieder sehen würde, wäre es immer noch einen Tag zu früh.

»Falls sie wieder versucht, aus diesem Auto auszusteigen, Jungs, habt ihr meine Erlaubnis, euch auf sie zu setzen«, wies Fergal Patrick und Conor an. Patrick warf Sophie einen mitfühlenden Blick zu, gab aber seine Zustimmung zusammen mit Conor.

Larry glitt in den Raum zwischen Mac und Alphonse, dem wütenden Alpha zugewandt. Er machte eine schiebende Bewegung mit seinen Händen, als würde er gegen ein unsichtbares Gewicht drücken. Obwohl Larry Alphonse nicht einmal körperlich berührte, rutschte der Alpha ein paar Meter zurück, seine Schuhe hinterließen tiefe Spuren im Gras.

»Wow.« Benno pfiff. »Er ist gut.«

»Larry sagte mir, dass er ein Hexenmeister ist. Was ist das genau? Er sagte, es wäre nicht wie eine Hexe«, fragte Sophie.

»Ein Hexenmeister ist fast jeder männliche, der Magie manipulieren kann. Sie werden mit der Fähigkeit geboren, Magie zu absorbieren, wie eine Batterie, dann sie zu manipulieren und zu verwenden. Sie verwenden Worte, Gesten und manchmal Objekte, um ihre Magie zu lenken und zu kontrollieren. Sie sind oft Menschen, können aber in jede Spezies hineingeboren werden.«

Basierend nur auf Bauchgefühl dachte Sophie, dass Larry ein menschlicher Zauberer sein könnte. Sie wurde besser darin, die Eigenarten zu erkennen, die anzeigten, wenn jemand nicht menschlich war. Sie alle hatten kleine Verräter, wenn man wusste, wonach man suchen musste.

»Warum können Frauen keine Hexenmeister sein?« fragte Sophie und fühlte eine Welle feministischer Verärgerung in sich aufsteigen.

»Ich nehme an, sie könnten. Es ist nur ein Name für einen männlichen Magiebenutzer, der keine Spezialisierung hat«, antwortete Benno.

»Eine Spezialisierung?«

»Soweit ich verstehe, abonnieren Hexenmeister im Allgemeinen keine einzige Disziplin. Sie verwenden Feenmagie, Hexen-, Schamanen-, Zauberermagie, alles. Sie werden Zauber und Magie von überall und jedem leihen und stehlen. Wenn sie die Macht haben, sie zu nutzen, können sie sie durchführen.«

»Was ist dann das weibliche Äquivalent?«

Benno zuckte mit den Schultern. »Ich würde sagen, eine Hexe oder eine Zauberin, vielleicht.«

»Die meisten Hexen verwenden Erdmagie. Obwohl immer mehr Blut- und Sexmagie verwenden. Sie können Umgebungsmagie direkt aus dem Boden absorbieren, wenn sie stark genug sind. Die meisten verwenden Dinge wie Kräuter und Ritualmesser und Kristalle, um ihre Energie zu fokussieren. Hexen sind, wie Hexenmeister, ein Sammelbegriff für eine große Gruppe von Magiebenutzern mit vielen verschiedenen Spezialisierungen und Schwerpunkten.«

Bei der Erwähnung von Sexmagie wurden sowohl Patrick als auch Conor aufmerksamer. Wenn sie in ihrer Irischen Wolfshundform gewesen wären, konnte sich Sophie ihre Ohren aufgestellt vor Aufmerksamkeit vorstellen, Köpfe zur Seite geneigt.

Benno nickte und wandte sich zu Sophie auf dem Rücksitz um. »Es ist interessant, dass er bei der Polizei ist. Die meisten dieser Kerle arbeiten freiberuflich, weil sie eine Menge bezahlt bekommen können. Da sie keinen einzigen Fokus haben, sind sie sehr gefragt. Sie haben Flexibilität, wo andere Magiebenutzer eingeschränkter sind. Sie sind berüchtigt dafür, Stile zu vermischen und völlig neue Zauber spontan zu erstellen.«

Was auch immer Larry zu Alphonse sagte, schien ihn endlich zu beruhigen. Nach ein paar Minuten intensiver Unterhaltung drehte sich Alphonse auf dem Absatz um und ging zurück zum gewölbten Eingang. Mit einer »Kommt schon«-Geste winkte er mit dem Arm in einer »Kommt schon«-Geste, seine Leute trotteten ihm nach. Mac und Larry standen starr in der Mitte des Feldes und beobachteten seinen sich entfernenden Rücken. Mac wartete ein paar zusätzliche Minuten, nachdem Alphonse weg war, bevor er sich umdrehte und in Sophies Richtung ging. Sein Schritt war zielstrebig, aber ruhig.

Sophie stieß Patrick an, aus dem Weg zu gehen, damit sie aus dem Auto steigen konnte, aber Patrick gab ihr ein störrisches Kinnheben und schüttelte den Kopf, die Augen zu Fergal vor ihm geschnitten.

»Beweg dich«, knurrte Sophie und versuchte, Patrick aus dem Weg zu schieben. Patrick warf Sophie einen entschuldigenden Blick zu, weigerte sich aber zu weichen.

»Es ist in Ordnung. Die Gefahr ist vorbei«, sagte Fergal zu Patrick. Sophie schnaubte, als Patrick aus dem Auto stieg und ihr die Tür aufhielt. Sie hatte es satt, von Teenagern bemuttert zu werden. Aus dem Auto steigend, vergaß sie ihre Verärgerung, als Mac mit steifen Bewegungen aus dem Tor trat und auf den Gehweg.

Bevor Sophie ein Wort sagen konnte, zog Mac sie in eine feste Umarmung. Sie konnte die Anspannung durch seinen Rahmen vibrieren spüren. Das Bedürfnis nach Trost nach diesem Debakel verstehend, schwieg Sophie und kuschelte sich in die Umarmung, fuhr mit einer beruhigenden Hand Macs Rücken auf und ab.

Sophie zog sich aus der Umarmung zurück, hielt Mac auf Armeslänge fest und untersuchte sein Gesicht. Er sah geradezu mörderisch aus. »Geht es dir gut?« fragte sie.

Auf den ersten Blick erschien Mac gefasst, aber seine blauen Augen loderten vor Wut. Das Zusammenpressen seines Kiefers und die zitternden Fäuste an seinen Seiten spiegelten Sophies eigenen Wunsch wider, Alphonse zu jagen und Schneewittchens Arbeit für sie zu erledigen.

»Mir geht es gut. Bin nur sauer.« Er war mehr als nur »sauer«, aber Sophie würde das nicht ansprechen. »Wir haben unsere Gelegenheit verloren, Schneewittchen zu schnappen. Sie weiß jetzt, dass wir hinter ihr her sind. Wir werden sie nie wieder sehen. Was für ein Clusterfuck. Sie wird mindestens untertauchen, aber wahrscheinlich weiterziehen und die Stadt verlassen. Dann weiß ich nicht, wie wir sie jemals finden werden. Sie ist wahrscheinlich schon auf halbem Weg nach Alaska«, beklagte sich Mac. »Alphonse ist der größte Idiot, den ich je das Vergnügen hatte zu kennen. Wenn ich es nicht besser wüsste, würde ich denken, er hat sie absichtlich entkommen lassen.«

»Warum hat er das getan? Für seine Männer gebrüllt?«

»Er behauptete, es sei sein Recht, mit seinem Stalker umzugehen, wie er es für richtig hielt. Sein Masterplan war, seine Leute sie schnappen zu lassen, bevor wir sie selbst bekommen konnten, und dann Alpha-Rechte zu beanspruchen. Ich bin sicher, er plante, eine ganze Produktion aus ihrer Hinrichtung für die Ermordung von Roger Lammar zu machen.«

»Er kann das?« Entsetzen erfüllte Sophie bei dem Gedanken, dass Alphonse diese Art von Macht haben könnte. Zu entscheiden, wer lebte und wer starb, ohne ordentliches Verfahren.

»Er behauptete, dass sie eine »unmittelbare Bedrohung« sei und er in seinem Recht als Alpha seines Rudels war, seine Leute zu beschützen. Das Conclave hätte eine solche Aktion nicht sanktioniert, aber es wäre zu spät für Schneewittchen gewesen, wenn er sie in die Finger bekommen hätte. Ich bin fast froh, dass sie entkommen ist.«

»Was für ein Arschloch. Ich dachte, ihr Jungs würdet gleich in eine Schlägerei geraten.«

»Ein Teil von mir hoffte, er würde einen Schlag auf mich versuchen. Aber Alphonse wusste, dass, wenn er mich zuerst angriff, ich in der Lage wäre, den Boden mit ihm zu wischen und keine Konsequenzen zu tragen. Ich weiß nicht, ob ich einen Kampf gegen ihn gewinnen könnte, aber, Mann, würde ich es gerne herausfinden. Er würde niemals bereitwillig jemanden bekämpfen, von dem er sich nicht sicher war, dass er ihn schlagen könnte. Es würde seinen Stand als Rudel-Alpha ruinieren, wenn er einen Kampf verlöre, besonders gegen jemanden, der nicht als Spitzenwandler gilt. Also anstatt mich zu bekämpfen, kündigte Alphonse an, dass er eine formelle Beschwerde gegen mich beim Conclave einreichen würde. Er behauptet Inkompetenz. Er versuchte sogar zu suggerieren, dass ich Schneewittchen absichtlich habe entkommen lassen. Ich weiß nicht, wie sein Erbsenhirn zu dieser Schlussfolgerung kam.«

»Was wird dann passieren? Ist dein Job in Gefahr?«

»Nah, es gibt keine Möglichkeit, dass seine Beschwerde standhalten wird, sobald einige meiner Beamten ihre Bodycam-Aufnahmen einreichen. Alphonse hat diese ganze Operation vermasselt. Ich hoffe, er reicht eine Beschwerde ein. Ich werde großes Vergnügen daran haben, ihn wie den verdammten Narren aussehen zu lassen, der er ist«, sagte Mac.

Fergal, Benno und die Jungs müssen entschieden haben, dass Sophie und Mac genug Zeit allein hatten, denn sie stiegen alle aus dem Auto und schlenderten herüber. Als Mac die Situation erklärte, boten sowohl Fergal als auch Benno an, als Zeugen in Macs Namen aufzutreten.

»Ich schätze das Angebot. Hoffentlich wird es nicht dazu kommen. Aber mit euren beiden Reputationen in der Mythischen Gemeinschaft würde es meiner Aussage sicherlich zusätzliches Gewicht verleihen«, sagte Mac und schüttelte beiden Männern die Hände.

Mac drückte einen Knopf am Funkgerät, das an seiner Schulter befestigt war, und forderte alle Teams auf, sich zu melden. Eines nach dem anderen antwortete jedes Team und ließ ihn wissen, dass Schneewittchen nirgends zu sehen war.

Mac sah nicht überrascht aus, aber er sah entmutigt aus. Fergal klopfte Mac mitfühlend auf die Schulter und ging dann zurück zum Sedan. Der Rest der Gruppe folgte und gab Sophie und Mac Raum.

»Ich muss zurück zum Team. Ich wollte nur nach dir sehen und sicherstellen, dass es dir gut geht«, sagte Mac.

»Mir geht es gut. Enttäuscht, aber gut. Was passiert jetzt?«

»Mein Tag fängt gerade erst an. Ich muss Dunham anrufen und ihn über die Situation informieren, also freue ich mich nicht darauf. Wir werden das Gebiet mindestens noch eine Stunde durchsuchen, es sei denn, Dunham ruft das Team zurück. Dann muss ich zurück zur Station und mich mit dem Polizeichef und all dem Papierkram befassen. Das hätte nicht schlechter laufen können«, klagte Mac. »Du solltest wahrscheinlich zurück zum Stammhaus gehen. Du kannst hier nichts tun, um zu helfen.«

Sophie zog Mac in eine feste Umarmung, in der Hoffnung,

ihn sich besser fühlen zu lassen. Ein Summen aus Macs Tasche ließ ihn zurücktreten und auf den Bildschirm schauen.

»Scheiße. Das ist Dunham. Ich wette, Alphonse hat ihn schon angerufen. Willst du diesen Anruf für mich entgegennehmen?« scherzte Mac.

»Absolut nicht.«

Mac grinste Sophie an und hielt das Telefon an sein Ohr.

»Polizeichef«, begrüßte Mac, gab Sophie dann einen schnellen abgelenkten Kuss, bevor er seine volle Aufmerksamkeit dem Anruf widmete.

Sophie formte »Viel Glück« mit den Lippen und winkte Mac zu, der es erwiderte – eine Grimasse auf seinem Gesicht, als er zuhörte, was auch immer Dunham sagte – bevor er zu seinem Gefolge zurückging.

Die Fahrt zurück zum Stammhaus war ruhig. Sophie kaute ihren verbleibenden Daumennagel weg und machte sich Sorgen darüber, was Mac ertragen musste. Dunham sollte ihm besser keine schwere Zeit machen. In der Hoffnung, dass sie vielleicht Mac helfen könnte, schloss Sophie ihre Augen und versuchte, ihre Verbindung zu Schneewittchen zu finden, obwohl sie hellwach war. Es war ein langer Schuss, aber Sophie war bereit, zu diesem Zeitpunkt alles zu versuchen.

Egal wie sehr sie sich konzentrierte, sie fühlte nichts. Sie versuchte, ihre Seele zu Schneewittchen zu projizieren, aber sie blieb fest in ihrem Körper. Keine Verbindung, keine Visionen. Nichts. Sophie beschloss, zu versuchen, einzuschlafen, in der Hoffnung, eine Vision zu bekommen, aber sie waren am Stammhaus angekommen, bevor sie sich beruhigen konnte.

»Jemand hungrig?« fragte Fergal.

»Nein, danke. Ich werde versuchen, ein Nickerchen zu machen«, antwortete Sophie und erntete einen seltsamen Blick von Fergal, der mit einem Stirnrunzeln auf seine Uhr schaute.

»Jetzt? Es war ein langer Tag. Lass uns etwas essen, und dann kannst du ein Nickerchen machen«, schlug Fergal vor. Als

279

GWEN DEMARCO

Sophies Magen als Antwort knurrte, packte Fergal sie am Ellbogen und führte sie zum Speisesaal. Sophie folgte, fügsam wie ein Lamm, zu ausgelaugt, um Widerstand zu leisten.

Benno nahm den Platz neben Sophie ein und blickte mit neugierigem Blick um den Pub, absorbierte jedes Detail.

Als die vollendete Profi und offiziell Sophies Lieblingsperson der Welt brachte Riona ihnen Pints Bier, noch bevor sie sich richtig gesetzt hatten. Sophie griff schnell nach ihrem Glas und klammerte es an ihre Brust, als wäre es ihr wertvollster Besitz. Vielleicht war es jahrelange Übung, oder sie erkannte einfach den Ausdruck im Gesicht ihres Mannes, aber irgendwie wusste Riona, dass sie einen Drink brauchten, ohne fragen zu müssen.

»Ist nicht gut gelaufen?« tutete Riona.

»Ich bin mir nicht sicher, ob es schlechter hätte laufen können«, murmelte Sophie und schlürfte riesige Schlucke ihres Biers, unbekümmert um den Schaumschnurrbart, den sie trug.

»Alphonse hat vorschnell gehandelt und das Ziel weggeschreckt. Es hat die gesamte Operation vermasselt und aller Zeit verschwendet. Dann hat er einen großen Aufstand gemacht und versucht, Mac für seinen Fehler zu beschuldigen. Typisches Alphonse-Verhalten«, grummelte Fergal.

»Kennst du ihn gut?« fragte Sophie.

»Ich muss mich seit fast zehn Jahren mit seinem Bullshit auseinandersetzen. Ich kann dir nicht sagen, wie satt wir alle Alphonse haben. Der Golden Gate Park liegt direkt zwischen unseren Territorien. Wie du dir vorstellen kannst, lieben es alle Gestaltwandler, nach Einbruch der Dunkelheit im Park zu laufen – ihre tierische Seite frei laufen zu lassen. Ein paar Jahre lang hatten wir fast monatlich Zusammenstöße mit seinem Rudel. Schließlich musste das Conclave eingreifen und den Park in Abschnitte aufteilen. Seine Leute lieben es, unser Können zu testen, versuchen über die Grenzen zu schleichen und Scharmützel zu beginnen. Also kann jetzt niemand das Ganze durchlaufen; du musst bei deinem zugewiesenen Abschnitt bleiben.

Aber das Sunset-Viertel-Rudel überschreitet immer unsere Grenzen, drängt uns. Ich glaube, dass Alphonse dieses Verhalten in seinen Rudelmitgliedern ermutigt, in der Hoffnung, uns zum Eingreifen zu bringen. Er hofft, dass er Foul schreien und beim Conclave auf Wiedergutmachung drängen kann, wenn wir reagieren. Er versucht seit er den letzten Alpha besiegt und die Führung übernommen hat, sein Territorium zu erweitern. Er ist ein Dorn in meiner Seite. Ein lauter, aufdringlicher Dorn.«

»Er ist heute aber hineingetreten. Er wird das Gesicht beim Conclave verlieren, wenn die Details, wie schlecht er die Operation vermasselt hat, herauskommen«, tröstete Benno Fergal.

Riona schnalzte mit der Zunge, bevor sie versprach, allen das Abendessen zu bringen.

»Nachdem wir hier fertig sind, führe ich dich durch die Küche«, versprach Fergal Benno.

»Das würde mir wirklich gefallen. Danke für deine Gastfreundschaft. Dieser Ort ist fantastisch. Und die Gerüche aus deiner Küche lassen mir das Wasser im Mund zusammenlaufen.«

Stolz strahlte von Fergal bei Bennos inbrünstigem Lob. Trotz Sophies saurer Stimmung war es amüsant, eine weitere aufblühende Bromance direkt vor ihren Augen blühen zu sehen.

Gerade als Riona und ihre Tochter Teller mit Essen am Tisch abstellten, kam Liam die Treppe heruntergerasselt. Er eilte auf die Gruppe zu, blieb kurz stehen, erstarrt. Kerzengerade, die Nase zitternd, schwenkte Liams Kopf zu Benno. Sein Mund klappte auf, aber keine Worte kamen heraus.

»Liam«, sagte Fergal und riss ihn aus seiner Trance. »Gesell dich zu uns.« Fergal schnappte sich einen Stuhl und zog ihn an den Tisch. Mit langsamen, vorsichtigen Bewegungen, als würde er versuchen, ein wildes Tier nicht zu erschrecken, ließ sich Liam langsam auf den Stuhl sinken.

Während Sophie Essen auf ihrem Teller herumschob und so tat, als würde sie essen, erzählten Conor und Patrick Liam von den Abenteuern des Tages. Liam warf gelegentlich Blicke zu

Benno, seine Augen eulengroß beim Teilen eines Tisches mit einem Oger.

Fergal beobachtete Sophie mit väterlicher Sorge und schob ihren Teller näher zu ihr. Sie seufzte leise, brach ein Stück ihres irischen Sodabrotes ab und steckte es in den Mund.

Nachdem sie endlich genug gegessen hatte, um ihren Gastgeber zufriedenzustellen, entschuldigte sich Sophie und zog sich auf ihr Zimmer zurück. Wenn sie schnell einschlafen könnte, könnte Sophie eine Stunde Schlaf bekommen. Sie stellte den Wecker und zog ihre Stiefel und Socken aus. Sophie kroch unter ihre Decke. Sie schlug ihr Kissen auf, schloss die Augen und versuchte einzuschlafen.

Finde Schneewittchen. Finde Schneewittchen, chantete sie still. Die Bücher sagten, dass man die Person oder den Gegenstand, den man anvisierte, mit so viel Detail wie möglich vorstellen musste. Sophie konzentrierte sich darauf, wie es sich anfühlte, in Schneewittchens Geist zu sein. Sophie dachte an ihre Entschlossenheit, ihre Freude, ihr Vergnügen an der Jagd.

Als ihr Wecker eine Stunde später dröhnte, riss Sophie die Augen auf und musste einen erstickten Schrei hinter zusammengebissenen Zähnen unterdrücken. Sie hatte keine einzige Sekunde geschlafen. Ihr Geist wollte nicht zur Ruhe kommen, ihre Gedanken kreisten wie ein Hamster im Rad, besessen vom Wunsch einzuschlafen. Sie hatte versucht, ihren Geist leer zu machen, dann versucht, ihren glücklichen Ort zu finden – einen Strand mit schwankenden Palmen. Sie hatte beruhigende, meditative Gedanken versucht. An einem Punkt hatte sie sogar eine Schlaf-App heruntergeladen, die beruhigende Musik verwendete, um Leute in den Schlaf zu wiegen. Das war eine Verschwendung von einem Dollar.

Sie hätte Schafe gezählt, wenn sie geglaubt hätte, dass es funktionieren würde.

Mit einem Stöhnen setzte sie sich auf, griff nach ihrem Telefon und schaltete den Wecker aus. Sie überprüfte die Zeit und entschied, dass sie Zeit für eine Dusche hatte, bevor sie zur Arbeit gehen musste. Sie schickte eine schnelle Nachricht an Mac, um sich bei ihm zu erkundigen. Als sie aus der Dusche kam, fand sie eine Nachricht vor, in der stand, dass er wieder auf der Wache war, gefolgt von einem wütenden Emoji mit Dampf aus der Nase.

Autsch. Versuche niemanden zu erschießen. Es sei denn, es ist ein bestimmtes Alpha-Arschloch, dann fühl dich frei.

Mac schrieb zurück, dass er dieses Versprechen nicht geben könne. Er erklärte, dass die meisten Mitglieder des Conclaves auf der Station aufgetaucht waren, zusammen mit mehreren Mitgliedern von Alphonses Rudel, einschließlich des Alphas selbst. Die meisten Mitglieder von Macs Team waren auch da, um ihre Schilderung der Ereignisse zu geben. Es gab viel Großtuerei vom Conclave, zusammen mit einer Beilage Fingerzeig. Mac versprach sie anzurufen, wenn er könnte, und sie auf den neuesten Stand zu bringen.

Sie schickte ein Kuss-Gesicht-Emoji ab, schob ihr Telefon in die Tasche, stopfte ihre Füße in ihre Stiefel und schnappte sich ihre Tasche. Eine lange Nacht lag vor ihr, aber entschlossen verließ sie ihr Zimmer, um die Jungs zu finden und zur Arbeit zu gehen.

Die Treppe hinuntermarschierend, konnte Sophie falschen Gesang aus dem Speisesaal hören. Es klang wie einer der Fußball-Gesänge, die die Stammgäste im Little Thumb gelegentlich sangen, während sie das Spiel auf einem von Bennos Fernsehern schauten. Sobald sie anfingen »Olé, olé, olé« zu schreien, war es Sophies Signal, aus dem Pub herauszukommen und zurück zum Streuselkuchen zu gehen.

Als sie in den Speisesaal kam, entdeckte Sophie sofort Benno und Fergal, die Arme umeinander geschlungen, in ihren Sitzen wie unausgewogene Kriegsschiffe auf stürmischer See schwankend, total betrunken.

»Sophie«, riefen beide Männer gutgelaunt, als sie den Speisesaal betrat. Riona begegnete Sophies Blick und schüttelte den Kopf über Fergal und Bennos Possen.

»Komm zu uns, Sophie. Du musst diesen Whiskey probieren! Fergals Familie macht ihn speziell selbst. Nur für Gestaltwandler. Er ist extra stark«, lachte Benno laut und fiel fast aus seinem Stuhl, als er versuchte, Sophie herüberzuwinken.

Fergal schloss ein Auge und blinzelte in Sophies allgemeine Richtung. Sie überlegte, wie viele Sophies er wohl sah. »Ja, du solltest einen schnellen Schluck haben. Obwohl du bist menschlich, also kannst du nur ein bisschen haben«, verkündete Fergal und hob die Flasche in seinen Händen zu Sophie. Er sah überrascht aus zu sehen, dass sie leer war.

»Riona, meine schöne Braut! Diese Flasche ist leer. Wir brauchen eine andere.« Fergal schüttelte die Flasche zu seiner Frau, um ihr ihren ungefüllten Zustand zu zeigen.

Während sie abgelenkt waren, schlüpfte Sophie hinaus, um die Jungs zu finden. Als sie die Treppe hinunterging, begegnete sie Birdie, die hinaufkam.

»Hey, Mädchen«, begrüßte Birdie. »Ich hörte, heute lief schlecht.«

Es gab keine Geheimnisse im Stammhaus. Sophie hatte sich nur etwas über eine Stunde hingelegt.

»Das ist noch untertrieben. Es war eine ungemilderte Katastrophe.« Sophie zuckte mit den Schultern. »Ich würde dir alles darüber erzählen, aber ich muss zur Arbeit. Benno ist oben im Pub. Er war da und kann dich auf den neuesten Stand bringen.«

Sie gaben sich eine schnelle Umarmung, bevor Birdie die Treppe hinaufging. Als Sophie das Foyer betrat, hörte sie Fergal und Benno oben »Birdie« rufen. Oh je. Vielleicht war es doch keine gute Idee gewesen, Birdie in den Pub zu schicken. Sophie hatte das Gefühl, dass Birdie am nächsten Morgen einen ordentlichen Kater haben würde, wenn sie von der Arbeit zurückkäme.

Ach, nun ja. Nicht mein Zirkus, nicht meine Affen.

KAPITEL 20

Ihre Leibwächter waren an ihrem üblichen Platz – sie machten es sich wie immer auf der Eingangstreppe bequem – und warteten auf Sophie.

Patrick ließ Liam ohne Widerspruch auf dem Beifahrersitz Platz nehmen. Sophie nahm an, dass es daran lag, dass sie sich schrecklich fühlten, weil Liam die ganze Action früher verpassen musste.

»Ich kann nicht glauben, dass du mit einem echten, leibhaftigen Oger befreundet bist!«, rief Conor aus. »Ich habe noch nie einen getroffen. Sie sollen extrem gemein und aggressiv sein. Sie hassen alle außer anderen Ogern.«

Sophie schnaubte. »Du hast Benno getroffen. Kam er dir gemein vor? Er besitzt eine Kneipe, die als neutrales Territorium für alle Mythischen Wesen gilt. Wenn er alle hasste, warum würde er dann irgendwelchen Mythischen Wesen erlauben, hineinzukommen? Vielleicht sind andere Oger nicht nett, aber nicht Benno. Er ist wirklich nett. Die Kneipe ist neben meiner Wohnung, also wurden wir Freunde, als ich mal reinkam, um etwas zu trinken. Er ist einer der freundlichsten Menschen, die ich je kennengelernt habe.«

»Du bist in eine Ogerkneipe gegangen? Allein?«, fragte Liam.

»Es ist doch nur eine Bar. Klar, sie ist im Tenderloin, da treiben sich viele zwielichtige Typen herum, aber The Little Thumb ist sicher.«

»Du wohnst im Tenderloin? Hm, du bist cooler, als du scheinst«, sagte Liam, als wäre das ein Kompliment. Sophie öffnete den Mund, um etwas Scharfes zu erwidern, aber ihr fiel nichts ein.

»Ich bin schon cool«, sagte sie schwach.

»Oh, das bist du total, Sophie«, antwortete Patrick mit zuckersüßer Stimme.

»Hat dir das deine Mama gesagt?«, stichelte Conor zur gleichen Zeit.

Herablassende kleine Mistkerle, dachte Sophie und warf den Rotzlöffeln einen finsteren Blick zu. Sophies finsterer Blick brachte Patrick nur dazu, lauter zu lachen.

Die Jungs setzten sie ab und vergewisserten sich, dass Sophie sicher durch die Lobbytüren ging. Obwohl sie Trottel waren, nahmen sie ihren Job durchaus ernst.

Sophie fand Reggie dabei, wie er Akten in seinem Büro durchging. Sie nahm ihn mit ins Hauptbüro. Amira, Ace und Fitz saßen an ihren Schreibtischen, als sie hereinkamen.

»Was musstest du uns erzählen, Sophie?«, fragte Reggie.

Sie stützte sich an einen leeren Schreibtisch und berichtete dem Team vom Tag. Ace warf die Hände in die Luft vor Verärgerung, als Sophie ihnen erzählte, wie Alphonse versucht hatte, Schneewittchen zu packen, bevor sie die Schwelle des Zaubers überschritt, wodurch die ganze Operation ruiniert wurde.

»Auf keinen Fall! Sag mir, dass er das nicht getan hat«, rief Reggie aus, mit hochgezogenen Augenbrauen.

»Oh doch, das hat er. Und jetzt versucht er, Mac die Schuld zu geben, dass sie entkommen ist«, erwiderte Sophie. Sie ballte die Fäuste, so sehr juckte es sie in den Fingern, Alphonse den Hals umzudrehen.

»Was ist dann passiert?«, fragte Fitz.

»Mac und sein Team suchten noch nach Schneewittchen, als ich ging. Aber er denkt, sie ist längst weg. Als ich das letzte Mal mit ihm sprach, war er im Polizeipräsidium. Die meisten vom Conclave waren angekommen, und alle zeigten mit dem Finger aufeinander.«

»Willst du, dass ich—«, begann Reggie zu sagen, aber das Klingeln von Sophies Telefon unterbrach ihn.

»Es ist Mac«, sagte Sophie und hob ab. »Hey, Mac. Was passiert? Geht es dir gut?«

»Ja, mir geht's gut. Ich wollte nur anrufen, um deine Stimme zu hören und dir ein Update zu geben.«

»Hey, ich bin hier mit den Sonderlingen. Kann ich dich auf Lautsprecher stellen?«

Als Mac seine Erlaubnis gab, stellte Sophie ihr Telefon auf einen Tisch zwischen ihre Freunde.

»Wir sind alle hier. Was ist passiert, nachdem ich heute gegangen bin?«, fragte Sophie.

»Es lief genau so, wie du dir vorstellen kannst. Mein Team durchsuchte das ganze Gebiet stundenlang, bevor der Chef uns alle zurück zur Wache rief. Als ich durch die Tür ging, machten Alphonse, Dunham, Marcella und die meisten vom Conclave einen Aufstand mitten im Großraumbüro. Als ich hereinkam, versuchte Alphonse mich anzugreifen. Er landete unter einem Haufen der meisten Leute von der Mythischen Abteilung der Polizei«, erklärte Mac mit einem Kichern. »Alle aus meinem Team gaben ihre Aussagen ab, die zusammen mit den Bodycam-Aufnahmen eine Menge von Alphonses Anschuldigungen als falsch bewiesen. Ich weiß nicht, was er sich dabei gedacht hat. Er machte sich vor dem Conclave zum Narren und Lügner. Er ist vor ein paar Minuten einfach hier rausgestürmt. Ein paar Mitglieder des Conclave gingen los, um ihn zu suchen und zurückzubringen. Ich hoffe, er kommt nicht zurück, um ehrlich zu sein. Marcella sieht aus, als wäre sie bereit, Köpfe von Schultern zu entfernen, aber das richtet sich hauptsächlich gegen Alphonse. Ich denke, er hat heute Ansehen in der Gemeinschaft verloren, besonders weil er das alles mitten im Großraumbüro vor einer Menge ausgebreitet hat. Alle werden darüber reden. Wenn er einfach die Klappe gehalten hätte, hätte es unter den Teppich gekehrt werden können. Ich habe höllische Kopfschmerzen, aber es war es wert, Alphonse dabei zuzusehen, wie er sich selbst ins eigene Fleisch schnitt.«

»Wow. Ich wäre nicht überrascht, wenn Alphonse bald von einem ehrgeizigen Rudelmitglied als Alpha abgesetzt wird«, sagte Reggie. »Ich habe gehört, sein Bruder ist genauso rücksichtslos wie er. Ich würde wetten, dass er versucht, einen Putsch zu inszenieren. Alphonse könnte am Ende mit vielen Herausforderungen zu kämpfen haben. Er ist ein harter Hurensohn, aber wenn er sich einer Reihe von Dominanzkämpfen stellen muss, könnte er verlieren. Wenn genug Leute gegen ihn antreten, wird er irgendwann zermürbt. Es wird interessant sein zu sehen, wie sich das entwickelt.« Reggie sah bei dieser Aussicht besorgt aus. Sophie dachte, Alphonse loszuwerden könnte nur eine gute Sache sein. Vielleicht war es eine Situation vom Typ 'der Teufel, den man kennt'.

»Mir tun seine Rudelmitglieder leid. Sie mussten jahrelang mit seiner Tyrannei leben. Aber wenn er herausgefordert und besiegt wird, wird das das Rudel in Aufruhr versetzen, es sei denn, der neue Alpha ist stark genug, sie zusammenzuhalten und Kontrolle auszuüben. Ein Rudel in Aufruhr ist immer gefährlich. Besonders für seine schwächeren Mitglieder«, sagte Amira. Sie schauderte bei dem Gedanken.

»Bramwell und sein Gefolge sind zurück«, verkündete Mac über die Leitung. »Ich sehe Alphonse nicht. Sie müssen ihn nicht eingeholt haben. Entweder das oder er weigerte sich zurückzukommen. Ich bin so oder so nicht traurig. Ugh, Dunham und Marcella winken mir zu. Ich muss gehen.«

Alle wünschten Mac viel Glück, dann nahm Sophie es vom Lautsprecher und verließ den Raum, um sich zu verabschieden.

»Hey, wenn du denkst, dass Schneewittchen die Stadt verlassen hat, wann denkst du, könnte ich nach Hause gehen?«, fragte Sophie. »Ich vermisse mein Bett.«

Mac stieß einen Atemzug über das Telefon aus. »Ich würde lieber auf Nummer sicher gehen. Bis sie gefasst ist oder wir Beweise haben, dass sie weg ist, solltest du in Deckung bleiben.«

Sophie wusste, dass Mac das sagen würde, aber es schadete nie zu fragen. In vielerlei Hinsicht mochte sie es, im Stammhaus zu bleiben. Wer würde nicht warme Mahlzeiten auf Abruf geliefert bekommen, ohne Geschirr spülen zu müssen? Aber sie vermisste ihre Wohnung. Es war ein Ort, der ganz ihr gehörte. Sogar die winzige Dusche mit ihrem schlechten Wasserdruck vermisste sie. Es war ihr Zufluchtsort.

»Nein, es macht Sinn. Ich glaube, ich habe nur ein bisschen Heimweh.«

»Dunham sieht verärgert aus. Ich muss gehen«, knurrte Mac.

»Ruf mich an, wenn du dort fertig bist. Es ist egal, wie spät es ist; ich werde antworten, auch wenn ich mitten in einer Obduktion bin. Ich bin sicher, Reggie hat nichts dagegen. Ich will nur sicherstellen, dass es dir gut geht«, sagte Sophie leise zu Mac.

»Das werde ich. Ich vermisse dich. Ich wünschte, du wärst hier«, antwortete Mac.

»Ich auch.«

Sophie steckte den Kopf wieder ins Büro, um Reggie zu sagen, dass sie nur in ihre Arbeitskleidung schlüpfen musste und dann bereit wäre, ihre Schicht zu beginnen.

Das Gespräch mit Mac hätte sie eigentlich beruhigen sollen, aber sie konnte den Tag nicht aus dem Kopf bekommen. Ablenkung machte sie unaufmerksam für ihre Umgebung. Zum Glück war sie inzwischen so routiniert, dass sie ihre Arbeit fast automatisch erledigte. Auch für die Visionen musste sie sich kaum anstrengen – eine Leiche berühren, eine Vision empfangen, mehr war es nicht. Für eine so geschätzte Fähigkeit erforderte das erstaunlich wenig Können – aber Sophie beschwerte sich nicht.

Beim Mittagessen ließ Sophie die Unterhaltung über sich hinwegwaschen. Es ging alles um Alphonse, Schneewittchen und was jeder dachte, was als nächstes passieren würde. Zum Glück war ihr Appetit zurückgekommen, also konnte sie ihre Mahlzeit essen. Sie registrierte kaum, was sie aß, nur froh, warmes Essen serviert zu bekommen. Das würde sie am meisten am Stammhaus vermissen: das Essen von Riona. Nun ja, das und dass jemand anderes das Geschirr spülte.

Als ihre Schicht endlich vorbei war, begannen die letzten vierundzwanzig Stunden Sophie einzuholen. Sie fühlte sich wie ein Zombie, der aus dem Gebäude schlurfte. Sie vergaß fast, sich von Frau Zhao zu verabschieden, und erinnerte sich erst, als sie fast draußen war. Zum Glück – es ist immer besser, mit einem Drachen gut auszukommen.

»Schlaf etwas, Liebes«, riet Frau Zhao.

»Ja, Frau Zhao«, antwortete Sophie und ging hinaus in die Morgensonne.

Auf dem Weg zum Auto der Jungs erregte ein Mann, der rief: »Gib es zurück!«, ihre Aufmerksamkeit. Zwei zerlumpte, obdachlose Männer rangen um etwas auf der anderen Seite des Parkplatzes. Es sah aus wie ein Stoffbeutel. Der größere der beiden Männer zerrte an dem Beutel und zog den kleineren Mann von den Füßen. Einmal am Boden, begann der kleinere Mann zu den Armen des anderen Mannes hochzutreten und versuchte, ihn dazu zu bringen, den Sack loszulassen. Flüche strömten aus beider Männer Mündern.

Sie hatte absolut keine Lust, eine Schlägerei zu schlichten, aber sie ging trotzdem entschlossen auf die kämpfenden Männer zu. Die Jungs waren auch aus ihrem Auto gestiegen und schauten in dieselbe Richtung. Ausgezeichnet. Sie würde sie dazu bringen, die Schlägerei zu beenden. Wer behauptet, dass Sophie keine Führungsqualitäten hat?

Bevor sie mehr als einen Schritt zu den kämpfenden Männern machen konnte, klammerte sich eine Hand über Sophies Mund, ein Arm schlang sich um ihren Hals und riss sie von den Füßen. Sie strampelte und versuchte, wieder auf die Füße zu kommen, während sie schnell um die Ecke des Gebäudes der Gerichtsmedizin geschleift und dem Blick vom Parkplatz entzogen wurde. Sie versuchte zu den Jungs zu schreien, aber konnte über den Kampf der obdachlosen Männer nicht gehört werden. Als sie um die Ecke geschleift wurde, war das Letzte, was sie sah, ein Lieferwagen, der auf den Parkplatz fuhr. Kreischend zum Stillstand kommend, glitt die Seitentür auf, und Männer strömten aus dem Fahrzeug, auf die Jungs zu.

Der Arm um ihren Hals zog sich zusammen und schnitt ihr den Sauerstoff ab, während sie weiter weggeschleift wurde. Sie gingen Richtung Waterfront mit ihrem Gewirr von Schiffsdocks, Lagerhäusern und unfertigen Baustellen – ein perfekter Ort für einen Überfall oder Mord. Sophie öffnete ihren Mund so weit sie konnte und klemmte ihre Zähne um den fleischigen Teil der Hand über ihrem Mund. Sie biss so fest sie konnte ins Fleisch und spürte, wie sich die Knochen unter dem Muskel verschoben. Wegen Reggies Gewohnheit, ihr Fakten über menschliche Körper zu erzählen, wusste Sophie, dass sie genug Kraft in ihrem Kiefer hatte, um seine Finger abzubeißen. Der Mann, der sie hielt, brüllte und versuchte, sie abzuschütteln, aber Sophie hielt fest, auch als sie Blut schmeckte. Der Arm um ihren Hals lockerte sich, ließ sie aber nicht los. Sie würde seine Hand nicht loslassen, bis sie frei war, also auch als er sie wie einen Hund mit einer Ratte im Maul schüttelte, klemmte Sophie zu und hielt fest.

Während der Mann abgelenkt war, schob Sophie ihre Hand in die Tasche und packte ihren Taser. Sie stieß ihn in den Torso hinter sich und löste den Strom aus. Das Drücken des Knopfes an ihrem Taser bekam eine sofortige Reaktion. Mit einem erstickten Gurgeln stieß der Mann sie weg. Auf Händen und Knien landend, drehte Sophie sich um und krabbelte wie ein verängstigter Krebs rückwärts.

Alphonse war vorgebeugt, die Hände auf den Knien, keuchend und zitternd, aber noch auf den Beinen. Das hätte ihn zu Boden bringen sollen. Das war ein schlechtes Zeichen. Mit einem Knurren schüttelte er die Wirkung des Tasers ab und richtete sich auf. Sein Gesichtsausdruck kündigte Sophies bevorstehenden Tod an.

Lass sie dich niemals auf den Boden kriegen, schrie Paddys Stimme in ihrem Kopf. Auf die Füße scrammelnd, stellte sich Sophie Alphonse gegenüber, hielt den Taser hoch und hielt ihn auf ihn gerichtet.

Schnell nach links und rechts blickend, erkannte Sophie, dass sie es nicht so weit geschafft hatten, wie sie zuerst dachte. Sie waren gerade hinter dem Gebäude der Gerichtsmedizin, gerade außer Sichtweite von der Hauptstraße, mit Hecken, die sie vor Blicken versteckten.

Die Geräusche von Geschrei und Kämpfen schwebten in der Luft von der Vorderseite des Gebäudes.

»Was willst du?«, schrie Sophie Alphonse an und hoffte auf einen Bösewicht-Monolog, um Zeit zu gewinnen, bis die Verstärkung ankam.

Alphonse machte einen bedrohlichen Schritt auf Sophie zu, also trat sie zurück und hielt denselben Abstand zwischen ihnen. Sie konnte sehen, wie Alphonse visuell die Entfernung maß und entschied, ob er darüber springen und sie kriegen konnte.

»Was ist dein Problem? Ich habe versucht, dein Rudelmitglied zu retten!«

»Als ob du es nicht wüsstest«, höhnte er. »Du musst mit mir kommen. Ich habe Fragen für dich. Mach es dir leicht und komm freiwillig mit. Wenn du gegen mich kämpfst, werde ich dich auf Arten leiden lassen, die du dir nicht vorstellen kannst.«

Sophie war sich völlig sicher, dass wenn sie irgendwohin mit Alphonse ging, freiwillig oder nicht, Leiden in ihrer Zukunft lag.

Alphonse machte einen weiteren Schritt auf sie zu, die Hände hoch, als wollte er zeigen, dass er keine bösen Absichten hatte. Ja, klar. Alphonse knurrte verärgert, als Sophie einen weiteren passenden Schritt zurückmachte. Als er die pseudo-freundliche Fassade fallen ließ, wuchsen langsam Krallen aus seinen Fingerspitzen: gebogen, schwarz und fast so lang wie Sophies kleiner Finger.

»Wir müssen das nicht tun«, sagte Sophie. »Stell deine Fragen. Ich werde antworten, was du willst. Aber ich gehe nirgendwohin mit dir.«

Nach einem weiteren Schritt, den Sophie konterte, erkannte sie, dass er sie weiter weg von der Sicherheit des Gebäudes und Richtung Waterfront manövrierte. Er trieb sie zusammen.

»Wer weiß noch von deinen Visionen? Wem hast du erzählt, was ich getan habe?«, verlangte Alphonse.

Sophies Pokerface versagte ihr für einen Moment, als ihr Mund vor Schock aufklappte. Wie konnte Alphonse möglicherweise von ihren Visionen wissen?

Einen Moment zu spät, um glaubwürdig zu sein, stotterte Sophie heraus: »Vi- Visionen? Ich weiß nicht, wovon du sprichst.«

»Bullshit. Ich weiß, dass du deshalb mich verfolgst und meine Leute angreifst. Frank hat dich gestern gesehen, als du wie ein Feigling weggelaufen bist.«

»Mich gesehen? Das ist nicht möglich. Ich war nicht da, und ich habe dich nicht verfolgt. Ich weiß nicht, wen deine Leute gesehen haben, aber ich war es nicht. Ich schwöre!«

Mit Alphonses Rücken zum Gebäude der Gerichtsmedizin sah er nicht, dass eine Person schnell um die Ecke spähte, ein paar Meter hinter ihm. Es war nur ein Aufblitzen von Bewegung, aber Sophie sah sie. Endlich. Die Verstärkung war angekommen.

Einen Moment später rannte die Person von um die Ecke. Sophie versuchte, Alphonses Aufmerksamkeit auf sich zu halten, aber als sie ihr eigenes Gesicht sah, das zu ihr zurückblickte, musste sich etwas in ihren Augen registriert haben. Es musste Schneewittchen sein, und sie trug Sophies Gesicht.

Als Alphonse sich zu drehen begann, versenkte Schneewittchen eine Spritze in seine Schulter. Bevor sie den Kolben herunterdrücken konnte, gab Alphonse ihr eine Ohrfeige, dann packte er sie am Arm und warf Schneewittchen in Sophies Richtung. Sie rutschte über den Beton und kam in einem zusammengeknüllten Haufen mehrere Meter hinter Sophie zum Liegen.

Ein blutiges Messer kam über den Asphalt geschlittert und kam in der Nähe von Sophies Fuß zur Ruhe. Keuchend riss Alphonse die Spritze aus seiner Schulter und warf sie weg. Blut sickerte aus Alphonses Bizeps. Schneewittchen musste es geschafft haben, ihn zu schneiden, als er sie warf.

Als Blut von Alphonses Arm zu tropfen begann, brüllte er: »Es gibt zwei von euch!« Es war so laut, dass es über Sophie hinwegwusch wie eine Welle. Die Nähte an seinem Hemd begannen zu platzen, als er größer wurde, seine Muskeln schwollen an und Haare sprossen über seine Arme. Das Brüllen aus seinem Mund verwandelte sich in ein gespenstisches Heulen.

»Oh, sch—«, rief eine Stimme, die genau wie Sophies klang, von hinter ihr, verängstigt und schockiert, aber Sophie konnte sich nicht darauf konzentrieren. Das Messer aufschnappend, sprang Sophie auf Alphonse zu. Sie versuchte, ihn in die Brust zu stechen, aber er sprang zurück, und Sophie landete damit, das Messer in seinen Oberschenkel zu stoßen. Mit einem Gebrüll ergriff Alphonse das Handgelenk, das das Messer hielt, und drehte es, bis Sophie etwas nachgeben spürte. Das Messer loslassend, das noch aus Alphonses Oberschenkel herausragte, zerrte Sophie an ihrem Arm und versuchte, ihn aus Alphonses Griff zu befreien. Vor Schmerz schreiend, trat und kratzte sie Alphonse wie ein wildes Tier in einer Schlinge, nur auf Flucht um jeden Preis bedacht. Ihr Schrei verstummte abrupt, als Alphonse sie an der Kehle packte und sie mit einer Hand von den Füßen hob. Sie strampelte hilflos mit den Beinen und versuchte, den Boden zu erreichen.

Sophie krallte eine Hand über seine Finger und versuchte, seine Hand von ihrer Kehle zu lösen. Die andere Hand war noch in Alphonses festem Griff gefangen. Er drehte diesen Arm und belastete ihre Schulter, bis sie vor Protest schrie. Ihr wurde schwarz vor Augen, während sie mit den Füßen nach seinen Eiern trat.

Ein Schuss ertönte, so ohrenbetäubend, dass Sophie ihn genauso fühlte wie hörte. In genau diesem Moment verschwand ein Stück von Alphonses Schläfe in einem Spritzer aus Rot und Rosa. Genauso plötzlich wurde Sophie fallen gelassen, ihre Knie knickten unter ihr ein. Alphonse hielt noch Sophies Arm fest, also zog er sie über sich, als er umfiel. Sophie lag keuchend auf Alphonse und spürte, wie die Luft Alphonses Körper verließ.

Hustend rappelte sie sich von Alphonses Brust hoch, fiel auf den Hosenboden und rutschte rückwärts, bis sie einige Meter Abstand hatte. Auf dem kalten Asphalt sitzend, hielt Sophie ihren verletzten Arm und starrte auf Alphonses blutigen Körper. Sie wusste, er war tot, aber ein Teil von ihr konnte diese Tatsache nicht akzeptieren.

»Schwester! Geht es dir gut, Sophie?«

Sophie drehte sich entsetzt um. *Schwester? Was zum—*

Schneewittchen ging auf sie zu, eine Waffe in der Hand.

Sophie blinzelte, als der Himmel dunkel wurde. Nach oben blickend, sah Sophie nur goldbraune Schuppen in Tellergröße über ihrem Kopf. Schneewittchen begann zu schreien. Sophie blickte rechtzeitig zu ihrem Doppelgänger zurück, um zu sehen, wie eine riesige Kralle sie am Boden festhielt. Die Waffe wurde mit einer großen, schwarzen Kralle – dick wie ein Nudelholz – aus Schneewittchens Hand geschnippt. Sie klapperte über den Asphalt davon.

Ein riesiger gewundener Drache, so groß wie ein Bus, ragte über Schneewittchen auf. Sie schrie vor sinnlosem Terror.

Der Drache hatte einen langen, sich windenden Körper, fast schlangenartig. Er schimmerte mit kupferbraunen Schuppen, seine Schnauze war stumpf mit großen, runden Nasenlöchern. Rüschen schwangen von seinem Kopf zurück und seinen Rücken hinunter wie eine gefranste Mähne. Überraschung traf Sophie, dass der Drache keine Flügel hatte. All die Geschichten und Kunst hatten sie immer mit Flügeln gezeigt.

Der Drache rollte sich um Schneewittchen zusammen, wand sich um sie wie eine Boa Constrictor, die dabei war, ihrer Beute den Atem zu rauben. Der Drache ließ seinen riesigen Kopf nah zu Schneewittchen fallen, knurrend und zeigte Reihen von rasiermesserscharfen Zähnen in der Größe von Baseballschlägern.

»Du musst jetzt still sein«, riet der Drache Schneewittchen mit Frau Zhaos tadelloser Stimme. Die Lautstärke war befehlend. Ein Grollen rollte über den Platz und ließ die Haare in Sophies Nacken zu Berge stehen. Schneewittchens Schreien brach ab, als wäre ein Schalter umgelegt worden, ihre Zähne klickten, als sie ihren Mund zuschnappte.

»Frau Zhao?«, keuchte Sophie. Der Drache blinzelte seine riesigen goldenen Augen zu Sophie und neigte den Kopf wie ein Hund.

»Ja, ich bin's, Liebes. Geht es dir gut?«

»Ich... äh... ich denke schon«, antwortete Sophie, nicht sicher, ob sie die Wahrheit sagte.

Sophie konnte atemloses Flüstern hören, das wie Gebete klang.

Frau Zhaos Kopf schwenkte in einer kobra-artigen Bewegung auf einem beweglichen Hals zurück zu Schneewittchen.

»Töte sie noch nicht. Ich habe Fragen für sie«, rief Sophie.

Frau Zhao stieß einen dampfenden Atem aus ihren Nasenlöchern, als wäre sie enttäuscht. Eine lange gespaltene Zunge schnellte zu Schneewittchen, ließ sie quietschen. Es war schwerer zu sagen mit Frau Zhaos Drachenaugen, aber Sophie dachte, sie könnte Belustigung erkennen.

Der Drache lehnte sein Gesicht näher zu Schneewittchen, ein langsames Grinsen breitete sich über sein gefranstes Viperngesicht aus, Dutzende Reihen rasiermesserscharfer Zähne zur Schau gestellt. Braune Schuppen mit kupferner Irisierung glitzerten in der Sonne, als Frau Zhao einen Atem über Schneewittchens hingestreckte Form hauchte.

»Hmm. Sie ist menschlich. Seltsam.«

Sophie blickte auf die Frau, die unter Frau Zhaos adlerartiger Kralle festgehalten wurde. Außer einem anderen Haarschnitt und einem Mangel an sichtbaren Tätowierungen war Schneewittchen ein Ebenbild von Sophie.

Eine wütende Stimme schrie: »Alphonse! Du hast meinen Bruder getötet, du Schlampe!«

Sowohl Sophie als auch Frau Zhao rissen ihre Köpfe zu der leeren Zufahrtsstraße hinter dem Gebäude. Ein großer Mann mit struppigem braunem Haar sprintete auf sie zu. Sein Fokus schien auf Sophie und Schneewittchen zu liegen und ignorierte den enormen Drachen vor ihm völlig.

»Alphonse!«, schrie er gebrochen und blickte auf die stille Gestalt des Alphas am Boden, eine Blutlache bildete sich unter dem, was von seinem Kopf übrig war. Zurück zu Schneewittchen blickend, brüllte er: »Ich werde dich töten!«

Frau Zhao benutzte ihre andere Pfote, um diesen neuen Kerl neben Schneewittchen mit einem resignierten Schnauben am Boden festzuhalten. Er wand sich und stemmte sich, schrie Obszönitäten, konnte aber die schuppige Kralle, so groß wie ein Gullydeckel, nicht von seiner Brust bewegen.

»Sophie! Oh mein Gott, da bist du ja!«, rief Macs Stimme, gefolgt vom Donner mehrerer rennender Füße.

Mac sprintete auf Sophie zu, flankiert von drei struppigen grauen Monstern. Reggie, Ace, Amira, Fitz, Larry und mehrere Polizisten waren dicht auf den Fersen, scheinbar unbesorgt über die haarigen Bestien in ihrer Mitte, die über sie hinausragten. Die Monster waren ähnlich den Wolfsgestaltwandlern, die Sophie am Coit Tower gesehen hatte – wenn diese Gestaltwandler einen Meter an Größe gewonnen und sich aufgepumpt hätten. Sie waren der Stoff von Alpträumen mit Fetzen von Kleidung, die von ihren Formen hingen, und Blut, das von ihren Krallen tropfte und über ihre Schnauzen verschmiert war. Die Schritte der Monster stockten nur für einen Moment, als sie den Drachen hinter Sophie entdeckten.

»Whoa, ein Drache«, kam Liams Stimme aus einem der Monstermäuler.

Auf halbem Weg zu ihren Füßen erstarrte Sophie mit offenem Mund. Mac sagte, dass irische Wolfshundgestaltwandler für den Krieg geschaffen wurden, aber nichts hatte sie darauf vorbereitet, die Jungs in ihrer Kampfform zu sehen.

Mac überbrückte die Entfernung zwischen ihnen in ein paar schnellen Schritten und zog Sophie in seine Arme, vergrub sein Gesicht in ihrem Haar. Ihr Gesicht war gegen seine Brust gedrückt. Jeder keuchende Atemzug, jeder Herzschlag hallte in Sophies Wange wider und sandte kleine Erschütterungen durch sie.

»Soph! Oh mein Gott, Sophie! Geht es dir gut?«, wiederholte Mac immer wieder, sein Körper zitterte gegen ihren und lenkte sie von den gruseligen Halbformen ihrer Leibwächter ab.

»Mir geht's gut. Mir geht's gut«, versicherte Sophie Mac.

»Gott sei Dank, dir geht's gut. Ich dachte, ich wäre zu spät.« Mac zog sich aus der Umarmung und begann, sie hektisch zu untersuchen. Sophie zischte, als er ihr Handgelenk abtastete.

»Was ist passiert?«, fragte Mac.

Als Sophie erklärte, was mit Alphonse geschehen war, wurde Macs Gesicht zu einer starren Maske, Augen wie ein Gletscher. Wenn Alphonse nicht schon tot gewesen wäre, zweifelte Sophie nicht daran, dass Mac versucht hätte, ihn zu töten. Mac fuhr mit einem sanften Finger über Sophies Hals. Er war höllisch wund und wahrscheinlich schon lila geworden.

Sich näher lehnend, flüsterte Sophie in Macs Ohr: »Schneewittchen hat mir das Leben gerettet. Warum würde sie das tun? Ich dachte, sie wäre hinter mir her.«

»Ich habe keine Ahnung. Nichts davon macht Sinn.«

Mehrere Polizeiautos kamen mit blinkenden Lichtern an, gefolgt von einem Krankenwagen, der die kleine Zufahrtsstraße hinter dem Büro blockierte. Alle redeten um sie herum; Polizei und Freunde spekulierten, Alphonses Bruder schrie über Alphonse und versprach Vergeltung für seinen Tod, Schneewittchen versuchte zu erklären, dass sie nur dabei half, ihre 'Schwester' zu retten.

»Schwester?!«, rief Mac aus und blickte auf Schneewittchen, dann ungläubig zurück zu Sophie.

»Das ist nicht meine Schwester! Ich weiß nicht, welche Magie sie benutzt, um wie ich auszusehen, aber ich habe keine Schwester. Die ist verrückt.«

»Sie riecht völlig menschlich«, verkündete Frau Zhao und gab Schneewittchen einen weiteren langen Schnüffel.

»Bist du sicher?«, fragte Mac. Als Frau Zhao ihren riesigen Kopf königlich nickte, schüttelte Mac den Kopf.

»Hat sie Geweihe?«, flüsterte Sophie und starrte noch immer auf Frau Zhao. Von Geweihen zu sprechen, wäre untertrieben. Scharfe, sich verzweigende Hörner wölbten sich von Frau Zhaos Brauen, neigten sich von ihrem Gesicht weg nach hinten.

»Ja, sie ist ein Drache«, antwortete Mac, als wäre es selbsterklärend. Er wandte sich an Larry. »Kannst du einen Abwehrzauber um den Umkreis legen? Sperr den ganzen Zugang zum Gebäude ab und schick alle menschlichen Angestellten nach Hause für den Tag. Ich will keine Menschen, die in den Tatort hineinwandern. Lass uns das als vereitelten Überfall für die Akten vermerken.«

Larry rieb sich die Hände vor Vergnügen. »Gerne.« Zurück

zur Vorderseite des Gebäudes gehend, hielt er an und drehte sich zu Sophie. »Hey, ich bin froh, dass es dir gut geht.«

»Mir auch«, stimmte Sophie von ganzem Herzen zu.

Mac befahl Beamten, Schneewittchen und Alphonses Bruder, dessen Name Antonio war, Handschellen anzulegen und sie in Polizeiautos zu setzen. Es brauchte vier Polizisten, um Antonio zu überwältigen und in einen Polizeiwagen zu tragen. Schneewittchen ließ die Beamten sie ohne Widerstand fesseln, gehorsam und folgsam. Sie dankte fröhlich dem Beamten, der ihr auf die Beine half. Als sie sie zu einem wartenden Fahrzeug eskortierten, versuchte sie zu winken und Sophies Aufmerksamkeit zu bekommen, ein aufgeregtes Lächeln auf ihrem Gesicht. Sophie beobachtete sie verwirrt, erkannte aber Schneewittchens Versuche nicht an.

»Okay, das ist merkwürdig, oder?«, sagte Sophie.

Alle stimmten zu, dass Schneewittchens Verhalten merkwürdig war. Sie schien nicht einmal davon betroffen zu sein, dass sie verhaftet wurde.

Nachdem Frau Zhao ihre Gefangenen aufgegeben hatte, sagte sie ein unbekanntes Wort und hob ihre Pfoten zum Himmel. Eine Wolke aus glitzerndem braunem Rauch wirbelte um Frau Zhaos Drachengestalt und verschluckte sie ganz. Der Zyklon schrumpfte langsam, als würde er einen Abfluss hinuntergesaugt, und ließ an seiner Stelle Frau Zhao zurück. Frau Zhao klopfte sorgfältig den Staub von den Ärmeln ihres hellbraunen Kostümjacketts und klopfte ihr Haar, um sicherzustellen, dass ihr Knoten noch an Ort und Stelle war.

»Danke, dass Sie mir das Leben gerettet haben, Frau Zhao. Ich stehe in Ihrer Schuld«, rief Sophie.

Frau Zhao winkte Sophies Worte weg. »Das tut man doch unter Freunden.«

»Trotzdem. Danke.«

Frau Zhao gab Sophie ein leichtes Nicken und ging dann zurück zur Vorderseite des Gebäudes. Sophie schwor sich stillschweigend, ihr ein schönes Dankesgeschenk zu besorgen. Das Mondfest stand bald bevor; vielleicht würde Sophie ein paar Mondkuchen holen.

Laut Mac hatte Alphonse über ein halbes Dutzend seiner Rudelmitglieder ein Ablenkungsmanöver vorne schaffen lassen, damit er Sophie unentdeckt schnappen konnte. Ein Polizeivan kam an, um sie alle abzuholen. Unmittelbar dahinter kamen zwei schlanke schwarze SUVs an. Die Türen öffneten sich und heraus strömten Polizeichef Dunham, Marcella, Bramwell und – laut Reggie – mehrere Mitglieder des Conclave.

Majestätisch wie eine Königin näherte sich Marcella Sophie. »Das ist sie? Die mit den Visionen?«, fragte Marcella Dunham. Sophies Wirbelsäule schnappte gerade, während Mac neben ihr tief knurrte.

»Entschuldigung?«, rief Sophie aus. »Woher weiß sie das? Mir wurde versprochen, dass wenn ich mit euch arbeite, ihr meine Fähigkeit geheim halten würdet.« Sophie starrte Dunham an, der ungerührt zurückstarrte.

»Ich habe es nur Marcella erzählt. Als Conclave-Magistratin muss ich sie informieren, wenn ich eine neue Ressource erwerbe. Dein Geheimnis ist bei ihr vollkommen sicher«, antwortete Dunham.

Ressource?! Was für eine Unverschämtheit.

»Ach ja? Sie hat es gerade allen hier verkündet, oder nicht?«, Sophie zeigte um den Hinterhof, wo Dutzende von Menschen sie beobachteten. »Außerdem wusste Alphonse von meinen Visionen. Deshalb hat er gerade versucht, mich zu ermorden. Du hättest niemals jemandem etwas erzählen sollen, ohne es zuerst mit mir abzuklären. Ich vertraue dir nicht«, schrie Sophie und zeigte auf Dunham. »Und ihr vertraue ich schon gar nicht.«

»Du arbeitest jetzt für uns. Wir werden dich beschützen«, antwortete Marcella, offensichtlich in den Beruhigungsmodus gehend. »Deine Fähigkeit ist unglaublich wertvoll für die Mythische Gemeinschaft. Wir werden sicherstellen, dass du beschützt wirst, damit du deine Arbeit fortsetzen und dabei helfen kannst, Mörder von der Straße zu halten. Polizeichef Dunham erzählte mir, wie leidenschaftlich du dabei bist, Menschen zu retten.«

»Ihr werdet mich beschützen, hm? Ihr habt bisher ganz tolle Arbeit gemacht«, antwortete Sophie, Sarkasmus dick aufgetragen, und zeigte auf ihren lila und blauen Hals.

Nachdem sie erkannt hatte, dass Sophie nur wütender wurde, führte Dunham Marcella und die Conclave-Mitglieder weg und versprach, später noch einmal mit ihr zu sprechen. Bramwell verweilte einen Moment und gab Sophie einen langen, nachdenklichen Blick. Es kostete Sophie jeden Fetzen ihrer Willenskraft, dem Typen, der wie ein Zauberer aussieht, nicht den Mittelfinger zu zeigen.

Als ein weiterer Krankenwagen vorfuhr, versuchte Mac, Sophie zu überreden, ins Krankenhaus zu gehen, um ihr Handgelenk und ihren Hals untersuchen zu lassen. Sophie weigerte sich zu gehen. Kein Geschimpfe, kein Fluchen und kein gutes Zureden würden Sophie zum Nachgeben bringen.

»Lass Reggie mich untersuchen. Er ist Arzt. Ich will hier bleiben und sehen, was passiert. Ich muss herausfinden, wer Schneewittchen wirklich ist.«

Reggie untersuchte Sophie und stellte fest, dass ihr Handgelenk verstaucht, aber zum Glück nicht gebrochen war. Ihr Hals war schwer geprellt. Glücklicherweise schien es keinen dauerhaften Schaden zu geben. Er reinigte die Schürfwunden an ihren Händen und Knien und meinte scherzhaft, sie würde es schon überleben.

»Allerdings solltest du irgendwann heute eine Zweitmeinung im Krankenhaus einholen. Außerdem können sie dir Schmerzmittel geben, die du, das verspreche ich dir, wollen wirst, sobald das Adrenalin nachlässt«, sagte Reggie voraus.

Mac führte Sophie zu einem Krankenwagen mit weit geöffneten Hintertüren und wartend. Er ließ sie auf der Stoßstange sitzen, damit sie nicht im Weg war, aber trotzdem alles beobachten konnte. Es war eine Sanitäterin drinnen, die mit ihrer Ausrüstung herumfummelte. Sie gab Mac eine Rettungsdecke, als er darum bat. Die Rettungsdecke aufschnappend, wickelte er sie um Sophies Schultern mit einem strengen Befehl, am Platz zu bleiben. Mac warf der Sanitäterin einen bedeutsamen Blick zu. Die Frau versicherte Mac schnell, dass sie dafür sorgen würde, dass Sophie im Fahrzeug blieb.

»Hey«, rief Sophie, als Mac wegzugehen begann. »Wie bist du so schnell hierher gekommen?«

»Der Verfolgungszauber zeigte, dass Alphonse hier am Gebäude der Gerichtsmedizin war. Larry und ich waren auf dem Weg, um die Situation zu überprüfen, als wir einen Anruf von Reggie bekamen, der sagte, dass eine Gruppe von Wolfsgestaltwandlern einige Teenager auf dem Parkplatz angriff. Ich hätte dich früher erreicht, aber es hat eine Weile gedauert, bis wir durch Alphonses Leute kamen, auch mit Hilfe der irischen Wolfshunde.«

»Du hast nicht übertrieben wegen der irischen Wolfshunde«, rief Sophie aus und blickte zu den Jungs, die wieder in menschlicher Form und in einige Arbeitskleidung gekleidet waren, die sie aus dem Vorrat der Gerichtsmedizin geliehen hatten.

»Ich hab's dir gesagt«, antwortete Mac und blitzte Sophie ein Grinsen zu. Sophie war froh, Mac mehr wie sein gewöhnliches Selbst agieren zu sehen, anstatt wie ein Roboter mit mörderischen Absichten. Obwohl, angesichts der Umstände, konnte Sophie verstehen, dass er seine Wut einschließen musste, bevor er explodierte. Wenn jemand Mac angegriffen hätte, dachte Sophie nicht, dass sie sich halb so gut beherrschen könnte.

Mac ging zu einem Kreis von Polizisten, die sich um Dunham versammelt hatten. Als er anfing, mit dem Chef zu reden und sauer aussah, rollten Fitz und Ace eine Bahre aus der Hintertür und parkten sie neben Alphonses Körper. Sie standen wartend da, während Reggie und eine unbekannte Frau in einem weißen Laborkittel Fotos und Proben von der Szene machten, die Köpfe über einem Klemmbrett zusammen. Sophie vermutete, dass die Frau von der Spurensicherung war, die bei der Mythischen Abteilung arbeitete. Reggie erwähnte einmal, dass sie wirklich nett war. Und wenn Sophie sich nicht völlig irrte, gab es eine interessante Stimmung zwischen Reggie und der Frau. War das ein Erröten auf Reggies Wangen?

Reggie und die Technikerin beendeten ihre Arbeit und winkten Fitz und Ace zu. Mit ihrer Hilfe rollten sie Alphonses Körper in einen Leichensack und hoben ihn auf die Bahre. Fitz schob die Bahre zurück in die Leichenhalle, während Reggie und die Frau hinübergingen, um sich Dunham anzuschließen.

Je mehr Leute vorbeikamen und mit Dunham sprachen, desto wütender begann er auszusehen. Er sah fast so wütend aus wie Mac, was eine ziemliche Leistung war. Er sah aus wie ein Bulldozer in menschlicher Form. Seine Bulldoggen-Lefzen zitterten vor Wut, und wachsame Hundeaugen starrten jeden nieder, der herüberkam, um ihn zu unterbrechen.

Ohne etwas anderes, um sie abzulenken, begannen Sophies Zähne zu klappern, und sie zitterte trotz der Aluminiumdecke. Mental begann Sophie, Beschwerden aufzulisten. Ihr linkes Ohr klingelte noch vom Knall der Waffe, ihr Handgelenk schmerzte unter dem Verband an ihrem Arm, sie hatte ein blaues Auge, sie hatte Schürfwunden und Prellungen am ganzen Körper, besonders an den Knien, und ihr Hals schmerzte wie die Hölle. Sie war hungrig und müde. Und da war eine verrückte, mörderische Frau, die behauptete, ihre Schwester zu sein.

Amira schlenderte herüber und sah ärgerlich zusammengesetzt aus. Auf die Stoßstange neben Sophie hüpfend, stieß Amira mit den Schultern an sie.

»Na, wie geht's?«, fragte sie.

»Ich will Kuchen«, beschwerte sich Sophie. »Ich habe mir Kuchen verdient.«

Amiras Augenbrauen hoben sich, aber sie ging damit um. »Okay. Das ist seltsam. Irgendeine bestimmte Art?«

»Blaubeerkuchen. Nein, warte. Schokoladentorte.«

»Gute Wahl. Ich werde sehen, was ich tun kann«, antwortete Amira und warf der Sanitäterin im Truck einen langen Blick zu.

Die reizende Dame in einer marineblauen Sanitäteruniform informierte Amira, dass Sophie wahrscheinlich unter Schock stand. Wie unhöflich, über Sophie zu sprechen, als säße sie nicht direkt da. Sie sagte Sophie auch, dass sie Glück hatte: Ihr Handgelenk war nicht gebrochen, sondern nur verstaucht. So wie es schmerzte, ihr Puls rhythmisch pochend, als wäre er auf ein Metronom eingestellt, fühlte sich Sophie nicht glücklich.

Amira leistete Sophie Gesellschaft, während die Polizei begann, den Tatort abzusperren. Die Sanitäterin, sie stellte sich als Beth vor, gab Amira Feuchttücher, damit sie versuchen konnte, das Blut und die Eingeweide von Sophies Gesicht zu reinigen.

»Könnte Schneewittchen wirklich deine Schwester sein? Wurdest du adoptiert?«, fragte Amira plötzlich.

Sophie rieb sich die pochende Schläfe mit ihrer unverletzten Hand. »Meine Eltern haben nie etwas davon gesagt, dass ich adoptiert wurde. Und sie haben nie etwas von einer Schwester gesagt. Ich hoffe, es gibt einen anderen Grund, warum sie genau wie ich aussieht.«

Sophie blickte zu dem Auto, wo Schneewittchen sich befand. Als Schneewittchen sah, dass Sophie hinblickte, winkte sie enthusiastisch und gestikulierte, dass Sophie herüberkommen sollte. Sophie sah entschlossen weg und ignorierte die Psychopathin, die ihre Aufmerksamkeit zu bekommen suchte.

»Guter Gott, was zum Teufel?«, rief Amira aus. »Sie sieht genau wie du aus.«

»Ich weiß. Es ist gruselig.« Sophie zuckte nur mit den Schultern; sie konnte es sich selbst nicht erklären.

»Sophie, du siehst aus wie etwas, was die Katze hereingeschleppt hat«, rief eine Stimme und brachte Sophie zum Schnauben.

Nach rechts blickend, entdeckte Sophie Fergal, der auf sie zukam. Sie stellte Amira und Fergal vor, bemerkte aber eine seltsame Spannung zwischen ihnen. Ihre typischerweise geselligen Freunde waren fast distanziert zueinander. Normalerweise, wenn Amira jemanden nicht mochte, waren sie die ersten, die es wussten. Seltsam.

Fergal lachte über Sophies heruntergekommenen Zustand. »Ich werde dafür sorgen, dass Riona dir eine Suppe zubereitet. Das wird helfen, deinen Hals zu beruhigen«, versprach er. Sie lehnte kostenloses Essen nie ab und dankte ihm.

»Geht es den Jungs gut? Es tut mir wirklich leid, dass sie wegen mir in einen Kampf hineingezogen wurden«, entschuldigte sich Sophie.

»Machst du Witze? Sie werden jahrelang mit diesem Tag angeben. Sie haben sich gegen ein Dutzend Wolfsgestaltwandler behauptet.«

Fergal ging und verkündete, dass er die Jungs jetzt nach Hause bringen musste, da die Action vorbei war. Fergal ging zu den Jungs, die noch immer mit Interesse die Polizisten bei der Arbeit beobachteten. Er klopfte jedem von ihnen auf die Schultern und strahlte vor Stolz. Mac ging hinüber und schüttelte Fergal und den Jungs die Hände, bevor sie sich zum Gehen wandten.

»Worum ging es da?«, fragte Sophie Amira.

Amira deutete auf sich: »Katze.« Dann auf Fergal: »Hund.«

»Hm. Ich schätze, das macht Sinn. Naja, irgendwie schon.« Sophie zuckte mit den Schultern und entschied, dass man manche Dinge einfach akzeptieren musste, auch wenn sie es seltsam fand.

»Tschüss, Sophie!«, rief Conor, als sie vorbeigingen. Sophie winkte zum Abschied, als Patrick und Liam Conors Abschied wiederholten.

Nicht lange danach kam Mac vorbei und ließ Sophie wissen,

dass sie Schneewittchen, Antonio und die restlichen Wolfsgestaltwandler zur Wache brachten, um sie zu verhören.

»Ich nehme an, du willst kommen und zuschauen?«, bot Mac an. Als Sophie enthusiastisch nickte, informierte Mac sie, dass Reggie angeboten hatte, sie zum Polizeipräsidium zu fahren.

Innerhalb von dreißig Minuten war Sophie in Reggies Auto, zusammen mit Fitz und Ace, die auch nicht ausgelassen werden wollten. Amira sagte, sie würde sie dort treffen, weil sie mit ihrem eigenen Auto fahren wollte.

Es gab einen Massenexodus von Fahrzeugen, als alle aufbrachen und zum Polizeirevier oder zurück auf Patrouille fuhren. Sie ließen ein paar Polizisten zurück, um die Aufräumarbeiten zu erledigen und unbefugte Personen sowie Schaulustige fernzuhalten.

KAPITEL 21

Mac und Larry führten alle in einen kleinen Raum mit einem großen Fenster, durch das man in einen Verhörraum sehen konnte. Sophie wurde von Reggie, Fitz und Ace begleitet. Amira war noch nicht angekommen. Schneewittchen saß an einem Tisch im Verhörraum, ihre gefesselten Hände ruhten vor ihr auf dem Tisch. Sie blickte interessiert in dem kahlen Raum umher. Mehrmals huschten ihre Augen zu dem Observationsspiegel, der Sophie und ihre Freunde verbarg. Sophie fragte sich, ob Schneewittchen sich ihrer Anwesenheit bewusst war.

Mac und Larry betraten den Verhörraum.

Schneewittchen richtete sich in ihrem Stuhl auf. »Ich möchte mit meiner Schwester sprechen.«

»Noch nicht sprechen,« befahl Mac ihr. Zu Larry gewandt fragte er: »Bist du bereit?«

»Ja, gib mir einen Moment,« antwortete Larry.

Larry öffnete eine altmodische Arzttasche auf dem Tisch. Schneewittchen beobachtete interessiert, wie er einen Mörser und Stößel herauszog. Für die nächsten Minuten holte Larry verschiedene Fläschchen und Beutel heraus und streute Gegenstände in die Schüssel.

Mac setzte sich schräg zu Schneewittchen, sein Profil Sophie zugewandt, und fixierte sie mit einem durchdringenden Blick. Larry zermalmte den Mörserinhalt mit einem Stößel und sang Worte in einer unbekannten lyrischen Sprache. Mac stellte eine Tasche auf den Tisch und begann, Gegenstände herauszunehmen und sie auf dem Tisch aufzureihen: Brieftasche, Messer, Fläschchen halb gefüllt mit klarer Flüssigkeit, noch ein Messer, eine Kaugummipackung und ein paar Haargummis.

Nach ein paar Minuten tauchte Larry einen Daumen in die Mischung. Er näherte sich Schneewittchen und befahl ihr stillzuhalten. Seinen Daumen auf ihre Stirn drückend, sprach Larry ein einziges Wort aus, dann trat er zurück und hinterließ einen bräunlich-grauen Fleck. Denselben Daumen auf seine eigene Stirn drückend, wiederholte Larry das Wort.

Die Tür hinter Sophie öffnete sich, und Marcella schlich in den Raum und erinnerte Sophie an eine ausgehungerte Straßenkatze. Bramwell und die anderen Conclave-Mitglieder waren bemerkenswert abwesend. Marcella nahm einen Platz neben Sophie am Fenster ein, blickte sie an, aber Sophie ignorierte ihre Anwesenheit.

»Gehören all diese Gegenstände dir?« fragte Mac Schneewittchen.

Schneewittchen blickte kurz über die Gegenstände auf dem Tisch. »Ja, das sind alle meine.«

»Sie sagt die Wahrheit,« verkündete Larry. Schneewittchen blickte Larry erschrocken an.

»Bitte nenne deinen Namen,« bat Mac und blickte auf Schneewittchens Führerschein hinab.

»Ruby Rivers,« antwortete Schneewittchen langsam.

Ruby Rivers? Sophie tauschte einen Blick mit Reggie aus. »Klingt wie ein Strippername,« raunte sie. Reggie nickte zustimmend.

»Das stimmt,« verkündete Larry.

»Wohnort?« fragte Mac.

»Nun, es war Los Angeles, aber ich überlege, hier in San Francisco zu bleiben. Es gefällt mir hier. Außerdem hoffe ich, meine Schwester kennenzulernen,« antwortete Ruby Rivers begeistert. Sie war bemerkenswert fröhlich für jemanden, der gerade wegen Mordes verhaftet worden war.

Hinter dem Glas machte Sophie ein würgendes Geräusch.

»Das stimmt,« verkündete Larry erneut.

»In Ordnung. Ich brauche, dass du sagst: 'Heute ist der 6.', okay?« bat Mac.

»Aber es ist der 15.,« protestierte Ruby.

»Wiederhole einfach die Worte.«

»Gut. Heute ist der 6.«

»Lüge,« sagte Larry, ein zufriedenes Lächeln breitete sich über sein Gesicht aus.

Sophie spürte, wie ihr Gesicht vor Überraschung entgleiste. Larry war ein lebender Lügendetektor.

»Oh wow! Ist das Magie?« rief Schneewittchen aus und zeigte auf die Markierung auf ihrer Stirn. »Das ist so cool. Meine Lieblingsfarbe ist lila. Ist das die Wahrheit? Ich hasse Karotten. Kannst du erkennen, dass das gelogen ist? Ich liebe Karotten. Bist du ein Hexer?«

Sophie musste ein Kichern unterdrücken bei dem gequälten Blick auf Larrys Gesicht.

»Warum bist du nicht ängstlicher?« fragte Mac Ruby, seine Brauen verwirrt zusammengezogen.

»Nun, ich habe nie erwartet, es so lange zu schaffen, weißt du? Ich dachte, irgendwann würde ich entweder erwischt werden, oder eines meiner Opfer würde mich töten. Ich hatte eine gute Zeit,« antwortete Ruby. »Ich weiß, dass ich das Richtige getan habe. Ich habe schlechte Menschen getötet, die gestoppt werden mussten. Und ich habe sie gestoppt. Niemand sonst hat etwas getan. Wer weiß, wie viele Menschen ich gerettet habe?«

»So rettet man keine Menschen. Die Männer, die du getötet hast, verdienten es, ihren Tag vor Gericht zu haben, nicht kaltblütig ermordet zu werden. Du hättest es den Menschen überlassen sollen, die dafür ausgebildet sind, Mörder zu stoppen – der Polizei.«

»Denkst du, ich habe das nicht versucht?« spottete Ruby und rollte mit den Augen. »Bei jedem Einzelnen, den ich fand, rief ich zuerst Hinweise bei der Polizei an. Ein paar Mal wurden diese Hinweise verfolgt, und diese Leute wurden gefasst. Aber normalerweise wurde ich ignoriert oder wie eine Verrückte behandelt, oder sie kamen zu spät. Jedes Mal, wenn ich einen neuen Killer fand, gab ich der Polizei eine Chance, ihn zuerst zu fangen. Wenn ihr Jungs euren Job gemacht hättet, hätte ich ihn nicht für euch machen müssen.«

»Das stimmt.«

»Ich wette, sie war der barmherzige Samariter,« sagte Sophie zu Reggie, der zustimmend nickte. Marcella sah von Sophies Aussage fasziniert aus, sagte aber nichts.

»Wie viele Menschen hast du getötet?« fragte Mac.

»Zwölf. Nein, dreizehn – wenn man den heutigen Tag mitzählt,« antwortete Ruby.

»Erzähl mir von ihnen,« bat Mac und zog seinen Notizblock und Stift heraus.

Während Ruby ins Detail über die Männer ging, die sie getötet hatte, kam Amira an, ein langes Baguette und zwei Kuchen tragend: einen mit gemischten Beeren, den anderen Schokolade. Das Baguette reichte sie Fitz, der es ihr aus der Hand riss und fest an sich drückte.

»Ich konnte keine Blaubeeren finden,« sagte Amira entschuldigend.

»Nein, das ist perfekt. Ich glaube, ich liebe dich,« meinte Sophie.

»Das höre ich oft,« neckte Amira.

»Wirst du das Brot teilen?« brummte Ace.

»Lass ihn sein Brot als Trost behalten. Es war ein langer Morgen,« schlug Reggie vor.

Während sie Mac beim Verhör von Ruby zusahen, verteilte Amira Stücke an alle Anwesenden außer Marcella, und Marcella fragte auch nicht. Sie würdigte nicht einmal die Anwesenheit anderer im überfüllten Raum.

»Warum bist du dir so sicher, dass Sophie deine Schwester ist?« fragte Mac und wechselte das Thema. Ruby blickte ihn an, als wäre er dumm, dann winkte sie mit der Hand über ihr Gesicht. »Sophie sagte, sie hat keine Schwester. Welche Magie hast du benutzt, um dich wie sie aussehen zu lassen?«

»Es gibt keine Magie. So sehe ich aus. Ich wusste nicht einmal, dass Magie existiert, bis ich in den Muir Woods sah, wie Alphonse und seine Leute sich in Wölfe verwandelten. Schaut Sophie gerade zu?« Ruby winkte dem Spiegel zu.

Mac blickte Larry erwartungsvoll an. »Das stimmt,« sagte Larry.

»Bist du adoptiert?« fragte Mac. »Nein,« schüttelte Ruby den Kopf. »Haben deine Eltern jemals eine Schwester erwähnt?« »Nein, sie haben nie etwas gesagt. Ich hatte keine Ahnung. Soweit ich weiß, war ich nicht adoptiert.«

»Wo sind deine Eltern jetzt? Ich muss mit ihnen sprechen.«

»Sie starben vor einigen Jahren bei einem Autounfall.« Ruby kniff sich in die Nase, als ob der Gedanke an ihre Eltern ihr wehtat. Es war seltsam, Mitgefühl für Ruby zu empfinden, aber Sophie tat es. Es war schwer für Sophie, auch an ihre Eltern zu denken. Es ist hart, seine Eltern jung zu verlieren.

Mac brummte unverbindlich. Er blätterte eine Seite in seinem Notizblock um, blickte zurück zu Ruby und starrte sie schweigend an, bis sie sich in ihrem Stuhl zu winden begann.

»Wann hast du Sophie das erste Mal gesehen?« fragte Mac.

»Ich folgte Alphonse und seinem Lakaien. Nachdem ich Roger getötet hatte – mich verteidigend, möchte ich hinzufügen

– ging ich weg, als ich sie um die Ecke rennen sah. Ich dachte zuerst, ich halluziniere. Ich blieb in der Nähe, beobachtete eine Weile. Sah euch beide küssen.« Ruby wackelte mit den Augenbrauen. »Als du sie nach Hause gebracht hast, bin ich gefolgt.«

»Warum bist du nie an sie herangetreten? Warum bist du stattdessen in ihre Wohnung eingebrochen und bist ihr gefolgt?«

»Ich konnte nicht einfach an sie herantreten! Was, wenn sie der böse Zwilling war? Hast du nicht die Filme gesehen? Ich musste erst einmal mehr Informationen sammeln.«

»Warte. Du dachtest, *Sophie* war der böse Zwilling?« fragte Mac. Ruby nickte enthusiastisch, Macs Sarkasmus flog direkt über ihren Kopf hinweg. »Du bist eine Serienmörderin!« rief er aus.

»Ich sehe mich eher als Selbstjustizlerin. Ich war gezwungen, die Gerechtigkeit selbst in die Hand zu nehmen.«

Mac blickte Larry verblüfft an. »Das stimmt,« sagte Larry mit einem Achselzucken.

Mac schüttelte den Kopf und wandte seine Aufmerksamkeit wieder seinem Notizbuch zu. »Wie hast du diese Männer gefunden? Und wie kannst du sicher sein, dass sie Killer waren?«

»Wenn eine Person jemanden getötet hat und ich sie berühre, bekomme ich eine Vision von dem, was sie getan haben,« erklärte Ruby. »Ich bin nie gezielt auf die Suche nach diesen Männern gegangen. Ich stieß einfach zufällig mit jemandem zusammen, der die Straße entlangging. Oder ich bin im Bus mit ihnen zusammengestoßen, und bumm! Eine Vision. Ich habe tatsächlich ziemlich viele von ihnen gefunden, als ich als Schneewittchen in Disneyland gearbeitet habe. Viele Verrückte waren von dieser Figur fasziniert.«

»Das stimmt,« sagte Larry.

Der Kuchen schlug ihr wie ein Stein auf den Magen. Schneewittchen bekam Todesvisionen, genau wie sie. Nun, nicht genau wie ihre, aber ähnlich genug, um nicht zu zählen.

»Was meinst du? Erkläre genau, was passiert, wenn du einen Mörder berührst,« befahl Mac.

Marcella lehnte sich näher an das Glas, ein berechnender Blick auf ihrem Gesicht, der Sophie ganz und gar nicht gefiel.

»Das erste Mal, dass es passierte, war ich in einem Restaurant. Ich stieß gegen diesen Kerl – Daniel Friedman – der aus dem Badezimmer kam. Ich hatte eine Vision von ihm, wie er seine Frau tötete und ihren Körper in einem Plastikfass in seinem Schuppen versiegelte. Du kannst dir vorstellen, wie verwirrt ich war. Ich dachte, ich würde verrückt werden.« Sophie schnaubte darüber. Es war Sophie klar, dass Ruby verrückt war. »Nur um sicherzugehen, dass ich nicht den Verstand verliere, folgte ich ihm nach Hause. Ich wartete vor dem Haus, bis es dunkel wurde, und schlich mich dann in seinen Hinterhof. Rate mal, was ich fand? Ein Fass, genau wie das, das ich in meiner Vision sah, stand direkt da in seinem Schuppen. Und es roch furchtbar.«

Mac blickte zu Larry hinüber, der nickte, um zu bestätigen, dass Ruby die Wahrheit sagte. »Was hast du dann gemacht?« fragte er.

»Ich ließ das Fass, wie es war. Ich wollte nicht damit herumfuschen, falls sie wirklich da drin war. Ich rief die Polizei an und sagte ihnen, ich sei eine Nachbarin und hätte gesehen, wie er den Körper seiner Frau in das Fass stopfte. Anscheinend war ich nicht die Einzige, die wegen des Geruchs anrief, denn sie schickten einen Beamten, um nachzusehen. Ich beobachtete von der Straße aus, wie sie ihn verhafteten und der Krankenwagen auftauchte.«

»Wann ist das passiert? Und in welcher Stadt?«

»Vor etwa zwei Jahren, vielleicht? Das war in Anaheim.«

»Wie hießen die anderen Leute, die du nicht getötet hast, aber verhaftet wurden?« fragte Mac. Er schrieb gewissenhaft Namen, Daten und Details für jede Person auf.

»Du sagst, dass du sehen kannst, ob jemand getötet hat,« sagte Mac mit einem seltsamen Blick auf seinem Gesicht. Seine Hand zu Ruby ausstreckend, forderte er sie heraus. »Sag mir, was du siehst.«

Ruby legte ihre Hand in Macs und sog scharf die Luft ein. »Du näherst dich einer Hütte. Der Ort ist ein Saustall. Die Vordertür hängt aus den Angeln, so dass du hineinschlüpfen kannst. Du versuchst, kein Geräusch zu machen. Den Kopf um die Ecke spähend, ist da eine Art... Kreatur im Wohnzimmer. Oh, eklig! Er isst jemanden. Du schreist, er soll stillstehen und die Hände heben, aber stattdessen springt er auf und wirft eine Axt nach dir. Sie trifft dich in deine linke Schulter und bleibt stecken. Autsch! Du erschießt ihn mehrmals ins Gesicht und tötest ihn,« beendete Ruby, ließ Macs Hand los und blickte ihn erwartungsvoll an. »Habe ich es richtig verstanden?«

Sophie setzte sich auf einen Stuhl neben dem Fenster, ihr Atem stieß heraus. Erst am anderen Morgen hatte sie Küsse entlang einer langen, schmalen Narbe auf Macs linker Schulter verteilt, als sie zusammen geduscht hatten. Sie hatte danach gefragt, und er hatte ihr erzählt, dass ein kannibalistischer Troll ihn mit einer Axt getroffen hatte. Sie hatte gedacht, er würde sie auf den Arm nehmen.

»Interessant,« murmelte Marcella.

Die Tür hinter Sophie öffnete sich, und ein Mann, den Sophie von früher am Tag erkannte, steckte seinen Kopf in den Raum. Sophie wusste, dass er ein Mitglied des Conclave war. Er räusperte sich nervös.

»Magistratin Venturi? Es gibt ein Problem,« sagte er.

»Nicht jetzt, Frederick. Das ist wichtig,« antwortete Marcella und winkte den Mann weg.

»Tatsächlich, Ma'am, es ist ernst. Wir müssen reden.«

Vor Ärger schnaubend, verließ Marcella den Raum, ohne sich zu verabschieden oder jemand anderen anzuerkennen. Als sich die Tür hinter ihr schloss, stieß Sophie einen erleichterten Atemzug aus, froh, dass Marcella weg war.

Eine Minute später öffnete sich die Tür zum Verhörraum,

und ein uniformierter Polizeibeamter näherte sich Mac. Sich hinabbeugend, flüsterte der Mann schnell in Macs Ohr.

Mac fuhr zurück und blickte den Beamten schockiert an. »Ist das dein Ernst?«

»Ja, Sir, Dunham schickte mich, um es Ihnen zu sagen, sobald er es herausfand.«

Eine Salve von Flüchen fiel aus Macs Mund. Aufstehend zeigte er auf den Beamten. »Bring sie zurück in ihre Zelle. Nimm Turner mit. Ich will mindestens zwei Beamte, die diese Frau jederzeit bewachen. Sie verlässt nicht euer Blickfeld. Verstanden?«

Der Mann salutierte. »Ja, Sir.«

»Was ist los?« fragte Larry.

»Sie verhörten Alphonses Rudelmitglieder, und es stellte sich heraus, dass Bramwell mit Alphonse zusammengearbeitet hat. So wusste Alphonse von Sophies Fähigkeiten.«

»Was?!« rief Larry aus.

»Ja. Und jetzt kann niemand Bramwell finden. Er ist verschwunden.«

Mac drehte sich um und sprach den Spiegel an. »Reggie, kannst du bei Sophie bleiben? Ich werde ein paar Leute holen, die eure Tür bewachen, bis wir wissen, dass es sicher ist.«

»Kommen Sie mit mir, Ma'am,« sagte der Beamte zu Ruby und half ihr vom Stuhl auf.

»Ich möchte mit meiner Schwester sprechen,« protestierte Ruby.

»Das kann jetzt nicht passieren. Sie müssen mit mir kommen,« antwortete er.

Mac stürmte aus dem Raum mit Dampf, der fast aus seinen Ohren rollte; der Rest der Gruppe folgte schnell auf seinen Fersen.

»Scheiße, das war verrückt,« platzte Fitz heraus.

Sophie saß benommen da, während die aufgeregten Stimmen

ihrer Freunde über sie hinwegwuschen. Könnte Ruby Rivers wirklich Sophies lang verlorene Zwillingsschwester sein? Was zum Teufel? Es ergab keinen Sinn. Wie konnte es sein, dass es ihr nie gesagt worden war?

»Wir werden die DNA von beiden testen, um es zu bestätigen,« erklärte Ace. »Dann können wir völlig sicher sein, ob sie eineiige Zwillinge sind oder nicht.«

Die Tür öffnete sich wieder, und ein neuer, unbekannter Polizeibeamter steckte seinen Kopf in den Raum. »Ich bin Beamter Benson. Detective Volpes bat uns, eure Tür zu bewachen.« Sophie konnte einen anderen Polizeibeamten hinter ihm schweben sehen, sein Gesicht neugierig, als er über Bensons Schulter blickte. »Das ist Beamter Nguyen. Wenn ihr etwas braucht, lasst es uns wissen.«

Sophie überlegte kurz, sie um eine Flasche Wodka zu bitten, aber dachte, sie würden nicht zustimmen. Reggie dankte den Männern und begann, die Tür vor ihren neugierigen Gesichtern zu schließen.

»Sie ist winzig. Ich kann nicht glauben, dass sie Alphonse getötet hat,« hörte Sophie einen der Männer sagen, kurz bevor sich die Tür schloss.

»Warte. Was?« krächzte Sophie. »Die Leute denken, ich habe Alphonse getötet?«

»Wir werden dafür sorgen, dass das richtiggestellt wird,« versuchte Reggie sie zu beruhigen und tätschelte ihre Hand. Sophie schätzte Reggies unerschütterliche Unterstützung, aber sie dachte, dass das eine Katastrophe in der Entstehung war.

Als sich die Tür wieder öffnete, waren mindestens zwei Stunden vergangen und die Kuchen waren längst verschwunden. Und so waren alle Sophies Nägel, abgekaut. Sie hatte keinen weiteren Bissen der Kuchen nehmen können, Übelkeit wirbelte durch ihren Magen, während ihre Freunde darüber spekulierten, was passierte.

Sophie sprang von ihrem Sitz auf, als Mac hereinkam. Er hob sie in eine feste Umarmung, die ihre Knochen stöhnen ließ, aber sie äußerte keinen Laut der Beschwerde. Sie brauchte so viel Trost, wie sie nach einem so seltsamen, beschissenen Tag bekommen konnte.

»Was ist passiert?« fragte Ace.

Mit einem Seufzer stellte Mac Sophie wieder auf die Füße. Er ließ alle sich setzen.

»Als sie Alphonses Leute verhörten, fanden wir heraus, dass Alphonse und Bramwell mit Edwyn zusammengearbeitet hatten. Alphonse hatte einsame Gestaltwandler aus anderen Regionen des Landes als Muskelkraft angeheuert, um die Leute zu töten, die ihre Grundstücke nicht verkaufen wollten.

»Sie hatten geplant, das Feenportal zu schließen und dann so viel Land in der Stadt wie möglich aufzukaufen, beginnend mit Immobilien auf den Kraftlinien. Es gibt zwei in der Stadt. Mit der Kontrolle über die Linien planten Edwyn und Bramwell, ihre Magie zu nutzen, um langsam alle Menschen in Machtpositionen durch ihre Leute zu ersetzen. Es wäre ein gezielter Abwehrzauber gewesen, um bestimmte Individuen dazu zu bringen, gehen zu wollen. Wir denken, sie planten, mehr Mythische Wesen aus dem ganzen Land in die Stadt zu bringen. Wir glauben, Bramwell hat einige fragwürdige Verbindungen zu ein paar anderen Conclaves. Wenn sie erfolgreich gewesen wären, wäre alles, was in San Francisco übrig geblieben wäre, als sie fertig waren, menschliche Arbeiter gewesen. Sie hätten ihr Königreich zum Herrschen gehabt, und niemand hätte gewusst, dass es passiert, bis es zu spät gewesen wäre.«

»Ist das der Grund, warum sie Derek Gibson getötet haben?« fragte Sophie.

»Ja, er war ein Schlüsselmitglied der städtischen Planungs-kommission. Er hatte viel Kontrolle über Baugenehmigungen und Zonierung. Sie wollten ihn durch einen ihrer Leute ersetzen.

Es gab andere. Wir versuchen, sie alle zu finden. Es wird Monate dauern, das zu entwirren.«

»Wie sauer ist Marcella?« fragte Reggie.

»Ich denke, sie macht eine gute Show, aber in gewisser Weise ist das gut für sie. Sie wird in der Lage sein, mehr Macht zu konsolidieren, da Edwyn und jetzt Bramwell weg sind. Ich dachte anfangs, sie stünde Bramwell nahe, aber ich vermute, es war mehr eine Halte-deine-Feinde-näher-Situation.

»In guten Nachrichten brachte sie einen ihrer Feen mit, um zu beginnen, einen Geas auf alle zu legen, damit sie sich nicht daran erinnern werden, dass du Visionen hast. Ich denke, Marcella ist eifrig darauf bedacht, dich auf ihrer guten Seite zu behalten.«

»Ein Geas?« wiederholte Sophie, das Wort sichtlich fremd.

»Es ist ein Zauber, der bewirkt, dass jemand etwas vergisst, oder manchmal verbietet er nur, über etwas zu sprechen,« erklärte Fitz.

»Können sie dasselbe mit Alphonses Tod machen? Ich hörte einige Polizisten sagen, sie dachten, ich wäre es, die ihn getötet hat.«

»Sie werden es versuchen, aber das wird fast unmöglich sein. Sehr wenige Leute hörten, was Marcella über deine Visionen sagte. Sie erzählte es ein paar Leuten im Conclave, aber sonst weiß niemand davon. Sogar Antonio wusste nichts von den Visionen. Er dachte nur, dass du eine Stalkerin warst, die Roger getötet hat. Ich glaube nicht, dass Alphonse seinem Bruder viel vertraute. Das Problem, dem wir gegenüberstehen, ist, dass Alphonses Tod bereits Nachrichten in der ganzen Stadt sind. Die Leute reden bereits über die menschliche Frau, die ihn getötet hat. Wir verbreiten widersprüchliche Geschichten, um Verwirrung zu schaffen – dass Antonio ihn in einem Zweikampf getötet hat, dass Bramwell ihn getötet hat, dass ein rivalisierendes Rudel ihn ausgeschaltet hat und so weiter. Die meisten Mythischen Wesen könnten Schwierigkeiten haben zu glauben, dass zwei menschliche Frauen einen der stärksten Alphas einer Generation getötet haben. Es wäre einfacher zu glauben, dass Antonio ihn getötet hat als eine menschliche Frau. Ihre Egos würden sich nie erholen.«

»Was ist mit Antonio? Wird er nicht einfach allen erzählen, was er gesehen hat?«

»Wir haben ihn überzeugt, dass es in seinem besten Interesse ist, wenn alle glauben, dass er seinen Bruder in einem Zweikampf getötet hat. Alphonse war nicht beliebt, also wird es für Antonio nicht schwer sein, die Leute zu überzeugen, dass er die brutale Führung seines Bruders satt hatte.«

»Was ist mit Bramwell passiert?« fragte Amira.

»Verschwunden. Er muss die Zeichen an der Wand gesehen haben, als wir begannen, Alphonses Leute zu verhören. Larry versuchte, ihn zu verfolgen, aber es ist, als hätte er nie existiert. Bramwell hat starke Magie, also bin ich nicht überrascht, dass er Larrys Zauber blockieren konnte. Dunham gab eine Fahndung nach ihm heraus, aber ich habe nicht viel Hoffnung, dass das funktioniert. Jedoch wird Marcella ihre beträchtlichen Ressourcen darauf verwenden, ihn zu finden. Sie ist wütend. Wenn sie ihn in die Finger bekommt, stelle ich mir vor, dass er nicht lange für diese Welt sein wird.«

Sophie schauderte ein wenig. Der Gedanke, der Fokus von Marcellas Zorn zu sein, war ein schrecklicher Gedanke. »Denkst du, Bramwell wird hinter mir her sein?«

»Ich denke, du bist das Geringste seiner Sorgen. Jedoch möchte ich, dass du noch ein wenig länger im Schutzhaus bleibst.«

»Kann Birdie wenigstens nach Hause gehen? Ihr Freund beginnt sich Sorgen zu machen.«

»Ich denke, wir können sie vor dem Abendessen nach Hause bringen,« versprach Mac. »Wenn ihr Jungs nach Hause wollt, gibt es nicht viel mehr, was ihr hier tun könnt. Ich bringe Sophie zurück zum Schutzhaus.«

»Willst du heute Abend frei nehmen, Sophie?« bot Reggie an. »Es war ein anstrengender Tag, und du verdienst etwas Auszeit.«

»Ich denke, ich wäre lieber bei der Arbeit. Es wird helfen, meinen Kopf von dem Wahnsinn des Tages abzulenken. Ich brauche eine Ablenkung.«

Alle begannen hinauszugehen und gaben Sophie eine Umarmung – sogar Ace. »Es wird nie langweilig mit dir in der Nähe,« neckte er. Sophie streckte ihm die Zunge heraus, was ihn zum Lachen brachte.

Amira umarmte sie, dann griff sie ihre Hand und untersuchte ihre Nägel. Sie verkündete mit einem Tsk, dass sie sich später in der Woche um ihre Nägel kümmern müssten. »Oh, wir sollten Birdie auch mitbringen.«

»Birdie würde das lieben. Lass uns einen Tag aussuchen, und ich sage es ihr,« versprach Sophie.

Reggie verweilte am längsten, sein rundes Gesicht besorgt. »Soph, wenn ich dich heute verloren hätte... Ich weiß nicht, was ich getan hätte. Erschreck mich nie wieder so.«

»Hat mich auch erschreckt,« flüsterte Sophie und umarmte Reggie nur ein wenig fester.

Nachdem alle ihre Freunde gegangen waren und nur sie und Mac im Beobachtungsraum übrig waren, hob Mac sie hoch und setzte sich mit ihr auf seinen Schoß. Seitlich drehend, ruhte Sophie ihren Kopf auf seiner Schulter, Arme locker um seinen Hals geschlungen.

Einen Kuss auf ihre Schläfe drückend, flüsterte Mac: »Du hast mir heute etwa zehn Jahre vom Leben abgeschreckt. Tu mir das nie wieder an, Höllenstifter.«

»Ja, ich habe keine Pläne, jemals wieder zu versuchen, mit einem Alpha zu kämpfen. Das war scheiße.«

Sophie kuschelte sich in Macs Arme, glücklich, endlich allein mit ihrem Freund zu sein. Sie schmuggelte ihre Hände unter Macs Jacke und ruhte ihre Handflächen auf seinen Rippen. Seine gleichmäßigen Atemzüge und seine Hand, die ihren Rücken rieb, hatten Sophie fast in den Schlaf gewiegt, als ein Gedanke in ihrem Kopf auftauchte.

»Hey, ich habe eine Frage. Alphonse sagte, dass jemand namens Frank mich im Kezar Stadium gesehen hat. Offensichtlich war das Ruby, aber wer ist Frank, und wie kennt er mich und weiß, wie ich aussehe?«

»Das muss Frank Russo sein. Er ist Teil von Alphonses innerem Kreis. Ein echter Arsch. Fährt einen weißen Mustang. Er ist ein Baseball-Verrückter.«

»Ah. Ich weiß, wer dieser Kerl ist... Nummer 1 Sportfan. Er war der Kerl, der mich vor dem Gebäude der Gerichtsmedizin bedroht hat.«

Sie kuschelten schweigend für mehrere Minuten und badeten in der Ruhe und Erleichterung, den Tag überlebt zu haben. Macs Telefon piepte und unterbrach ihre Ruhe. Es checkend, ließ Mac Sophie wissen, dass Benno und Fergal ein Auto vor der Tür hatten, um sie zum Stammhaus zurückzubringen.

»Bevor wir gehen, wäre es möglich, dass ich eine Minute mit Schneewittchen – ich meine Ruby – spreche?«

»Bist du sicher? Du musst sie nie wieder sehen,« versicherte Mac ihr.

»Ja, ich bin sicher. Wenn sie wirklich meine Schwester ist, will ich sie nur eine Minute von Angesicht zu Angesicht sehen, weißt du? Nur um mich zu vergewissern, dass das alles real ist. Ihre Stimme hören und in ihre Augen blicken.«

»Larry kann uns begleiten,« schlug Mac vor. Er schickte eine schnelle SMS und erhielt eine sofortige Antwort. »Er ist auf dem Weg.«

Ein Klopfen an der Tür kam eine Minute später. Auf der anderen Seite der Tür stand Larry, der etwas zerzaust aussah, sein üblicher Fedora bemerkenswert abwesend von seinem Kopf. Sein Haar stand in alle Richtungen, als hätte er wiederholt seine Finger durch die Strähnen gefahren.

»Ich kann nicht glauben, dass du Lügen so erkennen kannst. Larry, du bist echt beeindruckend,« rief Sophie aus.

»Das stimmt,« neckte er, ein zufriedenes Lächeln auf seinem Gesicht.

Larry und Mac eskortierten Sophie durch eine verworrene Reihe von Fluren. Sie passierten einen besetzten Schreibtisch, wo der Beamte dahinter beiden Männern ein Nicken und Sophie einen neugierigen Blick gab. Mit einem Summen ließ der Beamte sie durch eine Tür zur Seite. Einmal durch die Tür, erstreckte sich eine Reihe von Zellen einen langen Flur hinunter. Auf halbem Weg den Gang hinunter standen zwei Beamte, einer auf jeder Seite einer Zelle, nach vorn gerichtet. Sophie fragte sich kurz, wo Alphonses Leute festgehalten wurden, aber entschied schnell, dass es irrelevant war, als sie sich der Zelle näherten.

Als sie in Sicht kamen, sprang Ruby von der Pritsche auf, wo sie sich räkelte.

»Du bist hier!« quietschte sie und eilte zu den Stäben, drückte ihr Gesicht in die Lücke zwischen den Metallstangen mit einem glücklichen Lächeln.

Jetzt, da sie da war, war Sophie sich nicht sicher, was sie zu dieser Frau sagen wollte. Sie blickte sie nur an, von ihren schlanken Stiefeln zu ihren Skinny Jeans bis zu ihrer teuer aussehenden Bluse. Sophies stille Musterung schien Rubys Enthusiasmus nicht zu dämpfen. Sie könnte wie Sophie aussehen, aber sie verhielt sich überhaupt nicht wie sie. Das Gegenteil, tatsächlich.

»Ich bin so froh, dass du hier bist! Diese Jungs sind langweilig und wollen nicht mit mir reden,« behauptete Ruby und nickte zu den beiden Polizeibeamten.

»Könntet ihr uns einen Moment allein lassen?« fragte Mac die anwesenden Beamten. Mit einem Nicken gingen beide Männer weg und gingen zur Tür hinaus.

»Ich wollte schon immer eine Schwester!« rief Ruby aus, sobald sie allein waren.

»Ich glaube nicht, dass wir Schwestern sind. Ich denke, du bist eine Betrügerin.«

Ruby streckte ihre Hand durch die Stäbe und griff nach Sophie. Aus Neugier begann Sophie auch nach ihr zu greifen. Aus irgendeinem Grund fühlte sie, als wäre Ruby nicht real, bis sie sie berührt hätte.

»Was zum Teufel! Berühr sie nicht. Du wirst das Raum-Zeit-Kontinuum oder so etwas stören!« bellte Larry.

»Sie ist nicht aus der Zukunft,« sagte Sophie. »Ich meine, du bist nicht... Oder?«

Ruby kicherte. »Nein, Dummchen. Ich bin von jetzt.« Sich von Larry abwendend, starrte sie Sophie an. »Wir sind miteinander verbunden. Spürst du es nicht? Ich hatte Träume von dir. Ich war eine Weile super verwirrt. Ich konnte nicht herausfinden, warum ich immer Träume von toten Körpern und Obduktionen hatte. Ich dachte, ich werde verrückt. Aber als ich in deiner Wohnung herumschaute, fand ich einen Gehaltszettel, und alles ergab Sinn. Ich träumte von dir.«

»Du hast etwas von meinem Whiskey getrunken.«

»Ich weiß, ich hätte nicht sollen. Es ist mein einziges Laster.«

»Dein einziges Laster? Du denkst nicht, dass Menschen zu töten ein Laster ist?«

»Oh nein, das ist eine Berufung,« erklärte Ruby völlig ernst. »Hast du Träume von mir?«

Sophie antwortete nicht, aber selbst eine Nicht-Antwort war aussagekräftig.

»Du hast! Ich wusste es! Ist es so, wie du mich gefunden hast? Weil du mich zuerst gefunden hast. Das wird großartig. Wir werden die allerallerbesten Freundinnen sein!«

Süße Mutter Gottes. Diese Frau wollte beste Freundinnen sein. Mac machte ein würgendes Geräusch neben Sophie. Sie konnte nicht sagen, ob er entsetzt war oder versuchte, nicht zu lachen.

»Warum bist du heute zu meiner Arbeit gekommen?« fragte

Sophie und ignorierte den glücklichen, hoffnungsvollen Blick auf Rubys Gesicht.

»Nachdem Alphonse gestern eine Falle für mich gestellt hatte, wusste ich, dass ich die Stadt verlassen musste. Aber ich wollte nicht gehen, ohne dich zuerst zu treffen. Ich hatte nur nicht erwartet, dass Alphonse auftaucht und versucht, dich zu töten. Es ist gut, dass ich da war!«

Sophie war beschämt zuzugeben, dass Ruby nicht unrecht hatte.

»Wir müssen bei der Geburt getrennt worden sein. Wie in einem dieser Märchen. Oh! Oder wie diese lang verlorene russische Prinzessin. Wie hieß sie?«

»Redest du von Anastasia?« klärte Mac.

»Ja! Das ist die!«

»Ich hasse es, der Überbringer schlechter Nachrichten zu sein, aber sie fanden ihre Knochen vor etwa einem Jahrzehnt. Sie wurde mit dem Rest ihrer Familie getötet,« sagte Mac trocken.

»Hm. Nun, dann nicht wie sie, aber wir könnten immer noch lang verlorene Prinzessinnen sein!«

»Es ist wahrscheinlich besser für unsere langfristige Gesundheit, wenn wir keine lang verlorene Königsfamilie sind,« argumentierte Sophie.

»Meine Güte, so negativ. Es sieht so aus, als werde ich die lustige Schwester sein!« sagte Ruby mit einem Kichern.

Sophie wechselte einen exaspérierten Blick mit Mac.

»Ich denke, wir können jetzt gehen,« sagte Sophie zu Mac und Larry.

»Warte! Geh noch nicht. Wir hatten kaum eine Chance, uns kennenzulernen.«

»Ich denke, ich habe genug gesehen. Ich bin bereit zu gehen,« antwortete Sophie.

»Wirst du zurückkommen und mich besuchen? Ich will, dass wir Freunde werden,« bettelte Ruby.

»Ich bin mir noch nicht sicher. Ich weiß nicht, was passieren wird. Und ehrlich gesagt, ich weiß nicht, wie ich über all das fühle. Ich brauche Antworten über meine Vergangenheit, bevor ich überhaupt an eine Zukunft mit dir denken kann.«

»Nun, ich schätze, das kann ich verstehen.«

»Komm schon, Höllenstifter, lass uns gehen,« sagte Mac und zog ihr die Jacke wieder zu, um Blut und Prellungen zu verbergen.

Sophie und die Jungs machten sich auf den Weg.

»Ich bin doch lustig,« beschwerte sich Sophie, als sie weggingen.

»Natürlich bist du das,« beschwichtigte Mac.

»Ruf mich an!« rief Ruby aus ihrer Zelle, gerade als sie den Flur verließen.

»Denkt sie, ich habe irgendwie ihre Nummer? Sie ist verrückt,« sagte Sophie zu Mac.

»Oh, sie ist definitiv verrückt, aber komischerweise beginne ich zu glauben, dass sie nicht böse ist,« antwortete Mac.

»Ich stimme zu. Sie scheint einen Moralkodex zu haben, an den sie sich hält. Es ist ein eigentümlicher Moralkodex, aber sie hat einen. Ich hatte nicht viel Zeit, den Leuten zu folgen, die sie verhaften ließ oder die sie tötete, aber was ich bisher gefunden habe, bestätigt, was sie sagte. Sie waren alle böse – jeder Einzelne von ihnen,« sagte Larry.

Sie setzten Larry an seinem Schreibtisch ab und stiegen in den Aufzug. Gerade als sich die Türen schlossen, sagte Mac: »Hier,« ließ seine Jacke über ihre Schultern fallen und zippte sie zu, klappte den Kragen hoch.

»Was?« fragte Sophie.

»Dein Hals ist hübsch blau-schwarz. Wir gehen jetzt gleich raus, da fällt sowas auf,« neckte Mac. »Gegen dein Veilchen kann ich leider nichts machen.«

»Eklig. Deine arme Jacke. Ich werde Blut und Zeug darauf bekommen,« jammerte Sophie, aber Mac zuckte mit den Schultern, als könnte es ihm weniger egal sein.

»Kann ich dich jetzt ins Krankenhaus bringen, um dich untersuchen zu lassen?« fragte Mac.

»Reggie hat mich bereits untersucht. Und um ehrlich zu sein, ich fühle mich nicht so schlecht. Mein Handgelenk fühlt sich bereits besser an, und obwohl mein Hals weh tut, ist es nicht so schlimm.«

»Nun, lass es zu Protokoll gehen, dass ich empfohlen habe, einen Arzt zu sehen.«

»Ordnungsgemäß vermerkt.«

Als der Aufzug seine Ankunft in der Lobby ankündigte, gab Mac Sophie einen ernsten Blick. »Wie viel willst du, dass Benno und Fergal wissen? Ich kann den Geas auch auf sie legen lassen,« bot Mac an.

»Nein. Sie haben beide alles getan, um mich zu beschützen. Ich vertraue ihnen,« antwortete Sophie und zog Mac zu ihren wartenden Freunden.

»Geht es dir gut?« fragte Fergal, als sie auf den Rücksitz stiegen.

»Mir geht es gut. Nur müde und ein wenig überwältigt,« antwortete Sophie.

»Was ist passiert? Fergal sagte, er könnte es mir nicht sagen, bis er die Genehmigung von euch beiden bekommt,« fragte Benno.

»Du erzählst es ihm,« bat Sophie und stieß Mac in die Seite. »Ich bin zu müde.«

Mac kuschelte sich auf dem Rücksitz mit Sophie und holte sie über das ein, was sie über Ruby, Alphonse, Bramwell und das ganze Debakel vom Morgen gelernt hatten.

»Ich habe den Jungs gesagt, dass sie kein Wort darüber sagen dürfen, was sie heute gesehen haben. Sie gaben mir ihr Wort,« versicherte Fergal Sophie und Mac.

Vor dem Stammhaus parkend, trottete die Gruppe die Vorderstufen hinauf. Das Erste, was Sophie sah, waren Birdie und ein paar ihrer Bridge-Freundinnen auf halbem Weg die Treppe hinunter.

»Sophie,« jubelte Birdie. »Willst du dich uns für ein Spiel anschließen?«

Sophie öffnete ihren Mund, um abzulehnen, als Birdie einen besseren Blick auf Sophies Gesicht warf.

»Was ist passiert?« verlangte Birdie. »Geht es dir gut?«

»Ja, mir geht es gut. Ich hatte nur einen langen, seltsamen Morgen. Ich erzähle dir alles darüber, nachdem ich ein bisschen geschlafen habe.«

Birdie ließ ihre Freundinnen zurück und kam die Treppe zu Ende herunter, um vor Sophie mit einem besorgten Blick auf ihrem Gesicht zu stehen.

»Ist das Blut?« rief Birdie und streckte einen Finger zu Sophies Haaransatz, wo Amira Alphonses Blut nicht herausschrubben konnte.

»Ja, aber es ist nicht meins,« antwortete Sophie in der Hoffnung, ihre Freundin zu beruhigen.

Birdie sah interessanterweise nicht beruhigt aus.

»Lass uns in meinem Büro sprechen,« bot Fergal an. Er führte sie durch die Kneipe im 2. Stock, dann durch die Küche zu einer Tür neben dem begehbaren Kühlschrank.

»Riona, Schätzchen, kannst du dafür sorgen, dass uns niemand unterbricht?« rief Fergal seiner Frau zu, die bis zu den Ellbogen in einer Schüssel mit Teig steckte. Riona winkte mit einer teigbedeckten Hand zustimmend.

Fergal führte alle durch die Tür. Sophie blickte verwirrt umher.

»Das ist dein Büro?«

Die Hälfte des Büros schien eine Speisekammer mit Trockenwaren zu sein. Regale liefen vom Boden bis zur Decke entlang einer ganzen Wand. Die andere Hälfte des Raumes war ein raffiniertes Büro mit gepolsterten Ledersitzen, einem Mahagoni-Schreibtisch und Bücherregalen mit ledergebundenen Büchern.

Es war die Art von Ort, wo Männer in Regency-Romanen Zigarren und Brandy teilten.

»Ja, ich habe die Hälfte der Speisekammer umgebaut. Ich hatte früher ein Büro im obersten Stock, aber ich bekam nicht genug Zeit mit meiner Frau bei meinen langen Arbeitszeiten. Ich musste eine Wand herausschlagen, um den Raum zu schaffen, aber es war es wert. Jedes Mal, wenn Riona ein Gewürz oder mehr Mehl braucht, kann ich sie sehen.«

»Das ist unglaublich süß. Auch etwas verrückt, aber hauptsächlich süß,« sagte Sophie nur halb im Scherz.

»In Ordnung, sag mir, was ist los? Warum hast du ein blaues Auge und Blut in den Haaren?« verlangte Birdie.

»Du hast ihren Hals noch nicht einmal gesehen,« meinte Mac grinsend.

»Danke,« knurrte Sophie und warf Mac einen genervten Blick zu.

»Deinen Hals?« rief Birdie und griff nach dem Reißverschluss an Sophies Jacke und zog ihn herunter. »Oh mein Gott! Sophie. Was zum Teufel ist dir passiert?«

»Ein Alpha-Wolfsgestaltwandler hat heute Morgen versucht, mich zu töten, weil er mich für meine lang verschollene eineiige Zwillingsschwester hielt, die in der Stadt herumstreift und Serienmörder umbringt – wie eine Art Psycho-Selbstjustizlerin.«

»Du hast eine Schwester?«

»Das habe ich auch gesagt!« rief Sophie.

»Warum fängst du nicht am Anfang an?« schlug Mac vor.

Also tat Sophie das.

Trotz ihres anfänglichen Schocks erholte sich Birdie schneller von der Geschichte, als Sophie erwartet hatte. Sie hätte es besser wissen sollen; Birdie war daran gewöhnt, mit den Schlägen zu rollen, die das Leben manchmal ihr zuwarf. »Du musst bei der Geburt getrennt worden sein! Ich sah eine sehr ähnliche Geschichte auf Dateline. Es passiert öfter, als man denkt. Also, wie ist sie?«

»Verrückt. Auch irgendwie seltsam süß? Und viel zu fröhlich,« sagte Sophie mit einem Zusammenzucken.

»Fröhlich?« wiederholte Birdie verblüfft. »Bist du sicher, dass sie deine Schwester ist?«

»Nein, ich bin mir überhaupt nicht sicher. Ich hoffe derzeit, dass es Magie ist, die sie genau wie mich aussehen lässt.«

»Wie sehr sieht sie dir ähnlich? Könnte sie eine jüngere Schwester sein, kein Zwilling?« fragte Birdie.

»Nein, sie sind fast perfekt identisch – andere Frisur. Keine Tätowierungen. Ruby hat diese Narbe nicht.« Mac rieb mit seinem Daumen über eine kleine Narbe an Sophies Kinn. »Aber abgesehen davon sind sie Spiegelbilder voneinander.«

»Es ist verstörend,« beschwerte sich Sophie.

»Was passiert als Nächstes?« fragte Birdie.

»Du wirst jetzt zu Streuselkuchen zurückkehren können, da Alphonse tot und Ruby hinter Gittern ist,« sagte Mac. »Sophie wird noch ein bisschen länger hier bleiben. Abgesehen davon wissen wir es nicht. Es wird davon abhängen, was der Polizeichef mit all den Schuldigen machen will. Wir müssen einfach abwarten und sehen.«

»Mädchen, du siehst todmüde aus,« gluckte Birdie.

»Hast du Hunger?« fragte Fergal. Dachte dieser Mann an etwas anderes als Essen?

»Nein. Ich will nur duschen und dann 24 Stunden durchschlafen.«

»Komm schon, Höllenstifter, lass uns gehen,« sagte Mac und zog ihr die Jacke wieder zu, um Blut und Prellungen zu verbergen.

Als Gruppe gingen sie aus Fergals Büro-slash-Speisekammer, durch die Küche und in die Kneipe. Sophie und Mac ließen den Rest der Gruppe zurück, um die Treppe hinauf und zu Sophies Zimmer zu gehen. Mac führte sie ins Badezimmer, half ihr, die schmutzigen Kleider auszuziehen – Sophie hatte vor, sie zu verbrennen –, stellte das Wasser an und brachte sie unter die Dusche. Einen Moment später stieg er zu ihr. Er gab etwas Shampoo in die Hand, neigte ihren Kopf unter das Wasser und begann, ihr Haar zu waschen. Für eine Sekunde hinabblickend, beobachtete Sophie rotes Wasser den Abfluss hinunterstrudeln.

»Habe ich Hirnmasse in den Haaren?« fragte Sophie, als Mac an einer Stelle an ihrer Schläfe schrubbte.

»Nur ein wenig,« antwortete Mac, als wäre das beruhigend gemeint.

Sophie ließ sich in der Dusche herummanövrieren, während Mac alles Blut und den Schmutz abschrubbte. Sie war zu erschöpft, um sich zu kümmern, und nur zu glücklich, jemand anderen für eine Weile das Kommando übernehmen zu lassen.

Nach ihrer Dusche steckte Mac Sophie in ihr Bett.

»Kannst du bleiben? Ich will nicht allein sein,« fragte Sophie.

»Ich kann nicht den ganzen Tag bleiben, aber ich werde bleiben, bis du einschläfst. Ist das okay?«

»Ja, bitte. Aber du musst mich umarmen.«

»Abgemacht,« antwortete Mac, stieg ins Bett und zog Sophie in seine Arme.

Sophie versuchte, ihre Muskeln zu entspannen und ihren Kopf zu klären, aber der Morgen spielte sich immer wieder in ihrem Kopf ab.

»Sophie, lass alles los. Schlaf jetzt,« brummte Mac in ihr Ohr. Es hätte nicht funktionieren sollen, aber irgendwie glitt Sophie in den Schlaf.

* * *

LANGWEILIG. *Mir ist so langweilig. Langweilig, langweilig, langweilig. Dieser Ort ist blöd. Es gibt nicht einmal einen Fernseher hier drin.*

»Hey, wisst ihr, wann sie hier Mittagessen servieren? Ich habe Hunger. Könnte mir jemand eine Schachtel Good & Plenties besorgen?« fragt sie. »Kommt schon, redet mit mir!«

*Die beiden Polizeibeamten, die ihre Gefängniszelle bewachen, igno-
rieren sie wieder, genau wie sie es die letzten Stunden getan haben.*

»Könnt ihr mir wenigstens ein Buch oder etwas zu lesen besorgen?«

*Das Klicken der Tür, die sich am Ende des Flurs öffnet, lässt sie sich
im Bett aufsetzen. Vielleicht ist ihre Schwester zurück. Statt ihrer
Schwester nähert sich eine große, dünne Frau mit stahlgrauem Haar
ihrer Zelle. Sie beobachtet die Frau wachsam, wie sie sich nähert. Sie ist
knochendürr, als hätte das Leben sie abgeschliffen und scharf gemacht.
Ruby hat das Gefühl, ein Käfer zu sein, der in einem Netz gefangen ist,
wo die Spinne sich schnell nähert.*

Die Frau hält vor der Zelle an und starrt Ruby eine Minute lang an.

*»Ihr seid entlassen,« sagt die Frau zu den Wachen, die schnell zur
Tür hinausmarschieren. Ruby beobachtet sie gehen und vermisst fast
ihre stoische Anwesenheit.*

»Ich bin Marcella Venturi. Du bist Ruby Rivers, richtig?«

Ruby nickt langsam, hat ihre Stimme verloren.

»Ich möchte dir eine Aufgabe anbieten,« sagt Marcella.

*»Eine Aufgabe?« Sie hätte nicht schockierter sein können, wenn
Marcella sie stattdessen geschlagen hätte.*

*»Ja. Siehst du, ich bin verantwortlich für die Mythischen Wesen in
der Stadt. Es ist mein Job, sie zu beschützen, den Frieden zu bewahren,
ihnen Sicherheit zu bieten. Aber es ist auch mein Job sicherzustellen,
dass meine Leute den Regeln der Gesellschaft folgen. Ich brauche dich,
um zu helfen, Killer von der Straße fernzuhalten.«*

»Ich weiß nicht. Ich meine, ich kenne dich eigentlich gar nicht.«

*»Das ist verständlich. Aber ich möchte dir eine Chance geben, deine
Kräfte für das Gute zu nutzen. Menschen zu helfen. Du wirst nie
wieder jemanden töten müssen. Ich werde dafür sorgen, dass deine
Visionen geglaubt werden und dass Übeltäter für ihre Verbrechen
bezahlen.«*

Das ist ein ziemlich guter Verkaufspitch, denkt sie.

*»Das ist alles, was ich je tun wollte,« antwortet Ruby. Sie betrachtet
diese Frau lange Zeit und versucht zu bestimmen, ob sie echt ist.
»Kannst du mich hier rausholen?«*

»Ich kann dich sofort herausholen,« sagte Marcella.

»Okay, du hast einen Deal. Aber. Nur wenn du mir eine Chance geben kannst, Zeit mit meiner Schwester zu verbringen.«

Marcella sagt: »Deal. Ich würde dir die Hand darauf geben, aber... wir sollten es lieber lassen.«

»Du bist unheimlich,« antwortet Ruby fröhlich.

»Ich bevorzuge effizient,« sagt Marcella mit einem Lächeln und zieht einen Schlüssel aus ihrer Tasche und geht zur Zellentür.

* * *

SOPHIE ERWACHTE mit einem Keuchen vor Schreck. Umherblickend, bemerkte sie, dass sie allein in ihrem Zimmer war. Mac war weg.

»Diese intrigante Schl—« Sophie biss die Worte mit einem würgenden Knurren ab. Sie griff nach ihrem Telefon und rief Mac an.

»Hey, Soph, du solltest schlafen,« sagte Mac und ging nach dem zweiten Klingeln ran.

»Marcella hat Ruby genommen. Ich habe es gerade geträumt,« keuchte Sophie heraus und versuchte immer noch, das Gefühl abzuschütteln, in Rubys Kopf gewesen zu sein.

»Das ist nicht möglich,« knurrte Mac.

»Sie hat Ruby gebeten, für sie zu arbeiten.«

»Verdammte Sch—« schrie Mac. »Natürlich hat sie das. Larry! Komm her. Wir müssen Rubys Zelle überprüfen.«

Sophie lauschte über das Telefon, während Mac und Larry zu Rubys Zelle gingen, Mac erklärte Larry die Situation unterwegs.

Sophie konnte Rascheln hören, das Geräusch von Schritten, gefolgt von einer sich öffnenden Tür. Es gab einen Moment der Stille, bevor Mac schrie: »Verdammt!«

»Sie ist weg?« fragte Sophie.

»Ja,« bestätigte Mac. »Das ist Bullshit. Ich werde mit Dunham sprechen.«

Aber Sophie wusste, es war nutzlos. Dunham hatte keine Macht, Nein zu Marcella oder dem Conclave zu sagen.

»In Ordnung, ich gehe jetzt. Ich brauche mehr Schlaf. Es gibt sowieso nichts, was ich gegen all das tun kann,« sagte Sophie um ein Gähnen herum.

»Es tut mir leid, Soph,« sagte Mac, seine Stimme voller Bedauern.

»Dafür kannst du nichts,« sagte sie.

Auflegend, kuschelte Sophie sich zurück unter ihre Bettdecke und schlief wieder ein.

EPILOG

Sophie justierte ihre Kopfhörer, damit sie fest auf ihren Ohren saßen, und folgte Mac den Flur entlang, der von zweistöckigen Gefängniszellen gesäumt war. Die grünen Wände im gedämpften Licht ließen den ganzen Ort besonders gruselig wirken. Mac blieb vor einer geschlossenen Zellentür im Erdgeschoss stehen. Er blickte zu Sophie zurück, grinste, seine Augen leuchteten. In den Kopfhörern erklärte eine beruhigende Stimme, dass diese bestimmte Zelle von Frank Morris bewohnt war, einem von drei Männern, die es geschafft hatten, aus Alcatraz zu entkommen, indem sie sich mit geschärften Löffeln durch die Wände gruben und ein Floß aus gestohlenen Regenmänteln bauten.

Sophie freute sich zu sehen, dass Mac eine gute Zeit hatte und endlich entspannte. Die letzten paar Wochen hatten ihn fast in den Wahnsinn getrieben. Antonio – der neue Alpha des Sunset-Viertel-Rudels – und seine Rudelmitglieder hatten dem Conclave und der gesamten Mythischen Polizeibehörde Probleme bereitet. Sie behaupteten, dass das Conclave Alphonse zum Sündenbock für Edwyns und Bramwells niederträchtige Pläne gemacht habe und dass er getötet worden sei, um den Skandal zu vertuschen.

Mac vermutete, dass er viel Lärm machte, in der Hoffnung, dass das Conclave ihm mehr Territorium geben würde, nur um ihn zum Schweigen zu bringen.

Am Ende ging es bei diesen Typen immer wieder um Immobilien.

Es war nicht gut für Macs Nerven, als Marcella irgendwie an Sophies Telefonnummer gekommen war und sie Ruby weitergegeben hatte. Auf Marcellas Bitte hin stimmte Sophie zu, mit Ruby zu sprechen, aber sie schrieb Ruby, dass sie nur per SMS kommunizieren würde. Sie war noch nicht bereit, mit Ruby zu telefonieren.

Es stellte sich heraus, dass Ruby beim Simsen meist viele Emojis und Ausrufezeichen benutzte. Sophie fürchtete den Tag, an dem sie Gifs entdecken würde. Langsam begann Sophie, gegenüber ihrer Schwester aufzutauen. Es war schwer, jemanden, der so fröhlich war, auf Distanz zu halten.

Ja, Schwester, dachte sie.

Sie hatten beide ihre DNA testen lassen, und es war eine exakte Übereinstimmung. Ruby Rivers war Sophies eineiige Zwillingsschwester. Sophie hatte ihre Hoffnung darauf gesetzt, dass Ruby ein Wechselbalg sei.

Dunham hatte Leute, die in ihre Vergangenheit gruben und versuchten herauszufinden, woher sie kamen. Die aktuelle Theorie, die kursierte, war, dass eines ihrer Elternteile ein hochrangiges Feenwesen war. Da beide eine Affinität zum Tod hatten, wurde angenommen, dass sie ihre Gaben von jemandem mit Todesmagie oder jemandem, der mit dem Tod in Verbindung stand, geerbt hatten. Es stellte sich heraus, dass es viele mythische Wesen gab, die mit dem Tod verwandt waren: Banshees, der Dullahan, die Weiße Frau und sogar Nachfahren des Gemahls der Feenkönigin. Verdammt, der irische Feenmonarch Finvara war der König der Toten.

Während der Erzähler fortfuhr, die erschütternde Geschichte der Flucht der Gefangenen zu schildern, nahm Sophie Macs

Hand. Er schenkte ihr ein weiteres Grinsen und drückte ihr einen schnellen Kuss auf die Lippen.

»Das beste Date überhaupt!« lobte Mac.

Als sie sich hinunterbeugten, um die Papiermaché-Puppe genauer zu betrachten, die Frank Morris in seinem Bett zurückgelassen hatte, protestierten die Muskeln in Sophies Beinen. Sie waren immer noch so wund von der Trainingseinheit am Morgen. Sie humpelte durch Alcatraz wie eine alte Dame. Sophie war froh, dass Paddy es nie leicht mit ihr nahm, obwohl sie ein Mensch war, aber sie hatte an Stellen Muskelkater, von denen sie nicht einmal wusste, dass es dort Muskeln gab. Der Mann ließ Ausbilder wie Weicheier aussehen.

Bei der ersten Stunde nach Alphonses Tod hatte Paddy Sophies Hals betrachtet, der eine hübsch-kränkliche Schattierung von Gelb und Grün angenommen hatte, und versprochen, dass ihr das nie wieder passieren würde. Sophie versuchte, ihn zu einem Schwur mit dem kleinen Finger zu bewegen, aber Paddy verdrehte nur die Augen und fegte dann ihre Füße unter ihr weg.

Mac zog Sophie die Treppe hinauf und öffnete eine Tür, die zum Dach führte. Oben auf Alcatraz breitete sich das Panorama von San Francisco vor ihnen aus – die Bay Bridge erleuchtete den Himmel zu ihrer Linken, Oakland lag hinter ihnen. Sie drehten sich Richtung San Francisco, lehnten sich an das Geländer und beobachteten, wie die Sonne über der Stadt unterging. Als die Dunkelheit über die Stadtlandschaft hereinbrach, strahlten Lichter von all den Wolkenkratzern und Straßenlaternen und verliehen ihr ein magisches goldenes Leuchten.

Die Temperatur sank, als der Himmel dunkel wurde, aber Sophie war warm in Macs Armen.

VORSCHAU

Lesen Sie weiter für einen ersten Blick auf den nächsten spannenden Roman der Sophie-Feegle-Serie.

Sonderbare Zeiten für Sophie Feegle

Von Gwen DeMarco

Die Frau im eleganten Anzug blickt über die Männer und Frauen, die um den Konferenztisch sitzen. Verachtung steht ihr im Gesicht. Sie klickt auf ihr Tablet und macht sich eine Notiz, Cortez zu feuern. »Nutzlos«, schreibt sie neben seinen Namen.

Sie steht auf, stützt ihre Hände auf den Tisch und beugt sich über die Sitzenden. Ihre Brauen ziehen sich zu einer enttäuschten Miene zusammen.

»Hat sich irgendjemand die Zahlen für dieses Quartal angesehen?«, fragt sie.

Alle starren auf die Tischplatte, zu verängstigt, um ihr in die Augen zu blicken.

»Hmm? Niemand? Niemand hier hat die Zahlen gesehen? Oder seid ihr alle zu feige, um den Mund aufzumachen?«, stichelt sie.

»Der Markt ist seit einiger Zeit im Abwärtstrend. Ich glaube, dass alle unsere Konkurrenten in der gleichen—«

Sie hebt die Hand, um den unterwürfigen Mitarbeiter zu unterbrechen, und richtet ihren Blick über deren Köpfe hinweg auf die andere Seite des Raumes. Langsam dreht sie sich um, als würde sie nach etwas suchen. Sie reißt ihren Kopf nach rechts und fixiert, was sie gesucht hat.

»Hey ...«, sagt sie, während sich langsam ein Grinsen auf ihrem Gesicht ausbreitet. »Wer seid ihr beiden?«

* * *

Während sie sich die Augen rieb, griff Sophie nach ihrem Traumtagebuch.

»Das war ein seltsamer Traum«, murmelte sie. Sie hasste Träume, in denen sie sich selbst aus der dritten Person sah. Es erinnerte sie zu sehr an ihre Träume von ihrer Schwester.

Mac legte einen Arm um ihre Taille und zog sie näher zu sich.

»Geh wieder schlafen, Soph«, murmelte er verschlafen.

»Gleich. Ich muss das nur aufschreiben, bevor ich es vergesse«, versicherte sie ihm.

Gerade als sie das Tagebuch aufschlug und nach ihrem flauschigen Stift griff, summte ihr Handy. Wer würde um diese Uhrzeit schreiben? Sie legte den Stift ins Tagebuch, griff nach dem Handy und schaute auf den Bildschirm.

Ruby: Ich hatte gerade den seltsamsten Traum!

Fortsetzung folgt ...

ANMERKUNGEN

Vielen Dank, dass Sie »Vorzeichen und Sonderbarkeiten« gelesen haben – das zweite Buch der Sophie-Feegle-Serie. Ich möchte meinem tollen Ehemann und meinen Kindern danken. Außerdem möchte ich meiner Lektorin Arundhati Subhedar und der Buchcover-Designerin Rebecacovers danken. Zuletzt möchte ich meinen Beta-Leser*innen danken: David, Jessica, Joanne, Karen, Paige, Pam und Tina!

Wenn Sie das erste Sophie Feegle Buch gelesen haben (und ich hoffe, das haben Sie, sonst hätten Sie vermutlich nur Bahnhof verstanden!), wissen Sie, dass ich gerne Fakten und Wissenswertes über San Francisco in die Handlung einbaue.

The Mission Bean ist an mein Lieblingscafé The Beanery angelehnt. Sie rösten ihre Bohnen direkt im Laden, und man kann es noch mehrere Straßen weit riechen. Sowohl Cal Surplus als auch Out of the Closet sind Secondhand-Läden in der Stadt, und das Stöbern dort macht wirklich Spaß. Wer freut sich nicht über ein Schnäppchen? Der Hunky-Jesus-Wettbewerb ist echt und wirklich so lustig, wie man es sich vorstellt. Brenda's French Soul Food ist einfach großartig. Die Beignets sind ein Traum – aber das Warten ist genauso legendär. Gehen Sie am besten früh hin, es lohnt sich.

The Three Pigs Bakery ist erfunden. Das sollte ein Wolf-Witz sein. Allerdings gibt es unzählige großartige Bäckereien in San Francisco. Ich hatte immer eine Schwäche für La Boulange.

Schließlich, wenn In & Out Burger nicht das inoffizielle Kultgericht Kaliforniens ist, sollte es das werden. Die Einheimischen sind sehr, sehr stolz darauf. Meine Empfehlung: Bestellen Sie

Ihre Pommes frites »Animal Style« (mit Extra-Soße und Toppings). Das steht zwar nicht auf der Karte, ist aber wirklich lecker.

Wenn Ihnen das Buch gefallen hat, hinterlassen Sie bitte eine Rezension auf Amazon. Es hilft uns unabhängigen Autorinnen und Autoren wirklich, mehr Aufmerksamkeit zu bekommen. Außerdem lese ich jede einzelne Rezension – und denke viel darüber nach!

Besuchen Sie meine Website unter www.gwendemarco.com oder senden Sie mir eine E-Mail an gwen@gwendemarco.com.

ÜBER DEN AUTOR

Gwen DeMarco ist eine begeisterte Leserin, Wein- und Kaffeetrinkerin, Gärtnerin und liebt alles Nerdige. Gwen schreibt gerne paranormale Liebesromane mit Fokus auf das Seltsame und Wunderbare. Sie liebt es, eine schlagfertige Heldin und einen mürrischen männlichen Protagonisten zu schreiben. Sophie Feegle ist ihr erster Ausflug in die Welt der Gestaltwandler, Feen, Oger und Vampire.

Gwen ist glücklich mit ihrer Jugendliebe verheiratet und hat zwei Teenager-Kinder. Man kann sie oft mit der Nase in einem Buch und einem Glas Wein oder einer Tasse Kaffee in der Hand antreffen.

Melden Sie sich für ihren Newsletter an und erhalten Sie eine **kostenlose** Kopie einer Novelle aus Macs Sicht vom ersten Treffen mit Sophie aus »Sophie and The Odd Ones«.

Um mehr zu erfahren, besuchen Sie bitte meine Website und melden Sie sich für meinen Newsletter an, um Updates zu erhalten unter www.GwenDeMarco.com

www.ingramcontent.com/pod-product-compliance
Lightning Source LLC
Chambersburg PA
CBHW030405180626
46812CB00005B/1932